U0692204

天圣令

蒋胜男
著

目录

李顺容紧紧地咬住了手中的丝帕，她忽然明白了戴修仪的意思，一种巨大的悲怆刹那间将她完全淹没，她跪倒在地，崩溃地自喉中迸出一声“戴姐姐——”，伏在戴修仪膝上纵声大哭。

他说：“是‘瞻彼淇奥，绿竹猗猗’的那个淇吗？”

她低下了头，轻轻咬着下唇，道：“不，是‘送子涉淇，至于顿丘’的那个淇字。”

赵祯怔住了，忽然间心如锥刺，但见王淇眼圈微红，却是向着他行了一个礼，垂首走了出去。

永定陵寂静无声，先帝的顺容李氏，奉旨从守。

电光石火之间，李顺容脑中“嗡”的一声，跑马灯似的将八王探陵、今日入宫、太后当着她的面吩咐八王入见之事尽数串了起来，脑海中灵光一闪，忽然跪下，颤声道：“请太后屏退左右，臣妾有下情禀告。”

如今这汴京城中，数十万百姓手舞花灯乐享太平；而千万里外蜀道上，再无离乱；昔年先帝北上所见的千里荒芜，也已是耕织欢笑。如今的天下，外无争战，内无患乱，盛世文兴，百姓安乐，身为太平盛世的掌国者，实在是最为心满意足了。

第七十七章 皇宫大火

大中祥符五年(1012)十二月,德妃刘氏被封为皇后,普天同庆。

封后大典之后半月,赵恒再度下旨,升迁后宫诸妃。册封婕妤杨氏为婉仪、贵人戴氏为修仪、美人曹氏为婕妤、崇阳县君李氏为才人。

同时,以箫韶部乐送嗣子允让回归王府,故雍王元份改封郓王,因允让的缘故,特赦郓王妃李氏出禁回府。

此时刘娥封了皇后,事情越发地忙碌,但是小皇子的饮食起居,都是一一过问,又有杨媛帮忙照顾。

当日刘娥安排借腹生子之计,杨媛亦是知情,便自请来日小皇子出生时,由她一起照顾。刘娥与杨婕妤本来交情就好,昔年杨婕妤怀了五皇子时,也曾经与她相约:两人之中不管谁生下孩子,均一同为母。因此刘娥与杨婕妤约好,等皇子出生后,两人一起照料小皇子。

赵恒每日退朝后便到皇后宫中,批阅奏章每每到了半夜,其间与刘娥一起谈论些朝政之事,刘娥记性甚好,一件事但凡提个头,她便想起前因后果、其中关涉的种种人物来,因此赵恒批阅起奏章来倒也顺手许多。

赵恒除了在刘娥宫中外,有时也到其他嫔妃处。到了这年年底,传来消息,才人李氏又怀孕了。

夜深人静,寿成殿后的偏殿小院中,一个香炉摆在院中,三支清香幽幽吐烟。此刻所有的人都入睡了,院中独有新封的才人李氏,跪在院中祈祷:“信女李氏,求告苍天,赐给我一个女儿吧!昔年我也曾祈求上苍,保佑我能够为圣人生下一个皇子,果然得遂人愿。如今信女再次请求上天,赐给我一个女儿吧!皇子是为了官家、为了圣人而生的,只有女儿,她才属于我。苍天，请怜我失子之苦，赐我一个女儿吧！”

自从得知自己怀孕以来，她每夜都要如此祈盼。收拾了香炉，回到房中，她打开箱子，那里面放着两件首饰，就是她初次怀孕时，皇帝所赐的金簪和刘皇后所赐的玉钗。当日她上承露台时，玉钗堕地，赵恒卜得玉钗不损当生皇子，吓得她不敢再戴，收进箱中。那日赵恒便赐她金簪，然而不久之后，又听说杜才人因为违了销金令而被下令到洞真观出家为道，她不敢再戴金簪，便与这玉钗一起收进箱子里。

望着这一钗一簪，她的心思，又似回到了过去。她本是吴越王府送给刘皇后的侍女，她的祖父李延嗣，原是吴越钱氏的旧部。吴越王钱俶归宋之后，她的父亲李仁德又由吴越王府保荐，做到左班殿直。李仁德见女儿颇有几分姿色，想自己只是一个小官，将来匹配也是寻常人家，便将她送进吴越王府去服侍故主，以图一个好前程。

她虽然名为侍女，但因为是世代旧属之后，与那些买来的婢女自是不同。吴越王府亦不作寻常侍女看待，专门请了教习嬷嬷教她们学习礼仪规矩、琴棋书画等。隔了几年，挑出她与另一名旧属之后，一起选入宫去服侍当时还是美人的刘皇后。于是，她的命运就与皇家连在了一起。

她轻轻地取出一支银钗来，那是她从娘家带出来的，摆在帝后所赐的金簪玉钗前面，真是黯淡粗陋无比。她轻轻地叹了一口气，倘若她从来不曾进过宫，那么，她现在也许嫁一个寻常百姓，生一对儿女，就像大宋朝任何一个寻常的妇人一样吧！

次年，才人李氏生下一个女儿。

皇帝生子，更信祥瑞之说，天下亦进贡祥瑞不断。

这年二月，泰州言海陵草中生圣米，可济饥；六月，寿丘献紫茎金芝；七月，上清宫道场获龙于香合中；十月，亳州太清宫枯桧再生，真源县菽麦再实；十一月，判亳州丁谓献芝草三万七千本。

到了年底十二月，竟是捷报纷传，先是泾原钤辖曹玮言发兵平定原州界拨藏族之乱，后是戎、泸蛮寇平，又有西蕃、高州蛮、龟兹来贡。于是命天书扶侍使赵安仁等上奉天书车辂、鼓吹、仪仗，献天书于朝元殿，遂告玉清昭应宫及太庙。

到了次年，也就是大中祥符七年，判亳州丁谓献白鹿一、芝九万五千本。

至年底，天下有户九百五万五千七百二十九，口二千一百九十七万六千九百六十五。

大中祥符八年四月，忽然间一场大火，来得毫无预兆，却是造成了前所未有的损失。

先帝太宗有子九人，除幼子赵元亿早亡之外，次子元僖死于太宗淳化三年，四子元份死于景德二年，五子元杰死于咸平六年，七子元偁死于大中祥符七年。如今还在世上的，也只有长子元佐、三子当今皇帝、六子元偓及八子元俨。

诸王多住在皇宫的东北角，人称东宫六位，却是先帝九子，除夭折的第九子，及当年早亡的许王与当今皇帝外，其余六王，皆住于此。

事情是从皇帝的八弟赵元俨开始的。赵元俨是太宗幼子，从小就深得先帝宠爱，本来诸皇子年满十五，就要出阁分府，可赵元俨是例外，太宗早有言，说是要让他二十岁以后才出宫。因此宫中人都称他为二十八太保，这也养成了他骄傲自负的性格。

及至赵恒即位，他虽不满二十也只能出宫开府。赵恒对这个幼弟倒是十分宠爱，先是授检校太保、左卫上将军，封曹国公。之后，为平海军节度使，拜同中书门下平章事，加检校太傅，封广陵郡王。此后每有庆典，都有加封，如去封禅泰山时，改封赵元俨为昭武、安德军节度使，进封荣王；去祭祀汾阴时，又加兼侍中，改安静、武信节度使，加检校太尉；祠太清宫时，又加兼中书令。

而这些年来，赵恒的兄弟也渐为凋零，再加上他自己无子，就有人动了其他心思。因为本朝太宗就是兄终弟及，而赵元俨这些年来地位越发尊崇，他身边也就围了一些人来，奉承着他，不免使他的野心更加膨胀起来。再细数先帝诸子，除已死去的人外，长子元佐，虽然位尊，但他当年连皇储都不愿意干，宁可发疯自污，这些年更是闭门只修道经，无意于争斗。六子赵元偓更是病病歪歪的，今年皇帝已经去探病三四回了。

而赵元俨正是年富力强的时候，他为人豪迈，精通文墨，交友广阔，颇得盛名，京中皆呼为“八大王”。之前上头还有个四哥元份压着，自元份死后，他的野心便如春草蔓生。就算宫里还有个嗣子，但其生父早亡，生母有罪，且又是先皇后收养的，并不得赵恒欢心。

元俨既有了这番心思，就更殷勤起来，经常入宫见皇帝表达兄弟亲情。皇帝视他为幼弟，也不提防，待他也甚好，经常召他进宫一起饮宴、品茶、读书、下棋。只是自从生下小皇子以来，这些事就渐渐少了。

元俨虽然有些不忿，但却也在暗暗发展势力。不想他府中却又出了事情。原来他曾经宠爱过一个掌酒茶的宫人韩氏，有时候与人讨论事情，也让那韩氏在一边侍候。

及至赵恒生了皇子，这几年皇子身体也十分健康，元俨无奈，渐渐息了心思。哪晓得这韩氏年岁渐大，有了春心，就与亲事官孟贵有了私情。两人本拟趁夜私下逃走，不想行事不密，被人发现并抓住，报与荣王。

元俨已经睡下，闻知此事也没起来，只下令将两人分别关押，待天亮处分。韩氏心知不好。这些年她侍奉茶酒，也听到一些机密要事，若是荣王得知她要私逃，那是别想活了。狗急跳墙，人急拼命，到了这时候，她自然也顾不得什么了。这王府重门深锁，思及天亮了可不妙，韩氏更加恐惧，见着佛前烛光摇曳，心念一狠，就将烛火拿起，点着了帐幔。自己却躲在一边，高叫火起。

乳母见火起，吓了一跳，忙让人开门去救火。那韩氏躲在一边，趁机就要逃走。岂知那火势原是小的，只几个人扑灭了就行，哪晓得这一夜北风甚强，这门一开，风忽然刮进来，风助火势，忽然间蹿高三尺。偏这佛堂又有许多香油烛火，这风一下子把火头吹到了香油上，顿时火势大作，整座佛堂都沦为火海，那进去扑火的仆役们都吓得退了出去。

这时候荣王府的人哪里顾得上救火，当即奔跑逃离。元俨还正睡着，就被叫起来去避火。这一夜大火很快就将整个荣王府都烧着了，又渐渐蔓延开来。

荣王府的东边是元份的郓王府，郓王府的东边是元偓的相王府。此时元份已死，郓王妃获罪削封，置之别所。府中也只有两个小主人在，乳母们见火起，只顾着转移主人们，府中财物，与荣王府一样烧了个精光。唯有元偓见西边火起，一边指挥家人撤离，一边立刻下令府中军士将东墙捣毁，倒将府中财物转移出了不少。

可谁也没想到，因为荣王昔日颇得圣宠，他的王府就挨近了皇宫御膳房，厨房中多是引火之物，时值半夜，诸人都不防备，竟一下子就烧进了皇宫里。

赵恒睡至半夜，就被人唤醒，却是周怀政急报，说是东华门一带火起，请皇帝暂避西苑。

此时刘娥也已经惊醒，当下急道："快去抱小皇子来！"

不一会儿，乳母就抱了小皇子来，帝后皇子三人忙起身上了车辇往西苑行去。这时候火势已经映红了东边的半边天，看上去格外可怖。

刘娥指挥着宫人们去通知诸妃嫔同去西苑避难，赵恒就问："火是怎么起的？从宫外起，还是宫内起？诸王如何？内阁如何？"

诸人此时是一团乱麻，只知道火从御膳房方向起来，也不知道是宫内走水，还是宫外起火。周怀政当下只道："小的也不知道，只罗崇勋来报火起，请官家移驾西苑避火。官家若要问，待到了西苑，再问罗崇勋吧。"

刘娥也劝道："此时火情紧急，咱们快些离开，他们才好救火，明日自能追查原因。官家这会儿当叫人去让内阁大臣们避火才是。"

赵恒忙点头："正是，你赶紧派人去内阁。"

诸人到了西苑，这一边俱是水榭环绕，不惧火灾，过了一会儿，杨媛等诸妃嫔带着李氏所生的小公主也赶来了。

诸人只道火势能很快熄灭，谁知道那天边一角的火云越来越旺了，看样子这火势竟不但没灭，反而更加厉害起来。

虽是暮春时节天气已暖，但这半夜匆匆跑来，又站在水榭之中，再加上今晚风势厉害，一些宫妃不由得瑟瑟发抖。刘娥忙叫人去取了斗篷来给诸人披上，诸人又不敢去休息，都站在那里看。

此时外头的消息不断传来，说火势原是从东宫六位的府第开始，诸王安危不知。此时大火已经封了东华门一带，宫外情形一概不知。紧接着又说，如今大火已经蔓延至承天门，仪鸾司已经着火，朝元殿后阁门与长春殿南廊也已经被烧毁，为了阻止火势顺着各宫殿间相连的回廊扩散，宰相已经下令拆掉西北主廊，特来禀报皇帝。

承天门、朝元殿、长春殿，这些是日常上朝之所，竟然也烧到了。皇帝听得心惊，猛然想起一事，急问道："内藏库与左藏库如何？"

内藏库与左藏库在朝元殿之南，若大殿烧了还能再建，但左藏库收受四方财赋，以充国家经费；内藏库储存每所经费节余，以供非常之用，太祖和太宗两代积累的钱财珍宝俱在此。皇室支出、百官俸禄全靠这两个地方，若此二处有失，则对于国家财政是不可估量、无法挽回的损失。

罗崇勋道:“官家放心,已经调集兵马,抢救两库的收藏。”

赵恒松了一口气,抬头看去,时近凌晨了。远处传来的已经不只是火光,还有焚烧后的焦木之气,甚至隐隐的香气。

刘娥闻了闻这香气,脸色一变:“莫不是香药库也烧着了!”香药库在内藏库与左藏库之间,若是香药库烧着了,这内藏库与左藏库怕也是不保了。

赵恒失声:“怎会如此?”当下忙令人再去打探。

他才派了人过去,那边内侍省已经派人过来禀报,原来这夜的风本是自东向西而吹,因此把东边的六王府中大火吹进大内,先至承天门,后来又烧掉了仪鸾司,再烧了朝元殿后阁门与长春殿南廊,当时为了阻断火势,就拆掉了西北主廊。原以为夜晚救火不易,若是换了天明,想能阻止火势。谁晓得天近黎明,忽然间向西刮的风变成向南刮,结果正烧着了在南边的内藏库和香药库,又向东烧了左藏库。这些库房中有金银布匹,还有许多各地及外国进贡的香料,这些都是易燃之物。烧着以后,竟是汴京城满城飘香,数日方散。

此时内侍省见势不妙,已经让人在火势上来之前,赶紧将左藏库和内藏库的货物抢运出来,先堆放在城楼里。除却金银以外,多为布匹锦缎、奇珍异宝。

谁知道天亮之后,已经烧到角楼的火,因风向突变转向东北,竟直接烧上了城楼。可怜几千兵丁抢救了大半夜的金银帛匹,不知其数,正堆于城墙之上,一阵烈火,竟是成了助燃之物。火焰滔天,大家措手不及,未来得及逃走或者心犹不甘还在努力抢救的兵丁,竟有百余人被卷入火中,惨叫声连天。

紧接着,秘阁也烧着了。秘阁三馆,保存着大宋中枢所有的藏书,这又是易燃之物,只见漫天纸灰,无数珍本书画,无数书册典籍,无数先贤智慧凝结,一时俱尽。

到了中午,火已经烧到了乾元门东角楼,往西蔓延到了朝堂。紧接着,中书省、门下省以及鼓司也都被烧尽了。

直至二十四日晚,火势才在十数万兵丁的抢救下,渐渐熄灭。但其中损失,难以计算,大火烧去诸王府第以及皇宫中诸般建筑等计两千多间,有一千五百多兵卒因救火而死,而被火灾烧死的宫人也达数百人。

到晚间火势渐灭时,那些被烧成焦黑的人,犹有手足能动者。清理的兵卒面色惨然，却也只能一刀尽快送他们安息。

除此之外，老七元偁的夫人险些逃不出来，幸而最后一刻有忠仆相救，否则性命不保。

赵恒大怒，令人彻查，知火势从老八的荣王府先烧起来，当下就令荣王答复。

荣王心知不妙，也不敢说实情，只说是府中掌茶酒的宫人，私通亲事官欲半夜私奔，被他府中乳母抓住，自己当时也在睡中，并不知情。谁知那韩氏烧了佛堂，准备趁乱逃走。哪晓得火势竟然如此之烈，铸成如此大错，当下就跪在殿外请罪。

赵恒哪里有空理他，冷笑道："不过是私奔之事，何至于要以身相焚？这到底是荣王御下过苛，还是另有不能说的原委？如今那韩氏何在？"

内侍又出来问荣王，荣王只道，火起的时候，韩氏逃之不及，已经葬身火海，竟是死无对证。既然韩氏已死，那她怎么死的，又是怎么起的火，只能以荣王的话为唯一依据了。

赵恒亦是无奈，只是思及这次的大火，当真是起得蹊跷，烧得厉害。及至宰相王旦来禀报情况的时候，忍不住当着他的面泪下："两朝所积，朕不妄费。一朝殆尽，诚可惜也！"王旦亦不能答，只讷讷应和。

这一场大火给大宋王朝带来的打击是巨大的，象征皇家礼仪的宫门大殿被烧，宰相执政的中书、门下诸省被烧，财源所在的内藏库被烧，储藏书籍的秘阁被烧，六位皇族至亲的王府被烧。

大火过后，光是火场的清理，就用了足足将近一个月，更对财政造成了巨大打击。

常朝大殿不能使用，宰相只能在大内找一个宫殿办公。大殿是要马上修复的。可是国库没钱，而这个修复工程又是极大的。

皇帝支撑着身体，应付这些飞来横祸，先是安置受灾的人。钱惟演将当年太祖给吴越王建的大宅捐了出来，这才安置下几个亲王。荣王夺武信节度使，夺荣王爵，暂居在已故驸马都尉石保吉的旧府。皇帝余怒未消，直至年底，才恢复其王爵，降为端王。

赵恒又将当时负责的内侍省黄门罢黜，并为此对刘娥感叹："若是刘承规在，必不至于此。"若是刘承规在，至少不至于如此举措失当。一见到火起，刘承规就会想办法隔断火势，不至于烧到左藏库与秘阁，更不至于在将

库中宝物抢救出来后又被火烧。

只是刘承规在大中祥符六年就去世了。他死前已经告老，皇帝特置景福殿使让他担任，表示对他的优宠，死后又追赠为左骁卫上将军、镇江军节度使，并特赐谥号为“忠肃”。本朝内宦中死后加谥号者，刘承规是第一人。大中祥符七年，玉清昭应宫建成，太祖、太宗二圣殿塑像配享功臣，皇帝特诏塑刘承规像于宋太宗像之侧旁，又是内宦中只此一人。殊荣至此，内宦们都在私底下说，本朝之后恐怕再无人能及得上刘承规了。将来哪怕得再多倚重、再多宠信，都不会这般于开国之初有这么多立功的机会与功勋。

汴京城的百姓，先是闻了一整月香药库被烧后诸般香料的香气，更在汴水下游，还能捞起无数带着余烬的书籍残页。书库尽毁，眼看秘阁将成空置，幸而王钦若此前已经修了《册府元龟》，那些自唐代传至五代十国各王室书库中的书，最终只余书目，也唯有靠着《册府元龟》才有所保留。事情发生以后，为了修复秘阁，京中诸大臣也都贡献藏书原本或者复本，但此中损失，已经是无可挽回。

而更让人吐血的是，不管是安置大火中在皇宫附近受灾的灾民，还是修复承天门、长春殿、门下省、中书省等，都需要银钱，但左藏库和内藏库被焚毁，国库已经无钱。此时三司使丁谓推荐副使林特以修改茶法为名，重订虚估，并先交钱以购茶引，紧急征收赋税。

此外，皇帝令丁谓为大内修葺使，令其紧急修复大内。但此时当真是巧妇难为无米之炊，工程既大，工期又紧，还要修得好，而国库又没有钱。丁谓不愧是能吏，竟给他想出一个办法来。原来大内重建，要用到许多巨木土方，皆自外头运进来，到城外卸载以后，就要人力慢慢扛进去。工程既大，进展又慢。尤其是这次修的都是大殿大门，要用到许多巨木巨石。且汴京每日人流往来，若要依原来修建的方法，只怕一年也修不完。丁谓遂下令在皇宫前开沟渠直至城门外入汴水，再把京城附近的汴水引入沟中，使船只运送建筑材料直达宫中工地。不但省了许多人力物力，还减少了因为卸载而导致的损失。挖开沟渠自然有许多挖出来的泥土无处安置，便直接在沟渠边开窑烧砖，以供宫城修复所用。待宫殿修复完成之后，再将清理废墟以及建筑剩下的碎料废土填进沟渠里，重新将沟渠街道填平。如此取土烧砖、材料运输、清理废墟一举三得，不但大大节约了时间，更节省了无数人力物力，只这一项，节省下来的钱就超过了亿万。

因两库被烧，为了节约财用，皇帝再次颁布销金令，下令宫中禁金银饰物，又放出宫人一百多，更是大倡清廉之风，将大中祥符二年手制文臣七条再度昭示天下，令各州刻于石上。这七条内容为："一曰清心。谓平心待物，不为喜怒爱憎之所迁，则庶事自正。二曰奉公。谓公直洁己，则民自畏服。三曰修德。谓以德化人，不必专尚猛威。四曰责实。谓专求实效，勿竞虚誉。五曰明察。谓勤察民情，勿使赋役不均，刑罚不中。六曰劝课。谓劝谕下民勤于孝悌之行、农桑之务。七曰革弊。谓求民疾苦而厘革之。"

这一场大火后的余波不止，内藏库原是太祖、太宗灭诸国时得的皇帝内库之银，这次大火之后，朝廷的财政顿时就困难了起来。皇帝的手头少了这一支可调剂的力量，越到后来，就越见弊端。这场大火，恰恰是在刘承规去世后不久发生的，还将皇家藏书的秘阁烧了。然则荣王俯首，罪魁已死，皇城司查不出其他头绪来，皇帝纵是满腹怒气和疑惑，却也无可奈何。

到了此时，赵恒也顾不上北官们的反对了，王钦若、丁谓、林特、陈彭年等南方系的官员以其擅长经济事务的极强能力，渐渐升起，深得赵恒倚重，已经为原来的北方系的官员所不能压制。

不久之后，王旦去相位，由王钦若为相、丁谓为参知政事、林特为三司使、陈彭年为兵部侍郎，一时渐成势力。

王旦去相位不久，赵恒病重，朝政之事，渐渐移于皇后刘娥。

第七十八章

寇準回京

大中祥符八年的秋天，御苑中秋菊盛开，红叶满枝，百果飘香。皇后刘娥带着妃嫔们坐在亭中，看着孩子们嬉戏。

皇子赵受益已经五周岁了，此时正领着头在假山间疯跑，跟在他身后跌跌撞撞的是楚王元佐的孙子赵宗保，今年才不过三周岁。另外三个稍大的孩子前后护持着这两个孩子的，一个亦是楚王的孙子，七岁的赵宗旦；一个是镇王元偓的儿子赵允弼，今年八岁；另一个是刘美的儿子，八岁的刘从德。

刘娥唯恐宫中皇子受益独在宫中，性情孤僻，于是又抱养楚王的孙子赵宗保一同做伴，又让赵宗旦、赵允弼与刘从德当了皇子的伴读，几个孩子常常玩在一起。

先皇太宗皇帝共有九子，此时活着的，除赵恒外，只有长子元佐、六王元偓、八王元俨这三人，因此赵恒对此三王亦是格外垂顾，并让元佐与元偓的子嗣，为皇子伴读。

另一边，才两岁的小公主赵志冲坐在才人李氏怀中，她是李氏所生之女。这小公主生来体弱，一直多病，长到一岁时赵恒亲自抱着她去玉清昭应宫拜在三清门下入了道，起了超长的法号叫清虚灵照法师，又照这个道号起了个很有道家风格的大名叫志冲，这才渐渐养住了，如今长得颇为可爱，只是因为体弱，李氏格外看得紧。看着哥哥们玩要，小公主也十分想加入，却被李氏抱着，不许她下来。

离四月份的大火，已经过去了半年，一切都在渐渐恢复中。此时坐在亭中的后妃们，谈论的却正是将在年底举行的皇子加冠之礼。杨氏此时已被封为淑妃，问刘后道："姐姐，受益才五岁，就行加冠礼，这合适吗？"

刘娥叹了一口气，淡淡地道："这是官家的意思。"

赵恒近年身体越来越不好，就更信所谓的天书祥瑞了，对王钦若也越发倚重。这也是臣子们要君的手法，创造出让上位者感兴趣的一个项目来，极力地夸大它的作用，使上位者把民力物力投入这件事中，而自己主持其事，便能够上下弄权固位了。

而赵恒从开始的设神道以慑外邦，到今日的沉迷，确也有他自己的原因。当年赵恒因为五个皇子先后早夭，未免有些心灰意冷，不料以祈子的名义建设神殿两年之后，竟然得子，心中未免有几分相信了。再加上这两年来，赵恒渐渐觉得老之将至，而皇子尚年幼，此时的追求神道，确也似秦皇汉武崇信方士一样，有求长寿之意了。

自皇子出生后，宰相们屡次上书，请求早日封王。赵恒亦希望在自己活着的时候，逐步将朝政之事交予皇子。因此决定，今年年底为皇子行加冠元服之礼，待冠礼过后，就可以直接封王理政了。

虽然一般男子加冠之礼多为二十岁成人之后，此时却只得拔苗助长了。

两人正说着，忽然听到一声清脆的声音："大娘娘，小娘娘——你们看，我抓到一只大蝴蝶！"两人抬起头来，却见赵受益跌跌撞撞地抓着一只蝴蝶，向着亭子跑过来。

此时李才人也陪坐在亭子的下首，听到"母妃"这一声叫唤，又见小皇子笑得一脸灿烂地向她冲过来，不由得想站起来去迎他，却见小皇子冲过她的身边，直扑到刘娥的怀中，心头只觉得空空荡荡，心中黯然："我这是怎么了？可真是糊涂了不成？他怎么可能冲我喊母妃？"

忽然又听得"母亲——"一声娇唤，小公主糯糯软软的身子在她的怀中扭动，娇声道："母亲，母亲，我也要大蝴蝶，我也要大蝴蝶！"

李氏的心忽然间就落到了实处，笑抱着女儿道："冲儿乖，待会儿母亲再叫人给你抓蝴蝶去！"

刘娥笑道："冲儿，来，到大娘娘这边来！"

李氏放下小公主，小公主就乖巧地跑到刘娥身边，叫了一声："大娘娘！"

刘娥笑对怀中的赵受益道："我儿乖，你是哥哥，把蝴蝶送给冲儿好不好？"

赵受益昂首道："好，我是男子汉大丈夫，不跟小丫头争。"

刘娥笑抚着他的小脑袋道："对，你是男子汉大丈夫，再过几个月，爹爹就要给你行冠礼了，行了冠礼，就是大人了，懂吗？"

赵受益响亮地应了一声："欸！"引得众人都笑了。

此时杨媛亦抱过赵宗保，几个小孩子在草地上滚得一身是草干泥土，粘在后妃们华丽的裙装上。刘娥不以为意，笑嘻嘻地抱着赵受益问侍立一边的三个大孩子道："师父近日都教什么了？"

赵宗旦素来像个小大人，此时忙回答道："太傅已经开始教四书了。"

刘娥点了点头，又问刘从德："你舅父近来在做什么？"

刘从德知道问的是钱惟演，忙答道："舅父在家闭门读书，又与杨官人等把《西昆酬唱集》添了许多内容。"

刘娥笑道："哦，惟演倒有这样的闲心，几时拿来给我看看。"低头想了一想又道，"我可见不得他这般清闲，你可告诉他准备着，再没几日这般清闲了。"

刘从德已有些懂事，忙跪下谢恩。

过得几日，旨意下来，迁钱惟演为工部侍郎、枢密副使，兼学士。三司使丁谓、翰林学士李迪升为参知政事。

汴京城的雪，今年下得特别早，丁谓走出轿子，只觉得一阵寒意袭来，他跺了跺脚，笑道："今年好雪，明年的庄稼又可大丰收了。"

早已经候在亭中的宰相王钦若拊掌大笑："我们在亭里说了半日的风花雪月，不及谓之这一句惜时爱民。"

丁谓大笑："咱自从做了三司使后，每日里锱铢必较，张口钱粮闭口土木，早是俗不可耐，哪及得上王相与各位官人名士风流，才子口角。"说着，大步走进亭子里去，却见三司使林特、兵部侍郎陈彭年等人均已经在了。林特笑道："谓之这话说得该罚，你自比大俗人，岂不是寒碜我们？"

丁谓哈哈大笑："不敢，不敢。"

亭中数人俱是当今名士，除治国理政外，亦是各有所长，各有所专。

宰相王钦若，当年主修《册府元龟》，于五代十国百年之乱后，将史料整理收集，传之后世，实为大功。

参知政事丁谓，首撰《景德农田敕》《会计录》等，自本朝以来第一次将天下农田的分布、赋税的多寡作一番普查，记录在案，由此皇帝始知天下农田多少，荒废多少，人户多少，能收赋税多少，对以后制定农事赋税政策大有功用。他又善用心计，任三司使时，任用林特等人推行榷茶法，善于敛财，以至于国库收入大增。种种政绩，甚得皇帝喜欢。

三司使林特，对开国初的茶法进行改革。开国初因为军中急需用钱，令商人以贩茶可加虚估之数，不料此风愈演愈烈，到近年来虚估之数超过实数七倍之多，令天下茶利朝廷只得五十万，倒有三四百万落于把持中间的茶商之手，造成官府无财，百姓被夺利，前些年王小波、李顺起义，亦有此中原因。林特改制茶法之后，虚估数减少了许多，朝廷茶税大增，又加上其他举措，才能令得尽管今年大内被烧，国库烧光，居然也能够支应得过去。

兵部侍郎陈彭年，与王钦若在修《册府元龟》时出了极大的力。精通史学，且一生在音韵方面成就极大。他重拾五代失散韵书，与丘雍等人修撰《大宋重修广韵》，此书收字二万六千余。此后大宋词学兴盛，此书功不可没，千载之下研习韵书者，均将此书奉为圭臬。

这拨人出身不是蜀中，就是江南，意气相投，政见相似，便常聚在一起，如今日金明池赏雪饮酒一般。

丁谓走进亭中，林特已经倒满了一杯酒送上，道："丁相请！"

与王钦若长相丑陋不同，丁谓不但有才，而且相貌清俊，人称鹤相。他为人精明能干，谈吐风趣，记忆力极好，数千言的文字，看过之后即能背诵。在三司时案卷繁多，积年老吏都不能决，他一言就能判定，令众人折服。造玉清昭应宫时，本需要十五年完工，而丁谓令工匠日夜赶工，竟以七年多时间就完成了。不管所任何职，他一上任，均能在最短的时间内做出声闻天子的政绩来。作赋吟诗、绘画、弈棋、博戏、音乐、茶道等无不精通。他任转运使时，将龙凤团茶改制成更为精致的大龙团茶，此后宫中皆用大龙团茶为御茶。又以图作书，写出本朝第一部茶经《北苑茶录》。

两人原本利益一致，相交甚好，只是王钦若为人强势，这些年来更加跋扈，近来见丁谓手握财权，与百官交好，连皇帝也渐渐倚重起来。丁谓的相貌，丁谓的人缘，丁谓的洒脱会玩，都是令王钦若心中暗嫉的。只是丁谓从来不以为意，潇洒如故，倒教王钦若几番寻事，都如拳头打在棉花上。王钦若自己倒疑惑起来：丁谓当真心胸宽广至此？

丁谓一口将酒饮尽，笑道："好，权当我向各位赔不是，又迟到了，又说错话了。"自己再倒了一杯，向王钦若敬道："恭喜王相，终于得遂所愿了。"前些时候，因为宰相王旦病故，升王钦若为尚书左仆射，兼中书侍郎、同平章事，入阁拜相。

王钦若淡淡一笑，将手中酒一饮而尽，却尽露疲倦之色："这杯酒到得太

晚了,意料中的事,却晚得心中竟然都提不起劲来了。”说着,将手中的酒杯重重一放,恨恨地道:“为了王子明,误我为相十年。”

丁谓知道他仍然记恨着当年的事,十年前皇帝就拟拜他为相,却被王旦极力反对,直到如今王旦病亡,他才得以入阁为相,这十年的等待,对于他来说,的确太长太长了,长到令他心态失衡。然而毕竟王钦若为相,打破了“南人不得入阁”的祖制,使得朝堂之上南北之势为之一变,就这一点来说,丁谓亦是感谢他的。

王钦若用讥诮的眼神看向丁谓:“谓之今日迟来,是否临行前中宫有命,以致延误?”

丁谓心头一震,随后镇定自若地笑道:“正是,临行前宫中询问,小皇子行冠礼之事准备得如何了?”

王钦若举杯轻饮一口,慢条斯理地道:“冠者成人也,而今年方五岁稚龄,就要行冠礼,古往今来未曾见也,老臣只怕到时候这冠礼行到一半,小孩儿哇哇大哭,岂不大失体统?”他初为相,正是要大展拳脚之时,皇帝在那次大火之后身体不好,朝堂上必会倚重更甚。可不承想,如今宫中皇后专权日甚,作为士人,最忌后宫干政,哪怕当日他也曾因为与寇準等人不和,而着力支持刘氏为后。但一介妇人,入主后宫便罢,如今这般,却是手太长了,须得让她明白前朝后宫的区别才是!

丁谓自然听出他的意思来,心念一转,强笑道:“王相博古通今,若论史识,无人能比。虽然说冠者成人也,但自周朝以来,天子诸侯为执掌国政,则未必一定要到二十岁才行冠礼。传说周文王五十二岁而冠,成王十五岁而冠,此事古已有之。且《士冠礼》中亦有‘诸侯十二而冠’之言。小皇子既受大命,自然聪慧过人,王相多虑了。”

王钦若冷笑一声:“但愿是老夫多虑了,小皇子行过冠礼,便可问政。有人急着要将这五岁孩子推上前台,却是为何?”

丁谓咳嗽一声:“王相,慎言!”不由得看了一眼,不想一抬头,却见地位稍低的几个人早去看远处的红梅了,座中竟然只剩下林特、陈彭年尚在一边。

王钦若双目炯炯地看着丁谓:“老夫熟读史书,古往今来,最惧的是子幼母壮,女主专权。唐代武后之祸,离之不远。谓之,你我身为人臣,不可不防啊!”

丁谓心头猛震，惊诧地道："王相何出此言？"

王钦若往后一倚，缓缓地道："老夫要你与老夫联手，阻止后宫擅权。"

丁谓强抑心头波澜，整个身子倾了过去，问道："如何阻止？"

王钦若微微一笑，伸手指了指上面。

丁谓看着上面，心中领悟道："天？"王钦若以天书起家，他这话，自然是打算以天意入手了。只不过这是他擅长的，何以叫自己出手？

王钦若点了点头，神秘地一笑。

丁谓会意地点了点头，两人转过话题，只谈风月，不涉政务，过得一会儿，众人赏梅回来，便继续饮酒，说些诗词歌赋。

丁谓不动声色地饮酒，作诗，直到傍晚，才兴尽各自散了。

离开金明池回到府中，已经是日落西山了，丁谓屏退仆从，独自站在空空的书房内，忽然仰天，哈哈大笑，笑到全身脱力，笑到眼泪都出来了。

十年了，今日王钦若但恨这十年来得太迟，丁谓又何曾不恨这十年来得太迟了呢？

为了这一天，他等了足足十年。王钦若可为相，他丁谓又为什么不可为相呢？十年来他结交王钦若，以三司使的财力全力支持王钦若东封西祀种种行为，取得王钦若的信任，使得王钦若放心将建造玉清昭应宫的事交给他，而他亦借此机会，早已经培养起自己的势力。

可笑王钦若自以为抓住了皇帝，就足以抓住一切，但他不知道，丁谓的势力，早已经悄悄地自下而上培养起来。可笑王钦若自以为精通史书，却不知道在从丈量土地、兴修土木等一件件实实在在的小事做起的丁谓眼中，他也只不过是过于书生意气罢了！

这些年皇帝身体不适，又沉迷于神道，朝中大事尽皆由王钦若把持，最终逼得王旦权柄一退再退，只能告老。如今王钦若正式为相，可谓一人之下万人之上。若让皇子行了冠礼，皇后协助问政，哪还有这样的好日子？此人自视甚高，皇帝要让皇子即位，却没有请他辅政的意思，就已经大大刺激了他。

这些年虽然北官的气势略弱，而南官有更多的人上来。可是王钦若为人气量狭小，不能容人，只肯提拔对他俯首听命的，到如今已经得罪了不少人，北官们在朝野上下，到处编派王钦若各种"奸邪"之事。王钦若名声已经在走下坡路，连南官中有志气者也远离他了，再与皇帝意见相左，这相位，他也坐不了多久了。

丁谓虽然当日与王钦若合作过，但是他不会跟王钦若站在同一条船上沉下，对方的船要沉了，他自然要及时脱钩，并且最好拉上另一条船才是。

丁谓以修玉清昭应宫和皇宫之权柄，已经掌控了一部分势力，也早为王钦若所忌。近段日子不断打压于他，如今更逼他在对付皇后的事情上一马当先，这是要拿他填坑。呵呵，他丁谓在王钦若面前低头，也低得够了，现在换他抬一抬头了。

他思忖着，若是王钦若罢相，谁能上位？如果是他继王钦若为相，那么如今所有对王钦若的攻击，接下去就会完全针对他了。而就目前的情况来说，皇帝是否愿意在任命一个南官为相以后，再任命一个南官为相？

若北官再度兴起，朝堂格局必然会再度动荡，这未必是皇帝愿意看到的。但若南官为相，则北官不会罢休，到时候他们会疯狂地群起而攻之。

所以接下来的宰相必是北官，但皇帝必然会重用一个南官来牵制。如果是这样的话，那么，就由他抢在所有人之前，先帮所有人设计好他们都能接受的方案。

凡事预则立，不预则废。他既然已经决定对王钦若下手，就必须在扳倒王钦若之后，再找一个愿意与他搭档，甚至成为他的伙伴的北官为相。

十年前，长亭送别寇準的情景又浮在眼前："平仲兄待谓之大恩，谓之无以为报，唯有他日再在此长亭之中，亲自迎平仲兄归来！"

丁谓推窗，望着窗外最后一抹残阳，微微含笑："平仲兄，十年了，也该是你回来的时候了。十年了，所有的人都忘记了你，王旦、王曾、李迪，这些当初自命与你同一阵线的人，都不曾记得你，可是只有谓之不会忘记。你一定会再度回来的。这一天，终于等到了。"

半个时辰之后，丁谓之子丁珝出府，前往枢密副使钱惟演府中。

次日，枢密副使钱惟演入宫参见刘娥。

半个月后，枢密副使马知节在朝堂当众举发王钦若擅权，泸州都巡检王怀信等平蛮有功，王钦若不但不及时上报请赏，反而扣下不理。

自为相以来，从未有人敢如此当面对他无理，王钦若气得浑身颤抖，回到内阁，便下了批文，将王怀信等人全部除官，以消心头恶气。

三日后，已经发出去的批文，却出现在赵恒的御书房中，赵恒大怒，当面召了王钦若来质问，重责他擅弄权术，令他闭门思过。

十日后，王钦若再度上朝请罪，说了半晌，赵恒方消怒气，不料马知节却拉住王钦若，争扯之间，王钦若袖间数十道本章落在地上，马知节遂骂他奸邪之辈，平时袖藏多道奏章上朝，看皇帝眼色而呈奏章。

副相向敏中，亦是王旦、寇準等人一派的，十余年来受王钦若打压不少，此时见状趁势出面指责王钦若。王钦若口才便给，以一敌二亦是毫不落下风，一时朝堂之上，唇枪舌剑、明刀暗箭纷纷乱放，两派积怨又久，副相李迪等人趁机一泄心头之怒，也加入了对战。

整个朝堂，霎时间乱如蜂窝，只听得嗡嗡嗡一片嘈杂之声，直到赵恒一声怒喝，方才静了下来。

赵恒大怒，拍案而起："将王钦若、向敏中、马知节统统轰出去！"

王钦若骤然醒悟过来，连忙伏地请罪，却见赵恒拂袖而去。

数日后，表章纷上，王钦若贪污受贿、私藏禁书、假借鬼神之名擅议皇子加冠之事等罪名被人告发，赵恒盛怒之下，将向敏中、马知节、王钦若三人一起罢免，王钦若被贬职，出判杭州。

而此时王钦若的顶头上司，正是曾任参知政事，当年被王钦若陷害下贬的张知白。置王钦若于昔年仇家的手下，正是丁谓之绝妙安排。

到了年底十二月份，有旨意下来，本拟暂停的庆国公赵受益冠礼照旧准时举行。

冠礼在宗庙内举行，冠前十天内，要先卜筮吉日，十日内无吉日，则筮选下一旬的吉日。及冠礼前三日，又用筮法选择主持冠礼的掌冠者、赞冠者。

行礼时，文武百官齐聚宗庙之内，但听得乾安之乐大作，由礼直官、通事舍人、太常博士引着五岁的皇子受益穿着大礼服，下了辇车，散发自宗庙的台阶上缓步而入，两边台阶上俱是身着大礼服的文武百官。

皇帝升御座之后，皇子先拜见皇帝，然后起身。

礼直官大声唱道："皇子行元服。"

紧接着肃安之乐大作，通事舍人等人引着皇子到大殿东侧，由掌冠者为其加折上巾（幞头），并由掌冠者唱祝词道："咨尔元子，肇冠于阼。筮日择宗，德成礼具。于万斯年，承天之祜。"

然后皇子到殿东面，饮执事者所酌之酒，象征性地略进馔食，再回到正殿中。则由掌冠者取下折上巾，再授以远游冠，再唱祝词曰："爰即令辰，申

加元服。崇学以让，三善皆得。副予一人，受天百福。”

皇子坐宴，再饮酒，再回正殿。最后一次除去远游冠，则加以皇子的衮冕，再次唱曰：“三加弥尊，国本以正。无疆惟休，有室大竞。懋昭厥德，保兹永命。”

冠礼成，于大殿北面，拜见生母刘皇后，奉上肉脯等物。由宫人接下，皇后受皇子三拜，送皇后出殿。

再回到正殿中，既行过冠礼，赵恒则再赐名“祯”字，为皇子冠礼后的正式名字。

然后皇子再到宗庙，祭告列祖列宗。

至此，这场烦琐的元服加冠之礼，才告结束。

这对于一个大人来说，也是一场累得够呛的礼仪，对于一个才五周岁的孩子来说，更是吃不消。早从两个月之前，刘娥便先让他演习了数次。此番正式行冠礼时，文武大臣们看着才五周岁的小皇子不哭不闹，一脸端庄肃穆，礼节一丝不差地完成了整个冠礼的经过，不由得心中暗叹：“皇子虽小，果然已经有君王的风范了。”

冠礼过后，赵恒下旨，皇子庆国公赵受益改名赵祯，封为寿春郡王，任忠正军节度使，兼侍中。

一个月后，也就是大中祥符九年正月，又下旨以张士逊、崔遵度为寿春郡王友，辅佐皇子。

再过一个月，又有旨意，命皇子就学的地方为资善堂，设资善堂众辅官。

大中祥符九年年底，下旨改下一年为天禧元年。

天禧元年二月，再封寿春郡王赵祯兼任中书令。

天禧二年二月，寿春郡王赵祯晋封升王。

天禧二年八月，文武百官请立皇太子，赵恒下旨，立皇子升王赵祯为皇太子，大赦天下。

九月中旬，赵恒御天安殿正式册封赵祯为皇太子，祭庙告天。

这一年的年底，寇準回京。

城外长亭，参知政事丁谓已经置酒相迎。

这一次寇準的回来，并不是一帆风顺的。赵恒是个记旧情的人，也曾有让寇準回京之意，数年间每次被王钦若所阻。王钦若只说得一句：“若是寇準回京，对官家信奉天书之事仍然大肆批评阻止，却当如何是好?”赵恒便将此事搁置了下来。

丁谓既存了此心，于是就开始寻找机会。自刘承规去后，周怀政接手皇城司，他不比刘承规才能超众，难免少些底气，于是就爱结交朝中大臣，以为外援。

周怀政有一好友，便是永兴军巡检朱能，这次正好被人上告贪污等各项不法之事。朱能自知不妙，忙写信向京中认识的官员们求助。

丁谓听闻此事，大喜，辗转寻人同周怀政说，要帮助朱能，就只有令他献祥瑞，最好是献天书。周怀政亦是不察，于是写信给朱能，叫他依计行事。

过了一段时间，永兴军巡检朱能，就在乾佑山发现了天书。这已经不是第一次发现祥瑞了。自从大中祥符初年在承天门发现天书之后，各地经常出现祥瑞报告，要么天上发现“五星连珠”，要么地上发现玄武真君的灵异，至于灵芝朱果，更是成千上万地涌现出来，先是王钦若献了八千多株，接着副相赵安仁也献了一万多株，到丁谓出判亳州时期达到最高点九万五千多株，以致被人讽刺丁谓在亳州不种庄稼光种灵芝了。

不过天书只出现过一次，祥瑞的物品也罢了，谁也不敢拿白纸黑字的天书来开玩笑。但朱能是地方小官，哪里知道深浅，竟敢依计而行。

而丁谓插手此事的原因，却正是因为朱能的上司，是昔年因反对赵恒信奉天书而罢相被贬出京，此时任永兴军节度使的寇準。永兴军所在发现天书，而且是夹在永兴军上报的奏章当中，报至京中。

王钦若以天书而得势，如今，他一定想不到，一直被他打压的寇準也同样能以天书重返朝中。这真是件有趣的事，丁谓暗忖。

此时刘娥身为皇后，自然也是看到了奏章，诧异地道：“上报此消息的，竟然是寇準?”

枢密副使钱惟演点头笑道：“正是。”

刘娥缓缓放下奏章：“我记得，当年寇準是最反对信奉天书的人吧。不想今日，他竟然也主动制造祥瑞，进奉起天书来。唉，既有这一日，何必那一遭！这十年来兜兜转转，还是走到这一步来!”

钱惟演点头道：“正是有了那一遭，才会有了这一日啊！一个人不经挫折，怎能学得会‘妥协’这二字呢?！十年来远离中枢，失去对军国大事插手的权力，十年来只能在地方上做一方大员，对于一个喜欢指点江山的人来说，足够让他改变了。”

刘娥长叹一声，不觉有些惆怅：“当我们开始重视一份真正可贵的坚持时，却发现时光已经让这份坚持面目全非了。”

钱惟演默然：“人总是要变的。”

刘娥看了他一眼：“你也变了吗，惟演？”

钱惟演低下头去，片刻后，他抬起了头看着刘娥，坦然道：“是，臣是变了很多，但是有些事，已经入骨，便是时光也不能改变。”

刘娥看着他的眼睛，微微一笑：“是，有些事已经入骨，便是时光也不能改变。譬如说，你我之间永远的信任。”她轻轻地拿起寇準的奏章放在右边那一堆已经看过的奏章中，含笑道：“官家一定会很高兴的。”

果然赵恒很高兴，虽然天书一事，做得实在很不高明，不高明到被许多重臣驳斥，如参知政事鲁宗道上言此为“奸臣妄诞，荧惑圣聪”。河阳军知州孙奭，更是上书请求“速斩朱能，以谢天下”。赵恒握着这道奏章，却是明白，这不仅仅是一份祥瑞报告而已，更是寇準的一封降书。

“朕终于降伏这犟头了。”赵恒道，“先帝贬他两次，他才驯服，朕只贬他一次，却要他真心驯服。”

丁谓侍立一边，笑道：“臣早就说过，寇公只是性子直了些，却还懂得做臣子的本分。官家所好，便是臣子所尊。”

赵恒哈哈一笑，令周怀政道：“拟旨，招寇準回京。”又问丁谓：“寇準回京，如何安置？”

丁谓跪下道：“臣斗胆，请官家拜相寇公。”

赵恒大感诧异，微微点头：“嗯，难得你有这份心。”此次王钦若罢相，丁谓继任为相的呼声最高，不想丁谓竟然推荐寇準，赵恒不禁对他有些另眼相看了。

却不知这本就是丁谓的计划，此时王钦若失势，左右有劝丁谓乘此机会入阁为相的。他却知道若是自己登上相位，则南官权柄过重，不但会成为北官攻击的目标，也会令皇帝生疑，不如自退一步，举荐寇準。寇準为人心大、好奉承，只要自己对他恭敬到位，让他不好意思对自己发作，自然就能行事方便，有事也好让寇準顶在前面，反而更好。这相位由王钦若到寇準，再下一任，自己为相就水到渠成了。

况且他当年亦与寇準甚是交好，寇準为人豪爽，不懂经济，经常豪掷巨万，到要用钱时却周转不开。丁谓刻意交好，给寇準出主意，帮他料理钱银之事。寇準虽然轻视南官，却曾举荐帮助过丁谓。

于是此番丁谓上奏赵恒，力荐寇準为相。召寇準回京的事，终于敲定下来。

圣旨下到永兴军中，寇準捧着圣旨站起来，不禁仰天长叹。

这一天终于来了。

而为了这一天，他已经改变了太多。

他不相信天书，不相信祥瑞，当年被贬出京，他依然自信而执着，时间将证明这是一场闹剧，时间将证明他是对的。

然而一年年地过去，这一场闹剧愈演愈烈，直到演变成正剧。他看到身边的每一个人，都投身于这场全国性的运动。

当一件事情，一两个人说你错了，你还可以认为自己是对的，上百上千个人都说你错了，你就会对自己产生怀疑。当全国上下都投身于一件事十年之后，你就会否定自己原先的判断。

你为什么要跟所有人不一样？若这件事真的错了，难道天下这么多人都错了吗？只有你一个人是对的吗？

无数个夜里，寇準开始这样问自己。没有他的日子，朝廷照样运转，运转得叫他心急如焚。执掌国政的，是王钦若这样的奸佞之臣，而他却只是因为固执地反对着一件事，而让自己置身圈外不得过问，这，真的是于国有利、于民有利吗？

连他一直敬重的老宰相王旦，也带头敬迎天书，带头赞颂此事了；连他一直倚重的正直之臣李迪、王曾，也随波逐流了；连他一直来往的朋友赵安仁、丁谓，都抢着献灵芝了。

寇準扪心自问，他此刻的坚持让自己失去对政治走向的控制权，他此刻的坚持让王钦若之流更加放纵，他此刻的坚持让自己远离中心。这一份坚持，真的是有必要的吗？

他决定放弃了，所以他接受门客的劝说，在朱能的天书奏表上，违心地签上了自己的名字，违心地把这一件连他自己都不相信的事，作为自己郑重的自荐。

寇準收拾起行装要回京了，仍然有门客劝他："此时朝中奸人当道，寇公

接旨之后，若称病不去，请求外任，乃是上策；若是入见官家，当面奏天书之虚幻，则为中策；若是再入中书，自堕名节，恐怕要入下策了。”

这门客跟随他多年，知他。然而门客知道的，是过去那个凡事随心、毫无顾忌的寇準。此刻的寇準，心境已变。虽然他知道，回京必须面临着种种门客们所说的处境，但是参与天下大事的议政，才是他的志向所在。长久在外，纵然是治得一郡太平，又岂能称他胸怀！名节事小，江山事大。只要他重返中枢，他自信制得住丁谓，也自信仍有能力影响皇帝，改变朝纲，重振正气。因此虽然听了种种劝说，他依然豪情万丈地上路了。

然而，违心的事，并非只是迈出这一小步，就足够了。

离京城只有三日之路，寇準又接到了一道圣旨——令他进京之前，写出一道关于天书祥瑞的赞表。

“天书赞表！”寇準手捧圣旨，只觉得心中一阵阵地发冷。是笑别人，还是笑自己？人一朝堕落下去，迈出了第一步，就必然要迈出第二步吗？

随圣旨同来的，是亲自前来宣旨的皇城司周怀政，还有丁谓的亲信随从。这却是丁谓之计，他若要利用寇準，必须不能让寇準一回京就把他当成目标。只有寇準自己也妥协了，他丁谓才好于中取利。这人一旦走出第一步，后面自然就硬气不起来了。

因此他悄悄同赵恒进言，让他下这旨意。另一边又自做好人，私下派了心腹悄悄地告诉寇準：“只因朝中有人，不愿意寇公入朝为相，因此在官家面前进谗。丁某知道寇公为人，不会拘泥于这种小事，请寇公一定要进京，免得教那等小人遂了心愿！”

“不会拘泥于这种小事，不会拘泥于这种小事！”寇準喃喃道。忽然大笑起来，在案前一坐，喝道：“拿酒来！”

整整三坛的兰陵美酒，倒入腹中，化作一大篇天花乱坠、不知所云的天书赞表。寇準掷笔，狂吐，沉醉不醒。

天书赞表飘飘飞起，坠落在地，周怀政拾起表章，面无表情地离开。

次日，仍在昏昏大睡中的寇準被侍从扶上马车，继续向京城前进。

第七十九章 豪门夜宴

天近暮，华灯初上，宰相府中，豪宴始开。

这里是新任宰相寇準的府第，此时正为他再度拜相而大开宴席。宾客们冠盖如云，门前停满了朝廷大员的官轿，依次落座。

丁谓走下马车，立刻就有寇府家丁上前，将马从车子上卸了。这是寇府喝酒的规矩，逢到大宴喝酒必须尽兴，任何人进来都把马车卸了，关上门，不到大醉不放回家。

丁谓走进府内，只见满堂灯火辉煌，更胜白昼，五色鲜花，从大门口一直摆到府里每一处长廊中，衣着华美的侍女来回穿梭，带起阵阵香风。

直引到大厅之中，座中早已经欢声笑语不断，觥筹交错间，但见杨亿、李迪、王曾等朝廷大员都已在座。

忽然几声铃鼓响起，大厅正中的一朵金莲花忽然盛开，东京城中最著名的女伎杏娘从中跃了出来，但见她红衣翠帽，浑身西域打扮，一个轻轻的转身，便跳起寇準最喜欢的柘枝舞来。随着鼓点的起伏，杏娘帽子上的金铃随着她每一次的躬身、倾侧、翻转而奏响天籁般的乐声。当真如唐人诗中所云“平铺一合锦筵开，连击三声画鼓催”，“鼓催残拍腰身软，汗透罗衣雨点花”，舞姿之美，令座中百官俱看得如痴如醉。

寇準看得兴起，抢过鼓师手中的鼓槌来，亲自击鼓助兴。那杏娘妙目一转，见是寇相亲自击鼓，轻笑一声，那舞姿更加地婀娜动人，那轻笑声更加娇脆诱人。

一曲终了，寇準放下鼓槌，杏娘一个急速旋转直到寇準面前才停下来，却是口中已经衔了一杯兰陵美酒，送到寇準口边。寇準大笑一声，接过酒杯一饮而尽，拍案叫道：“赏！”

宰相一声“赏”，立刻数丈锦帛送上，杳娘盈盈一笑，娇声道：“谢相爷！”

寇準哈哈大笑，拂袖坐下，见丁谓坐在自己邻座，招手道：“谓之觉得这歌舞如何？”

丁谓鼓掌道：“下官观遍京城所有的歌舞，却只有在寇公府中，才见得到最精妙的柘枝舞。”

寇準哈哈一笑，问道：“我前日说的那一件事，你的意见如何？”

丁谓知道他说的是什么事，不禁犹豫了一下。前些日子，寇準将弹劾林特、陈彭年等人的案卷给丁谓要他拿问，丁谓却以“官家仍需要他们办事”借故拖延了下来。如今见寇準再问起来，丁谓微微一笑，道：“下官写了一篇文章，正想请寇公指点一二，不知可否？”

寇準嗯了一声，拿过丁谓自袖中呈上的文稿，看了一下，却见其中有两句：“补仲山之衮，虽曲尽于巧心；和傅说之羹，实难调于众人。”不以为意笑道：“这是谓之自况了？”说完将文稿递还丁谓。

丁谓笑道：“这是下官任三司使的时候，颇有感怀，因成此文。所谓众口难调，事多招谤，实是三司使最真实的写照啊！”

寇準笑道：“三司使就这么难做吗？”寇準知道丁谓这首诗，是自况情境，亦是为林特求请。被人告状不止的林特，此时正任三司使之职。

丁谓叹道：“寇兄啊，人道三司使为计相，是财神爷，要起钱来仿佛是无底洞似的。却不知我们也是替万岁爷管着钱，半点不由着自己。表面风光，其实内里有苦自知，这些年来不知道得罪多少请托之人。想田元均计相前些年卸任之时，只对我们诉苦说：‘做三司使数年，不知道拒绝过多少人的请托。没办法，不能得罪人又不能依从，只得见人赔笑，直笑得整个脸都硬得跟鞋底似的’。”

寇準一口酒正饮着，听了他这话一下子没忍住，“噗”的一声全喷了出来，摇头道：“当真是如此夸张不成？”

丁谓含笑道：“直至下官亲身经历，方知道此话不假。田公忠厚人缘好，把脸皮笑成鞋底，逃过了许多恶评；下官算得圆滑，也难免被骂；林特性子躁了些，那就得罪人更多了。他倒求过我好几次，让我把他从这个招骂的位置早早换下。只是此时茶法推行不久，还需要林特主持。如今把他换下来，茶法才推行了一半，会令茶赋陷入混乱。等茶法上了轨道，便是寇相不说，我也自是要把他换下来的。”

寇準嗯了一声，不再说话，心里却有些不舒服。

他此番回来，丁谓亲自在城外相迎，看似与他亲密交代，但说话却甚是不入他的耳。为大臣体，怎么能够只顾曲阿奉迎，不知进谏。但思及他说起这十年来的思念之情，又说起这十年来如何在王钦若手底下想方设法，又有些不忍了。只是他回来之后，与丁谓数次相商，要将那依附王钦若的林特等人贬去，丁谓就一再为这些人开脱。

这份友情，或者并没有丁谓自己说的那般看重吧。

酒宴继续进行着，丁谓看到王曾、李迪、杨亿等人依次和寇準交谈，面上含笑，心里却是暗忖，这些日子以来他使尽全力拉拢寇準，但是人的理念不同，终究还是拉不回来。

酒过三巡，忽然门口来报："八大王到——"

众人皆静了下来，但见中门大开，寇準站了起来，亲自迎了八王元俨走进来。

十年前，寇準离京之时，元俨才二十多岁，飞扬跋扈指点江山不在话下，好名马、好行猎、好醇酒、好美人，整个人走到哪里都是带起一股旋风似的，直是"意气骄满路"的气焰。而今整个人完全不同了，寇準初见之下，竟是差点认不出来。

十年未见，八王元俨从轿子上走下来时，他那沉重缓慢的步履、那端凝沉重的神情以及嘴角眉梢的纹路足以显示苦涩留下的痕迹，怎么看都与那充满得意充满骄气的年少亲王恍若两人。酒宴之上，美姬歌舞，丝竹乱耳，众人酒酣耳热放怀大笑，元俨却是神情寡淡，从头到尾没超过五句话，一杯酒放在面前。除入座时宾主相饮一杯，再也没有动过酒杯。大有举座欢愉、一人向隅之意，这个皇室亲王，竟然表现得像一个古寺老僧似的，忽然之间失去了所有的活力。

寇準见了他这样，顿时想起当年的失火之事。三年前大中祥符八年的那场大火，的确对如今朝堂格局上造成了极大的影响。

那一夜八王府失火，直将皇宫内的左藏库、朝元门、崇文院、秘阁都烧成白地，火灾造成的损失难以计数，更兼后患无穷。

左藏库本是皇帝私库，甚至三司用度不足，都要向左藏库请求暂借。而皇帝手握财源，对朝堂更易控制。历任宰相曾多次要求，将左藏库也归到三司，从太祖到太宗再到今上，都不肯答应。如今倒好，这一把火烧尽了，宰相再不用为这事同皇帝扯皮。且秘阁更是广聚天下珍异及历代图书典籍经藏，当年太宗皇帝主修《太平御览》、本朝王钦若、钱惟演等修《册府元龟》均是据秘阁中典藏而成，一旦焚毁，这其中的损失又岂是金钱可以计算。

此案牵涉极广，有数百名官员涉案，幸得宰相王旦上书自己请罪，将此次火灾定为天灾，并请求不宜牵连过广，这才保全了这数百名官员。

镇王元偓本就是久病之身，府中遭遇大火，一惊之下竟然在不久后就去世了。而这涉案的数百名官员被宰相王旦保下，皇帝赵恒这一腔怒气更是无法消除。元俨数次叩殿请罪，仍然无法消除皇帝的怒气，先是夺了他所兼的武信节度使一职，又降为端王，元俨府第被焚，皇帝亦未赐新府，只得寄居延庆长公主之驸马石保吉的府第。

待罪之身的日子不好过，寄人篱下的日子更不好过，三年里更是见尽了世态炎凉、官场冷热。尤其这位曾经备受娇宠而气焰逼人三丈远、得罪多少人而不自知的二十八太保，更是加倍地品尝到了这种滋味。

这煎熬的三年，的确能令一个曾经骄横飞扬的人，变得沉默寡言，变得内敛谨慎，变得深思多疑，变得极度压抑。

元俨今日来，也是有原因的。这几年南官势力渐长，他只能蛰伏不动，待见寇準入京，京中格局有所变化，他也特地来看一看，有什么机会可以利用。

寇準与元俨交谈一番，彼此有所试探。元俨心中便知，寇準虽上天书，但初心不改，此番要整顿朝纲，既是要清算王钦若余党，也是对中宫皇后的干政有所不满。寇準入京见皇帝时，皇帝隐晦地提起希望他辅佐皇后与太子之意，却被寇準顶了回来。元俨便借此暗中提点一番，说了些自己知道的事。

寇準出京前，八王元俨是意气风发的亲王，如今寇準归来，见元俨言行举止，与以前迥然不同，心中暗暗一叹，得势与失势，竟然会让一个人精气神全变，变成另外一个完全不一样的人。八王元俨的变化之大，更令寇準警惕所面临的朝廷局势，更令他不敢轻忽。

酒宴仍在继续，歌舞仍在继续。

酒尽歌残、宴罢人散之时，天色已经大亮。寇府前的马车一辆辆地散去，各处收起灯火，地上尽是流下来的烛油，大厅里数丈被酒污了的鲛绡红绫乱扔在地。

下午时分，阳光斜照进种满海棠花的院落，寇準的侍妾茜桃捧案走过长廊，走进房中。寇準已经醒来，一边在茜桃服侍下漱洗，一边问道："人都散了吗？"

茜桃捧过酽茶来给他解酒，一边答道："各位官人都已经散去了。"

寇準嗯了一声，起身走动一下，坐到窗边，道："你拿本诗集给我。"

茜桃知道他平时这个时候习惯看几页诗集，她走到书架边，正要抽取诗集，忽然犹豫了一下，转过身来向寇準施了一礼道："老爷，昨夜妾身忽有所感，也学着写了两首诗。诗虽粗陋，不知可否请老爷指点一二？"

茜桃是寇準离京后所纳的，未曾经历过京城繁华，寇準素日虽也教她些文字，写几首诗，她却是向来羞怯不太肯示人，如今听她主动提出，倒有些诧异，笑道："好啊，不想你如今也真的能诗了，拿来我看看。"

茜桃犹豫片刻，呈上了两页纸笺，寇準漫不经心地接过诗稿，嘴角还含着一丝轻松的微笑，才看了两行，笑容忽然凝住。

房间里静了下来，静得窗外的树叶飘落下来，那轻微的声音都足以惊动房内的人。寇準看着手中的诗，这两首诗为：

一曲清歌一束绫，美人犹自意嫌轻。
不知织女萤窗下，几度抛梭织得成。

风劲衣单手屡呵，幽窗轧轧度寒梭。
腊天日短不盈尺，何似妖姬一曲歌。

过了好一会儿，寇準才轻轻地道："茜桃，你怎么会想到写这两首诗？"

茜桃沉默片刻，道："茜桃出身贫寒，幼年时曾纺纱织布为生，因此知道织出一匹绫罗来，需要一个纺织女多少天的辛苦和煎熬。寒冬腊月，每日手冻得僵硬破裂，织不出一尺来。可是昨晚一曲清歌便抵得成丈的绫罗，宴席之中酒溅汤污毫不怜惜……"她停了一下又道，"老爷，一尺绫罗难织，一寸烛蜡难制，不知道要费却百姓多少辛苦汗水。可是咱们相府之中，却是绫罗酒污烛泪堆积，如此奢侈……恕妾身斗胆，老爷当年在永兴军时，不与官府中人来往，反而下到田间与百姓同耕同乐，怜贫惜物，为人处世，更是疾恶如

仇，从来不涉官场陋习！”说到这里，她已经是忍不住眼泪夺眶而出，忽然跪了下去，哽咽着道：“老爷请恕茜桃大胆冒犯，茜桃实在是看不明白了。自从老爷献了祥瑞，进了京以来，每日里却只是豪宴高官，不但挥霍无度，甚至是结交权贵，援引内宦……”

寇準的脸骤然沉了下去：“茜桃，你看到了什么？”

茜桃犹豫了一下，大着胆子道：“茜桃看到老爷数次密会皇城司周怀政周公公。老爷，您是一国宰相，内宦是刑余之人，茜桃也读得几本书，古往今来，哪有忠肝义胆的大臣去结交阉奴之辈呢？相爷是天下人望，相爷一世英名，不可轻毁啊！”言到此句，已经是泣不成声，重重地叩下头去。

寇準沉默片刻，仰天长笑：“哈哈哈，想不到寇準周旋于玉堂金马之间，来往谈笑、所见所闻的天下栋梁、满朝公卿学富五车，竟然都比不得一个小女子的胆量和见识，竟然只有茜桃来劝我、谏我、讽我、哭我！哈哈哈哈……”

茜桃惊愕地抬起头来，她原本是准备着接受触怒寇準而引来的责罚，不料却看到了寇準的感慨、寇準的激愤与寇準的伤感。看到这样的寇準，令她悲伤得不能自已，她膝行两步，颤声道：“老爷，茜桃什么都不懂，只是胡说八道罢了！可是……”她泪流满面，“如果回到京里是老爷所希望的，如果这种豪门夜宴是老爷所喜的，如果结交权贵是老爷所好的，那茜桃无话可说。可是茜桃跟随了老爷这么多年，老爷当年虽然远离京城，却过得自得其乐。然而在老爷决定献天书之后，越来越不开心，当着人前声音越来越响，背着人后越来越落寞自伤，酒喝得越来越多，酒醒之后越来越难受……老爷，茜桃只是不明白，既然京城生涯非老爷所愿，为什么还要去争取？争得这么苦？争得这么折堕？”

寇準喃喃地道：“为什么还要去争取？争得这么苦？争得这么折堕？”他看了茜桃一眼，叹道，“茜桃，你起来吧！”伸手将茜桃拉起。

茜桃整衣站起，惴惴不安地看着寇準，她方才热血涌上心头，鬼使神差地竟然许多话脱口而出，也不知道自己何来的胆子，何来的这么多想法，却见寇準神情黯然，更是不知所措。

寇準轻叹一声，却已经从激动中平静下来，拍了拍茜桃的肩头道：“老爷我也曾经年轻过，那时候以为一股热血，率性而行天下去得。可是经历了这十年之后才明白，人生竟是诸多的不得已，有些事不能由着自己的好恶率性而为。哪怕争得再苦、再折堕，我也不能就这么放弃。有时候弃势就表示全盘认输啊！过去，我便是不知变通、消息闭塞而误了十年，不结交内宦，我行我素，不谋权势。十年前我是这样，十年后我再不能犯同样的错误。我已经为此误了十年，我的人生中不可能再有十年让我误了！”

茜桃哽咽道：“老爷——”却再也说不出任何言语来，寇準的世界是她所不知道的，是这样的复杂，她又何以置喙呢？

寇準沉吟片刻，道：“你写了两首诗给我，我便和你一首诗吧！”说着走到案几边，挥笔而就。

寇準将诗笺递与茜桃，才要说什么，却听得管家寇安在外面道：“老爷，王参政来了！”

寇準搁笔匆匆而去，茜桃手执诗笺呆立，又是一个官人来了，又是一场不得已的政治密会，眼看他渐行渐远，自己却唯有呆立在原地，越来越不懂，越来越不明白。

她将诗笺平放在案几上，无声地叹息一声。诗笺上写着：“将相功名终若何，不堪急景似奔梭。人间万事何须问，且向樽前听艳歌。”

“人间万事何须问，且向樽前听艳歌……人间万事何须问，且向樽前听艳歌。”茜桃喃喃地念了两遍，眼泪夺眶而出。

半年后，中书省。

寇準坐在堂上，看着手边一份份案卷，脸色越来越沉，看到一半，将案卷重重地放下来，道：“请王参政。”

在等副相王曾到来的这段时间里，寇準站起来，慢慢地踱步，让自己的思维沉静下来。

进京已经半年多了，他执掌中书已经半年了。可这半年的时光，却令得他与丁谓之间，有了越来越多的冲突。

他现名为宰相，丁谓不但在公事上对他恭敬有加，且私事上也对他照料得无微不至。此番到京，丁谓特地购置了一座府第，寇準却不肯接受，倒是看中了此时身为副相的王曾一所宅地，宁可租了来住。寇準向来手面大，宰相的俸禄虽高，他左手来右手去，不是周济了贫困下属，就是大设宴席，听歌博弈，一下子花得干干净净。他原有一座极大的府第，只是当日被贬出京的时候，无数门客相随，他手无余资，只得将那府第卖了。他回京后，也不是没

钱，只是京城居大不易，略大的宅院哪里有空置的？再加上如今京城日益繁华，人口增多，官员也多了。他这府第原来卖掉容易，如今加两倍的价都找不到同等质量的宅院了。他干脆就不买了，直接在京中找了一圈，看中哪里，就同人租来。寇準无府，成了京中一件趣闻，他自己安之若素，久了之后连辽国都知道宋国有一位“有官居鼎鼐，无地起楼台”无府宰相。

他与丁谓本是好友，当年两人也曾吟诗饮酒，甚为相得。此番丁谓特地推荐他为宰相，自己愿居下属，他心中亦感激。但是到了公事上头，寇準却渐渐发现，自己这个宰相，倒像是给丁谓架空了。

所有下面递上来的政务，都先经过丁谓的手，挑选后才呈给他，而且经常先送上几件他必会强烈反对的事，等递个三四件事，都被他驳回之后，丁谓再递上一件较为平和的事，他就不好意思再驳回。有时候签了才发现，这才是丁谓真正的目的。虽然政务上丁谓都口口声声地称“秉寇相的意思办事”，到头来发布的事项，却与他的意思相去甚远。时间一长，寇準亦是精明之人，自然察觉。只是丁谓向来态度恭敬，待他公事私事，都如同晚辈侍奉长者似的无可挑剔，便是存心生事吵架也吵不起来。

寇準此番回京入阁，心境为人已经与十年前大不相同。他决定大展身手澄清朝纲，一举除去这十年来王钦若治下的种种弊端。但是原来以为是良友善辅的丁谓，却处处掣肘，到头来丁谓竟然是意欲架空他，令他暗怒不已。

过得片刻，王曾进来，寇準说到最近与丁谓在几件政事上的冲突，叹道：“当年我与丁谓之交好时，曾向李文靖公大力推荐他的才干。李相却对我说：‘此人不可使其得志！’我那时候不太明白，反而不服地说：‘以丁谓的才干，必有得志之时，怕是连李相也不能一辈子压着他吧?!’李相当时叹了一口气说：‘此人有才无德，你总有一天，会想起我今日的话来。’今日想来，李相果然有识人之明，丁谓此人，不可深交！”

王曾知道他说的是故宰相李沆，却又想起当年王旦也是同样赞同李沆的，道：“李相为人深谋远虑，的确是人所难及。记得王相曾对我说，他当年为副相辅佐李相时，见李相常常拿着水旱蝗灾的上报，王相以为这些琐碎小事，不值得上报官家，李相说：‘官家少年即位，当令其知道天下百姓的艰难，免启奢侈之心。否则血气方刚，不留意间不是喜欢声色犬马，就是好大兴土木。我年纪大了，未必会看到这一天，但是将来有一天或许你们会念起我今天的苦心。'到后来官家果然大兴土木,东封西祀,营造宫观,他欲谏不能,欲去不忍,这才叹息李文靖公不愧是圣人。"

寇準也叹息道:"王公,你这是说到我这次不应该进表贺天书之事吧?"

王曾点头道:"下官正有一句话,此番寇公进京,是大错特错了。常言道:名与器不可假人。此番寇公不但没能重振朝纲,反而让他们借着寇公的声望胡作非为,寇公一世英名,在世人眼中,也不免与他们同流合污了。"

寇準猛然一惊,看了王曾一眼,他倒不曾想到此处。心中暗暗忖道,难道自己此番进京,与丁谓合作,竟然是错了不成?

沉吟片刻,寇準叹道:"王公之言,平仲已经有数了。也是该下决心的时候,这件事不能再拖了。其他人倒罢了,只是丁谓这人难办,我有心劝他,他这边答得好听,却依然故我。我有心与他争论,他却是恭谨小心,我与他多年交情,却是撕不开脸皮来。"

王曾叹道:"寇公老实,被奸人所欺。寇公难道不知道,丁谓在朝中,此前与王钦若、林特、陈彭年、刘承规这四人一起,被人称为'五鬼'吗?丁谓此番诚请寇公入京,看似顾念旧情,实则是欺寇公重情,借寇公之名而行自己之便而已。"

寇準怔了一怔,陷入了沉思。过得不久,忽然听得外头一阵喧哗之声,却是丁谓带着众同僚过来了,嘻嘻哈哈地笑道:"寇公还不出来吗,人都到齐,就等你了!"

寇準猛一惊,抬起头来,双目精光毕露。

王曾微微一怔,倾过身去问道:"是约好的吗?"

寇準点了点头:"是约好的。"

这一日原又是丁谓约了一群中书省同僚,于中书省阁中一起聚餐。丁谓向来懂得做人,他知道现在单独对着寇準,难免要发生冲突,他新近招了一个好厨子,便自己备了酒菜,叫了一大批同僚,大伙儿吃吃喝喝,当着众人面,寇準自然不会扯破脸皮。酒到兴处吟诗填词,热闹上一场,便有什么意见也烟消云散了。寇準这人性子海阔天空,一件事冲散了,过段时间未必会再提起。

丁谓进来见了王曾也是一怔,随即笑道:"王参政也在,正好,大家一起热闹一番!"说着拉了寇準与王曾一同出去,众人都等在外面,已经摆开酒席,见状笑闹着拉他们入席。

众人入席，丁谓心中暗暗忖度，王曾此人一向小心谨慎，不像李迪那样明面上和他作对，却更给他一种摸不透的感觉，刚才和寇準两人在内，不知道商议何事，却是不得不防。

丁谓看着寇準大口饮酒，心中却是也涌上与刚才寇準一样的想法：此番请寇準进京合作，是否错了？他本是存了当年毕士安、王旦驾驭寇準的心思，借助寇準的人望，来挽回自己在清流中失去的威望，也是借着寇準的直爽，收拾王钦若的残余势力。寇準虽然刚愎自用，但是只要自己设法周旋，多方市恩，必能使寇準买自己的面子，与自己合作愉快。他没想到的是，如今的寇準，已经不再是十年前的寇準了。十年前的寇準或许刚愎自用，并不计较得失，十年后的寇準，不但未曾与丁谓所预想的与他同舟共济，反而毫不顾忌地独揽权柄，独断独行。他以为是他建议寇準回京，虽然名分上他是副相，却希望与寇準的关系能像王旦与寇準一样，相互尊重，无分正副，不料寇準毫不客气地视他为下属，所有朝中大事，均由自己独断。半年来，他只有处处忍耐，设法巧妙周旋，才使得权柄不失，才使得整个朝廷的调度仍可以在暗中不至于失控。

丁谓心中暗叹一声："这种僵局不能再继续下去了，总得让寇準明白，我们之间应该怎样相处合作啊！"

"这种僵局不能再继续下去了。"近在咫尺的寇準看着丁谓，心中也暗叹一声，"丁谓，纵有多年情谊，你我之间该划清的，也是时候该说明白了。"

酒过三巡，上了一盆羊羹来，寇準因为心中有事，一时不注意，拿着汤匙喝羹汤时，没倒入口中，却全洒在了胡子上。这个时候丁谓正站在他的身边，很自然地顺手拿袖子帮他擦了一下。寇準自己正要动手，不料丁谓如此殷勤，不觉心事浮上，带醉斜眼看着丁谓，哈哈一笑道："参政是国家大臣，何必要殷勤为长官溜须呢？"

丁谓断没料到他竟有此一语，猝不及防，整个人傻住了。旁边的众臣见势不妙，忙都上前打哈哈道："啊，寇相喝醉了，丁参政不必当真，不必当真。"

丁谓回过神来，看着寇準，面无表情地一字字道："看来，寇相真是喝醉了，醉得不轻啊！"

寇準一言既出，自己也怔了一怔，却不知怎么地，浑身顿时轻松了下来。

"终于撕破这张脸了！"他坐在酒桌后，看着丁谓渐渐远去的背影，他这样想着，却隐隐地有一种悲哀。哪怕是再要好的朋友，道不同不相为谋，到一定的时候，总是要分开的吧？

“道不同不相为谋！”此时，走出中书省阁部的丁谓，心中也是如此确认！他那样努力想要维护着的一种和平景象，终于被打破了。其实这半年多的相处共事，他早已经隐隐觉得寇準与他处政理事的思维是完全不同的，终有分手之时。只是他不愿意面临和寇準翻脸的情况，和寇準为敌是一件很令人头痛的事，他也不过是维持得多长是多长罢了！

随着他出来的三司使林特，忙劝他道：“寇相想必是喝醉了吧，参政不必放在心上。”

丁谓嘴角微动一下：“酒醉三分醒，一个人酒醉之后的态度，恰恰说明他心底里对别人的看法。”他自嘲地一笑，“溜须？倒没想到，我在寇準的眼中，只是这样的一个人。”

林特忙道：“若无参政，寇準还在陕西边远地方呢，若无参政力荐，寇準哪得为相。不想此人竟如此忘恩负义。”

丁谓遥望天边，嘴角挂着一丝自嘲的冷笑：“忘恩负义，倒也不必这么说。只不过我现在才知道，有些人，竟然是煨不热的。”

一个人最大的敌人，往往是他最好的朋友。

第八十章
风暴将至

刘娥坐在御案后，批阅着一本本奏章。春风吹起一缕飞絮，飘飘荡荡地落到桌上。刘娥拈起飞絮，站起来走到窗前，向外看去，但见御苑中早已经是绿多红少，杨花柳絮飞扬，原来已经将近暮春了。

整日伏案阅卷，竟不知不觉，已经错过了这一春。

她转过身来，问雷允恭："什么时辰了?"雷允恭忙道："回圣人，已经是申时了。"刘娥点了点头，走向内宫寝殿中。

内宫中一股浓浓的药味，刘娥皱了皱眉头，道："官家还未服过药吗?"

小内侍江德明上前道："官家方才醒了，嫌药苦，没喝。"

刘娥点了点头："让我来吧!"走到御榻边，轻声道："官家，该用药了。"

赵恒睁开眼睛，点了点头。今年年初正是乍暖还寒时分，御苑中第一枝桃花开了，赵恒赏花之时，忽然中风，口不能言，虽然当时立即叫了太医诊治，慢慢地缓和过来，但是短时间内，是无法再上朝理事了。

朝臣们的奏章只得由中书省送进大内来，刘娥坐在赵恒的身边，为他朗读奏章，赵恒听后，若是点头，便批复下来；若是摇头，便驳回；若是不作表示，便留中，或者召朝臣们商议之后，再作处理。

奏章如山，有些折子繁琐啰嗦，刘娥只得在送到大内之前，自己浏览一番，若是事项不大，便自己先处理了。若是军政大事，洋洋洒洒写得长了，自己也先理个头绪出来，列出主要事项。因此每日见赵恒奏事，不到一个时辰，自己倒要先花上两三个时辰处理奏章。

刘娥独自坐在御案前，看着堆积如山的奏章，心中忽然有一种忐忑之感。虽然这么多年以来，她一直侧坐在旁，与赵恒一起商议朝政大事，可是自己独立批阅奏章，又是另一种完全不同的感觉。

近来丁谓与寇凖越发不和，寇凖当众嘲笑丁谓“溜须”更是令矛盾白热化。

刘娥召来钱惟演问道：“你与丁谓如今结成儿女亲家，你看这两人，到底能不能再共事下去？”

钱惟演不答，反问：“依圣人看，宰相一职，丁谓是否当得？”

刘娥已经明白，叹了一声：“丁谓此人精明能干，谈吐风趣，记性超群，头脑灵活，颇有巧思。这些年他不管担任什么职务，都能够在最短的时间里，做出出色的政绩。这般才干，群臣难及，再过些时日，入阁主事也是题中之义。只是当日丁谓自愿谦让，推举寇凖为相，对寇凖算得上情义深重，何以走到如今这般田地？”

钱惟演道：“不错。娘娘也说，要过些时日。丁谓已有宰相之才，他所欠缺的，只是资历与声望。他退位让贤，辅佐寇凖，并非真的高风亮节，对宰相权柄没有奢望。他只是想借着寇凖养望而已。这半年来，丁谓待寇凖可说是恭敬有加，在私事上更是照料得无微不至。以他如今的职位，可说是姿态做足。他所期盼的自然是寇凖能够有所回报，比如与他分享宰相权柄，或者帮助他培养声望。只可惜寇相一心想大展身手，澄清朝纲，一举除去十年来的种种弊端。但这十年丁谓亦在朝，所有事情均经他手。这其中的关系复杂，牵一发而动全身，他在其中只怕也未必有多么干净，更有许多要庇护的人。两人之间自然要生龃龉。”

刘娥微微点头，从前的寇凖重情重义，大而化之，不拘小节，很容易被下吏欺瞒。当年，他就是因为站队北派，偏袒弱者，过于激情用事而轻易为人所趁。丁谓此次请他回朝，本是想利用寇凖这个弱点，打着他的名声来行自己的方便。这段日子，丁谓在政务上口口声声称“秉寇相的意思办事”，但到头来发布的政令却与寇凖的本意相去甚远。此中种种小算计，按寇凖以前的脾气是不会注意到，更不会在乎。然而，十年外放生涯改变了寇凖，他如今做事仔细得多，对权柄看得更重了。丁谓明面上尊重他、实际上架空他的做法，估计已经让寇凖十二分恼怒。两人翻脸的日子怕是不远了。

想到这里，刘娥叹了一声：“官家常说，治理天下，有如开方用药，须得君臣调和、五行相济。朝中需要丁谓这样的能臣，也需要寇凖这样的直臣。按官家的意思，本是希望他们精诚合作，共同辅佐皇子。照你这么说，两人如此不能共容，只能留一个人在朝了。若是丁谓为相，则何人为辅？”

钱惟演道："王曾与鲁宗道皆可。"此二人俱为北官，王曾灵活，鲁宗道耿直，正可节制丁谓。

刘娥却没回答，只道："还须再看看。寇凖刚回京，我希望他这个宰相，能多做些时候。"

钱惟演眉头一皱："寇凖对圣人一直有偏见，一直在朝堂上非议圣人，圣人这又是何必——"

刘娥摆摆手："我本来就是因为官家病重，才不得已暂时代为执掌。若只为了他反对我执政，就要逐出朝堂，未免器量太小。只要他能够能为朝廷所用，他对我个人有什么看法，我是不在乎的。"

钱惟演道："圣人器量过人，别人却不一定能够投桃报李。世人大多是不能接受女人摄政的，娘娘若要辅佐皇子问政，今后的路本就难走，休要一时大意，反而被人所伤。"

刘娥听了这话，沉吟不语。

她怀着心事，就有些心不在焉。到晚间的时候，赵恒正要用药，平时这时候刘娥必在这里服侍，这日她因分神，迟了一会儿才去，就见内侍江德明垂头捧着一个药碗出来。刘娥见着药碗未动，就不由问："官家还未服过药吗？"

江德明忙道："官家嫌药苦，没喝。"

刘娥拿过药碗，见尚有余温，叹道："让我来吧。"说着走进来，但见赵恒闭目躺着，她来到榻边，轻声道："官家，该用药了。"

赵恒缓缓睁开眼睛，却是精神不济，含糊地道："你回来了。"

刘娥温和地道："官家，您该吃药了。"

赵恒看着药，忽然间将药碗推倒在地："日日吃这苦药，连这心里都发苦了！朕不想吃。"

刘娥看着倒在地上的药汤，无奈地俯下身劝他："官家，良药苦口利于心，您喝了，这身子才能早些好起来啊。"

赵恒愤然："朕不听，全是假话！朕喝了这么多的药，身体却没有好起来，反而越喝越坏。朕还喝它做什么，做什么？"

刘娥知道他这些日子因为身体有病，心中苦闷，一边是看着稚子年幼，江山难托而着急，另一边也是因为病痛导致的难过，只得劝他："官家，就当是为了我，为了皇儿。皇儿还小……"说到这里，眼圈也不禁有些红了。

赵恒看着刘娥，慢慢平静下来，忽然苦笑一声："好吧，朕喝。"

他自从身体不好以后，对刘娥更加依赖，一边是相位更易，让他把手里的权力抓得更紧，许多折子都要进呈御览；另一边也是一刻离不得刘娥，只要睁眼不见她，就要大发脾气。

刘娥无奈，这边托了杨媛照顾皇子赵祯，另一边自己尽心安抚赵恒，便是召见阁臣，也要乘他入睡间隙去。

赵恒一口一口将药喝了，他看着空碗，不由轻叹一声："人生在世，苦多乐少。朕很想知道，死后又是怎么样的境界。"

刘娥听了这话只觉不祥，阻止他再说下去："官家休要这样说，不过小疾，过些日子就能好的。"

赵恒见她不悦，也不反驳，只好脾气地笑笑，转身对周怀政道："你去找找楚王当年给朕的那几卷道藏来，每天晚上睡前念给朕听。"

刘娥无奈，只得坐在他身边，握着他的手，道："要不然，我给你读些诗词吧？"

赵恒只是一时脾气发作不能自制，此时情绪缓和过来了，歉意地拍拍刘娥的手，柔声道："朕没事，朕只是一时难受，你事情多，先去忙吧。"

刘娥道："那我忙完了，就来陪你。"见赵恒点了点头，她就扶起赵恒，为他解开头发缓缓梳头："御医说，每日梳头，能够活络血脉，减少头痛……"

赵恒不说话，闭上眼睛，感受着她的梳子轻轻梳过头皮。

刘娥轻声道："等用过晚膳，让我来给你读几段书吧，是道经，还是诗歌？或者是杂记也好……"

赵恒叹道："不管什么都好，只要不是念奏章。朕已经看了一辈子，听了一辈子，如今朕只想清静清静，有事你处置就好。"

周怀政端着道藏进来，听了这话，心中微微一凛，瞟了皇后一眼，见皇后正专心为皇帝梳头，忙低下头去，不敢再看。

刘娥一边梳着头，一边心中暗叹，赵家皇子，年轻时也都是弓马娴熟的，只是当了皇帝以后，习弓马的时间少了，用于公务上的时间多了。近年来又因为无子之事，深为劳神，及至皇子降生，又处处不放心，终是心脾亏损，体质衰退，夜梦失眠。太医说心生火则伤肝，肝木又克制脾土，因而脾气暴躁，经常忘事，情绪冲动。只能切忌劳神，切忌大喜大怒，再慢慢调理，或可有所好转。他天性温和内敛，可命运偏又让他成了官家，身上扛着千斤重担，却还想事事周全,可不就把自己逼成这样了。

她自是知道,朝堂上的臣子们,对她插手朝政有意见,可她能有什么办法?大宋开国至今不过三朝,如今皇子年幼,她若再不理政事,将来岂不是要沦为后汉刘家李后、后周柴家符后这样的下场。也因此皇帝到此时更不能放手朝政,而唯一可信可托的,就是她这个皇后。

朝堂上的臣子们不在乎换个皇帝,唯有他们夫妻母子三人,才是最不能放开权柄的人。

她的头上悬着这把剑,哪里顾得了什么人言物议,什么牝鸡司晨。朝臣们不服,宰相们不悦,那又怎么样?!到他们夫妻母子失权失势的时候,又有哪个满口大义的朝臣,会救他们于水火?

她是要当太祖、太宗这样的人,还是想当开宝皇后宋氏,这简直不用选择。嘴长在别人身上,爱说什么说什么,权柄握在自己手中,才能保护自己。

她当年一介孤女千里逃难,听过的难听话,比现在可难听千万倍呢。她若信了那些人的话放下自己的刀子,她的尸骨也早被野狗啃光了。

御香袅袅,延庆殿中静悄悄的,但听得刘娥的声音……

每日的奏章依旧发下,自赵恒病倒,为了安抚朝政,刘娥下旨提拔了一批官员,直言敢谏的鲁宗道被提拔上来,重新恢复元俨的王爵并赐宅第,曾经在澶渊之盟中立下大功的曹利用被任命为执掌军政的枢密使,皇后长兄刘美被任命为洛苑使,等等。

另外还有几桩婚事,如参知政事丁谓之子丁珝,新娶了钱惟演之女,与后家结成姻亲等。

寇準放下奏章,冷哼一声。他身为宰相,每日在中书接到大内传回来的奏章上,虽然看不出什么来,但这奏章中,似乎隐隐透着女子的脂粉香气,这香气令人如此不安。

后宫干政,本是朝廷的大忌,他身为宰相,岂可令这种情况继续下去。只是此时皇帝抱恙,连他也仅仅只能是入内请安,纵有什么朝政大事要进宫商量,那宫中人多眼杂,他也无法畅所欲言。

今日却是关键性的一日。三天前皇城司周怀政秘密派人通知他,今日是玉宸殿杨淑妃的三十五岁整寿。杨媛素日与刘娥交情极好,刘娥今日肯定会抽个时间过去玉宸殿,到时候周怀政会设法调开刘娥耳目,引他单独与赵恒密谈。

周怀政权势本大，他见刘娥执政以来，寿成殿总管雷允恭内倚皇后、外交丁谓，渐渐得势，未免威胁到自己。连忙这边向皇太子殷勤讨好，那边着力拉拢寇凖与丁、雷联盟对抗。平时每次见到寇凖等人，态度都极为恭敬，寇凖身为宰相，自然也需要得到周怀政在宫中的相助，因此对周怀政也另眼相看。

寇凖数次想要独自面奏赵恒，因刘娥在侧，无法实行，早就暗暗请周怀政设法寻找机会。当下闻讯大喜，早朝散后，寇凖借故留下来处置公务，过了一会儿，见周怀政果然派人秘密地来告，今日玉宸殿设下小宴，刘娥带了太子前去相贺，不在赵恒身边。

寇凖走过长长的宫道，来到延庆殿外，见周怀政果然早就候在那里了。周怀政见了寇凖，忙迎上来。两人沿着长廊一边走，一边低声说话。

“寇相，今日机会极好！”周怀政压低了声音道，“前几日，官家倚在我腿上时，叹息说唯恐自己一病不起，太子年幼难以执政。我趁机说，何不以寇相辅政，官家点头说甚好。寇相今日进大内，正可趁热打铁，将此事定了下来，太子临朝，寇相辅政，岂不天下太平！”

寇凖眼中光芒一闪：“周公公，官家此话，可曾泄露？”

周怀政低声道：“寇相放心，我自有分寸。另外今日机会甚好，官家刚才还抱怨说，圣人自己不在，连宫中妃嫔都叫走了，就把他一人扔在这里。这分明是对圣人不满，寇相正可进言。”

寇凖眼中精光一闪，问：“官家不满圣人？”

周怀政道：“正是，近日官家言语之间，对圣人诸多不满。甚至官家与圣人独处时，还经常听到他发怒，说圣人只顾着朝政，对他照应不周。”

寇凖冷笑一声，果然是皇后野心太大，引起皇帝不满；果然是天子圣明，早察皇后野心。

寇凖点了点头，周怀政打起帘子，寇凖入殿向赵恒请安。

此时赵恒的病情，已经略有好转，能够由周怀政扶着坐起来，也能说说话了，见寇凖进来请安，吩咐道：“赐座！”寇凖见屏风后无人，皇帝身边除了周怀政外，便只有数个小内侍，未见到皇后身边的贴身内侍雷允恭，这正是天赐良机。今日无论如何，也得把该说的话说了。

寇凖谢恩坐下，道：“臣观官家的龙颜，近来越发地好了，普天下臣民们

盼着官家早日临朝。”

赵恒笑着摇头道：“如卿之言倒好了，只朕这身子，恐怕短时间内难好，朝中事务，还得你们多辛苦！”

寇準看了看左右，忽然跪下道：“官家，国不可一日无君。官家久不上朝，百官心中未免惶惶，人心难定啊！以臣之见，皇太子已经行过冠礼，这些年来，官家令太子开资善堂议政，东宫有得力官员辅弼，皇太子天资聪明，深孚众望，已经有处理政事的能力，何不在官家养病期间，下旨令皇太子监国主政呢？”

赵恒因自己年岁已大，太子却还只有十岁，国事难以交托，这些年对太子恨不得拔苗助长，此时听得寇準称赞太子，不由得心中甚为高兴，笑道：“太子果然有处理政事的能力了吗？只怕还得要你们辅佐才是！”

寇準忙道：“辅佐太子，需得方正的大臣，臣观丁谓心术不正，钱惟演与他是姻亲，此二人断不可辅佐少主。”

赵恒沉吟片刻，道：“丁谓精明能干，钱惟演心思细密，本都是一时良才，奈何过于聪明，人君若不能制他们，便会为他们所制。祯儿年纪还小，尚不能驾驭他们。寇準，辅佐少主，还得是你与李迪。”

寇準强抑心中的激动，磕头道：“臣得官家所托，敢不肝脑涂地，尽心报答！”

赵恒微微闭目，道：“嗯，你叫杨亿草诏去吧！”

寇準知道皇帝是累了，忙轻轻地退了出去。

寇準离开延庆殿时，周怀政亲自送了他出去，远远见刘娥的仪仗过来，连忙引了寇準从另一边走。

这边刘娥进来，赵恒只闻到一股酒气，顿时不舒服起来，推开刘娥的手，嘟囔道：“什么味儿？”

刘娥摸了摸脸，觉得脸上有些烧红，笑道：“今日是杨妹妹生辰，我去给她道喜，喝了点酒罢了。”

赵恒恼道：“我一整天都看不到你，看不到祯儿，我病成这个样子，你们都不在，倒教我一个人孤孤单单的，她倒是比我要紧？”

刘娥看出赵恒因为病情而烦躁，只得赔笑：“是我的不是，也是看着杨妹妹一年也就这一天的生辰。天色不早了，我让祯儿去休息了。”

赵恒忽然发起脾气：“她生日重要，还是朕重要？你们都去找她好了，让朕一个人没人理好了！”他一甩袖子，哪晓得旁边一个花瓶应声而倒。

两人都愣住了。

呆了半晌，赵恒这才冷静下来，叹了一口气，无限沮丧：“我这是怎么了？怎么又胡乱冲你发脾气……”

刘娥心疼，握着他的手叹道：“你我是夫妻，是至亲之人，你心里不舒服，不冲我发脾气，又能冲谁发脾气？你若是不发脾气，我反而要担心你压抑过甚，有伤身体。”

他二人在房中谈心，站在外头的侍从听得皇帝在内发脾气的话，又听到花瓶碎了。周怀政回来时，副都监郑志诚就悄悄对他说，皇帝与皇后生气吵架，将花瓶都砸了。

周怀政听了，暗暗欢喜，只道自己这一注下得不错。

这边寇準走出大内，遥望着天边，长长地出了一口气，不禁露出了笑容。

他不及回府，便匆匆去了翰林学士杨亿的府中，屏退左右，将皇帝这番旨意告诉了他，并要他起草太子监国的诏书，说完之后，微顿了一下，像是下定了决心似的对杨亿道：“太子监国之后，要罢免丁谓，由你取而代之！”

杨亿是个谨慎的人，他深知丁谓耳目众多，因此送走寇準之后，若无其事，照样用过晚饭之后，早早歇息。到了夜深人静之时，身边的侍从也早已经退下休息，杨亿悄悄地披衣起床，自己点亮了蜡烛，坐在书桌前，将诏书拟成。然后等到墨干，再仔细地贴身收好，重新回床上睡觉。

他这一番草拟诏书，可谓是神不知鬼不觉，连家中人都不曾知道，这一夜一件震惊朝野的事，已经在悄悄进行了。

可是就算他这般谨慎小心之至，这个消息，仍是极快地传到了丁谓的耳中。

这一日，刘娥正批阅奏章，忽然接到雷允恭的禀报，说是丁谓求见。刘娥微觉诧异：“我并没有传他来见，可有何事？”

雷允恭神情微有些紧张，道：“丁相公说，有紧急国政，要禀告圣人。”

刘娥微一沉吟，道：“传！”

丁谓入见，也不及说些别的话，立刻单刀直入道：“圣人，大事不好，寇準与杨亿密谋矫旨，想要挟持太子监国，自己独揽国政，这分明是谋逆之行，请圣人圣断！”

刘娥大吃一惊，站了起来："你说什么？"

丁谓重重叩了一个头道："寇準谋逆，想要挟持太子监国。"

刘娥只觉得心头一寒，暗道："终于来了！"自赵恒病后，她代为执掌朝政，虽然是权宜之计，可是朝中已经有重臣表示不满，却没有想到，寇準竟然会如此大胆，公然下手争权？

刘娥缓缓地坐下，冷笑一声，问丁谓道："此事非同小可，你可有证据？"虽是盛夏，那声音却仿似冰凌一般。

丁谓心里打个寒战，忙道："杨亿连诏书都拟好了，寇準许诺要以杨亿来取代我的位置。今日杨亿会带着诏书来见官家，只要一搜杨亿，就可以搜出诏书草稿来。"

刘娥微微冷笑："丁谓，如此机密大事，你何以得知？"

丁谓犹豫了一下，直觉得御座上两道寒光刺了下来，不敢不言："昨日寇準得意之下，在家饮酒，醉后泄露。"

刘娥大惊，厉声喝道："大胆丁谓，你竟敢在宰相府中安了细作！我问你，文武百官之中，你还在何人身边安了细作？"

丁谓伏在地上不敢抬头，连连磕头："臣不敢，是那日臣与寇準饮酒，寇準酒后吐露对圣人的不满，臣因他是宰相，怕他对圣人不利，因此派了人去察看，臣仅仅是出于对圣人的忠心，安敢有其他企图。"

刘娥按下心头的不安，笑道："如此甚好，难得你一片忠心。"看了雷允恭一眼，示意道："允恭，扶丁参政起来再说吧！"

丁谓心中一凛，刘娥一问便止，显见这问题不是解了，而是存在她的心中了。心下暗悔，只得道："当今之计，圣人如何对付寇準的阴谋？"

刘娥点了点头："以参政之见呢？"

丁谓急道："圣人，官家稍有不适，即将痊愈，寇準鼓惑官家让太子监国。可是太子今年才十岁，如何能够主政，寇準无非为的是自己弄权。他一则诅咒天子无寿，二则诬陷圣人的忠心，三则欺凌太子年幼，实是其心可诛。杨亿就要进宫了，若是他见了官家，官家准了奏章，岂不是大事不妙？"

刘娥看了丁谓一眼，她知道丁谓力荐寇準回京之事，她也听说过"溜须"传闻，看着如今丁谓对付寇準之殷切，又怎么会想到，才一年之前，两人尚且同袍情深、同声同气呢。

但听着丁谓一声声"诅咒天子""诬陷圣人""欺凌太子"的切齿之声，这三桩罪名，桩桩打在她的心上。刘娥长长地出了一口气，天子病重，她本不想这个时候朝中人事有所变动，现在看来，只怕不动不行了。当下抬手止住丁谓，站起来吩咐道："允恭，立刻吩咐下去，今日官家身子不适，关了内宫之门。文武百臣若要见官家，都给我挡住了！"雷允恭应了一声，连忙下去。

刘娥缓缓坐下，看着丁谓退下去的身影，暗暗长叹一声，这一场风暴，终于还是提前发动了。她虽然此时方独掌朝政，然而辅佐赵恒三十年来，朝政大事早已经百事过心，事事娴熟。

治理天下，有如开方用药，须得君臣调和、五行相济。朝中需要丁谓这样的能臣，需要寇準这样的直臣，需要王曾这样的中和之臣，也需要钱惟演这样的心腹之臣，上位者之职责，只在维系其中的平衡。古人云"治大国若烹小鲜"，必须五味调和，酸甜苦辣，分寸只在毫厘之中。所谓"君甘臣酸、君少臣老"讲的就是这份调和之道，稍有差池，牵一发便动全身，会引起整个朝廷格局的大变动。

所以，以寇準为相，便以丁谓为辅而调和，寇準固然有兴利除弊的一面，丁谓的牵制可使他不会走得太远引起大动荡而失衡。她固然不愿意看到丁谓操纵了寇準，但是寇準与丁谓公开交恶，以致朝中大臣们陷入恶性之争，更是她不愿意看到的。

刘娥站了起来，走了几步，看到案几上的棋盘，无声地叹了一口气。世事如棋，朝廷这盘棋上，不能只有白棋，也不能只有黑棋。令人头大的是，这黑白棋子并不安守其位，每每要自行占位拼杀，她这个执棋人，不但要下棋，还要控制住手下棋子的走势。

赵恒病重，一动不如一静，她只愿风波不动，平安度过。可惜，别人并不如她所愿。寇準冲动冒进，丁谓伺机下手，都要亲自动手改变目前暂时平衡的格局，拥势而决定棋局的走向。

丁谓之告密，看似忠心，却也暗藏阴险，无非是借她之刀，除去对手坐大势力。刘娥暗叹一声，可惜，她目前并不打算打破这种格局。

她看着窗外——那里是赵恒养病的延庆殿方向——怅然想着，官家是怎么想的？为什么会让寇準拟这一道旨意？

刘娥转过身去，脸上已是一片淡然，不动声色地吩咐道："起驾，去延庆殿。"

第八十一章
宫廷政变

周怀政早知今日寇準、杨亿会带着中书省拟好的旨意入宫，只待赵恒点头便颁行下去，明日太子便可临朝听政。便是刘娥事后知道，旨意一旦下去，她想阻止也来不及了。

不承想今日刘娥居然这么早来到延庆殿，周怀政大惊，只得恭恭敬敬地迎了上去，心里还计算着待会儿寇準入宫，先找个机会将刘娥引走，只要圣旨上一用上赵恒之印，便是刘娥也无可奈何。

刘娥直接进殿，也不像平时一般先召了太医询问病情，直接走向赵恒床头。周怀政暗惊，恭敬地上前一步，正好侧身挡住刘娥去路，恭声道："圣人，官家方才用了药，刚刚睡着。太医说不可惊动，以免病情有碍。"

刘娥上下打量了周怀政好一会儿，周怀政只觉得寒毛都竖了起来。刘娥压低了声音冷笑道："难道本宫还要你这个阉人来教吗？你要不多事，谁也惊扰不了官家。"她抬手一压，众人皆不敢说话，延庆殿内鸦雀无声。

刘娥提起裙裾，轻手轻脚地走到赵恒的床榻前，坐了下来。

赵恒仍在昏睡之中，但见他蜡黄的脸，经了这段时间的病，都瘦凹了下去。刘娥静静地坐在床边，看着沉睡的皇帝，心中的郁结之气，不知怎么的，就松了下来。

但见皇帝睡得不甚安稳，像是觉得有些闷热似的皱起了眉头，她轻叹一声，不由得伸出手来，轻轻地拂去他缠在额间的发丝，将被子松开了些，嘴角露出一丝温柔的笑意。

赵恒睁开了眼睛，看着刘娥一笑："你今日怎么这么早来了？"

刘娥微微一笑，柔声道："今日奏章不多，早处理完了，记挂着你，所以早点过来。"

赵恒点了点头："朕这一病，让你劳累了。"

刘娥伸手扶着赵恒坐起，这边亲自接了周怀政捧上来的巾子为赵恒擦汗，笑道："三郎说哪里话来，你我本是夫妻，臣妾为三郎劳累，那原是分内之事啊！"

赵恒握住了她的手，叹道："国政纷乱，非亲临者不知道其中之苦啊！"刘娥心中一道电光闪过，差点脱口而出，看了周怀政一眼却又不说了。

赵恒又转了话题，道："怎么好几日不见祯儿了？"

刘娥柔声道："太子每天都来向官家请安的，想是早上官家睡了，不敢打扰。"便含笑转头吩咐周怀政："怀政，你去东宫，等太子散学了，就把太子带过来。三郎，咱们一家三口，倒是好久没有一起这么聚聚了！"

周怀政正担心寇準之事，连忙应了一声退下。他走出宫门，正准备寻个机会派人打探消息，却见雷允恭拿着个瓶子跑了出来，道："周公公慢走，圣人忽然又吩咐拿瓶荷花露给太子解暑，正巧，咱们一起去吧！"

周怀政见这么张膏药硬贴上来，直恨得无可奈何，咬牙笑道："雷公公莫要客气，正要同雷公公多多亲近亲近呢！"

雷允恭哈哈笑着走上来，拍了拍他的肩膀道："来来来，周公公请！"

这边刘娥看着赵恒精神好了些，含笑道："官家的气色，比昨日又好了些。昨天钦天监来说，近日里夜观天象，见原来聚在紫微星旁边的云层已经散去，看来官家的病，指日就会痊愈了。"

从一开始赵恒以信奉天书为由，强令群臣跟进，那便是一种天子权术。自唐末以来，北有五代，南有十国，各自征战不休，年号更易，国号更易，天子更易，如走马灯一般。哪怕大宋立国数十年，许多边远地区的百姓，恐怕还不知道如今已经沧海桑田换了人间。他拜祭天书，东封西祀，奔波数千里，遍立宫观，不过就是用神道手段晓谕天下，如今是大宋天子在位，不论南北东西，皆为一体；亦是令远近邦属，知晓天朝上国已定乾坤。而令百官必须拜服天书，亦是一种政治上的强迫站队。朝堂之上，这些中原大臣再也不能抱团挟制天子了，而必须臣服于天子。于是，王旦屈服了，最终，寇準也屈服了。

然而许多事，人与势，既互相成就，又互相影响。赵恒这些年信奉天书祥瑞久了，渐渐地有些沉浸其中不能自拔，再加上身体久病、太子年幼，心头悬在那里放不下的事太多，便是身为天子也是无能为力，更加寄望于问神问

仙。自他病后,已经数次大赦天下,刘娥也派人令普天下各处道观为皇帝祈福,大作法事。

赵恒已经病了很久,此时听得刘娥此言,微觉宽慰,道:“钦天监果有此见吗?”

刘娥柔声道:“三郎,天下人都盼着你早日好转,早日临朝听政。”

赵恒含笑点了点头,握着刘娥的手道:“这些日子,你既要操心朕的病,又要操心朝政大事,可忙坏你了。”

刘娥低头想了一想笑道:“臣妾不求有功,但求无过,平平安安地过了这段时间,等三郎病好了,臣妾也好抽身。只是……”

赵恒看着她的神情:“有事?”

刘娥犹豫片刻,道:“本应什么事也不应烦劳到官家,只是臣妾此事不敢做主,只得请官家做主。”她顿了一顿,道:“丁谓刚才来报说,寇準昨日吃多了酒,说官家要太子监国由他辅政,还许了杨亿接替丁谓之职。今日早朝人心惶惶,都在私底下议论此事,他吓得不知如何是好,所以来讨官家的示下!”

赵恒却早已忘记此事,闻言顿时不信:“怎么会有这种事?”

刘娥看着赵恒:“这么说连官家也不知道?”

赵恒想了想,忽然想起昨日周怀政引着寇準来说的那一番话,当时他只道是寇準的一个建议,只叫他做个详细的奏议来备参考,谁知道寇準竟然将未定之事擅自泄露出去,弄得朝中人心不稳,难道他当真就以为自己一病不起了吗?如此性急,却是令人心寒,想到此处,不觉大怒,当下不动声色道:“丁谓有何奏议?”

刘娥心中暗服,果然一问就问到点子上了,当下笑道:“丁谓有什么想法,不问也知,不必理会。臣妾想此事已传扬出去,寇準怕是不宜为相了,不过这个空当也不能太大了,免得失衡。”

赵恒点头笑道:“以皇后之见呢?”

刘娥道:“臣妾愚见,事情已经传成这样了,可以以丁谓为相,以正视听。然后以王曾为制衡,官家以为如何?”

赵恒想了想道:“制衡丁谓,还是李迪的脾气更好些。”

小内侍江德明打起帘子,张怀德早候在外头,这时走进来禀道:“禀官家,参知政事丁谓候旨。”

赵恒点了点头："召！"

丁谓进殿后过得片刻，只听得赵恒道："宣制诏。"

张怀德连忙宣了知制诰晏殊入宫，晏殊进宫后才知道是拟罢相之旨，只得回奏道："臣掌外制，此非臣职也。"

随后，掌内制诰的钱惟演被传进宫，议及寇準罢相之事。赵恒病重，不愿意朝中人事变更过大，只言令寇準罢去相位，另授闲职。

钱惟演请援王钦若之例，封为太子太保。

赵恒沉吟片刻，道："寇準不比王钦若，更升一层，为太傅。"顿了一顿道，"还要更加优礼。"

钱惟演道："官家恩重，臣请封寇相为国公？"本朝只有开国功臣封王，封寇準为国公，也算优厚。赵恒点了点头。

钱惟演自袖中取出藩国名册呈上，赵恒顺手一指，钱惟演定睛看去，却是一个"莱"字。

那一天傍晚，知制诰晏殊、钱惟演入宫之后再没回家，夜宿于外宫学士院草拟旨意，次日圣旨下：寇準罢相，改授太子太傅，封莱国公。以参知政事丁谓、太子宾客李迪同为平章事，一起拜相。

寇準没想到一着不慎，竟是乾坤逆转。他自惭不够谨慎，功亏一篑，自此之后，闭门在家。一日黄昏，忽然有客来访，却原来是赵恒身边的内侍周怀政。周怀政本深得赵恒宠爱，这些年来已经升迁至昭宣使、英州团练使、入内副都知等职，权势不下于当年的王继恩。他与寇準自朱能天书事件，已经同声共气，那日又乘刘娥与雷允恭不在的时候，安排寇準单独见了皇帝，取得了太子监国的许可。

谁知道寇準失败，刘娥一追查，便查到周怀政的头上来，虽然尚未对他动手，可是周怀政心中已经是惶惶不安了。本朝对士大夫素来礼敬有加，太祖的誓碑中有"不杀士大夫"一条，因此寇準虽然罢相，也只是削去权力，依旧封为太子太傅与莱国公。而宫中若处理起内侍来，可就没那么麻烦了，杖责逐出，苦役流放，甚至处死，都是有可能的。因此周怀政见寇準失势，却是比寇準更加着急。

他也是判断失误，原以为皇帝近来常向皇后发脾气，是对皇后不满。当年他见着太宗时代，李皇后对太宗是毕恭毕敬，温柔之至，让太宗连一点毛病也挑不出来。而赵恒与刘娥相处时，因着赵恒病中任性，刘娥就呈现出强势之态来,处处管着赵恒饮食行为,而赵恒病中难受,迁怒刘娥,常常向刘娥发脾气。两人这般的相处,却是他看不懂的,只当是皇后不温存,皇帝生嫌弃了。哪想到押宝押错,皇帝前一日还答应寇準辅政,谁晓得皇后轻轻一句话,皇帝竟全依了皇后,倒将他们这些人晾在半空中了。

这日周怀政借口巡视四门,来到寇準府中,见了寇準就跪下道:"国事危急,后宫专权,寇公身负天下的期望、官家的托付、太子的辅弼重任,难道您当真就此放手,任由丁谓等五鬼横行不成?"

寇準先是吓了一跳,听了他这番话,却也不禁叹了一口气道:"奸臣弄鬼,后宫专权,连官家都不能自主,我又被罢了职,却还能有什么办法呢?"

周怀政站起来,左右一看,两边侍从都已经被屏退,这才上来一步,贴近寇準轻声道:"官家已经许了太子监国,便是寇公也可以依旨行事。"

寇準摇了摇头道:"皇后不肯放手,便是太子监国,也只是徒具虚名啊!"

周怀政诡秘地道:"太子并非皇后所生,只要太子执政,皇后也掌不住权力。官家已经有旨,若是太子还不能掌监国之权,何不干脆一步到位,由官家禅位,这样皇后再有通天之力,也不能干预朝政了。"

寇準听得周怀政说出如此惊天动地的一番话来,惊得退后一步,跌坐在座位上,直拿眼睛瞪着周怀政,好一会儿才颤声道:"你,你这叫什么话?"

周怀政趋前一步,道:"寇公何以如此胆小?! 官家明明对我说过,要让太子监国,寇公辅政的。我想官家也一定是对皇后干政有所不满,才有此意。太子迟早是要即位的,早和迟还不是一样? 官家退位为太上皇,仍然指点太子执政。若是咱们拥立太子,再奉官家为太上皇,我想这也不违官家的本意!"

寇準瞪着眼睛,直直地看了周怀政好一会儿,却不说话。周怀政心中一急,忙又跪下道:"寇公可听得这几年城中有首童谣:'若要天下好,莫若召寇老;若要天下宁,拔除眼前丁。'天下人殷切盼着寇公主政,剪除丁谓这个奸佞以救万民。机会就在眼前,您却视而不顾吗? 寇公啊寇公,难道您真的要置天下人的期望于不顾吗?"

寇準心潮起伏,好一会儿才道:"周公公请起!"周怀政一喜,连忙站起。

寇準呆了好一会儿,才道:"内有皇后,外有丁谓,要想成事,谈何容易!"

周怀政森然笑道:"寇公放心,万事由我做主,到时候,刘可幽,丁可杀,公可复相,天下太平!"

寇準看着周怀政的眼中一道寒光闪过，便有一股杀气流转于身，只听得他森然说着“刘可幽，丁可杀”时，自己竟也不觉寒毛直竖。

寇準倒吸了一口凉气，站起来转身背对着周怀政道：“这等事，非我等为臣子者所能听、所能干预的。你出去吧，我今天什么都没有听到！”

周怀政看着寇準的背影，目光闪烁，又说了一句话：“若是事成之后，有旨意请寇公辅政呢？”

寇準正向内堂行走，已经走了两步，又停了下来，仍是背对着周怀政，道：“寇準身为人臣，自当奉旨行事！”

周怀政轻嘘了一口气，微微一笑，向寇準躬身一揖：“多谢寇公，寇公放心，此事自由怀政一力担当，绝不连累他人！”

寇準遽然转身，看着周怀政，嘴角微微抽动一下：“老夫又岂是怕人连累之人！”

周怀政再度一揖，转身而去。

寇準也不送客，直入内堂，吩咐管家寇安：“即日起封门闭府，除非有圣旨，否则任何人都不见！”

周怀政自寇準府出来，立刻派亲信秘密请了自己的弟弟礼宾副使周怀信、客省使杨崇勋、内殿承制杨怀吉、閤门祗候杨怀玉等人到府密议。杨崇勋等人素来与他是死党，平时多奉承于他，与他一向来往密切之至，然而此次入府，直接进入密室，心中也不禁不安起来。

周怀政见人已经到齐，令人关上密室，把守在外，见此时室中只有他们五人，这才把主题亮了出来：“官家密旨，要传位于皇太子，要各位助我执行旨意。丁谓乱政，刘氏冒认太子的生母而封后，此二人会阻止太子登基，官家有旨，杀丁谓，废刘氏。”

周怀信已经听兄长说过此事，倒也罢了，另外三人吓得脸色苍白，站起来说：“这，这可是会惹来杀身之祸的啊！”

周怀政坐了下来，静静地道：“既然已经来了，各位已经沾上此事，又岂能再洗干净了？再说，此事若成，大家共享富贵，难道是我周怀政一人之事吗？”

杨崇勋与杨怀吉相互对望一眼，又坐了下来。杨怀玉怔了一怔，见两人已经坐下，也只得坐了下来，局促地强笑道：“周都知真会开玩笑，哈哈，就凭

我们几个人,能做什么?”

周怀政沉着地说:“各位还记得当今官家登基时的情况吧?那时候太后与李继勋、王继恩等人想要扶立楚王登基,那一夜官家就直接入宫,赶在楚王之前登基了。如今大内的禁军,全掌握在我的手中。丁谓会隔日入宫,在丁谓入宫之后,将他一举拿下或者当场格杀。皇后只不过是一妇人,只要将她看管起来,我们这边立刻拥立太子披上龙袍,天明之时百官上殿,就可宣读圣旨,杀丁谓,废刘氏,官家禅让,太子登基。”

杨崇勋是赵恒在王府时的旧人,当时赵恒登基的情景,是最清楚的,闻言不禁道:“杀宰相、废皇后、官家退位、太子登基,无一不是震惊天下的大事。大内发动兵变容易,可是文武百官这边怎么办?当年是宰相吕端主持大局,率领文武百官朝拜,官家才能得天下承认。如果到时候文武百官上朝,无人镇得住他们,这可就大事不妙了!”

周怀政胸有成竹地一笑:“各位请放心,官家早有旨意令太子监国,寇公辅政。到时候,我们只要执行官家的旨意就成了!”

杨崇勋目光闪烁:“这么说,此事有寇相公幕后主持了?”

周怀政犹豫了一下,忽然想起寇準所说的“我今天什么都没有听到”这句话,话到嘴边临时改口:“不,不过寇相公曾经奉过辅政的旨意,事到临头,他是不会不管的。”

杨崇勋与杨怀吉对望一眼,杨怀吉道:“看来周都知事事都已经考虑周全,不知道打算如何动手?”

周怀政沉吟片刻,从柜子里郑重地拿出一个卷轴来摊开,却原来是一幅禁宫的兵力图,道:“各位请过来看一下。”众人一起凑了过来,听着周怀政指点,何人带多少人马,从何时从何门入宫,几时埋伏在宫门格杀丁谓,哪条线路包围正阳宫,哪条线路包围勤政殿等。

这一议,足足议到夜晚时分,这才确定,在七月二十五日晚动手:傍晚等群臣散去之后,由周怀政借口皇帝有事,找理由拖住丁谓,将他扣在内阁,然后在晚间发动政变,杀丁谓,废刘娥,控制住大内,然后在二十六日凌晨拥立太子从东宫进入延庆殿登基。

走出周怀政府第,杨崇勋与杨怀吉长嘘了一口气,却见杨怀玉心事重重,也不与两人打招呼,上马车就离开了。杨崇勋看了杨怀吉一眼:“承制现在欲往何处去?”

杨怀吉看了杨崇勋一眼:“杨公又往何处去?”

杨崇勋抬头看了看漆黑的天空:“天色已晚,老夫急着要回府去了。”

杨怀吉嘿嘿一笑:“杨公怎么想的,下官也是怎么想的。那咱们就此告辞,各自回府吧!”

杨崇勋也嘿嘿一笑:“说得是,咱们就此告辞,各自回府安睡吧!”

两人拱手而别,各自向东西不同的方向,同时坐马车离开。

两刻钟后,宰相丁谓的府前,两辆马车各自从东西不同的方向,同时到达停下,两名车夫今天已经在周府聊了半天,此时再见面,不由得有些诧异。

车帘掀开,刚才相约一同回府睡觉的两个人同时走出,也同时看到了彼此,错愕之余不禁哈哈一笑。杨崇勋道:“承制不是急着回府吗?”

杨怀吉神态自若地说:“下官已经说过,杨公怎么想的,下官也是怎么想的!”

杨崇勋哈哈一笑:“说得是,那——咱们是要分头进去,还是要一起进去?”

杨怀吉道:“既然不约而同,那自是天意要我们同时进去了!”

杨崇勋抬手让道:“既然如此,杨承制请!”

杨怀吉也抬手让道:“还是杨公先请!”

两人相视而笑,同时入府。

一个时辰之后,自丁谓府中驰出一辆女眷用的车辆,直向枢密使曹利用府中驰去。

到曹府时已经快到三更了,曹利用早已经睡下,却是被侍从自睡梦中唤醒,正要发火,却被那侍从附耳说了几句,惊得眼睛瞪得铜铃般大,掀开被子跳下床去,却将床上的小妾吓了一大跳,迷迷糊糊地问:“官人,出什么事了?”

曹利用将被子蒙上她的头:“只管睡你的!”这边急得亲自扯了件衣服来穿上。两个侍从忙上前七手八脚地服侍他穿戴,曹利用套上鞋往外走,侍从们忙跟上去为他整衣戴冠,直走到书房前才把衣着整理完毕。自觉得十分仓促了,哪知道推门一看,丁谓竟比他还狼狈,只穿着一件家常夏衣,光着头未戴帽子正团团转呢。曹利用知道丁谓素来极重视仪表,此时这样过来,必是紧急到了极处。

原来杨崇勋与杨怀吉进府时,丁谓倒还未睡。时值盛夏,丁谓穿着家常

夏衣，也不戴帽子，正在后园纳凉。杨崇勋二人进来后将周怀政的机密相告，丁谓急得连忙赶了过来。他不敢用宰相车驾，府里的马车都卸了鞍鞯，只有一辆他小妾的马车是准备次日清晨到庙里进香的，早早套好了备着，此时却也顾不得了，只得乘了这辆小妾之车，赶了过来。

曹利用推门进了书房便道："丁相，出什么事了？"

丁谓一见曹利用进来，急忙迎上去，跺着脚道："曹公，可不得了，滔天的大祸事！周怀政勾结寇準作乱，要杀你我、废皇后、挟持官家传位太子，逆乱谋反！"

曹利用纵是心里已知必是大事，听到此言时，也吓了一大跳："丁相，此事当真？"

丁谓道："我正要与曹公商议此事。"接着把杨崇勋等刚才的告密内容说了一番，道："明日就是他们动手的期限了，曹公是枢密使，掌握兵权，此事要靠你了。"

曹利用立刻道："如此事不宜迟，你我立刻修表章，明日一早进宫见皇后上奏此事。"

当下两人商议已定，这边由丁谓修联名奏章，这边曹利用连夜调兵遣将，以对付明日周怀政的兵变。

丁谓在曹府写完奏章时，天已经蒙蒙亮了。当下丁谓与曹利用同车进宫，同时早已经命人回府去取丁谓的朝服来更换。

这几日皇帝的病情略好些，刘娥甚是高兴，今日起了个大早，才在梳妆，就听雷允恭来报，说宰相丁谓与枢密使曹利用已经在宫门外候见。刘娥怔了一怔，宰相掌国政、枢密使掌军机，这执掌军政的二人在上朝的时间尚未到就已经候旨，必是天大的事了。

当下梳妆齐了，坐车到崇政殿。在外殿垂下帘子，宣二人进来。丁谓与曹利用隔帘参拜了皇后，将奏章递了进去，并陈说了经过。

刘娥听丁谓说到周怀政"杀丁谓，囚皇后，逼官家退位禅让太子"时，只觉得脑子忽然一片空白，手足冰冷，举手命道："你且停下，待我想一想！"

她拿着奏章，隔得好一会儿才缓过神来，细细地想了一想，只觉得一股怒意直冲上心头。强压下怒意，吩咐丁谓："你继续说！"

丁谓继续将昨晚杨崇勋所说的一一奏来，刘娥一边听着，一边在脑中急速地想着，转头问雷允恭："周怀政今日可曾进宫？"

雷允恭忙道："周怀政已进宫中，正在御药院！"

刘娥再问曹利用："你昨日调遣兵马如何？"

曹利用忙奏道："臣已经叫五城兵马司监视有关人等的府第及其余各处，未奉旨意不敢擅行。只要对方兵马一动，五城兵马司能立即将他们制住。"

刘娥点头："做得甚是。"随后发下一连串的命令："叫刘美立刻进宫，接管禁军。雷允恭带领侍卫，拿下周怀政，由宣徽使曹玮与杨崇勋立刻在御药院审讯。曹利用带着兵马，按杨怀吉的名单把昨日议事的人全都拿下。所有涉案之人，都交枢密院审问。传旨免朝，文武百官立刻回府，三品以上官员的府第，都由五城兵马司监视起来。"

眼见着各人领命而去，刘娥长长地嘘了一口气，只觉得浑身已经冷汗湿透，心头仍是悸动不已。方才撑着一股怒气发号施令，此时想想，竟是后怕不已。近在咫尺之间，竟暗伏着如此杀机，直叫人不寒而栗。她平生经历风浪极多，从未有此凶险。往日纵有再大的惊险风浪，总是皇帝独立承担，她不过是在旁边出谋划策、劝慰开导罢了！可是此刻皇帝重病在身，太子才不过十岁，若是奸人叛乱得逞，她病重的丈夫要被逼退位，而她期盼了一生千辛万苦才得来的儿子，要落在别人的手中变成工具。她若是对此无能为力，岂不是生不如死。

刘娥霍地站了起来，她是一个女人，也是一个妻子和一个母亲，一个女人为了卫护她的丈夫和儿子，她可以最勇敢，也可以最凶狠。

她抬头，扬声道："德明——"

小内侍江德明忙跑了过来："圣人！"

刘娥急速地吩咐道："立刻去东宫，把太子带到这里来。叫侍卫们把崇政殿重重守卫。"

江德明连忙跑了出去，过得不久，便将太子赵祯带到崇政殿内殿赵恒的御榻前。

赵祯迷惑地问刘娥："娘娘，今天不用去资善堂了吗？太傅还等着呢！"

刘娥拉住了赵祯的手，目不转睛地看着儿子，含笑道："我已经同太傅说了，今日放假一天，你今日就在崇政殿中，陪爹爹和娘娘玩一天！"

赵祯毕竟还是个孩子，闻听得可以逃学一天，也不禁喜得笑了一笑，忙端庄地行礼道："臣遵旨。"

刘娥拉着他走到床边，赵恒已经醒来坐起，见太子请安，笑道："功课学得怎么样了？"

刘娥笑嗔道："今天别问功课，也别说训课，只叫祯儿说几个笑话，给你爹爹听听，要笑了才准通过！"

赵祯细想了想，可怜他生在皇宫，每日里子曰、诗云、规矩、礼仪，却是没有笑话可讲，只得搜肠刮肚地想出几句道："前朝宰相冯道曾经与和凝同在中书，冯相性子慢，和相性子急。有一日和相见冯相穿了一双新靴子，与自己前些时买的一样，就问是多少钱。冯相举起左脚道：'九百。'和相大怒，回头就骂身边的仆从道：'怎么你给我买的居然要一千八？'骂了那仆从很久，等他骂完了，冯相又慢慢地举起右脚，道：'这一只也是九百！'"

赵恒早已经听过这笑话了，却是给儿子面子，笑了笑道："说得不错。可见做人，性子太急太慢都容易误事……"

刘娥坐得离二人微远，看着他们父子说说笑笑，心中顿觉得暖暖的，只是想着："便是此时当真有乱兵冲进来，我便是死，也要和他们死在一起。"

她也不插进去，只是含笑看着赵恒父子说笑。过了一会儿，江德明悄悄地进来，轻声道："禀圣人，周怀政及其党羽已经拿下，宣徽使正在审问，刘指挥使带兵已经控制了内宫。"

刘娥绷了半日的心弦一下子松了下来，长长地嘘了一口气。

赵恒转头问道："出什么事了？"

刘娥站起来，对赵祯道："祯儿，爹爹还有事。叫江德明带你去淑妃那里玩。"

赵祯站起来，规规矩矩地行了礼，随着江德明一道出去了。

刘娥这才拿着丁谓的奏章，走到赵恒面前跪下道："官家，入内副都知周怀政谋反，已经被拿下了。"

周怀政谋逆被抓后，不过一个时辰，便已经全部招供。曹玮将供状递上来时，丁谓很失望地看到，供状中没有指出寇準是同谋。

第八十二章
三贬寇準

旨意下来，周怀政被押到城西普安寺处斩。

寇準在这一个傍晚，被带进了宫中。

玉座珠帘，御香缭绕，帘子后面的声音，遥远得像是从天边传过来的："寇準，你可知罪?"

寇準入宫之前，就已经猜测到，此次必然会牵连自己，当下抗辩道："寇準不知身犯何罪?"

刘娥缓缓地说："三天前，周怀政去找你，你二人屏退左右，密议了许久。他一离开你家，就召集人马，密谋夺宫篡位，事成之后，恢复你的相位。那一天，你们密议了些什么？你又指使许诺了他些什么?"

寇準大怒："这纯粹是血口喷人，臣愿与周怀政当面对质。"

刘娥轻轻一笑："周怀政已死，你这叫死无对证。我倒来猜猜看，先是周怀政引你入宫，密谋以太子监国，你来辅政，你连副相都选好了。然后是你密谋不成，反被罢相，于是周怀政再度入你府中，与你秘密会谈，此时内情无人得知。周怀政出府之后，你闭门谢客，为的是什么？周怀政离开你家即调兵遣将，图谋造反。为的也是挟持年幼的太子，逼官家交权，由你为宰相，实际上执掌朝政。这前因后果，都与你有关。寇準，你是不是想告诉我，那天周怀政行踪诡异，特地到你家中，你特地屏退从人，在你罢相之后、周怀政谋反之前这么特殊的时间，你们仅仅只是谈谈天色，还是只赏花品茶?"她淡淡的话语，有着一股无名的讽刺之意。

寇準昂然抬头道："不错，那日周怀政的确与臣谈及此事，臣已经严词拒绝并斥责了他。"

刘娥讥讽的语声，在寇準此时的耳中，是如此尖锐："仅仅严词拒绝而已吗？寇準，你那时纵然已非宰相，也还是太子太傅、莱国公，不是平民百姓。便是平民百姓，遇到有人在密谋造反，一则要拿下那逆乱之人，二则也该立刻禀奏朝廷，及时制止这场逆乱，这才是你身为朝臣该做的事。而不是听之任之，默许纵容。你以为你可以置身事外吗？你有没有心中窃喜，整冠相待这场谋反的成功，好让你重登宰相之位？你纵然算不得主谋、算不得同谋，难道说还算不得一荣俱荣的同党吗？”

寇準的脸已经涨得通红，大声道：“欲加之罪，何患无辞？臣要见官家！”

刘娥霍然站起，厉声道：“好一个欲加之罪，何患无辞！我倒要问一问，我有何罪，你们这般视我为眼中钉、肉中刺，欲拔除而后快！官家病重，太子年幼，一个是我的夫君，一个是我的儿子，没有我支撑着这一切，早教你们这些权臣操纵得逞！”

寇準岂肯受此罪名，道：“臣倒不知，到底谁才算是权臣。那丁谓借着女主之势，权倾朝野，一手遮天。如何臣倒成了权臣？”

“寇準，到今天你还不知道自己错在何处、罪在何处吗？天子岂是臣子可以谋算操纵的？你们这些人，是还当自己活在梁、唐、晋、汉、周的时代吗？张咏叫你读《霍光传》，你读懂了吗？霍光胜了，那便自认是辅汉武、佐昭帝、废昌邑、立宣帝的汉室忠臣。可上官桀败了，又是什么下场？你敢谋算，又敢叫什么无辜。便是霍光最后又成什么了？汉宣帝是如何对待霍氏的？”刘娥长叹一声，一字一顿道，“九、族、皆、灭，株、连、千、户！”

寇準只听得浑身寒毛竖起，忽然只觉得一阵前所未有的恐惧涌上心头，他抬头看着前面，他看不清楚珠帘后面的人，却仍然觉得她那双眼睛里寒光闪闪，令人不寒而栗。他想：“我一直低估了这个女人！”

刘娥冷笑一声坐下，淡淡地道：“我再问你，你的功劳比之霍光如何？你的下场也要学那霍光吗？霍光天大的功劳，为何会有这般的下场？只因为他忘记了，他是大汉之臣，他纵有天大的功劳，也轮不到他将自己的意愿，置于君王之上！寇準，谅你也没有阴谋逆乱的胆子。可是在你的心中，永远认为自己才是最正确的。太宗皇帝在的时候，你倒还有些忌惮。官家宽厚，你越发将自己凌驾于君王之上了，朝廷所有的事只有照你的意思去做，你才会满意。你忘记了什么叫君臣之道，所以官家病重，你敢逼宫挟主；所以奸阉作乱，会引你为同党！你扪心自问，从古至今历代帝王，有哪一个能容得像你这样嚣张的臣子？”

恰似一道惊雷炸响，寇準心头极度震撼，这么多年来引以为傲的一切，竟被眼前的一个妇人，击得一片粉碎。他缓缓地伏下身子："寇準领罪，罪及寇準一身，万勿再牵连他人。"

刘娥长长地出了一口气，缓缓地道："你应该觉得庆幸，幸而你生在本朝。历朝历代的君王，没有一个及得上太祖皇帝心地宽厚。太祖没有杀过一个臣下，后世子孙也不敢有违先人之厚德。官家有病，我也不想把此事闹大，引得人心不安。只是我问你，寇準，周怀政虽然伏诛，若再出来一件逆乱之事，也是拿着你太子监国的旧议，拿你出来做幌子，到时候，你该怎么办？我纵然再要饶你，你教我以何辞面对文武百官？"

寇準闭目道："寇準明白，寇準当自请出京，请官家降罪！"

五代遗风，至今未息。臣下谋君，周怀政不是第一个，袖手旁观者，寇準也不是最后一个。此时皇帝病重，刘娥不得不下重手以喝止敢于效仿者，但亦不能下手太重，引起风波动荡。如今寇準已经臣服，她轻嘘了一口气，淡淡地道："你且退下吧，自有旨意会下来。"

次日，圣旨下：寇準坐周怀政案之罪，贬为太常卿，下到相州为知州。

然而，有人还是认为相州太近了。次日丁谓进宫，向刘娥进谏："永兴军巡检朱能，勾结周怀政假造天书。下官因周怀政案索拿朱能，岂料朱能拒捕兴兵造反，现已被诛杀。寇準曾任永兴军节度使，献天书时，寇準也写过贺表。可见，天书一事，本就是三人沆瀣一气，编造而成。如今朱能造反，寇準理应连坐。"

刘娥知他心意，心中不悦："贬斥寇準的旨意刚刚发出，不宜朝令夕改。"

丁谓面带微笑，温和地劝她："圣人，谋反不是小事，不能与寻常事相同。依臣看，若是官家知道了此事，也会认为处置太轻。"

刘娥心中暗恼，官家因周怀政之事，已经气得晕厥过一次了，她根本不想在此时再令官家直面此事，令得他病情加重，当下不悦地道："官家病中正需静养，不必一再打扰。前次他已被周怀政的事情气坏了，岂能再来一次！"

丁谓微笑："臣也这么想，所以臣建议，圣人直接下旨，贬斥寇準便是了。只是贬斥得更远些罢了，说起来也是小事，确实无须惊动官家。"

刘娥盯着丁谓看了半晌，见丁谓微笑如故，心中恼怒至极，面上却只能笑得更加云淡风轻："好。那就依你的意思，寇準当如何处置？"

丁谓就道:“内阁商议,当降为道州司马。”

刘娥点了点头:“那就下旨吧。”

丁谓见事遂,当下就出去了。

刘娥袖中握着的手在颤抖,她不想再贬寇凖。他虽然妄自尊大,却是个忠臣,若有万一,还算能依靠,比那些个心思诡秘的臣子来得可靠。虽然表面上看来,寇凖反对她插手朝政,而丁谓拥护,然而这些士大夫从骨子里是一样的。一会儿把她比作武则天,一会儿把她比作后周的符太后,她做得好也是祸害,做得不好也是祸害,不过是拿她当成幌子罢了。丁谓借着她的名义擅权弄政,寇凖借着反对她的名义实则是要打倒丁谓。

但寇凖输了,丁谓此时占据绝对优势,不肯轻易放过寇凖,她纵不同意,丁谓聪明绝顶,总能想出其他的办法。皇帝病重,太子年幼,她只能倚仗丁谓。世间事,想要平息,就只能努力维持平衡,一边动了,另一边就要保持住,这就意味着一定程度的妥协。

相州与汴京尚近,但道州,却远在岭南。

寇凖这一去,只要丁谓尚在朝中,便难以再召回,哪怕旨意已下,只怕走到半道上,也会有后来的旨意赶上来阻止。

长亭外,送别离。寇凖遥望青天,长长地出了一口气,此时此地,仿佛十三年前的情景重现。只不过,当年送别的丁谓,如今已经变成逼他出京的人了。

今日送行的人,是副相王曾。王曾倒了一杯酒送上:“寇公,十三年前送别,三年前迎归。寇公放心,朝中有李相与我等在,定不能再叫寇公久等。”王曾暗自唏嘘,李迪今日本也要来送别,却被丁谓寻事拖住,不得分身,而他自己力保寇凖,却因寇凖租住他的宅第,被丁谓讥讽为房东替房客说话,平白受了丁谓的刻薄言语。

寇凖将手中的酒一饮而尽,朝着京城方向看了看,纵声笑道:“十三年前,我离京之时,满怀不甘不忿,因此不顾一切,不择手段,甚至连奉天书写赞表的事也都做了,以求东山再起。”他叹了一口气道,“谁知道三年京城为相,身心俱老! 自辱其志,却成了画虎类犬。却原来我不是这样的人,想做也做不成,不过枉自扭曲了自己罢了! 思想这三年来,当真大梦一场!”他将酒杯一掷,长笑道,“这一场贬谪又如何? 不过是成全我寇凖依然做回自己而已。从今往后放任山水中，鞠耕田桑间，与村夫野老抵足谈笑，更为快意而已！”

长笑声中，寇準转身登上马车，车内，茜桃含笑相候。寇準向王曾一拱手：“王公，此去山高水远，不必相送。”

长笑声中，但见一行车马，渐渐远去，消失在天边，王曾耳中，似仍可听到寇準朗朗大笑之声。

直到秋天的时候，赵恒的病才稍稍好些，开始重新登崇德殿临朝听政。但是这一场大病，却已经损耗了他的元气。他经常神思困倦，心不在焉，竟是时间越久的事情记得越牢，发生在近期的事情，却是经常前言不搭后语。过了几日，忽然问群臣：“朕怎么好几天没看到寇準了？”

群臣大吃一惊，面面相觑，不敢作声。

宰相李迪上前一步，道：“寇準已被贬至道州，难道官家竟然不知吗？”

赵恒大吃一惊：“寇準犯了何罪，竟贬到道州去了？”

丁谓忙上前一步：“官家忘了，是八月中旬周怀政谋反之事，寇準参与其中，因此官家下旨，贬为道州司马。”

赵恒想了想，倒有些迷糊起来：“周怀政谋逆的事，牵连到了寇準吗？”

李迪大惊，急忙跪下道：“莫非是皇后假传圣旨？”

赵恒大吃一惊，脱口而出道：“皇后岂会如此专恣？”

当年刘娥立后之时，李迪本就大力反对，再加上寇準被贬，丁谓在刘娥纵容下在朝中大肆排除异己，此刻他听得赵恒口露不满之意，心中一喜，趁机道：“皇后如此专权，朝中上下只知有刘氏，不知有官家。臣请官家废皇后，以清君侧！”

赵恒这一惊比刚才更甚，瞪着李迪看了半晌，丁谓吓得心头狂跳，忙跪下奏道：“李迪放肆，诽谤皇后，请官家治罪！”

李迪反驳道：“丁谓弄权当诛，皇后专恣当废！”

两人争执不下，却听得上头一点声音也没有，顿时醒悟，忙停了争执，等着皇帝发话。

赵恒面无表情地盯着李迪与丁谓好一会儿，看得两人惴惴不安，竟不知道天心何测。

却不知道此时赵恒才是吓了一跳，他这段时间脑子甚是混沌，须得静下

来片刻,才醒悟过来自己刚才说了什么话。虽然一时脑中还未反应过来,但还是本能地先维护刘娥,当下口中缓缓道:"哦——朕想起来了,寇凖的事,皇后禀报过朕,朕这段时间病得糊涂,竟忘记了。"

李迪只觉得一颗心沉到了谷底,却仍不甘心地上前一步:"官家——"

赵恒挥了挥手:"退朝!"站起来向后殿走去。

此时他尚未想明白,心里怀着恼怒,又怕自己再说错话落人口实,当下不敢再停留,只好匆匆宣布退朝而去。

他转入柱后,却见刘娥已经站在那里。

赵恒这一病,实在元气大伤,虽然勉强临朝听政,身体却虚弱不堪,刘娥不放心,怕他在坐朝时病势有变。因此自他重新临朝以来,刘娥每日送他上朝,亲自在屏风后等候照料。方才的话,她都听见了。

两人谁也没有说话,各自上了辇车,行在空旷的宫巷之中,两人似乎很近,又似乎很远,虽然有无数侍从跟着,然而静默的空间,似乎只剩下了两人遥遥相隔。

辇车在延庆宫停下,刘娥默不作声,侍候着赵恒入宫,更衣休息,然后屏退左右,方欲开口说:"官家——"

赵恒忽然推开刘娥,大发脾气:"你到底还有多少事情瞒着朕?"

刘娥怔了一怔,苦笑:"官家,连你也这样看我吗?"

赵恒恼道:"你知不知道,朕刚才有多难堪。朝政是朕交到你手中的,就算你有什么处置,也是分内之事。可是,总也得知会朕一声吧。今日朝堂上,朕不知情,就差点出了乱子。寇凖的事,朕已经有旨恩遇,为何要流放道州?李迪得了这个缝隙,还不闹得不可收拾?刚才朕若不是代你受过,自己认下这个病中昏聩之名,你知不知道李迪会把这件事闹得有多大,到时候会怎样不可收拾?"

刘娥咬着下唇,赵恒发脾气推开她,她却仍然扶着赵恒坐下,这才道:"官家,事到如今,我无以辩解。当时情势危急,官家病重昏迷,我只能尽量平息事端。周怀政之事,牵连官员甚多,包括迁寇凖于道州,也都是外头宰相们依律裁处的,并非我一人擅自处理。李迪又岂会不知这来由,他却非要等到今天官家上朝之日才对此发难,其心可知。"

赵恒却不肯听,闭目挥手:"你但凡处事公正,李迪又哪来为难你的理由。你的辩解朕不想听,你出去,出去!"

刘娥忍气，从案头找出奏章，放到赵恒面前："这奏章，我也是递给官家看过的，事到如今我无以辩白，唯请官家明察。"

刘娥说完，含泪一拜，转身出去。

赵恒伸手欲阻止，嘴张开，却没有发出声，手伸出，却到一半停住，就这么一犹豫间，刘娥离开了。

赵恒颓然垂下手，忽然间将案上的文牍扫落在地。

刘娥回到寿成殿，只觉得心累无比，闭目不语。

如芝见状，忙劝她道："圣人，休将事情闷在心里，容易伤身。"

刘娥长叹一声，她这段时间，也是忍得太久，此时好不容易见赵恒身体有些起色，今日能够上朝，尚自欢喜，却被他这样劈头一骂，只觉得心情跌落到谷底，忍不住道："他从来不曾这样对我说话，他从来不曾这样对我。他竟是在疑我了……"说到这里，不禁伤心起来。

如芝急了："官家只是因为生病，并不是有心责怪于您。太医不是说了，官家这病来的时候，容易不记事，容易脾气暴躁。您怎么和一个病人计较?"

刘娥何尝不知，只是她这段日子内忧外患，官家心情不好，还能找她吵架，她心情不好，又能与谁发泄? 当下疲惫地摆了摆手："我心里乱得很。你别烦我，让我一个人静一静。"

只是不承想才安静了一会儿，就见杨媛急匆匆赶来，满脸紧张，头一句话就道："姐姐，我听说你与官家吵架了，怎么会这样?"

刘娥摇头，一点也不想说话。周怀政谋乱以来，她每天夜里都会惊醒，都会梦到那一天延庆殿外守不住，乱兵攻进来，自己一家都被乱兵所杀。她每天都要从这个噩梦中惊醒，醒来就再也没办法安睡。官家的脾气越来越古怪，她稍一走开，他就要大发脾气；她在眼前，他又嫌自己碍眼，每每挑刺生事。祯儿又小，外头的朝政一天也不能耽误，朝臣一个个都想趁机生事掌权。她如同走在绳上，一不小心，就要摔成肉泥。

好一会儿，她才长叹一声："媛妹，我真是心力交瘁了!"

杨媛亦知她心事，却也只能劝她："姐姐，你休要怪官家向你发脾气，细想来，官家这样待你，何尝不是因为他对你的依赖太深，寸步也离不得你。姐姐，不管你怎么难受，你如今都不能任由自己的情绪，放任官家独处。这时候有一点闪失，你我就会粉身碎骨啊。"

刘娥一怔,看着杨媛,却摆了摆手,无心再听。她何尝不知道杨媛说得有道理,可是她真的累了,更不想接受这样看似关怀、实则无情的提醒。

赵恒在延庆殿,见刘娥走了,也拉不下脸来叫她,只得自己赌气吃了午膳。他身体不好,这段时间都要歇个午觉,这时候也支撑不住,休息去了。

等醒来的时候,正迷糊间,习惯性地叫了一声:“小娥——”

旁边侍候的张怀德就问他:“官家可是要叫圣人来?”

赵恒一怔:“皇后不在?她去哪儿了?”

张怀德有些犹豫,好一会儿方小心翼翼地道:“方才您把圣人赶走了!”

赵恒恼道:“胡说,朕怎么会把皇后赶走?”见张怀德满脸为难,赵恒神情渐渐变了,他回想起了刚才的事,有些颓然地捂了一下脸,张了张口:“你去把皇后……”他想说去请皇后回来,话到嘴边,却又有些搁不下脸来,叹了口气,“算了,扶朕起来。”

他坐起来,更了衣,在殿中走来走去,觉得没意思起来,叫人拿来了奏章看了一会儿,又觉得眼晕,索性放下来。要出门去,加了衣服,只叫人扶着,在廊下慢慢走了几步,越发没意思起来。想了想又道:“祯儿呢?怎么没来?”

张怀德有些犹豫,只得答:“杨娘子带着小皇子去寿成殿了。”

赵恒嘟囔道:“偏她多事,讨嫌。”

张怀德知他身体越不好,越是左性,不敢相劝,心中暗暗着急。方才官家问起圣人来,他就悄悄派人去告诉雷允恭了,怎么雷允恭这时候竟还没把圣人劝过来吗?如今见官家这般作态,分明就是想着圣人,却又不肯低头,必是暗中希望能够有人把圣人叫回来,只消圣人肯回来,待关起门来,到底谁对谁错,那就是他们两人自己才能弄明白的事了。

当下只得再使了个眼色给站在远处的小内侍,叫他再去催催雷允恭,快些劝圣人回来。

帝后都到了知天命的年纪了,黏糊了一辈子,这两年却好要个花枪,闹个别扭当有趣,也只有周怀政这种在书房侍候了一辈子,没进过内闱的人,才真当是两人不和。张怀德跟了赵恒一辈子,哪里不晓得他心里在闹腾什么,当下只赔笑道:“官家,外头风大,别待太久了。要不然圣人必会怪小的们侍候得不好。”

赵恒道:“朕就爱在外头待着,朕看谁敢来管朕。”

张怀德恍然大悟，他这是不好意思开口叫圣人来，就故意在外头站着，等圣人来管着叫他进屋呢。只是寿成殿一来一去，可要不少时间，官家可以这样任性，他这个内侍却不敢真叫官家在外头吹着了风，否则那就真的罪该万死了。

只是他又不好说等到圣人过来，您只怕吹风着凉了。官家自己矫情可以，他一个阉人，哪里可以去说破的。情急之下，忽然想到一事，叹道："可惜刘爷爷不在，若是刘爷爷在，必会说您纵不顾惜身体，难道就不顾惜别人的心意吗?!"

赵恒听到他说到刘承规，怔了一怔，忽然想起刘承规临走时，跟他说的隐秘之事。忽然想到刘娥这么多年，为自己隐忍了那么多事情，甚至宁可自己受委屈，也不愿意伤了自己心中对郭氏的印象。她这样的人，又如何会在自己病中专擅行事。自己病了这么久，好几次行事颠倒，也没见她同自己抱怨。自己头一天上朝，就应该想到有人会对她发难，偏还信了，还以为自己在外头护着她就占理了，回头向她胡乱发作，当真是好没道理。

一想到这里，赵恒便不安起来，想起自己刚才莫名其妙的固执与帝王心术，心中也是一惊。他忽然想起太宗皇帝晚年时，帝王之心反复无常，弄得三皇叔贬死、大哥自污、二哥悖乱，弄得数年皇位不定，自己几个兄弟相争不下，日夜战战兢兢。甚至自己在被择定为皇储之后心中仍然惶恐煎熬，封太子仪时竟又被父皇猜忌，当时他只觉得委屈、不解，因为那一声声呼喊，任何人都能明白这是发自对爹爹带来的太平盛世的拥戴感恩之心，又岂是自己所能控制。

当时自己只是畏着天心之无常，如今想来，当日爹爹的行为，何曾不是因为身体日益失控而导致的多疑多猜，以至于至亲见畏，灵前生变。如今闭目将自己近日的行为心态，与太宗晚年的行为心态及自己当日的忧惧对照了一遍，顿时就明白了，这种对权力失控的恐惧，竟是全无道理，是无视天伦，不受理智控制的。爹爹已经如此了，而自己，也要变成这样的人吗?

赵恒想到这里，悚然而惊，越想越悔，当即就道："来人，备辇，朕要去寿成殿接皇后。"

张怀德没想到他说变就变，心思来了竟然会如此颠倒。原只道提醒他一下圣人的不易，叫他松一松口，肯叫人去接回圣人罢了，哪晓得他居然要自己去。当下哪里敢依，只劝道："官家，外头风大，不如叫人接圣人回来就是。”

哪晓得赵恒来了性子，非要自己去接不可，还道：“朕今日都去上朝了，这路程岂不比去寿成殿更远，又怕什么?!”

张怀德无奈，只得叫人备了轿辇，扶着赵恒走出殿来，正要上辇，却见远处轿辇过来，正是圣人来了。

张怀德喜道：“官家，圣人已经来了。”

原来刘娥接到禀报，顾不得着恼，急急赶过来，待到了延庆殿前，却见前面也停着皇帝的轿辇，皇帝正在门前准备上辇，当下两人四目相对，都怔住了。

刘娥顾不得人来扶，急急自己跳下轿辇，跑到皇帝跟前，叫道：“官家。”

赵恒一把抓着刘娥的手，自己先道：“小娥，朕正要去找你，今日都是朕的不是——”

刘娥不想如今还能听到他这样的话，不由心里又酸又甜，当下扶住他的手，一边往里走一边道：“不，都是我的不是。”

就听得赵恒道：“是我的不是。”

刘娥也道：“是我的不是。”

张怀德木着脸，听着帝后互赔不是，见帝后进了殿坐下来，当下与雷允恭使个眼色，留了几个小内侍与宫女听使唤，两人蹑手蹑脚地溜出去了。走到殿下，两人互相对望一眼，彼此都觉得对方的不易。

赵恒紧紧地抱着刘娥，此刻，他需要抱着一个活生生的爱人，才能够抵制那个受皇位控制的冰冷的自己。

赵恒轻轻地道：“真好，你在，你一直都在。否则……”否则的话，他会多么孤独和恐惧。

刘娥轻抚着赵恒的背部，温柔地安抚。

这一日，两人说了许多，许多。

回想起当日桑家瓦肆初见之时，他买了她的三件银饰，就此订下一生。

赵恒叹道：“嗯，那时候我偷溜出来，看到原来宫外的世界，是如此美妙，才知道什么叫人间烟火、活色生香……”

刘娥也道：“那日书房，你教我焚香，教我识字，你告诉我那本书叫《太平广记》，里面有许多好听的故事，还跟我说我头一天说唱的故事，就在这本书里，叫，叫……”

赵恒见她苦思，忍不住道："是《补江总白猿传》。"他一说出口，就已明白，是刘娥故意引他说的，伸手指了一下刘娥的额头，两人相视而笑。

赵恒叹道："朕的身体会越来越糟糕，朕的脾气也会越来越不受控制，会向着你发脾气，会迁怒于你，甚至会说许多不该说的话。但朕要你记住，这不是朕的本心。朕以后，还是要把担子交给你，朕要你不管发生什么事，不管朕对你说过什么过头的话，都要记住，不能离开朕，不能把那些话当真，因为那不是出于朕的本心！"

刘娥握着他的手，点头："三郎待我的心，我自然是知道的。我也答应你，不管发生什么事，不管你向我发什么脾气，我再不会像今日一般离开，我再不会离你半步。"

赵恒握着她的手，轻叹。他从不怕刘娥会有异心，因为他知道她对自己的心，但他之所以数次思虑颠倒，行事反复，皆是因为对于朝政太过忧心。虽然她的聪明才智，远胜须眉，却毕竟是个女子，这江山社稷之重任，她能扛得起吗？

他犹豫了很久，方道："执掌国政，需要对大局有掌控能力，需要驾驭臣下，需要对紧急事件有应变能力。天下兴亡系于一身，权力越大，责任也越大，这其中种种压力和辛苦，非言语能表。这些年来，有时候连朕都常常难以承受这样的压力，甚至好几次，有过想逃开的念头，更何况你。朕病了这么多日子，你也累了这么多日子。朕开始并不敢放心交给你，因为朕不知道，你能不能应付得了这样的压力，有没有这样的应变能力！小娥，朕不是不信任你，朕是怕你被这江山社稷压垮了，反而害了你。"

刘娥伏在赵恒的怀中，轻轻地道："我也害怕的，可是女人虽弱，若要卫护她的夫与子，她能比任何人都勇敢。多年来纵有风雨，也全是三郎挡在我的前面，如今三郎病了，那就由我来承担起这一切，卫护着三郎，卫护着我们的孩子，卫护着三郎的天下，如同这么多年来，三郎卫护着我们一样。"

赵恒轻抚着刘娥的长发，那一头青丝曾经乌黑亮丽，如今隐约可见一丝银光闪过，他轻轻地挑出一根白发来拔了去："周怀政的事，你处理得很好，朕可以放心了。小娥，朕这一病，你都有白头发了。以后的事，怕还是要你更辛苦！"

刘娥取过赵恒手中的白发，轻叹道："我老了，白头发怕是越拔越多。我不怕辛苦，我怕的是自己判断失误，那可就万劫不复了。"

赵恒道："朕原本是想让寇準辅政的，他虽然桀骜不驯，处事不谨慎，错处太多，可是他没有存心经营，看似替他说话的人多，他却没有结党，形不成气候，任何时候想动他都不难。丁谓虽然用起来很顺手，而且也很能干，会让你很轻松，可是他太精明，不留错处，想动他就难了。你若不能操纵他，他就敢操纵你。朕原把李迪、寇準留着来牵制他，现在看来，李迪还是见识太浅。曹利用、鲁宗道脾气都烈，你可用这两个人……"

刘娥点了点头，道："我都记下了。"

赵恒点了点头道："过段时间，等风声平静了，还是把寇準叫回来。这人有才，也没有多少私心，端看你怎么用了。"

刘娥应了："我本也不准备贬他，不过是此时安抚丁谓等人罢了，等风头过了，中枢原也要他。"

赵恒沉吟片刻，又叹道："如今天下安定，本应该重修律法。朕那年北巡回来，本是要着手此事的，只是那时候寇準与王钦若在此事上，每一条细则都意见相左，朕被吵得烦了，也推不下去。后来事情一件接着一件，竟是一再耽搁了。你……"

他看了看刘娥，摇了摇头。

刘娥明白他的意思，他本想说，让她重修律法，可是他又想到，他大行之后，权臣势大，新帝年幼，不知她能否应付自如，何况还要重修律法。

刘娥点了点头，道："官家放心，官家想的，臣妾都明白，也一定会努力完成。"

这一日，赵恒的精神显然比往日好些，直到华灯初上，帝后二人，仍沉浸在一教一学的过程中。

第八十三章

山雨欲来

年后，宫外忽然来报，武胜军节度观察留后刘美病重垂危。之前刘美本就已经积劳成疾，告病多月，又逢周怀政兵变，只得再度披挂上阵，虽然平定了周怀政之乱，却元气大伤，就此一病不起。

彼时赵恒也是重病，等刘娥知道刘美之病情竟如此严重时，大吃一惊，见这几日赵恒病情稳定，已经能够上朝理事，便向赵恒告了假省亲探病。

凤辇行至刘府，刘美之妻钱惟玉已在门前相迎。刘娥下辇，也来不及寒暄，便径直而入，边走边问："怎么样了？"

钱惟玉泪流满面，只是摇头，刘娥心中一惊："如何到了这种地步？为何不早早派人告知于我？"

钱惟玉拭泪道："夫君说，官家有病，圣人心系天下，不可轻易惊扰，以免圣人多操心。"

刘娥顿足叹道："他还是这副脾气！你们不该只听他的。"

刘府府第不甚宽广，说话间便已经到了刘美房前，刘娥走进去，但见刘美挣扎着要起来行礼，急忙叫人按住了，走到床前亲手扶住刘美。但见刘美病骨支离，不觉垂泪道："哥哥病至如此，我竟是今日才来看望。"

刘美看了看刘娥，急道："圣人何必出来呢？如今官家病中，宫中朝中有多少事，为了臣而轻出，实在无谓。"

刘娥心中一酸："哥哥，到这个时候，你还管其他事做什么？你我是至亲的兄妹，今日且把外务抛开，咱们就如普通的兄妹一般，叙叙家常吧！"

刘美长叹一声："圣人，臣没有用，帮不上你，还一直拖累了你！"

刘娥忍泪道："哥哥，你说哪里话来，若没有你，怎么会有今日的我！"

刘美苦笑一声道："圣人，刘美这些年来，托圣人之庇佑做到使相的位置,可是文不能于朝堂之上,帮您解决难题,辅佐朝政,害得圣人多受掣肘;武不能安邦定国,征战沙场,收复国土。如今官家病重,朝中那些臣子虎视眈眈的,正是应该为圣人分忧之时,谁知道我这个时候又生病,不能为圣人出力。这一病,还替圣人添忧。”

刘娥拭泪道:“哥哥,你本来就应该在家养病,若非为了帮我平定周怀政之乱,再度操劳,何以一病至此!”

刘美方欲开口:“圣人——”话未出口,便被刘娥阻止了:“哥哥,你真的不能再叫一次我的小名了吗?”

刘美怔住了,过了良久才长叹一声:“小娥——”

这样的称呼,已经很多年没有从刘美口中喊出了,听着他这一声“小娥”,刘娥一阵恍惚,仿佛这四十年时光未曾经过,又回到了两人的少年时代。

刘娥长长地叹息一声:“好久,没有听到哥哥这般叫我了!”

刘美苦笑道:“是的,真是好久了。还记得我们在蜀中之时,你才是个不懂事的小丫头,一眨眼,却原来四十年已经过去了!”

刘娥含泪笑道:“是啊,四十年了,却仿佛在昨日一般!”

刘美凝视着刘娥:“那时候,我说要带你进京过好日子。没想到,后来发生了这么多的事情,倘若我晓得,会让你受这么多的苦,我……”他叹了口气,没有再说下去。倘若他们没有进京,就不会发生那么多的事情,也许,他们会留在蜀中;也许,他们不会成为兄妹;也许,他和她之间会有另一种可能。

刘美摇了摇头,禁止自己再想下去,真是老了病了,竟然冒出了许多平时隐在心里连自己都不知道的奇怪思绪。她的生命中,注定是广阔无穷的天地,与他偶有交集,却早已经越行越远了。其实从那年进京,她开始从被保护者变为掌控者,在这一片陌生的天地里焕发出超越于他的智慧和能力时,他就应该想到。这个念头,在那片土墙后走出两个少年公子时,就已经让他确定了。从此,他把所有的事都埋在心底,默默地远望着她,守护着她。无能为力地一次次看着她受苦,受屈;看着她一步步蜕变,重生。有比他更有能力的人在保护着她,而她,也依然如与他相处的方式一样,先是被保护者,然后,一步步变得更加强大,成为掌控者。

“只是,我不放心你啊,小娥!”只是,在他的心中,守护她,已经成了永远的责任所在，而如今，自己却要在她一生最关键的时刻，在她最需要帮助的时候，无能为力了，要弃她而去了。

刘娥握住了刘美的手："哥哥，你放心，我没事儿，任何难关我都能够渡过。你要养好自己的身体，等你病好了，咱们兄妹两个，还有好多的事儿要做呢！"

刘美摇了摇头："我的身体怎么样，我自己知道！"

刘娥心中一痛，转过头去拭了泪，转回来笑道："哥哥，你有什么事要交代我的吗？"

刘美心中早知道自己时日不长，沉吟片刻道："我也没有什么要紧事，只盼圣人诸事顺遂，我于九泉之下也放心了，也好见刘婆婆了。"他眼神缓缓扫了一下室中，向钱惟玉招了招手，钱惟玉走了过来，他看着钱惟玉道："夫人，你是个金枝玉叶，我是个银匠出身，这辈子实在是叫你受屈了。"

钱惟玉潸然泪下："夫君，你我夫妻俱是一体，你这个时候，还说这样的话？"

刘美放开刘娥的手，握住了钱惟玉的手，看着刘娥道："我这一辈子，生了两个儿子一个女儿，也算享受了人间之福，再没有什么可遗憾的了。刘美出身贫寒，我家联姻，也不需要高门权贵之家。一对儿女，都已经定了亲事，都是咱们蜀中的老乡亲。女儿的亲事，定的是茶商马家，儿子的亲事，定的是王蒙正之女，都是普通百姓，中等人家，也没有什么不放心了。只是夫人跟了我一生，尽是操劳家事，如今幼子从广还在襁褓之中，还望圣人多照顾他们母子。"

这茶商马家，却是刘美初上京时，在码头扛包的那一户主家。那年马家的儿子初生，包括刘美在内的几千名力工，都得了一碗肉汤。后来刘美发达，马家托了同乡之谊攀缘过来。却不知刘美之所以看中他家，却就是那一年最难的时候，他们待底层小工的厚道罢了。

刘娥握住了钱惟玉之手，道："哥哥，我会把这几个孩子当成自己孩子一般爱护，你尽管放心吧！"刘美一生虽为外戚，却一直小心谨慎，忠于职守，为人厚道，每任官职，都做得尽心尽力，上司下属无不称好，又绝不结党结派，凡有官场纷争皆是避而远之，因此纵是一般高门世族看不起他出身贫寒又是外戚，对他的为人也没有什么可攻击的。

刘美处世一向低调，几个儿女的亲事，也是高门不攀，攀者不交，也不避

忌自己的出身，反而特地挑了蜀中旧识乡亲，中等富户，就是指望儿女们避开官场，不攀着外戚权贵。

刘娥听得他这般一一道来，更觉心酸。听着耳边刘美病弱的声音，看着满室药气氤氲，只觉得此情此景，虚幻而缥缈，仿佛不似真实，犹见蜀中栈道上，一对孤苦少年相依为命，憧憬未来。

时辰到了，刘娥起身回宫。出了刘府，坐在御辇上向宫中行去，刘娥忽然有一种冲动，她不顾仪制掀开帘子，只看着那府第上的"刘府"二字在夕阳照耀下，显现一片不真实的灿烂之色，渐行渐远。

那一种绝望如渐渐涌上的夜色，将她的整个人淹没，忽然间她捂住自己的脸，泪如雨下。

半个月后，武胜军节度观察留后刘美病死。帝后大为悲伤，为之废朝五日，皇后亲临刘府，祭奠如仪。

回到宫中，步下凤辇，刘娥茫然走在宫中长廊，脑子里浑浑噩噩一片空白，只觉得心里被挖掉了一块什么似的，空落落的，无所依凭。

刘美是她生命中最初闯入的人，她和他一起逃难，一起到京中打拼，一起经历人生中最贫寒的岁月，纵然她和赵恒将近四十年夫妻，但是她的人生中，却仍然有一块是赵恒所不知道、不了解的，唯一能够和她共有的，只有刘美。

四十年来，不离不弃的守护，她走了每一步路，都可以回头看见他那憨实的笑容，她以为他会永远地守护在她的身后，永远可以一回头就看得见。

她没有想到有一天，他会离开，他会不在。

甚至，非他所愿地离开。

而她却无能为力。

宫门开了，赵恒静静地站在那里，在等候她。

刹那间，所有的冷静自持、所有的控制力都忽然崩溃，刘娥飞奔过去，紧紧地、用尽全力地抱紧赵恒，在灵堂上没有流下的泪，忽然如雨而下。

赵恒轻轻地捧起她的脸，她的脸上是绝望之人抓住最后一根稻草般的希望，那一刻她多年的面具被打破，她的脆弱她的依赖全然地涌现在他的面前。忽然之间，淡却已久的爱怜之情又重新燃起，这种感觉有多少年没有过了？这么多年来她是能干的妻子、能干的皇后、能干的掌控者，独独这种脆弱无依的神情，他已经陌生了很多年了。

赵恒轻轻地将她拥入怀中："小娥，放心，有朕在呢！"

她依在他的怀中，像一个小女孩一样不能自控地抽泣："三郎，你要答应我，你不能弃我而去，我不能没有你，我不能没有你啊！"她紧紧地抱着他，怀中的他是确确实实存在的，这真好，他仍是她的，是她的唯一所有，唯一所爱。

赵恒柔声道："你放心，朕一直在这里，永远在这里，朕绝对不会弃你而去的，因为……朕也不能没有你啊！"

笼在心头的恐惧，需要确确实实的存在感来驱散，刘娥伸出手来，真真切切地抚摸着赵恒的脸，一点点触手微温的感觉，是真实存在着的，心中的压抑恐惧渐渐散去，露出了欢喜的微笑，她倚在他的怀中，低低地说："三郎，我需要你，祯儿也需要你。"

赵恒心中一软，看着怀中的皇后，轻轻叹了一口气。

刘美的死，让帝后之间的感情，似乎发生了一些微妙的变化。死亡的恐惧令得他们更加紧紧相依，赵恒比往日更留恋于刘娥的温柔，而刘娥也收起自成为皇后以后，不自觉的刚强态度，变得更为温柔，对赵恒更加依恋。刘美的死令她相信冥冥之中的强大力量，从前赵恒信道，她虽然不反对，但自己并没有真的投入过。而如今，她宁愿去相信这一丝缥缈的希望，频频施钱去举行祈福仪式，对于各种仙方妙药都积极去寻求。更请旨在次年改元乾兴，并派人祭祀山陵，为皇帝祷福延寿。

这个秋天，黄叶一片片地飘零，令人越发心寒。刘娥站在院中，她如今能够体会为什么历代明君英主，在后期却这么迷恋方术，为什么赵恒会从操纵河图洛书到自己身陷其中不能自拔，他有太多太多放不下的事情啊！

不知道是因为祈福、改元，还是其他什么原因，冬天到了，赵恒的精神，反而一天天好起来了。

过了年，赵恒正式改元乾兴，大赦天下，正月里宫中举宴欢庆，赵恒下旨封宰相丁谓为晋国公，枢密使冯拯为魏国公，曹利用为韩国公。

到了正月十五元宵佳节，赵恒忽然精神甚好，下旨御东华门观灯。那一夜，京中华灯遍地，灿若星辰。忽见传说中久病的皇帝出现于东华门上，百姓皆是惊喜下拜，场面极为轰动。

赵恒和刘娥站在东华门上往下看，可以看到满汴京灯火辉煌的景象。

赵恒忽然问道:“小娥,这算不算盛世繁华景象?”

刘娥笑道:“自然是!这是官家的盛世,如今天下人都说,这是开元盛世之后的咸平盛世。”

赵恒笑了笑:“不过是奉承罢了,朕心里清楚得很。”他顿了一顿,又道,“朕一直怕自己不能做一个好皇帝,朕的文治武功都不如大哥、二哥。朕也许不是一个明君,可已经尽力做到最好了。”

刘娥看着赵恒,眼中尽是爱意:“不,我相信官家做得比他们更好。”

赵恒兴致勃勃地指着远处:“你还记得,那年朕带你出门看灯时的景象吗?你看今日,可远胜过那一日了。那时候你答应与我在一起,我不知道多高兴。我永远会记得那一天的。”

刘娥亦想起当日,看着满城灯火,也笑了:“记得。其实,臣妾的心早已经是您的了。只是……”只是当时我怕我的身份低贱,怕配不上您这皇子龙孙。我怕我们没有一个好结果。她低头看着两人紧紧相扣的手,露出了温暖的笑容:“我当时真没想到,过了三十多年,我们还能一起看灯。”

赵恒看着刘娥头上的白发,怜惜地摸了摸她:“这几十年你辛苦了。”

刘娥摇了摇头。不,是你不嫌弃我的出身,手把手教我读书识字,让我从一个蜀中流民变成如今的样子。没有你,就没有如今的刘娥。我的一切都是你赐予的。我这一辈子,永远感谢上苍,让我遇到你。能与你做夫妻,是我前世修来的福气。

赵恒轻轻地道:“小娥,能与你做这几十年夫妻,我很欢喜。”他在她的耳边低声道,“答应朕,将来若有万一,你要好好抚养祯儿成人,为他守住大宋江山。”

刘娥一惊,看着赵恒,他的笑容下,是掩不去的病容和虚弱。

当夜赵恒精神颇好,只可惜,谁也没有看出,这只是回光返照而已。

没过多久,赵恒忽然旧病复发,一病不起。

延庆殿中,药香氤氲,宫中诸人穿梭来往,整班的太医轮流问诊,却仍是静悄悄地不出一点声息,只有铜壶滴漏的声音,声声令人心惊。

刘娥走出门来,招手叫来雷允恭,轻声问道:“八王还没有走吗?”

雷允恭垂手道:“是。”

刘娥皱起了眉头,自赵恒病后,朝中宰辅为了祈神消灾而留宿宫中。八王赵元俨也以探赵恒病为由进住宫中，虽已有一段时日，却似乎没有离宫的打算。太宗时有皇子九人，如今除了赵恒外，便只剩下长子元佐和八子元俨。那元佐在太宗朝就为了避免皇位纷争，而以疯症自清，自赵恒即位之后，更是参禅修道，闭门不问外事。而八王元俨却是素来胆大妄为，本来因为禁宫失火之事被降官爵，后来赵恒念及兄弟之情复了爵位，不想八王竟渐渐又有些不安分起来。

本朝曾经出过兄终弟及之事，那烛影斧声的传闻犹隔不远。赵恒这两三年三番五次地病倒，本来门前冷落的八王府，忽然变得热闹起来，热闹得有些令人不安。

如今这位近年来蠢蠢欲动的八大王，在赵恒病重之时流连宫中不去，其用心如何，不问可知。

刘娥眉头深锁，冷笑一声，她三番五次派人暗示元俨离宫，不想对方似乎拿定了主意，不管明示暗示，就是不肯离宫。

刘娥迎着初春料峭的寒风，冷冷地想到四个字："其心可诛！"

赵恒病重，太子年幼，朝中宰相李迪又一直存着废后之心，如今再加上个八王元俨来凑热闹，刘娥眼望青天，心中冷笑道，这真是什么事都聚齐了。

可是，她现在不能出头，不能动手，这个时候，她更不宜出面有任何举动。他是太子的亲叔叔，是皇帝唯一在世的弟弟。皇帝病重昏迷，她若赶他走，他立刻就能以宗室的身份大闹，朝中大臣们也会借机生事。

这个时候，一步都乱不得，一步都错不得。

刘娥袖中的拳头捏紧了又放开，转身站了起来，移步进内殿。

赵恒已经醒来。他今日精神甚好，见了刘娥，忽然道："今日朕精神甚好，召文武大臣都进来。"

刘娥点了点头，令雷允恭前去宣旨，又将太子带过来。

过得不久，宰相丁谓、副相李迪、枢密使冯拯、枢密副使曹利用等率文武重臣来到延庆殿中，跪在地上，听候赵恒的旨意。

赵恒的声音悠悠地回荡在空旷的大殿中："太子年幼，众卿可能忠心扶持？"

丁谓、李迪、冯拯、曹利用等连忙跪上前一步，道："臣等可对天起誓，力保幼主，绝无二心。"

赵恒喘了一口气道："太子年幼，朕大行后，尊皇后为皇太后，处分军国大事。”

一言既出，丁谓等早已经猜到，连忙磕头道：“臣等遵旨。”

李迪大惊，方欲开口，副相王曾轻轻拉了他一把，也磕头道：“臣等遵旨。”

赵恒的眼光转向刘娥：“皇后。”

站在床前的刘娥急忙趋近，忍泪道：“臣妾在！”

赵恒喘了一口气，道：“辅政，可叫寇準回来。”

刘娥点了点头：“臣妾记下了。”

赵恒的眼睛向着下面的群臣扫视一圈，顿了一下又道：“寇準之后，可用李迪。”

刘娥的眼光落在李迪身上，一触即回，向赵恒点头道：“臣妾也记下了，李迪之后呢？”

赵恒闭目，似乎刚才那几句勉力提起声音的话，已经耗尽了他的元气，他在努力重新恢复说话的力气，刘娥看得不忍，方欲道：“官家——”

赵恒已经用力睁开眼睛，喘息着道：“李迪之后，可用王曾……”

刘娥心中刺痛，忍泪道：“臣妾也记下了，王曾之后呢？”

赵恒断断续续地道：“王曾之后，可用吕，吕，吕夷简……”话到最后，吕夷简三字已经有些颤乱了。

刘娥紧紧地握住赵恒的手：“臣妾都记下了。”

赵恒停了下来，过了片刻，才颤声道：“令太子拜丞相……”

刘娥含泪转头吩咐道：“太子拜丞相——”

张怀德携着太子的手，来到群臣面前跪下，宰相丁谓、李迪等连忙跪伏于地，道：“臣以性命为誓，保太子登基。”

乾兴元年(1022)二月，宋帝赵恒因病于延庆殿去世，时年五十五岁，奉庙号为真宗。赵恒在位二十六年，改元五次，即咸平、景德、大中祥符、天禧、乾兴。

赵恒遗命皇太子灵前即位，尊皇后刘氏为皇太后，处分军国大事，淑妃杨氏为皇太妃。

年仅十二岁的皇太子赵祯即位为帝。

夜，沉寂无声。

刘娥眼望漆黑的长空，欲哭无泪。

短短半年间,她生命中最重要的两个人,都先后离她而去。

如果说刘美的走,她还能挺得住;赵恒的去世,却是给了她最猝不及防的打击。

她以为他能够永远和她在一起的。

那桑家瓦肆的相遇,那风雨之夜的紧紧相拥,那四十来年的不离不弃,居然,就这么没有了。

她的心整个都被挖空了,什么都不能想,什么都不能做,只想也跟着去了。

被人切去一半的感觉是什么,她现在觉得,自己已经不是自己了。

黑夜,长空,令她忽然觉得害怕起来,前面有多少魑魅魍魉,等着择人而噬呢。以前她不怕,因为任何时候,都有赵恒在她的身后,永远地支持她、保护她。可现在呢,她茫然回头,身后空空如也。

刘娥一身黑衣,脸色惨白,整个人全然憔悴下来,走在大殿中无声无息,唯有一双眼睛却像是在燃烧着一样。

穿过空空的大殿,走入内殿之中。

内殿中,但听得轻轻的哭泣之声,白衣素服的杨媛和新帝赵祯已经哭得双目红肿,抬起头看着她的时候,却是充满了依赖和不知所措。

刘娥的心忽然颤动了一下,她向赵祯伸出双手,双手冰冷。

赵祯哭着扑入她的怀中:"娘娘!"

刘娥抱住了他,轻轻地说:"祯儿,要记住,你是皇帝了,明天,你要临朝听政了!"

赵祯颤抖了一下:"娘娘,我怕!"

刘娥抱紧了他:"祯儿,不怕,有娘娘在呢。只要有娘娘在,你什么都不必怕!"

当这个孩子哭着扑入她的怀中时,那个柔软的小身体忽然一下子击中了她的心,令她紧紧地抱住了这个孩子。

三郎没有弃我而去,他还留下了这个孩子呢。刘娥模模糊糊地想,有孩子真好,不管多空的心,一下子就被填满了。不管她有多害怕,还是想努力地挡在他的面前,自己的害怕也不觉消失了。

她轻轻地抚着赵祯的头发,轻轻告诉他,也是告诉自己:"祯儿别怕,一切有娘娘在呢!有我在,你们什么都不必怕!"

风，越发地紧了。

风声在整座大殿呼啸着回荡。

刘娥抬起头，直视着黑漆漆的前方。

山雨欲来风满楼！

第八十四章 仁宗继位

乾兴元年(1022)二月,宋真宗赵恒驾崩于延庆殿,遗命十二岁的太子赵祯灵前即位。

文武百官当即于延庆殿东首,参拜新帝。

延庆殿内外一片“银装素裹”,皇太后刘氏率皇太妃杨氏等后宫诸妃嫔在内宫灵前举哀。

文武百官退出延庆殿后,即换上孝衣,在外殿设草庐守灵。

小皇帝以“孝子”的身份陪灵,照规矩要“席地寝苫”,移居延庆殿旁边的偏殿,称为“倚庐”。太后索性也从寿成殿迁到延庆殿旁边的崇徽殿中,一则身为太后自然要迁宫,二则方便照料小皇帝,三则也便于召对群臣。

这边太后在宫中传下旨意,由同平章事丁谓、参知政事王曾入殿庐与重臣们商拟如何发布诏告天下的制敕。

哭灵已毕,太后刘娥退入崇徽殿中。几天下来,刘娥明显憔悴,杨媛此时已被封为皇太妃,其余妃嫔不过都是称为先帝某位而已。

杨媛见刘娥无心饮食,忙亲自捧了灵芝汤来道:“姐姐喝点灵芝汤,歇会儿吧!”

刘娥接了,却无心去喝,放在桌上道:“妹妹你坐下来吧,这些事让她们去做好了。外头千头万绪的事,我怎么歇得下来。外头宰相们在拟诏,我还是先等等吧!”她看了看站立两边侍候着的嫔妃们,一眼就看到了站于后面的李氏,不由得引起心事。想了想,吩咐道:“李顺容,小公主身子一向不好,如今先帝驾崩,我怕她小孩子更受不住。我看你除了每日晨昏定省外,就不用在这里侍候着了,只管照看小公主就是!”

李氏此时已经升为九嫔中顺容,位列后妃中的第三阶,听得太后有旨免了她的侍候，连忙出列磕头谢恩，退了出去。

此时众妃嫔亦是劳累了一天，见李顺容以照料公主的名义先退了出去，皆是满眼艳羡之色。

过得片刻，小内侍阎文应引了小皇帝进来。小皇帝身着孝服，看上去沉默许多，一进门也不行礼便扑到刘娥的怀中，好一会儿才抬起头来叫道："娘娘！"眼泪这才扑簌簌地掉下来。

刘娥抱住小皇帝，轻轻地拍着他的后背，柔声道："你现在是皇帝了，不要哭，要坚强起来啊！"

小皇帝只是不停地掉眼泪，强忍住了并不号哭，杨媛瞧得心疼，忙站起来要过去将他一手抱在怀中好好安慰爱抚，刘娥却用眼神阻止了她，杨媛虽然不舍，也只得含泪坐下。

刘娥接过巾帕，细细地为小皇帝擦去眼泪，小皇帝这才止泪，规规矩矩地退后一步行礼道："娘娘，臣回来了。"

刘娥看着小皇帝强作大人的样子，也有些心疼："头一次让你一个人面对群臣，也是够难为你了。"这一日小皇帝灵前即位，受群臣参拜，是头一次面临这样的大场面，小小年纪独自承担，实是不易。

阎文应忙回奏道："回太后，官家今日虽是初次上朝，却是举止沉稳，一应礼节都做得极妥，已能镇服百官了。"

刘娥点了点头，所谓"镇服百官"云云，自然不过是表面上。那几个宰相都是桀骜不驯之人，先帝在时都够叫人头疼的，更何况幼主当国。

小皇帝自小一直由杨媛抚养，素日里由东宫接来，早扑入杨媛怀中撒娇。这几日来，却是一回来便先扑入刘娥怀中，他还是个孩子，骤逢巨变登基为帝，心中正惶惑不安，只有倚在刘娥身边，他才能够稍稍安心一些。太后虽然只是坐在那里，却能够让他有一种沉稳如山的感觉。

皇帝上朝之后回来，宰相们却还要商议接下来的事，刘娥早令雷允恭在殿庐与崇徽殿之间传话。过了一会儿，但见雷允恭进来行了礼道："宰相们在前头有些争议，让小的来请太后的示下。"

刘娥问道："什么事？"

雷允恭小心翼翼地道："冯枢使说，当年昭宪太后有遗诏，要防着后周世宗及符太后的先例，国赖长君，太后当国，还需亲王宗室辅政。"

刘娥冷笑一声，眼前却浮现出前日真宗小殓时，画师请出真宗画像，元俨立刻号啕大哭到肝胆俱摧的样子，引得诸宗室及群臣更加地大放悲声，元俨叫着"大宋江山怎么办"，被宰相们喝止以后，居然晕了过去。眼见如此，丁谓只得请示了刘娥，让人将他在宫中安置歇息了。

刘娥心中冷笑，这一歇息下来，想是就不打算走了。就等着寻找机会，再谋个兄终弟及吧。

杨媛恼道："想当日那场大火，就是他引起的，若不是他，先帝也不至于生后来这场病。如今真真无赖，横的不行就竖着来，借势一倒，就赖在宫里不走了，可怎么办？"

刘娥闭目轻叹一声："宰相们怎么说？可知道怎么处理？"

雷允恭连忙恭声应道："是，李相说，此一时彼一时，赵相当年就说一误不可再误，今日何须再提此事？"李迪抬出赵普当年劝太宗之语，此时不同当年，再说昭宪太后之语，未免过时。

刘娥嗯了一声："就李迪说话了？"

雷允恭看了太后一眼，知道太后一向不喜欢李迪，今日听得居然是李迪驳了八王辅政之议，不见其他宰辅有什么举动，未免不悦。雷允恭自然明白太后的心思，他也是故意将李迪的话先说，便是讨太后的欢心，忙笑道："连李相都肯先驳了八王辅政之议，其余宰辅更是不消说了。丁相更说：'当年昭宪太后的懿旨是太后之命，难道当今太后在朝，这太后之命就敢视若不见了吗？'"

刘娥嘴角微微抽动一下，道："这才是以子之矛，攻子之盾呢！"她看了雷允恭一眼，"大行皇帝刚刚宾天，朝臣们现在还没有议下诏书来，允恭，你要小心行事说话！"

雷允恭就问："只是这八王怎么办？"

刘娥笑了："能怎么办？"她看着手中的茶，把它放到几案上，"你让张怀德送杯茶给八……罢了，送杯茶给李迪，告诉他八王在宫里不肯走的事，看他会有什么举动。"

雷允恭忙应道："是，小的遵旨。"他偷眼见太后神色恹恹，小心翼翼地道："大行皇帝驾崩，这天下都要靠太后支起，为了官家，为了天下，请太后也要保重凤体。"

刘娥只觉得一阵倦意袭来，轻叹了一声道："允恭，你明日传妙姑进宫

来。”

雷允恭目光闪动，忙应了一声，退了下去。

次日，一个女道士坐着小轿进了宫，这便是名满京城的活神仙刘德妙。

刘德妙原在京郊的老君观修行，她法力高强，能知过去未来，因此轰动京城，许多达官显贵都到老君观去打醮问卜，连宫中也听说了此事。那一日刘美之妻钱惟玉正进宫来，刘娥便问她：“听说京中有一位活神仙，名唤妙姑的，你可曾知道？”

钱惟玉却是也去过老君观的，连忙把这妙姑的神通夸了一遍，并说宰相丁谓也对此相信无比，亲自请了妙姑到府中供奉修行。一来二去，刘娥也不禁为之心动，又听说这妙姑亦是姓刘，笑说：“也算得遇上同宗了。”过了几日，便命雷允恭到丁谓府中去看个究竟，雷允恭回宫来，把妙姑的神通更加说得天花乱坠。此时因为真宗迷信道教，上有好者，下必甚焉。后宫诸人，亦不免有些相信起来，只是不能如皇帝一样去封禅祭天。因此刘娥听了钱惟玉与雷允恭先后的话，也不免心动起来，就让雷允恭带了那妙姑进宫来。一谈之下，果然是道法精深，兼又能讲经说理，又懂按摩医术、调茶写诗等，因此颇得刘娥喜欢。

恰在此时，因真宗病重，皇后刘娥为他多方祈福，又派人去祭祀天地五岳，又重赏寺庙道观。那刘德妙身为女冠出入宫廷方便，更加得势了。真宗驾崩后，刘娥一直睡得不安稳，于是频频叫妙姑进宫来。

刘德妙进宫的时候，恰是中书省与枢密院两府的重臣们在殿庐里商议太后垂帘听政的问题。

皇太后垂帘听政，历朝都没有这样的制度。前朝虽然有汉之吕后、唐之武后垂帘听政之事，但终究只是临时的夺政，其间人头滚滚、血流成河，也不过换得一朝的执政而已，并未形成制度传下。此时要由宰相们议定太后垂帘听政的制度，皇太后的仪卫车驾等固然是要大大地不同，更重要的是太后如何听政，如何处理朝政，权力大到哪里为限，却是宰相们颇为头疼的事。

枢密副使钱惟演提出前朝已经有吕后、武后之例子，只须照此例行事就是。只因有吕后、武后执政时大杀皇族重臣的先例，参政王曾立刻反对说：“汉之吕后，唐之武后，乃是夺朝的乱政。太后秉先皇旨意掌军国大事，焉能参照此等例子！”

钱惟演道:“不以吕后、武后的例子,那以参政之见,应该如何?”

王曾说:“以下官之见,莫不过援引东汉太后垂帘的制度,请皇太后每隔五日一御承明殿,太后坐在左边,垂帘听政,皇上坐在右边。”

钱惟演皱眉道:“国不可一日无主,五日才一听政,若遇军国大事,岂不是耽搁了?”

王曾反口相问:“要事事请示,要我等重臣何用?”

此言一出,顿时招来众人的赞同之声,谁都听得出这其中的潜台词来,若是太后掌权,这宰相就成了摆设。可是这样大逆不道的话,谁也不敢明着说出来,却是谁都在心中暗暗这样想。

丁谓沉默良久,此时才道:“天子年幼,五日临朝,也太过频繁。”众臣一向知道丁谓是后党中人,听得他也如此说,不禁大喜,忙赞道:“丁相说得有理。”

钱惟演看了丁谓一眼,道:“丁相请继续。”

丁谓微微一笑,道:“以下官之见,皇上每月在朔望之日各临朝一次,处理朝政。平时若遇军国大事,则由太后召辅臣商议决定,若非军国大事,则将奏章传进大内,太后批阅之后,再传到内阁,岂不更好?”

众臣听了,都默然不语,这个办法,其实与真宗后期并没有什么两样,奏章传进宫去,宫中再把旨意传出。只是那时候众臣还可以偶尔面见真宗提出异议,如今换了小皇帝临朝,其实比以前更不如。那会儿大家对太后的批阅有意见,还能和先帝面谈,现在难道能和小皇帝去说吗?

王曾首先反对道:“皇上朔望之日见群臣,太后不在身边。太后处理军机,皇上不在身边。这两宫异处,递传旨意都由入内内侍省押班雷允恭负责,则权柄归于内宦,岂非是祸端了?”

丁谓不理他,又道:“我有个建议,虽然大行皇帝临终前有遗训,说皇太后处分军国之事,只是这终非常例,只能是从权而行。因此拟在遗诏上,添一‘权’字,改为‘皇太后权处分军国之事’,各位意下如何?”

钱惟演一惊,当下道:“大行皇帝遗言,我等皆亲耳听到,丁相岂可擅改遗诏?!”

丁谓却道:“我等既为宰相,如今要我们草诏,自然要有宰相们的主张,便是大行皇帝在时,发布旨意也须经宰相同意。李相、王参政,你二位意下如何?”

王曾道："太后要么退居内宫，既然摄政，又加这个权字，这'权'在何时，由谁说了算呢？"

丁谓似笑非笑地说："既然如此，你我各将自己的主张呈上太后，由太后定夺如何？"

几人对峙，彼此都不能满意。

这时候却见张怀德捧着几杯茶走进来，笑道："几位相公辛苦，请用新茶。"

钱惟演见了他，诧异道："我也正口渴了。咦，怎么是你来了？"

张怀德赔笑："小的正有件事犹豫着，想请教各位相公。如今八王在崇和殿中，滞留不去，可怎么办才好？"

众人对望一眼。

丁谓先道："八王滞留宫中，于礼不合。"

曹利用道："毕竟是皇叔，况且他也是因为哀伤过度而滞留。"

李迪冷笑："哀伤过度？哼！"他想了想，打开茶碗的盖子，在还滚烫的茶汤上，用手指滴了几滴墨水，晃了一下，再盖回去，把茶碗递给张怀德，道："把这碗茶，送给八王吧。"

张怀德一怔，不知如何才好，不由看看其他人。

众人见状就已经明白，钱惟演挥挥手道："张公公，只管去吧。"

张怀德只得用茶盘端着茶碗，退了出去。

钱惟演也笑了，曹利用脸色难看，丁谓却开始在写圣旨了。

张怀德端着茶去前头殿中时，赵元俨也正与属下商议："如今宰相们正在殿庐商议皇太后临朝的事情，我看拥戴此事的只有丁谓及其党羽钱惟演、林特之流，不管是文官如李迪、王曾，还是武官如曹利用，都必然反对此事。可他们就算反对，也必得找个身份相当的人，去对抗这件事，而本王以皇叔之尊，正可以在身份礼法上对抗丁谓所推出的太后。"所以这个时候他一定要硬撑着留在宫中，随时等着他们想到的时候，这样就不会错过任何时机。

这时候有人敲了一声门，侍从看了看进来回道："有人送茶来了。"

赵元俨点点头，不以为意。就见着一个陌生的内侍端着茶盘进来，将茶碗放到桌上，行了一礼，道："王爷请用茶。"

赵元俨嗯了一声，端起茶碗来正要喝，却见茶水的颜色有些不对，便有些诧异，端起来迎着灯光看了看，忽然看到茶水中似有几缕黑色，吓得手一抖，茶碗摔落在地。

侍从一惊，忙上前问道："王爷，怎么了？"

赵元俨指着那落地的茶水，手指颤抖半日，竟是不敢说话，却见那内侍见了茶碗落地，竟是半点也不惊惶，反而微微一笑，从容一礼，转身而出，行为举止大异寻常宫奴，竟看不出他是何等样人。

赵元俨张嘴想叫他，却是叫不出口，只能眼睁睁地看着他走掉了。

他的属臣见他神情有异，急问："王爷，出了何事？"

赵元俨指了指那洒落地上的茶水，想说什么，却说不出来。当时他看到茶水中那几缕若有若无的黑色，心里升上的头一个念头就是"茶水有毒"，手一抖，下意识地就将茶碗打翻了。

他长在宫中，听过许多宫廷秘闻，想当年的蜀主孟昶、吴越王钱俶，都是在宫中饮宴，回去便死得莫名其妙，这算是众人皆知的。还有些外头众人不知道的事，却是更多。

再看那陌生内侍，见他打翻了茶碗，居然还从容镇定，显见是有恃无恐。那么他背后之人，必也是个不怕他追究的人。想到这里，更是心惊胆战。

他的属臣见他如此，也猜到几分，就有一人忙站起来出门去打听，过得片刻匆匆回来，见赵元俨已经叫人收拾东西要离开，当下就道："臣方才去打听过了，这个内侍，却是从殿庐出来。"

赵元俨一惊："你说什么？"

那属臣原也是同他猜的一样，以为这内侍是后宫派来的，本是心有不甘，想找其中是否有可兴的风浪，哪晓得一问之下，居然是从殿庐出来，也吓了一跳。当下忙来同赵元俨道："方才殿庐中，正是诸位宰相重臣在商议遗诏的事情，却不知是哪位……"却不知是哪位，叫人给赵元俨送茶来。

赵元俨既怒且恐，若说刚才是害怕，现在则是更深的绝望，他颓然坐下，叹道："是谁又有什么关系？他们都在场，却无一人站在我这边，这才是，这才是……"他把"这才是"说了几遍，却不敢说出后面的话来。他只道宰相们不愿意太后掌政，两边相争之下，必要拉拢自己。可是没有想到，他们之间不先动手，反而先联合起来对付自己。

刚才那杯茶，到底有没有毒？他可不敢去尝试，不敢为了一个如今看来已经是极低的可能性，去赌自己这条命。

赵元俨坐在那里，忽然间似苍老了许多，他缓缓站起来，哑声道："罢了，我们出宫去吧。"

赵元俨一出宫，刘娥就得了消息，不由冷冷一笑，那些宰辅固然排挤她这位皇后，可是对于那位自我感觉良好的八王，只怕更容不得。

张怀德此时方明白刘娥的举动，方才她端起茶，就是想到了这一招，却没有出手，反而叫自己送茶到资政堂去，让宰相们出手。想来，这正是要看看宰相智慧和忠诚的时候。

张怀德忍笑道："小的还以为这位爷既然敢存了此心，必有过人的定力，不想也经不得这区区一吓。"

刘娥笑道："有什么好奇怪的。李迪、王曾他们，反对的是丁谓以我为幌子企图独揽朝政的行为。太后，不过是一个内廷妇人罢了，纵然临朝，也不过是丁谓的傀儡。而八王，却是一个年富力强的亲王。太后临朝，朝堂诸公们还能够有操作余地，还可以隔绝内外，若是亲王摄政，他们还能操纵谁？隔绝谁？"

张怀德低头，讷讷不敢言。这时候雷允恭来报说，妙姑来了。

刘娥点头，宣那道姑进来。

刘德妙进宫拜见太后，姿仪万端，宛如姑射仙人一般。

刘娥见了她这般风姿，不由赞了一声，叹道："妙姑，你说这道家的长生之术，真的灵验吗？"

刘德妙怔了一怔，忙道："太后何出此言？"

刘娥轻叹一声，道："尊崇神仙，信奉道家，无人能比得上先帝。当年修玉清昭应宫，封泰山、祀华山，几乎罄全国之财力。可是寿数，却只到了五十五岁。以先帝这样的信奉，尚且如此，这长生之术，到底有没有用呢？"

刘德妙敛眉道："人寿自有天定，虽然天命不可违，但是信奉道门可以延年益寿，这却是可信的。太宗皇帝子嗣九人，如今仍存的只有楚王与八王。且除却大行皇帝外，薨了的诸王中无人能过五十。此皆是大行皇帝信奉道术的缘故，因此比他们寿长。"

刘娥看着她："可是楚王与八王又怎么说？"

刘德妙答道："八王年纪尚小，未到五十，这且不论。楚王多年来清心寡欲，闭门不问外事，潜心研究道家之术，已有大成。大行皇帝虽然信奉道术，已得寿数延长,可是大行皇帝为天下操劳过多,与道门的清心寡欲之术有违,大行皇帝实是因天下百姓而耽误了啊!”

一句话说得太后泪水涟涟,不由拭泪道:“以你所能,可算得出予寿算几何?”

刘德妙忙磕头道:“太后乃上天所命,非我等下界凡人所能知。只是有一句话,算是贫道大着胆子说了,常言道天将降大任于是人,必先劳其筋骨,饿其体肤,使其动心忍性,增益其所不能。天地之间既生太后这样的人,受过天地间的大磨难,到如今将天下的重任交予太后,太后前面必然还有很长的路要走,这也是上天的安排。”

刘娥悚然而惊,刘德妙虽是泛泛而指,但是这“劳其筋骨,饿其体肤”,却是不折不扣说中了她的心事。她是以虎捷都指挥使刘通之女的身份入宫,人人都以为她出身高门,又有谁敢妄猜她是“受过天地间的大磨难”呢!莫不是,这妙姑真的能通灵不成?

刘娥凝视着刘德妙,忽然一笑:“妙姑起来吧,这天地间的大磨难之语,却也犯不着说得如此严重。”

刘德妙站起来,整了整衣服,道:“非天子骨血,而得以掌天下权位,其中的艰辛,必倍于常人千百倍。这其中经历,虽非贫道能知,但贫道所说的,却是世间的常情。”

刘娥点了点头,刘德妙坐下来,侃侃而谈长生之术:“大象无形、大音希声,在上位者只要用人得宜,自可垂拱而治。沙子在手中握得越紧,就流失得越快。长生之术,在于清心寡欲,尽可能地减少俗务的干扰……”雷允恭捧着一沓奏章进来,见太后正在听刘德妙谈长生,便不敢作声,只是垂手侍立在一旁。刘娥却已经看到他进来,手一抬,刘德妙顿时止声。

刘娥问雷允恭:“外头宰相们议得怎么样了?”

雷允恭欲言又止,却看了一眼刘德妙。刘德妙会意,连忙告退道:“太后有国政要议,贫道先行告退。”

刘娥点了点头,吩咐小内侍江德明:“德明,你先带妙姑下去,我处理完这些,待会儿还要继续听她讲经。”

刘德妙走后,雷允恭这才呈上诏书的草稿道:“草诏已经拟好,请太后过目。”

刘娥接过遗诏,见上面主要的意思,也就是这几句话:“皇太子即皇帝

位，尊皇后为皇太后，淑妃杨氏为皇太妃。军国大事兼权取皇太后处分。"

其余话倒罢了，太后见到最后一句忽然多了一个"权"字，顿时大怒，将诏书直向着雷允恭的脸上掷了过去，厉声道："这诏书谁拟的？"

雷允恭吓得连忙跪下道："是王参政！"

刘娥重重一拍御案："立刻传王曾进来！"

雷允恭磕头道："太后……太后请息怒，先帝刚刚驾崩，太后的仪制未定，此时后宫不能召见辅臣！有什么话，交代小的吩咐下去就是了！"

"交给你——"太后咬牙切齿地瞪着雷允恭，忽然发出一声冷笑，直笑得雷允恭寒毛倒竖，"是啊，以后的事，还当真要倚重于你了。"

雷允恭一惊，忽而太后厉声道："你也知道先帝刚刚驾崩，如今只剩下我们孤儿寡母。我倒想问问这些宰辅，先帝尸骨未寒，便有人如此大逆不道，连先帝的遗诏都敢擅改？这个'权'字，到底是何人添加的？"

"是——"雷允恭心中一颤，暗道，果然来了。

方才丁谓令他将草诏送入时，便已经料到太后必会发怒，早将话告诉于他了，这时候连忙重重地磕了一个响头，伏在地下不敢看太后的脸色，口中却道："是丁相添的。"

"哼哼哼……"太后冷笑，"丁谓叫你传什么话？"

雷允恭不敢抬头："太后称制非祖制，只怕难安群臣之心。丁相公说，我朝并无太后垂帘故事，只因官家年幼，因此由太后暂时代掌军国大事，这是权宜之计。若要使百官安心，太后顺利垂帘摄政，只怕这个'权'字，不能不添。如此，便对百官有了个交代。彼此退让一步，这也是他不得不为的缓冲之计，请太后千万体谅。"

刘娥冷笑一声："这么说，我若不体谅，这垂帘的事就不能成了，我若不容他擅改遗诏，他们连先帝的遗诏都可以不奉行，置之不理了？"

雷允恭听得刘娥说得重了，不敢再答，只是磕头不止。

太后怒道："滚出去——"

看着雷允恭退出，刘娥余怒未息，一掌将案上卷宗奏章都扫落在地。"八王、王曾、李迪，如今竟还有丁谓……"刘娥来回踱了几步，手按着冰冷的御案，仍然感觉掌心炽热，颤抖不止。她的嘴角抿得紧紧的，双眼透着一丝狠绝："绝不能让那些人有机可乘。"她收掌，握紧拳头冷笑，她必须尽快走到前殿去，她不能成了符后、宋后这样的后宫妇人。不管什么样的阻碍都不能挡住她。这天底下，哪有谁是谁的忠臣，只有利害关系，才是最大的忠诚。暂退一步又如何？与虎谋皮又如何？丁谓既想借她的势，又想拿绳子捆住她的手，想拿她当傀儡。可若换了王曾、李迪，只怕连让她当傀儡的机会也不给了。

想到这里，刘娥高声道："允恭滚进来！"

雷允恭刚才被她斥骂"滚出去"，却不敢走，仍跪在门外候着，此时听得太后召唤，果然忙不迭地"滚进来"了！

却见刘娥神情已经看不出喜怒来，淡淡地道："今日廷议还有什么说的吗？"

雷允恭忙把今日廷议的事说了一遍，又道："丁相托小的禀告太后，那王曾处处生事，朝臣们附议他的也很多，看来寇準的余党势力仍存，只怕会想出各种借口、理由来，阻止太后执政。丁相提出的建议是官家朔望二日临朝，太后在内宫批阅奏章，遇上军国大事再召重臣们商议，平时则由小的居中传话，外头有丁相主持，大局就能定下来了。"

刘娥哦了一声，淡淡地道："丁谓倒是想得周到！"

雷允恭忙道："丁相说，外头王曾一党气焰极高，他请求太后支持，说若没有太后的支持，他怕是难把他们压下来，让他们左议右议的，只怕垂帘之事有变。要是架空太后，让他们先揽了权势去，太后就难以做主了！"

刘娥缓缓地问道："丁谓要我如何支持？"

雷允恭忙道："丁相说他的建议，若是太后许可，便降一手谕。有了太后的旨意，宰相们才好照此拟诏遵行。"

刘娥眼中寒光一闪即没："兹事体大，待我好好想想。"

雷允恭忙道："丁相忧虑，时间若是拖久了，只怕王曾等人，会把太后执政的事长久拖下去。且官家也要早日临朝听政，以安天下之心啊！"

刘娥点了点头："我自有分寸，你下去吧！"

雷允恭不敢再催，只得退下。

所有的侍从都退下了，刘娥看着手中的奏章，讥诮地笑了："王曾想架空我，难道你丁谓就不想架空我专权擅政吗？且看你们如今如何斗法。"她将手中的奏章轻轻一丢，道，"我倒乐得丢开俗务，修身养性，延年益寿去了。"

她扯过一张空白的诏书，写下："皇帝由朔望日临朝，大事则太后召对辅臣决之，非大事悉令雷允恭传奏。"扬声叫道："允恭——"

侍候在外头的雷允恭连忙进来,刘娥将诏书扔给他,笑道:“用印颁诏!”

雷允恭偷眼瞄了一下诏书的内容,强抑着心头的兴奋,恭敬地跪下接诏后,退出去送到内阁。

刘娥看着他的背影,笑容消失了。

此时,小皇帝来向太后请安,见雷允恭出去,顺口问了一声:“娘娘,您叫允恭去做什么?”

刘娥看着儿子,淡淡一笑:“我叫他去架桥!”

小皇帝大为奇怪:“架桥,架什么桥?”

刘娥拉着小皇帝的手,带着他走到窗前,道:“你看那御花园中,要到后苑去,就要过桥。最好能够有一座可靠的石头桥,可是手边只有木头,也只好凑合着先用木头架座桥吧!”她微微一笑,“当务之急,是如何过了河登上了岸,总得先有个桥是不是?”

小皇帝似懂非懂地点点头,又摇摇头:“臣还是不明白,石头、木头的有什么关系呢?”

刘娥笑道:“这自然是不同的,木头快捷,但不能长用。石头稳固,可是时间上得慢慢来。你现在不明白,娘娘会慢慢地教你的。”她凝视着儿子,“我的祯儿,总有一天要自己解决桥的事情!在这之前,有娘娘在呢!”

次日众臣廷议,雷允恭自大内传了太后的手谕出来,竟然就是丁谓昨日所建议的,皇帝朔望日临朝,平时则由太后批阅奏章,遇上军国大事才召群臣商议。

丁谓将太后手谕出示后,这才拟定诏书,颁布天下,同时派遣使臣到辽国等国告哀。

自此,丁谓独揽大权,他本已为尚书左仆射、门下侍郎、平章事兼太子少师,新帝继位之后,更晋封为司徒兼侍中,又为负责真宗陵寝的山陵使。

第八十五章 君臣博弈

御书房中，瑞脑销金兽，氤氲绕室。三道奏章放在御案上，已经一个时辰过去了，依然没有动。雷允恭悄悄地抬头看了看太后，却又赶紧低下头去，不敢说话。

因天子年幼，如今诸般大事，先由众重臣在内阁议定了，然后由雷允恭呈入大内，太后批示“可”或者“不可”，或者“交某处再议”，或者不作批答。

这案上的，正是雷允恭早上送来的奏章，不但附宰辅们的奏议，更有甚者，连草诏都拟好了。这三道奏章，其实说的是一件事，只不过是一件事中涉及的三种不同程度的处理方式而已。

一道是再贬寇凖由道州司马到雷州司户参军，其实太后已经看过上次承旨学士拟的草诏，只不过这次丁谓又加了一些话语：“……当丑徒干纪之际，属先王违豫之初，罹此震惊，遂至沈剧……”

刘娥看到这样的话，手也不禁颤了一下，寇凖已经贬过几次了，一次是皇帝病重之时，他想要谋立太子监国，结果罢相；此后，又牵涉周怀政逆案之中，又被贬出京城；然后又是翻出他为了回京为相，串通朱能伪造天书，再度被贬为道州司马。在刘娥看来，寇凖已经出京，也就罢了。

但是丁谓却不这么想，寇凖声望太高，而他又曾经是寇凖推荐上来的人，如今反踩他一头，自然是更加踧踖，这怨仇结得深了，越发不能让寇凖有翻身的机会。更兼先帝临终前，嘱咐刘娥召回寇凖托以国事。虽然在丁谓看来，先帝那时候病得有些糊涂了，寇凖是与刘娥作对的人，刘娥便是再心慈，又怎么会把对头再请回来，把权柄交与他，让他跟自己作对呢？然而当时，听到这话的人不少，少不得将来有人时不时地将这些话翻出来作为话柄，如李迪这等人。因此于他来说，务必要让寇凖再无翻身之地。

这一道诏书措辞刻骨之至，直指因寇準逆案，害得先帝受惊、动怒、劳神而提早驾崩，将这个害死先帝的罪名牢牢地套在寇準头上，那么所谓先帝临终前要将国事托付寇準之言，便不足成立了。

刘娥将奏章扔到一边，却仍然只觉得那上面刻毒的字眼字字都要蹦出来似的，此人果然是“心思缜密，狠辣刻骨”，流放寇準之地雷州，在大宋边境的极南端，已近大海，乃是百越纹身之地，蛇虫横行，瘴疠遍地，那是一片死地啊！丁谓存了此心，不达目的，怕是要寝不安枕、食不甘味。

刘娥转过头，却见雷允恭正侍立在旁，悄悄窥视自己颜色，冷笑一声：“允恭，这些都是内阁中议定了的吗？”

雷允恭恭声道：“回太后，都是几位辅臣议定了的。”

刘娥心中暗暗冷笑，都是辅臣们议定了的，叫她更有何可质疑、质问？倘若有不同政见，是否在内阁中都扣下去了？

雷允恭本是太后心腹，多年来追随太后，多少风浪都过来了，所以到了此时，未免有些得意而忘形了。他自然也巴望着如当年王继恩这般权倾宫廷，虽然不能如王继恩般出为大将，入为使相，但与丁谓分为“外相”和“内相”，外事由丁谓做主，内事由他做主，一时间得意得只差如唐末李辅国对代宗一般说：“大家但居禁中可矣，外事自有老奴处分！”

他犯了一个错误，他以为他够了解太后，太后一介妇人，只要有足够的尊荣、足够的权势便够了，如何做得来这些案牍之事呢？这些闲杂之事自有他与丁谓去办。只可惜，他了解的，只是真宗即位之后进宫的那个温和谨慎，连对郭后都心慈手软、处处留情的刘娥，他并不知道，当年入宫前那个未曾磨去锋芒的刘娥，是何等的性情。而这个错误，足以让那些不够了解刘娥的人错到不能翻身。

刘娥浮上一丝冷笑：“也罢，索性都依了他们。”刘娥扯过奏章，在上面胡乱批了个“可”字，扔到右边去，那里原有一堆已经批好了的奏章。

再翻开第二道奏章，原是丁谓列了一些寇準同党的名字，首位便是李迪。

刘娥眉头一皱，丁谓此举太狠，再除去李迪，他便能独揽朝纲吗？想起真宗临终前说：“寇準之后可用李迪。”她轻轻地叹息一声，留一个李迪或可牵制丁谓吧？

她提起朱笔，将李迪的名字划去，放到右边。

蓦然间，眼前闪过李迪那张削长的脸，一声“何不废了皇后”的声音，似乎还回响在她的耳边，只觉得那一刻自己身在御座后听到这一句话时浑身冷汗的情景，犹在眼前。一股怒火陡然升起，心中暗道：“此人其心可诛，便是保他又有何用?!”她急速抽回奏章，重重地在划去的笔迹旁边，又亲手重新添上“李迪”二字，扔了回去。

她将朱笔一扔，长长地嘘了一口气，只觉得一阵疲累。挥了挥手令雷允恭道：“都拿出去吧！”

雷允恭忙上前将右边的奏章都捧起来，放到身边小黄门捧着的匣中，却看着仍留在刘娥面前的奏章，迟疑地问道：“太后，这一封……”

刘娥方才已经看过，那是降枢密使曹玮为左卫大将军的折子，想是当日曹玮庭审周怀政时并未按丁谓的意思将寇準牵连在内，也被丁谓记恨在心。此时却无心再批，摆了摆手道：“一体办理罢了！”

雷允恭忙应了一声，将奏章都取了下去，眼见太后脸色不甚好，他何等机灵，忙趋前轻声道：“太后，小的看您有些累了，要不要召妙姑进宫?”

刘娥半闭着眼睛，嗯了一声，雷允恭悄悄地退了出去。

夜深了。

此时，权倾朝野的宰相丁谓犹未睡眠，正在书房里挥毫而作。

门，轻轻地被推开了，一个人悄悄地走到他的身后：“还没睡吗?”

丁谓微微一笑，搁笔道：“我给你写了篇东西，你看看可好?”

那人拿起纸笺，看了一下，怔道：“‘混元皇帝赐德妙书’，怎么又写这个了?”

丁谓倚椅微笑道：“总要再给你添点什么，好让你更有分量啊！怎么，今日又入宫了?”

女道士刘德妙放下纸笺，坐到丁谓的怀中：“是啊，太后觉得累，让我给她老人家松泛了一下，说了段经文。”

丁谓搂住刘德妙，懒洋洋地笑道：“好事啊，恭喜妙姑，看来太后是越来越离不开你了。”

刘德妙斜看他一眼：“是我应该恭喜大宰相才是呢，今日的三道折子，太后全部都准了，我看是太后越来越倚重您了吧！”

丁谓伸了伸腰道：“太后到底是妇道人家，心慈。一个李迪还犹豫了半

晌，划了名字又添上。如今太后当国，那些阁臣个个都是教先帝的仁厚给纵容坏了的，一个比一个厉害，一个比一个会使性子，若再依着太后这般心慈，只怕哪一个也按不下来。少不得，我做个恶人，把这朝纲整肃一下，太后耳边也少些聒噪不是。”

刘德妙掩嘴轻笑道：“大宰相可真是够为主分忧的，不过……”她收了笑容，脸上忽然多了一些忧色，“不知道为什么，我最近心里头发虚呢。太后虽然和气，却让我觉得深不可测。你教我的那些话虽然背熟了，可是当着她的面，每每壮着胆说完了，就觉得浑身是汗。”

丁谓不在意地道：“那是自然，德妙，你虽然聪明颖悟，才思敏捷，可是像太后这样能够从后宫里挣扎出头来的女人，又做了这么多年六宫之主，自然是有一些威仪，那心思缜密之处，也是你所不能及的。”

刘德妙点了点头，看着桌上的那纸笺，不由得道：“其实你又何必亲自写这个，你一天下来担着多少国家大政，还百忙中抽出空来写这个，都到这般晚了还不曾歇息……”

丁谓微微一笑：“与你有关的事，我自然得亲自来才放心。”

刘德妙站起来，将旁边案几上的蜡烛移到书桌上，看着烛光映着丁谓的半张脸，看着他沉浸于修改天书的文笔之中，心中又酸又涩。

她是个走惯江湖的女子，披一袭道袍护身，恃一身色艺双全，游走于公卿之门，见过多少王侯将相，都游刃有余。从来只为了生存，只为了活得更好，为了不再沿门托钵，为了也能够像富贵中人一样，在寒风凛冽的冬季里，从容执一杯酒含笑赏梅看雪，而不是为着身上衣、口中食苦苦奔波。

怎么会就此陷了进去呢？他是当今宰相，跟从了他，就意味着被卷入最可怕的政治风险之中。她原是个民间女人，宫廷政治与她何干？却只为他，陷了进去。

她也在民间奔走，不是不知道他声名狼藉，不是不知道他奸险阴毒，不是不知道他与她地位悬殊，不是不知道他只是在利用她。可是，三年前的桃花春风里，那看似中年的书生隐了身份，到她的庵堂里，下了三天三夜的棋，论了三天三夜的经文道法，他为她亲手制茶沏茶，他为她挥毫作画，他与她琴箫合奏……只这三天，折服了她所有的骄傲，令她死心塌地爱上了他，她这才惊骇地发现，原来他竟然是那个权倾天下的人，才知道他的到来，是有目的的。

灯影里，刘德妙凄然一笑，却又不是不甜蜜的，像他这样的人，想要什么，又有什么得不到的？他用心去做，又有谁能够拒绝得了他？心中百转千回，柔情无限，然而却从她答应他入宫的那一刻，便知道死亡的阴影早在她的面前徘徊不去了。

她抬头，但见窗外漆黑，夜色一片。

夜色越来越重，过了良久，书房里的灯，熄了。

花园中，只听得风声呜咽。

天子守孝，以日为月，三十六日后，新帝除孝服，正式登崇德殿。皇太后刘氏，设幄次于承明殿，垂帘以见辅臣。

对于这一点，刘娥是不满足的，先帝大行之前，曾经亲口嘱托"军国大事由皇太后裁夺"，则应该由她登正殿大庆殿与皇帝一起接受百官朝贺，而非仅仅只在承明殿接见辅臣议政。

但以她的个性，没有绝对胜算，她是绝对不会出手的，不但不会出手，甚至是不会让别人知道她对这件事的企图有多深。正如当年郭后刚死的时候，要议立她为皇后，她略一试探朝中动向，反对者甚多，便率先上表请辞。直到一切水到渠成，她才会以漂亮的姿态欣然接受。

再说，自真宗去世之后，她的健康也大受影响，真宗在世时她撑着处理朝中内外事务，又要照料病人，提着一股精气神，倒也不觉得什么。她与真宗四十年夫妻，早已经将对方视为生命中的一部分，真宗去世之后，悲伤倒在其次，却忽然只觉得身子一半被抽空了，那种失落感闹得她心烦意乱、神思不宁，连走路都觉得失衡了似的。

她得专宠四十年，如今睡在崇徽殿的大床上，仍然是习惯性地只睡了半边，半夜仍然会习惯地摸摸旁边，醒来仍蒙眬时还会问："官家今日的药喝了没有？"有时候摸了个空就会悚然醒来，半夜拥被而坐，便无法再睡着。

因为心绪不宁，这段时间刘娥频频召刘德妙入宫，谈经说法，以求平定心绪。外面的政事，也基本上由雷允恭将内阁中奏章传进来，大多数奏章，她但批个"可"或"不可"。除了丁谓、钱惟演等少数几人，也甚少召其他大臣入宫议事。

因此，丁谓的权势越发地扩张了。

这一日，刘娥又召了刘德妙进宫讲经。枢密副使钱惟演进宫的时候，太

后还在谈论经文，崇徽殿内侍领班江德明忙侍候着钱惟演到偏殿耳房暂候片刻。

虽是耳房，却布置得一点也不简陋，正值初夏，钱惟演还未进房，便已觉一阵凉风扑面而来。抬头仔细一看，却见四面的帘子都已经卷起，房子四角各摆着一桶井水，四个小内侍拿着扇子扇着。

江德明躬身引了钱惟演落座，两个小内侍忙上前接过钱惟演的帽子，两个小内侍跪着奉上银盆，侍候着净脸。钱惟演一路过来，也的确是满头大汗，索性由着他们服侍着洗了一把脸。

江德明又亲自捧过一个白玉小盅来，钱惟演以为是茶，端在手里却是一股凉意，开了盖子才见红艳艳的甚是可喜。钱惟演哈哈一笑，侧过头去问江德明："瓜汁？"

江德明忙堆笑道："正是，这热天气小的想相公也没耐心喝那热滚滚的茶，恰好有井水湃的西瓜，正是清凉又爽口。只是这西瓜吃得到处汁水，恐相公待会儿要见太后，所以叫小的们碾出瓜汁来，不知道相公意下如何？"

钱惟演大笑道："正合我意！"说着瞟了一下四周，但见墙上挂着金碧山水图，旁边的多宝格上有着各色赏玩的器物、书卷，连围棋都有，这哪是一个偏殿暂候的耳房，分明不逊色于一品大员的书房。

忽然见门帘掀动，有小内侍流水般地送上各色果子、点心，用金线小碟足摆了二十四碟，钱惟演眉毛一挑，欲言又止，索性安然坐了下来，悠闲地轻啜着瓜汁，也不看那二十四碟果子、点心。

江德明是何等伶俐的人，早就暗暗窥视着钱惟演的神情，见他脸色不悦，忙使个眼色，房内的小内侍们忙依次退了出去。

钱惟演见江德明将内侍们都遣了出去，暗想他倒也识进退，略一沉吟才道："这里竟不是让臣子们恭候的地方，倒成了享乐的所在。我是初次来此，你摆这等排场，却是要讨好谁来？"

江德明连忙跪地道："小的该死，因丁相往日间经常进宫见太后奏事，有时候就在这里候一下。有时等候得久了，小的师父就布置了这些个，有时候也与丁相同坐饮茶。也是小的该死，还以为……也能讨相公的好……"说着，忙偷眼窥着钱惟演。

钱惟演一惊，转而大怒，丁谓与雷允恭竟然已经跋扈至此，在太后眼皮子底下，竟然也敢摆出这等僭越排场，那私底下，更不知是何心肠了！他按下怒气，不动声色地看了一眼江德明："你才多大年纪，便做到内侍高班，看来你师父很提拔你啊！"

江德明恭恭敬敬地答道："小的进宫第一天，师父就教我们说，这宫里头小的们的心里头就只有一个念头，那就是效忠主子。小的们一衣一食、生死荣辱都是主子的，连自己的性命都是主子的。我师父待我固然好，可是我们这些下人最忌结党市恩，归总了也全是太后她老人家的恩典。"

钱惟演锐利地看了他一眼，但见江德明整个脸煞白，眼睛直直地盯着地砖，嘴抿得极紧，身子绷得僵硬，显得紧张已极，可是那跪着的身形，却又透露出一种孤注一掷的狠劲来。心中一动，口中缓缓地道："你不应该跟我说这个，你难道不知道我与丁相是儿女亲家、情同手足吗？"

江德明昂起头，直着脖子道："相公与丁相是亲家，可是与太后更是至亲啊！"

钱惟演"啪"的一声，将玉盅重重地扣在桌上，逼视着江德明半晌，忽然哈哈一笑道："好小子，你能够有这份忠心这份见识，难得，难得！"

江德明只觉得浑身冷汗湿透，长长地出了一口气，知道这一次是押对宝了，重重地叩下头来："小的谢过相公。"

钱惟演微微一笑："起来吧！"

江德明爬起来，侍立一边，钱惟演负手而立，望向窗外的远处，一言不发。隔了良久，才缓缓地道："聪明人等候机会，可是更聪明的人，却是想办法自己去制造机会。你师父手眼通天，有他在宫一日，便无你出头之时。"他看了江德明一眼，"你想要出人头地，就得自己用点脑子。"说罢，向外走去。

江德明只觉得眼前一亮，喜道："是，奴才知道了。"忙上前掀起帘子，躬身道，"小的多谢相公提拔！"

钱惟演却停住了脚步，认认真真地看了他一眼，冷笑道："你既然不稀罕你师父提拔，这一次谢我提拔，也未免谢得假惺惺。你我都只能有一个心思，就是为太后效命，别的什么恩义，都是假的。"

江德明心中一凛，这才畏服："是，小的知道了。"

钱惟演走出耳房，却见刘娥身边的小内侍毛昌达跑过来。毛昌达见了钱惟演忙行礼道："钱官人，太后宣官人入见。"

钱惟演随着毛昌达入内，却见小内侍引着一个三十余岁的道姑出来，但见那女子容貌清雅，自有一种不同凡俗的气质。

钱惟演驻足，定定地看那道姑的背影转过回廊，这才冷笑一声，走进内殿。

进了殿，却见刘娥倚着榻，看起来心情颇是舒畅，钱惟演心中一沉，道："太后好像很宠爱妙姑啊！"

刘娥微微一笑："兰心蕙质、满腹经纶，很少有女子如她这般聪慧，只可惜……"

钱惟演只觉得心头一丝意念闪过，快得捕捉不住，却问了一声："只可惜什么？"

刘娥轻叹一声："只可惜……只可惜她是个出家人，这样的一个女子，竟然没有一个好男人懂她、爱她、惜她，却任由她江湖飘摇，走上，走上这条路，岂不可惜！"

钱惟演讶然望着太后，方才那一丝意念越发强烈起来，却仍未能厘清，只觉得方才一直紧着的心头忽然松弛了下来。他虽然不明白太后此时的心思，可是却从这四十年来的默契中，从太后刚才的语气中，不再担忧了。他凝神看着刘娥，是从什么时候起，那个由自己手把手教着、护着的小姑娘，变成一个连自己都看不懂的天下之主呢？

刘娥轻叹一声："惟演，你进宫来，有什么事吗？"

钱惟演将方才耳房所见说了一下，只略去江德明之事，道："丁谓行事，越发地骄横，太后打算做何处置？"

刘娥微笑道："丁谓一辈子小心翼翼，做事滴水不漏，到了此刻还不放纵一下自己，岂不是锦衣夜行了？惟演啊，只怕你此时也拿不住他了吧？"

钱惟演怔了一怔，强笑道："太后何出此言？"

刘娥道："当日逐寇準之时，丁谓亦曾对你言听计从。你的女儿宛儿是个可爱的女孩子，你却将她嫁给了丁谓的儿子，实在可惜！当然，你以为你可以控制丁谓。但是他现在失控了，对吗？"

钱惟演拱手道："臣惭愧，什么都逃不出太后的眼睛。"

刘娥轻叹道："你也是为了我，这桩婚姻把我们的利益和丁谓的连在一起，所以我们才能够对付寇準和李迪。"

钱惟演叹道："但是现在丁谓已经失控了。他操控权柄，排除异己，欺负官家年幼，也根本不把太后放在眼里。"

刘娥冷冷一笑："是啊，他已经借我的势，联结雷允恭，所谓挟天子以令诸侯。如今我一个月除了朔望日能见朝臣外，其他的时间，所有的朝政只有他想让我看到的，才会让雷允恭呈给我。而他所有的排除异己，都是借我之名。”

钱惟演道：“虽然之前我也认为关洛大臣打击南党，的确是我们首先要对付的目标。可没想到，如今我们扶植起了丁谓，反而让他掌权之后变得一手遮天，我担心他再继续这样下去，关洛大臣一定会反扑，到时候只怕朝堂不稳，殃及社稷。”

刘娥微微一笑：“子姑待之。”

钱惟演顿时明白，记得这句话是出于“郑伯克段于鄢”，当下不由一笑，两人皆已会意。

钱惟演问道：“太后有何主意？”

刘娥拿起案上的奏章，递给钱惟演道：“你先看看这个。”

钱惟演翻了一下，这奏章他在内阁时已经看到过了，此时一看之下就有些明白：“张咏？”

刘娥点了点头：“张咏镇守蜀中多年，为朝廷解了后顾之忧，功高望重。如今蜀中已经平定，百姓安居乐业。张咏上书言自己年老体迈，如今脑后又生疮疡，痛楚倍增，请求告老致仕。惟演，你以为应当如何？”

钱惟演心中已经明白：“张咏是三朝元老，自太宗皇帝时起就镇守蜀中，若论功高望重，只略逊于寇準。且他为人性情刚烈，正可以节制丁谓。只是……”

“只是怕张咏更难节制，对吗？”刘娥缓缓笑道。

钱惟演犹豫一下，叹道：“张咏自号乖崖，平时行事一向任性怪诞，时疯时癫的，以他的性情，往往剑走偏锋，为人所不敢为，他能为一方大臣，却难为中枢大臣。臣怕他不分场合地疯起来，更难处置。”

刘娥放声一笑：“我何曾不知道张疯子的为人，可是——”她缓缓地将桌面一按，“所谓卑而骄之，乱而取之。如今朝中上下，已经是铁板一块。我正是要张疯子回来，给我搅乱这个局！”

第八十六章

张咏闹阁

三日后，旨意下来，为着张咏治蜀有功，不许他致仕告老，反而提升为枢密直学士、刑部侍郎，掌三班，领登闻检院。

张咏进京那天，朝中一半的官员去迎他，另一半送了请帖要给他接风。迎他的那一半以副相王曾为首，送帖子的那一半，以宰相丁谓为首。

钱惟演负手站在内阁外面，看着人群簇拥处，微微一笑。刑部、登闻检院，张咏一回来就掌握了百官的谏议监管之权，却又不至于让丁谓觉得分了宰相之权而强烈抗拒，的确是一手好棋。起初太后从宫中发下话来，说张咏有功当赏，不可以知州致仕，丁谓拟了枢密直学士和礼部侍郎奏上去，懿旨再传，基本上照准，只是礼部改为刑部，再增登闻检院。

张咏多年来一直在各州为地方官，知益州、知杭州、知升州，三朝元老数十年转来转去还是知州。张咏做地方官做出兴致来，每当任期满要离开时，必是百姓哭阻、士绅请留。真宗在时数次想调张咏入中枢，张咏却借故推三阻四。大中祥符三年，真宗要他在工部尚书和升州知州中自择，张咏还是挑了继续做知州。只不过他这个知州，上司下属一概畏之，行事任性使气。便是当年寇準任宰相时，不管副相丁谓还是枢密使曹利用一概骂得狗血淋头，见了张咏却也只得客客气气地称一声“张公”。

张咏是吃了一直任外官的亏，这番回来也是列名于丁谓、王曾等人之下，可是以他的威望性情，却是谁也不敢真的在他面前以上官自居，都客客气气地称一声“张公”。

张咏入京后，连丁谓行事，都收敛了许多，可是有些事，还是避不开的，该来的风暴，终究还是来了。

这一日，冲突便发生了。

咣啷啷！张咏将茶杯往地下一掷，指着丁谓叫道："丁谓，你站住！"

已经率众向外走去的丁谓一只脚已经迈出门去，闻言停住脚步，也不转身，只是微微侧身，含着一丝讥讽的笑意道："张官人，如今这里是内阁，不是你从前那个知州衙门。你我都是国之重臣，何必这么有失风度体统呢?!"

"呸！"张咏笑骂道，"你也知道什么叫大臣的体统吗？你心怀奸佞、排除异己、一手遮天、专权弄政，你心中能有半点为人臣子的体统？你也配讲大臣的体统?!"

丁谓大怒，眼中寒光一闪，阴恻恻地说："怪不得人家叫你张疯子，果然疯不疯癫不癫的，这是朝廷，不是市集，如此高声叫骂，简直形同泼皮。我不同你一般见识，是非曲直，朝中诸位大臣自有公议，官家与太后自有定断。"

"公议？"张咏冷笑一声，指着王曾等人道，"你容得诸位大臣公议了吗？鲁宗道直言何罪？张知白尽忠职守何罪？吕夷简传递奏章何罪？你一句话就要贬出京去，你以为你真能一手遮天不成？"

丁谓扫视众臣一眼，微笑道："诸位大臣既然与丁某意见不合，丁某也只有上奏太后定夺了。"他不欲再说下去，拂袖欲走。

"慢着！"张咏喝道，"既然要上奏太后定夺，就把这里诸位大臣今日的意见也奏上去，把你拟好的诏令撤下来。内阁众臣尚未有定论，你如何敢擅传草诏？"

丁谓不曾见过敢在他面前这般肆无忌惮的人，好歹他还是当朝首相不是，气极反笑道："难道还需要张官人来教本相如何处理政务不成？本相若不理会你，你又能如何？"

张咏哈哈一笑，忽地一把将官帽揪下扔在案上道："这玩意儿碍手。"

丁谓却不理会，方才迈出一步，忽然寒气迫来，不禁一惊。他本来挟着奏章，用丝带捆住了，忽然丝带断开，奏章立刻哗啦啦地散落一地。他一回头，方欲大怒，却惊呆了。

张咏手持长剑，正指住了他的胸口，森然一笑："十步杀一人，千里不留行。丁谓，以张咏的剑法，虽然做不到千里不留行，十步杀一人还是简单得很。"

丁谓吓得呆住了，好一会儿才缓过神来，结结巴巴地说："你，你，你……大胆张咏，你竟然拔剑威胁本相，你，你，你眼中可还有国法吗？"

"国法！"张咏右手的剑仍是指着丁谓，这边却歪着头想了一想，哈哈一

笑道,“放心,老张早不做当年勾当了。国法嘛,我自然是知道的!”

丁谓听了这话,吊着的心方欲放下来,却见张咏晃了晃头,认认真真地道:“本朝国法杀人偿命,更何况是一朝宰相。你虽然奸恶,却也是有妇之夫、有子之父。这样吧,我杀了你,拿你的人头以谢天下。然后我再给你偿命,拿我的人头以谢你的家人,如何?”

可怜丁谓还未缓过气来,再听他这么认认真真地一说,心胆俱寒,一口气差点转不过来,双脚一软,幸而正站在门边,整个人瘫软在门板上,却见张咏的剑仍然离自已的胸口只差半寸,分毫未移。

再一抬头,见张咏持剑歪着头饶有兴趣地看着自己,他的眼中没有威胁、没有恐吓,甚至没有凶光,却更令人魂飞魄散,他那持剑的样子,那眼光,竟然不像是在看着一个人,倒像是提了支笔看着眼前的宣纸,打量着一幅山水图应该从何处开始着墨挥写。

丁谓的脑中咣的一声,恍然间想道:“是了是了,我如何竟忘记了这张咏不但是个疯子,而且还是个敢杀人的疯子!”刹那间,那些关于张咏的旧事一件件浮现在脑海。

传说当年张咏年少未中举时,曾经过汤阴县,县令赠其一万文钱。后来误投黑店,当夜店主欲杀人劫财,不料这次遇上天杀星来,张咏一怒之下将店主父子连同一家老幼俱都杀死,呼童牵驴出门,纵火焚店,行了二十里天才亮。

张咏曾经路遇一小官,因做事不慎受到悍仆挟制,那恶仆还要强娶他女儿为妻,那小官无法与之对抗,甚是苦恼。张咏得知此事,当下不动声色,向小官借此仆一用,骑了马和他同到郊外去。到得树林中无人之处,挥剑便将恶仆杀了,得意扬扬地回来告诉那小官,吓得对方魂飞魄散。

张咏初入蜀中,王继恩纵容部下不守军纪,掠夺民财,张咏派人捉拿,也不向王继恩说,径自将这些士兵绑了,投入井中淹死。王继恩也不敢向他责问,双方都假装不知。那些作乱的兵卒这才知道张咏手段厉害,从此不敢再胡作非为。

张咏曾因事处分一小吏,罚其戴枷示众。那小吏自恃有权贵撑腰,竟然抗命大叫道:“你若是不杀我头,我这枷就戴一辈子,永远不除下来。”张咏大怒,当着众人之面,在公堂上挥剑便斩了那小吏的头……

这数件事,也不过草草在他脑中一转念而过,已经是吓得浑身冷汗湿透。张咏拔剑之时，他还以为对方有意威吓，却忘记这个张疯子动辄杀人的旧事，这哪是正常人敢招惹的？也不过一刹那，丁谓早已经悔断肠子，天哪，他招谁惹谁了，他堂堂一国宰相，难道说要这么莫名其妙地丧生在这个杀人不眨眼的疯子手中？

他的眼睛从左看到右，再从右看到左，这满阁的大臣都是活的吧？这些大内侍卫都还没死吧？为什么竟然呆看着也不动一下？这些人就算救不了他也帮他求求情啊！

"这……张公……"丁谓努力压着声音不敢高声，免得刺激到张咏这个疯子，偏他此时气息不稳，这一字字地从齿缝里压着说出，像足了毒蛇的咝咝之声，"张公……咱们……有话好……好商量……好好……商量……"

张咏歪着头打量了他好一会儿，奇怪地道："我同你有甚事好商量的？"

丁谓气极，却不敢发作，只得压低了声音，抬起一根手指，微微指了指散落一地的奏章道："今日之事，原是丁谓思虑不周，多亏张公提醒，免得丁谓行事差错。今日所议之事，全当丁谓不曾提过吧！"

王曾一直袖手冷眼看着，见丁谓如此狼狈模样，也不禁暗暗称快。他见丁谓已经服软，明白此时自然不能让张咏就这么真的杀了丁谓，上前一步道："张公息怒，丁相已经明白张公之意，还请张公收剑，免得误伤他人。"

张咏对着王曾瞪了一眼："连你也以为，我在跟他开玩笑吗？"

王曾吓了一跳，大步迈上前，一把拉住张咏的袍子："张公，丁谓也是一国之相，便是您再想杀他，也须得上奏太后，再依国法治罪。王曾忝为参政，断不能看着一国之相械斗被杀。您今日若要杀人，便第一个杀了王曾吧！"

"咣啷"一声，张咏大怒，将剑往地下一掷，指着王曾骂道："格老子的，老子一剑砍了这龟儿子啥事就都捶平了，哪个要你个瓜娃子来多事了？！"他在蜀中任职最久，此时一怒之下，不禁一串蜀语骂人之词滚滚而出。

他这一扔剑一转头，丁谓这口气一松，顿时瘫倒在地，脑袋一头碰上门板，连帽子都歪了，左右内侍、官员这才敢上前慌忙将他扶起。丁谓怒极，却也不敢松懈，不敢吱声，只阴沉沉地看了张咏一眼，从齿缝里迸出一个字："走！"也顾不得这一身狼狈的样子，连一个字都没有多说，慌忙逃离而去。

崇徽殿中，刘娥正拉了小皇帝的手，在教他如何看奏章，却听见一声极凄厉的哭腔："太后——太后您要为老臣做主啊！"

刘娥转头一看，险些笑出声儿来，却见丁谓脸儿斜了、衣儿破了、靴儿掉了，科头跣足，一身狼狈，带着哭腔滚爬进殿，哭诉道："那那那张咏无法无天，求太后为老臣做主啊！"

刘娥眼疾手快，忙捂住小皇帝的嘴免得他的大笑之声传出，不顾小皇帝好奇之至的眼睛还骨碌碌地乱转，已将小皇帝塞给阎文应，道："先带官家去太妃那里。"

小皇帝还欲挣扎着留下看热闹："娘娘，我……"

刘娥抚了一下他的头道："乖，待娘娘处理完正事就去找你，去吧！"

见小皇帝依依不舍，忍着极度的好奇心，一步三回头，万般无奈地去了，刘娥这才回头含笑看着丁谓："哟，丁相你今天这是怎么了？"

丁谓扑通一声跪倒在地："请太后为老臣做主，那张咏公然在内阁之中持剑要杀当朝宰相，请——"

还未说话，刘娥截住话头道："等一下——"转头冲江德明发脾气道，"德明，你这下人好没眼色，还不快服侍丁相净面、更衣，先喝杯茶压压惊？"

江德明忙行礼："小的该死，小的这就服侍丁相更衣。"说着一使眼色，几个内侍一拥而上，七手八脚地将丁谓脚不沾地拥了出去。

丁谓才一张口便两次被刘娥打断，一边身不由己地被江德明等人拥着往外走，一边还挣扎着回头努力叫道："太后——太后——"

刘娥劝慰道："丁相且放心，哀家必在这里等你回奏！"

江德明果然能干，快手快脚地服侍着丁谓更衣、净脸、梳头、整冠，连靴子都换过了，又奉上一杯压惊茶喝毕，才放丁谓出门回殿。

待得再次进殿之时，丁谓再也不复狼狈之相，全身新衣新帽，刘娥看了他一眼，点点头，显得甚为满意："嗯，这才是堂堂一朝国相的样子。说吧，前面发生什么事了？"

所谓一鼓作气，再而衰，三而竭，丁谓第三次诉说，已经气馁，再不像刚刚进殿时那股子急吼吼、怒冲冲、冤比天高的样子，他声气不高："臣回太后，方才臣等在内阁议事，那张咏一言不合，竟然要拔剑杀臣。朝堂之上，岂能容此凶徒，请太后降罪，否则的话，臣都不敢再立朝堂了。"

刘娥在听他诉说的过程中，一直皱着眉头，直至听完，才将手中的茶碗重重一摔，半带恼怒地道："这个张疯子，又发什么疯！"又关心地问道，"可曾伤着丁相？可曾伤着其他人？"

丁谓一怔，支支吾吾地道："这，这……"猛然哭诉道，"老臣能够逃脱已经是万幸了，若是当真被这疯子伤到，那老臣就不能再见太后一面了！"

刘娥松了一口气："哦，那就是不曾伤到了？"正说着，小内侍罗崇勋进来，向太后行了一礼，刘娥问："内阁之中，有其他人伤到否？有器物损伤否？"

罗崇勋跪奏道："禀太后，内阁之中无人损伤，也无器物损伤。"

刘娥嗯了一声，看了丁谓一眼，挥手令罗崇勋下去，这才向丁谓笑嗔道："这张疯子，开起玩笑来也没个大小场合，无端端地去吓唬你。放心吧，待会儿我传他来，好好骂他一顿，给你出口气。"

"骂，骂他一顿？"丁谓脑子一时没转过来，天大的事，被太后当成一口气就这么吹散了？心中一急，站了起来，"太后，这万万不行！"

刘娥奇道："不行？"然后松了口气，露出了笑容，"我就知道，宰相肚里能撑船嘛，何必跟张咏一般见识。不过你饶了他，我不能这么轻易饶他。留他点老脸，骂就不骂了，传旨，张咏罚俸半年。"

丁谓张口结舌："太后，这……"今年是撞到什么邪啊？先是差点给张疯子杀死，现在太后又专门跟他缠夹不清会错意。好在他丁谓一直都是精明能干之人，越是此时，越是要冷静下来，要是再一着急上火，更是说不清道不明达不到目的了。他顿了一顿，深吸一口气让自己平静下来，这才肃容道："太后，臣请求重处张咏，张咏在内阁拔剑杀人，并非玩笑，已经触犯国法。如若再纵容于他，内阁之中岂不人人自危？试问还有何人敢在内阁商议国事？臣今日险些丧于张咏之手，张咏一日若还在内阁，臣就不敢再居相位，请准臣辞官归故里。"

啪！刘娥动怒了，将案一拍斥道："你这叫什么，先帝弃我孤儿寡母而去，官家还小，我一个妇道人家，如今国事全赖宰相辅佐，你倒好——张疯子发疯，你跟他一起发疯？你是堂堂大宰相，国家没有你怎么办？朝堂没有你怎么办？辞官归里，这是你做人臣应该说的话吗？"

丁谓被她夹头这样一顿大骂，虽然显出极为惶恐的样子，嘴角却不禁有一丝得意的暗笑，太后毕竟是妇道人家，自己一说辞官，她便吓得六神无主了，他道："可是这张咏——"

刘娥断然道："张咏不能处置，他这么多年积功的老臣，这次回京本来就是为了好好赏赐于他，现在忽然降罪，天下人会怎么说？尤其是蜀人，又会怎么说？"

丁谓忽然醒悟，刘娥虽然自称太原刘通之女，从其亲族来看，却是不折不扣的蜀人，张咏治蜀立下大功，光为了这一点，太后都会对他另眼相看。

“更何况，”刘娥道，“张咏也只是跟你开玩笑而已，无伤无损的，顶多算他失仪之罪罢了。张疯子我知道，虽然小错不断，可大节上却是拿得定的。他好端端的，怎么会来杀你？更不要说什么内阁人人自危。那张咏在蜀中这么多年，难道蜀中官员都不活了？你也是的，明知道他是个人来疯，干吗去招惹他啊?!”

丁谓只差一口鲜血狂喷，他真是冤比天高哪，他差点被人杀了，这老太太缠夹不清，居然还反问他干吗招惹人家，天知道，他哪里敢招惹那个疯子啊。丁谓道：“太后，臣没有——”

“好了好了，”刘娥乐得继续扮演一个不辨是非、缠夹不清的老太太，“我知道，一个巴掌拍不响，张疯子是人来疯，也得有人陪他演戏。我看你今天脑子就有点跟张疯子走了，他在前殿拔剑吓唬你，你就到后殿掷帽子吓唬我，两个都一样缠夹不清。从来都是明白人让着糊涂人，丁谓啊，满朝文武就数你最聪明冷静，怎么今天也被张疯子开个玩笑气糊涂了呢！他疯他的，你不理他不就是了吗？以后呢，高兴就跟他打声招呼，不高兴就离他远远的。”见丁谓犹不甘心，刘娥道，“如今他刚回京，我不能不给天下一个交代，也免得人家说你不能容人。放心吧，你顶多再容他一年半载，我就许他告老还乡，不会让你头疼太久的。”

丁谓张了张嘴，觉得今日只得这样一个不痛不痒的结果，实在是不甘心，却见刘娥神情倦怠，摇了摇手：“先帝去后，你一直劳心劳力，功劳甚大。你先下去，自己挑个封号，也是时候给你个国公了！”

丁谓暗忖了一下，张咏甚得太后喜爱，今日这一闹换了个国公，倒也不错，更何况太后只是宠爱张咏，国事上还要万分倚重自己，并亲口答应，张咏告老，不过是时间问题而已。更何况，今日之事，恐怕也无法真的再继续坚持下去了。

他心中暗恨，只得便宜那张疯子了，也罢，再等几个月，看那张疯子告老之后，离了太后眼皮底下，还不是任由自己摆弄。想到这里，只得道：“臣谢太后圣恩，臣告退！”

刘娥轻啜了一口茶，满意地道：“丁谓啊，还是你最能体谅我心。”

却说内阁之中，张咏见丁谓逃走，拾起剑扔还给侍从，大笑三声道："痛快痛快，老张自回京之后，只有今天最是痛快！"

王曾看着他，直是摇头，真不知道是好气还是好笑，见方才这一场大闹，整个内阁人人面带惧色，知道他们既惧张咏，又惧丁谓，忙拉了张咏道："多谢张公肯给在下这点面子，今日大家都散了吧，我请张公喝酒去。"

旁边小内侍忙捧了张咏的官帽过来，张咏拿过帽子，却也不戴上。两人边说边出了内阁，张咏摆了摆手，道："王公，喝酒倒不打紧，方才同丁谓那厮搅和了一番，倒弄得一身是汗，不如同我先寻个香水行好好地泡上一泡，如何？"

王曾笑道："甚好！我也有三五日未去了，正想着这几日也应该去一趟了。"却见张咏手里提着帽子摇摇晃晃地走着，不甚像样，只得提醒道："张公何不戴上帽子？"

张咏提起帽子看了看，道："横竖今日已经散了，这玩意儿我能不戴时便不戴。"

王曾不解，笑道："张公素来旷荡，想是不拘这官帽束缚？"

张咏叹道："你却不知，老张前些年这里……"他指了指自己的后脑勺，"生了一个大疮，近年来越发厉害，时常犯痛，因此这官帽戴着十分难受。因此早早上表请辞，换我个自由身不受此苦。只是辞表上了几次都不准，如今看来，有这么个钉子还钉在朝堂上，老子却是不想辞了。"

王曾点了点头："朝中若无张公，当真不知道丁谓会横行到何地步，偏生太后一心宠信于他，唉！对了，"他担忧地道，"张公，您今日闹了这一场，痛快是痛快了，但恐丁谓会到太后面前告状，只怕于张公不利！"

张咏歪着头想了一想，满怀期待地道："好啊，倘若借这件事能让老张回家，不用戴这劳什子，倒也不错。只是……"他眼神一闪，似乎想到了什么，"不知道这事儿能闹到什么程度？倘若事情没这么容易了结……"他忽然想到当年自己去了杭州正准备多享受两年，又被太后调到蜀中救火的事，摇头道，"嗯，我跟太后认识半辈子了，从来只有被她算计的份儿。她把老张拐回来，哪有这么容易放我走呢?!"

王曾听着他自言自语，忽然想到了什么似的："张公，这么说，太后她……"

张咏哈哈一笑，拍了拍他的肩头："该干啥干啥，别太自以为是，否则吃苦头的是你自己。"

两人说着出了宫门，先更了那官服，便向那香水行步行而去。

张咏离京久了，此时见两边街巷，却比他出京那年，繁华了许多。御街大道两侧，是两条宽为五丈的御河，玉石砌岸，晶莹生辉，水中莲花香醉人。

御街两侧人流如潮，各色人等竞显特色。各色店铺的旌旗幌子迎风飘展，各色吃食的叫卖吆喝声扑面而来，但见市肆交易、小摊叫卖、文人弄墨、妓女招摇、驿馆招客、酒楼散食、浪子闲逛、暗探听风、乞丐讨食、扒手逞能、打卦算命，人群熙熙攘攘，嘈嘈切切。

说话间过了宋门外，便到了浴堂巷。张咏抬头一望，却见店门口一个招子，上面画一把汤壶，还写了"曹氏香水行"五字。

进了浴堂，那店东本要请两位官人入左边的雅间去，张咏却喜欢那大混堂的热闹，便脱了衣服进了那大混堂，王曾也只得跟着下了水。

王曾素日进的那雅间，乃是甃白石为池，独木小间，每人一间，饮茶于几，脱衣于桁，无人混杂。旁边有竹筒四五孔，分为"上温""中温""微温"及"退""加"等，温凉退加，随心所欲，若有吩咐，则击筒为号，有侍者听声依命，十分雅静。轩窗边放着香薰小炉，更添清幽。

他却从未进过这大堂，但见一间数百尺见方的大堂，以粗白石砌为大方池，中间分数格，大格水较烫，中格次之，小格水不甚热。浴池有大管道与由砖墙隔开的巨釜相通，釜下燃火，池中冷水因不断同釜中热水交流混合而升温成为热汤，故曰"混堂"。

他与张咏围着粗布走进，但见大混堂中热闹非凡，水声人声一片混杂，人影在雾气中氤氲缥缈。市井走卒，朝廷大员，皆是无分无别，在此一间大混堂中，人人都赤膊相见。

张咏大笑着跳入，将自己浸在池中只露出脖子，倚着池边闭目好一会儿，才睁开眼睛十分惬意地舒了口气，懒洋洋地道："舒服，舒服！老张去了蜀中这么多年，就想着东京这大混堂的舒服劲儿。你进那雅间作甚，那还不跟家里大浴桶一样，放不开手脚，转个身都要碰着踢着不是？"

王曾笑了一笑，他与张咏性情不同，张咏一生任意行事，是个混不吝的炮仗，王曾为人却谨言慎行，这般在市井大众中赤膊，却不是他的性子。

张咏泡了一会儿，忽然道："哎呀，方才进门时忘记拿澡豆了！"

王曾道："我叫人去拿！"

张咏哈哈一笑道："大混堂中可没有时时候着等差遣的人！"说完顺手拍

了拍离他最近的一个人，“喂，老兄，有澡豆借用一下吗？”

水汽氤氲中，也看不清对方的脸，那人听了张咏的话，却凑近过来看了看，诧异道：“张公？”

张咏也看清了那人，将手一拍，笑道：“哈，鱼头，原来是你！”

鱼头者，便是朝中有名的刚直大臣，人称“鱼头参政”的鲁宗道也。

王曾听到声音，忙在水中走近，而鲁宗道那边同来之人，也闻声而来，王曾细看，却正是引起今日张咏与丁谓在内阁大闹的人物——开封府尹吕夷简、刑部侍郎张知白。

今日三人走得早，并不知道后来一场大闹，只道此番必被贬出京，想到此去之后再无法这般齐聚一堂共浴，索性约齐了在此。即将在天圣年间大显身手的四大名臣，此时一丝不挂，聚于大混堂中，在人声鼎沸中，与市井走卒共浴。

张咏看着王曾走近，微笑。

第八十七章

皇陵之案

宫中，已经入夜了。

雷允恭回到自己房中，小内侍江德明便给他端来了热水泡脚，亲自给雷允恭按着肩。

雷允恭累了一天，被他服侍着甚为舒服，不由长嘘一声，整个人都放松下来，似抱怨似得意地道："小江，你这手艺不错。哎呀，我这一天跑来跑去，腿也跑瘦了。做下人不容易啊。"

江德明忙接了这话奉承道："这是太后与丁相公离不得师父，别人想这番劳累也不能呢。"

雷允恭哈哈一笑，夸他："你这孩子会说话，怪不得这些孩子当中，就数你聪明。"

江德明忙道："阿耶，儿子可是发自肺腑的。"

雷允恭看了他一眼，心中感慨，指指他道："你运气可比我好，如今都做上内侍高班了，想当年我跟你差不多大的时候，还是个小黄门，还没穿上你这身衣服，谁都能使唤我……"内侍升迁不易，江德明这个年纪能够做上内侍高班，一半是自己机灵，另一半也是认了雷允恭当养父。

雷允恭想起以前的事，不禁心生感慨："想当年我远远地看到王爷爷，那个威风劲啊！他有两朝拥立之功，在宫里人人都要叫上一声老祖宗，那要站出去，呦，那是带着几十万兵马的大将军，平乱功臣……"说到这里，他想到后来王继恩的下场，就转了话头，"可还比不上刘爷爷，别看人家默不作声的，在王爷爷眼皮底下就把内藏库和皇城司拿到手了，死了还能得先帝给追谥'忠肃'两字。"说到这里，羡慕之情溢于言表，"这得谥号的内臣，本朝头一份儿，这'忠''肃'两字，可都是顶尖的好字，还能够塑像于太宗皇帝旁边，同享祭祀。咱们做内臣的，若能活成刘爷爷这样，死也不枉了。”

江德明听到这里，也心生向往，奉承道：“阿耶如今也是内臣中的头一份，也不比当日的王爷爷、刘爷爷差了。”

雷允恭却摇了摇头，叹道：“唉，我生得晚了，赶不上了啊，赶不上了啊！”说到这里，想着王继恩虽收场不好，可生前的荣光没人及得上；刘承规这身后荣耀，更没人敢想。再想想当日王继恩有两朝拥立之功，连刘承规也有无数军功，又襄助修史，这两样他都捞不上了。这天下一定，立功就不容易了。他如今做到入内押班，已经是同龄人中最高了，想要再升上去，若非立下奇功，那就得按祖宗规矩，慢慢等着熬够资历。等熬够了又要外放，等外放回来，那也就差不多要告老了。想着想着却不禁有些伤心起来，拿过手帕拭泪。

江德明知他心意，忙劝他：“阿耶，您别哭啊，日子长着呢。”说到这里，不免压低了声音，在他耳边低低说了几句话。

雷允恭听了这话，顿时上了心，想着想着，连脚下泡的水凉了都未发觉。还是江德明替他擦了脚，将盆移到一边，他这才回过神来，心里却有些拿不定主意：“小江，你怎么会想到这事儿的？”

江德明道：“阿耶，您先说孩儿这番孝心，可中您老的意吗？”

雷允恭点了点头：“嗯，要求给大行皇帝山陵为都监，是个不错的主意。小猴崽子，算师父没有白疼你！可是……”

江德明转到雷允恭的面前蹲下来道：“孩儿说句大胆话，阿耶莫怪。”

雷允恭笑道：“小猴崽子，你在师父面前，没什么可藏着掖着的，只管讲来。”

江德明叹了一口气：“阿耶，如今您权倾朝野，咳嗽一声，这大内都要震三下，天底下谁不奉承？可是，咱们在这宫里，也是见多了大起大落，盛衰枯荣。有道是未雨绸缪，什么时候也要先给自己留点后路。咱们做中官的人，官禄名声捞不着，子孙亲眷靠不着，更莫说其他的两世旁人。如今这世上的人都是白眼狼，没良心的多。求着咱们的时候，叫得比爷爷还亲；求不着的时候，任是多大的恩惠，也翻脸不认。说实话，真能靠得上的，只有自己手边的钱啊……”

一句话说中雷允恭心事，宦官无儿无女，所以格外爱钱。想到这里，雷允恭不由点头道：“嗯，是这个道理！”

江德明察言观色，忙道：“阿耶，虽然说丁相同您交好，可是哪怕别人给您搬一箱金子，您还得一根根地从他手里接，一分分地折了好处给他，终究不如自己手里拿个金库的钥匙来得实在。师父啊，建宫修陵，土木工程素来是捞钱的好差使，那就是咱们自己拿了把金钥匙啊！您想，丁相何来在朝中一呼百应的威风，那都是钱来开道啊。丁相就是打从修玉清昭应宫那会儿起，在百官之中博得好人缘、好口碑，连王钦若相公这般学术渊博、深得皇宠、手握大权的人，也不是他的对手。为什么？钱能通神啊！再说了，"他压低了声音道，"那些朝中大员的东西，咱们若是收得多了，保不齐哪天有哪个倒霉了，还把咱们扯进去。便是没有，如今太后英明，收得多了，终究不好看。倒不如咱们自己捞把大的，从此以后就挑着顺眼的结交。"

雷允恭心中早已经被说动了，他们这些内侍，纵然再得宠，帝后赏赐亦不过就这些许而已，且畏惧刘娥精细，亦不敢太过收受大臣们的贿赂。他与丁谓勾结多年，颇知这些土木工程中的好处。想到这里，心中那股欲望更加膨胀起来："很是。小江，难得你有这个心思，还能有这番孝心。我看这满宫的小子们，你算是头一个了。不枉我这些年提拔你，看来，将来师父这个位子，是要传给你了。"

江德明笑眯了眼："多谢师父。不过孩儿自己心里有数，我就这么点胆子，这么点小主意，自己是什么也不敢做，也做不来的。师父的位子，那是我想都不敢想的，只盼着得到师父这棵大树的荫庇，给师父出点小主意。师父要有肉吃，给孩儿剩口汤，孩儿就心满意足了！"

雷允恭站了起来："好啊，这次师父把你也捎上可好？"

江德明怔了怔，脸上却不敢显露，装出一副苦笑来："孩儿倒是想呢，能够自己亲手拿钱固然好。只是孩儿胆儿小，师父给我的我才敢拿，其他的，我怕拿错了给师父添麻烦。而且，师父一走，这宫里更加要人多个心眼儿看着才是。孩儿别的本事没有，在宫里头还是混熟了的，只是不敢出门罢了！"

雷允恭大笑，踢了江德明一下，道："是是是，原来你小子就是个窝里横，一点也见不得外面的大阵仗。好，等师父回来分你汤喝吧！"

江德明走出雷允恭的院子，眼望长空，夜色苍茫，他的笑容和野心也掩在那不露声色的夜幕中。

回来？师父，等你回来的时候，这个禁宫还能够再属于你吗？

雷允恭既生了去修山陵捞一把钱财的心，就先去与丁谓商议。丁谓自然是不愿意的，他与雷允恭相交多年，如今太后垂帘，他执朝政，内外交通要靠雷允恭，若是雷允恭去修山陵了，再换了其他人来，又如何能如雷允恭这般既得太后信任，又能够与他合作无间？

但见雷允恭一脸的兴头，丁谓也不好直接拒绝，只得苦口婆心地劝他："雷押班啊，您要多少钱，跟我说一声啊。这修皇陵日晒雨淋的，您犯得着这么辛苦吗？"

雷允恭却起了左性，固执地道："丁相，先帝对我恩情深重，这是我为先帝能尽的最后一点心。您就别费这个劲了。看在相交一场的分上，这工程上的事，您把好用的人拨给我就行。"

丁谓不得已，只得将话挑明了："您要走了，这宫里怎么办呢？"

雷允恭一指身后的江德明："有他在，就跟我在一个样儿，您尽管放心好了。他还比我'省事'呢。"说着对着丁谓一挤眉。

丁谓明白他说的是给钱的事，但丁谓哪里把这点钱放在眼中，见他竟是劝不回来，只得长叹道："我还是希望您能改个主意。"

雷允恭笑道："您放心，顶多一年半载，我就回来了，不会误了您的事。"

丁谓见劝不回他，只得答应了给他一些于修建工事上得力的人手，回头向儿子丁珝发作起来："当真是鼠目寸光，利欲熏心，愚不可及！"

丁珝无奈相劝："父亲，事已至此，您就不要生气了，气大伤身。"

丁谓摇头："我终是不放心，过段日子你代为父去永定陵盯着雷允恭，永定陵的工程一定要看住了。"

丁珝不解道："永定陵的位置是先帝生前请人查探过的，施工的都是老成之人，父亲还有什么不放心的吗？"

丁谓叹了一口气："雷允恭连宫里都不待，非要去抢这差事，我知道他这是想上下其手。我倒不怕他捞好处，整个永定陵建设上下都有明白人看着，他便是从中贪，也不至于影响先帝下葬。可他为人强横，又不懂工程之事，万一生个其他的念头，只怕无人能劝。"又叹道，"他这一走，宫里的事，就怕是要不如从前了。"

丁珝劝道："他人虽然离开了，但他弟子众多。从前王继恩、刘承规也有离京办事一年半载甚至数年之久，也不见就失了权柄。"

丁谓摇头叹息："他的权柄未必受影响，但我这段时间行事就不方便了。"剩下的人，终究是差了许多，不但在太后跟前的影响力不及他，对宫禁

的掌控，尤其是在与自己的默契配合上，都是差很多的。

丁珝劝道："他是入内押班，是连通中外的重要关节。此人性情急躁，又刻薄寡恩，父亲若拦他，只怕他会心里记恨。父亲这段时间贬官太多，如今大局已经稳定，不如停一下歇口气，缓缓图之。"

丁谓点头道："也只能如此了。"说着又恼怒起来，"真是要钱不要命，全无脑子！"

雷允恭与丁谓达成协议之后，又来向刘娥请求。

刘娥听了这话，略一思索，就知道必是有人想调开雷允恭，当下故意道："我正用着你呢，你倒要自在去。换了别人，我用得不如意呢。"

雷允恭苦求："先帝有大恩于小的，小的此刻不得尽心，岂不有愧于心？何况小的一直在宫里，没有办过外差，也不知道外头的事，将来若有什么，岂不辜负太后？"

刘娥知道他是为了钱，这土木工程之事都是来钱的差使，虽然山陵修建，日晒雨淋、风餐露宿的，不是舒服的活儿，但抢的人却很多。见雷允恭苦求，只得道："不是我不许你，只是你从小长于宫中，并未出过外差。我原想着过几年让你去地方上历练几年，也好有些长进。如今若叫你去修山陵，你一去必是主官，到时候人人只会奉承你，你说什么都无人驳你，只怕一脚踩进坑里去，也无人提醒你。"

雷允恭就道："小的虽没办过这事，但丁相却是极熟的，这回他也派人去了，小的只管听行家里手的话，依着规矩做事。好歹小的也在太后跟前大半辈子了，何曾在大事上出过错？"

刘娥看着他，想起这些年来他在自己身边，虽然不够聪明，但还算是有些小机灵、小运气，点头道："那便允了你了。"当下就下旨，令雷允恭任山陵都监。

雷允恭得了旨意，兴冲冲带着义子、徒弟、大群内侍及护卫兵马，出京来到永安县。那是大宋历代皇陵所在，位于河洛之间，南临巍巍嵩岳，北有黄河天险，伊、洛水由西向东穿过，南北东西皆连绵二十余里。此处"头枕黄河，足蹬嵩岳"，自大宋开国以来，历来为天子寿寝之地，依着当时"五音姓利"阴阳堪舆之术，将姓氏归于宫、商、角、徵、羽五音，大宋国姓赵属"角"音，利于壬丙方位，以东南地弯、西北地垂之地形最为有利，而此处的山水风脉正与之吻合，陵区东南有锦屏山、青龙山、金牛山、少室山、白云山，诸峰挺拔直立，地势高耸，西北一道洛水，潺潺东流。

此次修陵，由丁谓为山陵使、雷允恭为山陵都监，动用数万民夫，日夜赶工，务求早日为真宗安陵。

丁谓为山陵使，只是前期策划、安排人手罢了，这是他做熟的事，所以只是开始的时候来过一次，因朝中事多，后头就是留下人来及时回报罢了。雷允恭初到下面任职，刚开始的时候颇为上心，头几日甚是勤勉，每处地方都亲自实地看过，各种细节都要过问，务求做出成绩来，甚至还有几日住在工地上。只是他那群义子、徒弟，哪个不是抢着要奉承他的？又有当地县令得知他到来，忙上赶着为他修好住所。这高床软枕一卧，他就懒得动了，只叫人过来禀报一二罢了。只是钱银往来都要从他手中过，没多久就捞了许多。

但他也是一心想着这里头出成绩的，这日判司天监邢中和来同他说："山陵上去百步，风水如汝州秦王墓一样，法宜子孙。"他顿时就上了心，立刻就拉上邢中和去勘测了地形，当下兴兴头头地赶回京中，入宫来见太后。

刘娥听得他说："判司天监邢中和说，此处法宜子孙。小的想先帝嗣育不多，若要令后世广嗣，何妨移筑陵寝，太后以为如何？"

刘娥眉头一皱："允恭，当日我不派你为山陵都监，就是怕你这自作主张的性子。陵寝所在，是先帝在位时数次派钦天监所勘定的，如此重大之事，岂可随便更易？"

雷允恭忙道："太后，小的认为，改迁陵寝，若能使皇家广得后嗣，岂非一件天大的好事，太后何必迟疑呢？"

刘娥问他："这事你确定吗？"

雷允恭信誓旦旦地说："小的敢拿身家性命担保，此事有百利而无一害。"他话说得虽响，其实却是瞒下了一大半。那一日他与邢中和勘测地形时，邢中和虽然曾说过山陵上百步是处佳穴，却也说看其地形，怕是下面有乱石山泉，那就不成。

雷允恭本有一颗极想立功的心，只听得前半截，便心里美美地打起算盘来：这实是个天大的功劳，他若把这件事办成了，以后若皇帝多生子孙，将来更会记起他来，说不定也能如刘承规一般，死后得谥，配享宗庙呢。

他本就是知进不知退的人，要不然也不会与丁谓交好。他只想着好的一面，却不理会邢中和的警告，直接对邢中和道："你尽管施工下去，我立刻走马入宫禀报太后,如此好事,太后必然允许!”这边直接进宫来禀报。此时见刘娥不许,急得不顾前不顾后地随口夸大起来。

刘娥听他说得天花乱坠,虽不甚信,但宜子之事,也正中她的心。先帝子嗣艰难,弄到险些要去抱养五王元杰之子,当时的难堪、无奈与痛苦,她又何尝不知?上回又有道士说当今皇帝面相上也是子嗣艰难的,她就有些忧虑。她于土木之事并不明白,想起山陵使丁谓曾经负责监造玉清昭应宫,他必是个中行家,便道:“此事你且去问山陵使丁谓,看他有什么表示。”

雷允恭连忙去告诉丁谓,丁谓虽名为山陵使,但他此刻身为宰相,百事劳心,这陵寝之事,并没有太在意。见雷允恭来说移陵之事,他是个行家,心中也是诧异,定陵之事,必要堪舆名家反复勘测,附近若有更好的穴位,怎么不定在那处去?但是他要把持朝政,需要雷允恭在宫中襄助,也不好得罪雷允恭,且邢中和确是行家,心里犹豫起来,当下只是含糊地应了一声:“此事还是请太后做主,下官也没什么意见。”

雷允恭跑回太后宫中,禀报山陵使已完全同意移陵的主张。刘娥哪晓得他竟如此大胆,想着丁谓精于此道,他也同意了,自然是无事的,于是也就允了。

于是按着雷允恭的主意,在新选的陵址上开工。

谁知道挖了数日,果然下边出了一层碎石如流沙,边挖边塌方,陵寝工程进度很慢,到后来剔尽乱石,下面竟然冒出大量的泉水来,工程被迫停止。永定陵总管夏守恩大惊,连忙将此事向上禀报。

雷允恭得到消息也吓了一跳,他只道这是到手的功劳,哪晓得会出这样的事,当下就叫了邢中和来问。邢中和是判司天监,晓得天象地势,但地质勘测却不是行家,只道雷允恭必会如他提醒一般,先派人去勘测,哪晓得雷允恭这般大胆,竟然自己一拍脑袋就动手开挖。

雷允恭听了他的话,方想起他是提醒过的,不由颓丧起来。当时他虽然听到耳里,但一想到这地穴是事先勘测过的,自信附近地势必也差不多,哪里晓得竟会差之毫厘,谬以千里。他一边捞钱心切,一边也担忧自己离宫太久,若是反复勘测,必然误了礼制上皇帝大行后七个月内下葬的时间。只道是个天大的功劳,谁知道会出这样的事情?

雷允恭当下只道:“这事情还有法子可以挽救吗?”

邢中和急道:“已经发现碎石流水,谁也不知道,这下面流水层有多深。

若是就这么一点，清理了就好，我就怕越挖越大，那就糟了。依在下的主意，还是换回原定勘测的地方重新来过吧。”

雷允恭却心存侥幸，只想着这都三个月了，工程已进行一半，如今重新来过，莫说这耗下去的人工物料，就是时间上也来不及了。若是工程顺利，落成之后太后满意，他纵使捞点也无人在意。但若重新开始，那耗材大大加倍，后头就明显会让人看出来他有贪污之举，当下只道：“明天你先清理看看，我再找人向丁相求助，这土木工程之事，他才是行家。但必须封锁消息，不能外泄。”当下一边封锁消息，一边派人向丁谓求助。

丁谓气得大骂：“怎么会出事？我安排得好好的，就算是只猪摆在那儿也不会出错啊！”

丁珝却叹息：“人比猪会惹事啊。也不知道雷允恭听了谁的教唆，说是原定的山陵再上去百步乃是福地，那地方风水如汝州秦王墓一样，可广宜子孙。先帝嗣育不多，若移陵能令官家后世广嗣，岂不是能讨好，因此他竟擅自移筑陵寝。谁知道工程进行到一半，下面挖出来碎石山泉——”

丁谓顿足：“这哪是福地，挖地出水，那是绝地啊。真是怕什么来什么！”当下就令丁珝，“你马上带能工巧匠去永定陵，帮着补救。不过是一点山泉而已，总有办法的。只要先帝的灵柩下葬，这件事就能过关。”又道，“此事不能外泄，我是山陵使，出了这种事，若是传扬出去，我是头一个担责的。”

可是谁也没想到，雷允恭派出去封锁消息的小内侍中，却有一人无声无息地失踪了。

三日后的傍晚，但见残阳如血中，入内供奉官毛昌达在城门即将关闭的最后一刻钟冲进城中，秘密入宫，直接向刘娥参奏。

刘娥此时已经入睡，她近来睡得不好，司宫令不敢惊动，及至天亮起身梳妆时，才在她耳边悄悄将此事说了。刘娥拍案大怒，也不知会丁谓，立刻派身边的近侍罗崇勋带着旨意直接到陵园上将雷允恭拿下，又派开封府尹吕夷简、龙图阁学士鲁宗道二人视察皇堂。

吕夷简与鲁宗道回报，此处地穴未经勘测，并取得邢中和等人的口供，奏报太后。

刘娥接报，立刻宣王曾入宫，将吕夷简与鲁宗道的奏章递给他看，道：“吕夷简在奏章中，只谈及雷允恭擅专之事，谁知道面奏时，却说宰相丁谓勾结雷允恭擅移皇堂。前后不一，此事不甚明白，你是副相，此事由你复查。”

王曾大吃一惊，强抑心头的激动，恭声道：“是，臣遵旨。”

丁谓先是知道雷允恭事败，大吃一惊，觉得雷允恭行为虽然专擅，却出于忠心，纵然责罚亦是不严重。且自己并未参与其事，倒也关系不大。见太后派了吕夷简和鲁宗道查证，这边自己已经留心了。二人的奏章到了中书省，由他亲自审核过以后，见折子中并没有牵连他的话，这才放心。

谁知道太后又派出王曾核查，这才大吃一惊，王曾是副相，与他素来不和，因此他格外警惕，在宫中内外层层设下监视。

谁知王曾接了旨意，却不怎么用心，只匆匆去问了问就回来了。他一回来，并不直接进宫，而是先到中书去见了丁谓。丁谓见王曾虽然风尘仆仆，神色却极为平静。王曾将手中的奏章递给丁谓说：“丁相请看，这奏章这样写，可合适吗？”

丁谓打开奏章，王曾查得的事情，与吕夷简在奏章中所说大同小异，唯只字不提丁谓。他心中松了口气，却不敢相信王曾居然就这么轻易放过他而不追究，不由面上带笑，心中却是狐疑。

王曾知他心意，叹了一口气道：“我去了陵园，的确是雷允恭擅作主张，与丁相无关。雷允恭招供，说当日丁相曾有言在先，一切听太后示下。他一心想要事成，便回报太后说丁相已经许可，欺骗了太后。”

丁谓大喜，向着王曾一揖：“多谢王参政。丁谓身处嫌疑之间，我虽然一片忠心，却无人可表啊！”

王曾忙让过还礼，道：“此事只是意外而已，谁也没有料到。丁相身为山陵使，自承失于检点，向太后自请罚俸三月，也就差不多了。”他与丁谓坐下，颇有些推心置腹的意思，“下官虽然在一些政事上与丁相意见不同，但是平心而论，大行皇帝驾崩后至今三个多月，朝廷内外，幸有丁相全力维持着。官家年幼，但求咱们臣子同心，平平安安地将这一关过去，谁也不想多生事端啊！”

丁谓点了点头，心想王曾的为人，确是谨慎圆滑，远不像寇準这般刚愎自用、李迪这般与人不和，于是笑道：“好，王参政可要进宫？”

王曾道：“不得宣召，臣下怎敢进宫？还是先递折子吧。”

丁谓沉吟片刻，道：“要不，你这道折子先递进去，咱们听太后的示下吧？”

王曾拱手道:“一切由丁相安排。”

王曾的折子递进去之后,大约是刘娥觉得与吕夷简的回报大同小异,也就没有再宣他。

过了两三日,退朝之后,王曾忽然对丁谓说:“丁相,下官有一事请托!”

丁谓因前日的事,正愁无法笼络王曾,闻言大喜道:“王参政有话请说。”

王曾犹豫片刻,才道:“下官无子,以长兄之子为嗣。如今他已年长,我想请太后荫封此子官爵。待会儿我想悄悄向太后面奏,太后肯定会将此事问丁相的,到时候请丁相帮忙美言几句。”

丁谓笑道:“我当是什么大不了的事呢,此小事一桩而已,尽管放心。”说着拍拍他的肩膀,放心地走了。官场中人际交往,若到了以私事相托,自然是关系再亲近一步了。王曾主动示好,他焉能不接下。

王曾看着丁谓的背影,轻叹一声,表面上神情不改,而在袖中,双拳已经捏到发硬。

皇陵一案,可大可小,能将丁谓置诸死地的,却仅有这一个机会。生死成败,生前事身后名,当尽在此一搏之中。

王曾走进资善堂,但见珠帘低垂,刘娥坐在帘后,静静地看着他:“王曾,你终于来了。”

王曾跪了下来,他怀里的那一道奏章已经变成了一把刀子,不杀别人,便杀自己。

王曾磕了一个头,道:“臣惭愧,丁谓防范甚严,臣到现在才能够见到太后。”

刘娥淡淡地道:“现在把你此次真正的核查结果拿出来吧!”

第八十八章
太后垂帘

王曾恭敬地呈上真正的奏章，江德明接过，呈给太后。王曾这才道：“臣奉旨按视陵寝，雷允恭擅移皇堂，事先不勘测、不问钦天监，邢中和也曾力言，其地虽有宜嗣之相，但是下面很可能有沙石泉水，不可擅行。雷允恭与丁谓勾结，欺上瞒下，要将先皇的陵寝置诸绝地，其心可诛！”

刘娥拿着奏章的手在微微发抖，声音也变得喑哑：“‘置诸绝地，其心可诛’这样的定论，可是灭门之祸。兹事体大，王曾你若擅加罪名，可是要反坐的！”

王曾身体一僵，随即一咬牙叩首道：“臣不敢。雷允恭本不在山陵都监之列，为什么忽然苦求到如此艰苦之地？皆是因为丁谓一力唆使他这么做。此次擅移陵园，雷允恭也是得到丁谓的许可。到后来泉水涌出，总管请求停工，急报至京城，丁谓扣下奏报不发，有意欺瞒太后，却叫工地上照旧施工，若非毛昌达冒死禀告，他们就打算将此绝地移葬大行皇帝了……”

奏章在刘娥手中打开又合上，听着王曾滔滔说着“置诸绝地，其心可诛”等话，心中却想到丁谓贬寇凖至雷州时定的罪名“当丑徒干纪之际，属先王违豫之初，罹此震惊，遂至沈剧”，不禁一丝冷笑，缓缓合上奏章。

当日丁谓直指因寇凖逆案，害得先帝受惊、动怒、劳神而提早驾崩，而今王曾则直指丁谓擅移先帝陵寝，置诸绝地，包藏祸心。丁谓啊丁谓，你自恃聪明，焉不知始作俑者，其无后乎？

王曾低头说着，却没听到刘娥发言，内心有些不安，最终咬咬牙，跪下道：“丁谓从来都包藏祸心，想当日先帝大行之后，内阁议事，是丁谓擅自将‘军国大事兼取皇太后处分’添加‘权’字，以便自己操纵内外。内阁本拟照东汉太后临朝之例，五日一临朝，是丁谓擅改成朔望二日，一月两次临朝。

此种种皆是丁谓擅专，非内阁之议也。”

刘娥听到这话，看着王曾，缓缓点头：“这才是公忠体国的大臣。你说得很是。”

王曾抬头，四目相交，心照不宣。

王曾定了定心，如今要扳倒丁谓，只有加大自己在太后心中的筹码，让太后更倚重自己，让太后知道，自己在朝，比丁谓在朝对太后更有利。自己如今已经是孤注一掷，若不能在此时一举而胜，那就要步寇凖、李迪的后尘了。当下缓缓下拜：“臣请恢复旧议，太后五日临朝，以免信息隔绝，权柄失衡。”

刘娥这时候才哽咽道：“先皇待丁谓不薄，不想丁谓竟然如此负恩。以参政之意，当如何？”

王曾松了口气：“以臣看，当请太后下旨，召辅臣们资善堂议事。”

刘娥点点头，就令罗崇勋宣旨，召重臣一起到资善堂去议事，独独不宣丁谓。

众臣才刚刚散朝，又被宣到资善堂，见刘娥脸带怒气，宰相丁谓缺席，心中直是惊疑不定。

刘娥将王曾的奏章出示，再令王曾将所核查到的事一一奏明。王曾便将丁谓勾结雷允恭擅移皇陵之事道明，并力言其擅移皇陵，置诸绝地，实是包藏祸心，其罪当诛。

从来谨言慎行的副相王曾，忽然在朝堂上，以这样一种极其尖刻的语气和措辞，对宰相丁谓发起了讨伐，枢密使冯拯敏锐地察觉到了某种变革正在发生，心中一阵恐慌，下意识地想要阻止，道：“王参政，兹事体大，尚待核实，何敢如此定论——”

“冯枢使，”珠帘后却传来太后讥诮的话语，毫不客气地打断了冯拯的话，“王曾话未说完，你便急着辩护，你与丁谓是同党吗？”

吓得冯拯不敢再说，只是叩头不迭道：“臣怎敢与丁谓同谋？只为皇上初承大统，先帝还未奉安，遽诛大臣，恐惊骇天下视听，还请太后圣断。”

群臣等从未见过太后在朝堂发作，且朝中许多人与丁谓交好，骤闻变故，也是吓了一大跳，本能地抱团求情道：“请太后三思。”

刘娥声音更加冰冷：“三思什么？三思为何朝堂上会被奸臣把控，以致无君无上，结成朋党？以致我孤儿寡母被欺，竟无人主持公道？以致皇堂被

擅移,让先帝于地下不安?”

众人听得这话重了,当下都跪下,齐道:“臣等不敢。”

枢密副使钱惟演心中却猜到了什么,将雷允恭弄出宫去,好斩断丁谓在内宫的羽翼,好令太后掌控大局,本就是他设计的一部分。此时听得王曾说出雷允恭勾结丁谓擅移皇陵之事,心知机会已至,当下从容出列道:“臣请太后息怒。臣等初闻此事,也想象不到丁谓、雷允恭等竟会有此等大逆不道之举,实是不敢置信,岂有结党之意?那丁谓等虽然有罪,但本朝开国以来,未曾诛杀过大臣,冯枢使也是谨慎从事,请太后开恩。”

刘娥的声音自珠帘后传来:“诸卿都说得有理,既然如此,且先去拿下雷允恭等人,审明案情,你们再议罪状和处置。”

冯拯等不敢再说,遵旨退出,立刻派兵马拿下雷允恭、邢中和等,连夜审讯,随即抄没雷允恭家产。

丁谓刚刚回府还未歇息,便听到人回报太后密召群臣议事,连忙重整衣冠准备听宣,过了半日,却未见内侍过来传旨,猛然醒悟过来,只叫得一声“苦也”,浑身如坠冰窖,急急忙忙备轿赶到宫里去。

进得宫中,却见平日熟识的内侍俱已经换了,守卫也比往日森严。丁谓站在资善堂下正候着太后宣见,却见冯拯与其他重臣鱼贯而出,见了丁谓却不似平时赶着上来打招呼的样子,反而如见瘟神,躲避不及。

其实有几个素日也是与丁谓交好的,只是之前被太后斥为结党,此时不敢当众上前与丁谓说话,只以眼神示意。

丁谓心中更是惊疑,忙赔着笑想与众人说话,谁知道众人纷纷走避,正在此时,内侍江德明出来宣道:“太后传丁相入见。”

丁谓连忙进殿,但见御香飘处,珠帘深垂,刘娥正坐于帘后,淡淡地道:“我并未宣你,你此时急忙求见,却为何事?”

丁谓连忙跪下:“太后,臣冤枉!皇陵之事,臣实在事先不知……”他定了定神,小心翼翼地斟字酌句说明情况。

他直说了好一会儿,听得珠帘后刘娥并不曾反驳指责于他,仿佛已经被他所打动,渐渐胆大,将所有事情的来龙去脉一一说清,并罗列自己对太后的功劳,以证明自己对太后的忠心。他只管伏首陈说,说了半日停道:“臣实冤枉,请太后明察!”随即伏地听候吩咐。

谁知道四周寂寂无声，却见一个小内侍越过他身边走上御座，伸手卷起帘子道：“丁相公同谁说话呢？太后已经起驾多时了！”

丁谓定睛看去，果然珠帘后面，空无一人。

丁谓一跤跌坐在地，手中牙笏落下，只觉得心猛地一紧，咽喉似被扼住了似的，紧得让人喘不过气来，心中却是一阵寒意透顶。

三日后，刘娥与小皇帝坐承明殿，召集冯拯、曹利用等文武大臣上殿。

自真宗驾崩，或在朔望之日皇帝临朝，或者有军国大事太后召辅臣至资善堂或崇政殿议事，如这般太后、皇帝齐临承明殿的情况极少。众臣已经知道丁谓出事，却不知道事情轻重，未免心中惴惴。

但听得绛纱帐后，刘娥的声音传下：“你等但知丁谓与雷允恭擅移皇陵之罪，却不知道他二人早有勾结。来人，将东西都呈上来。”

冯拯那日领旨，将雷允恭等人拿下，并查抄出无数东西来。这时候听得太后下旨，便将从雷允恭家所抄得的东西与众臣展阅。计有丁谓委托雷允恭令后苑工匠打造金酒等上用禁器的密书，及雷允恭请托丁谓管辖皇城司及三司衙门的草稿等证物，更有雷允恭在修陵之时，不过短短数月，便贪污了的无数金银珠宝。

这些证物被一一捧到众臣面前，众臣看了财宝倒罢，看了那些书信草稿，皆倒抽一口凉气。

枢密使冯拯昨日失口为丁谓多说了一句话，惹得太后动怒，直问他是否丁谓同党，知道丁谓此番难逃一劫，此时呈了这些证物，连忙跪下道：“自从大行皇帝驾崩，朝中政事统由丁谓、雷允恭两个议定，都说是奉了太后旨意，臣等莫敢争辩虚实，所以一概照行。哪晓得他这般勾结雷允恭，欺上瞒下，实是其心可诛！今日幸而真相大白，实是太后圣明，臣等大幸。”他这一句话，把自己与其他臣子的责任都轻轻卸了，大家一听如释重负，也连忙随声附和不已。

刘娥怒色稍解，道：“原来如此。先帝驾崩之后，丁谓议垂帘之制，说是由你们众人议定，官家每月在朔望之日各临朝一次，处理朝政。平时则将奏章传进大内，由我批阅之后，再传到内阁。此后种种事宜，包括雷允恭等案，都说已与卿等讨议停妥，所以我一概允准。而今对证起来，竟是他一人所为？”

王曾知其弦外之意，忙接口道："正是，当日朝议，诸位大臣议定，乃是按东汉旧制，圣人和官家每隔五日，齐御承明殿议事，如有军国大事，由太后直接召辅臣奏对。不想丁谓擅以我们的名义谎奏太后，请太后明察。"

刘娥嗯了一声，满意地道："这也罢了，可他二人连先帝陵寝都敢擅行改易，若非王曾按视明白，几误大事。这等臣子，真乃罪不容诛！"

侍中曹利用素来与丁谓交好，此时一听大惊，忙出列道："太后息怒，丁谓是先帝托孤之臣，虽然有罪，请按照律令议功减罪。"

王曾大怒，出列道："丁谓得罪宗庙，已对先帝不忠，何谈托孤之臣，不能议罪，难道还能议功不成！"

曹利用大怒，他自恃澶渊之盟有功，连先帝都对他优容三分，再加上当年为枢密使时，与丁谓一起解决周怀政之乱，为太后立下大功，太后敬他三分，称侍中而不名，连丁谓都不敢得罪他，今日竟受王曾这般无礼，怒道："王曾，你自命清流，却为了扳倒丁谓不择手段构陷大臣，曹某一介武夫，也不屑与你同列！"转向太后道，"太后，王曾此人心术不正，若让他再立于朝堂之上，只怕本朝构陷之风，要从他这里开始了！"

"好了！"刘娥帘后冷喝一声，"曹侍中，今日议的是丁谓之罪，你想扯到哪儿去？"转头令道，"冯拯！"

冯拯连忙上前："臣在。"

刘娥轻嘘一口气："继续！"

众臣这才继续奏议，曹利用与王曾犹在怒目而视，刘娥大怒，拍案喝道："一个无君无上的丁谓还在宫门外候罪，朝堂上还要再多两个吗？"

曹利用与王曾大惊，连忙伏地请罪，不敢再说一句话。

当下众臣议定，雷允恭擅移皇陵，立刻杖毙，邢中和发配沙门岛，丁谓同谋，降为太子少保，分司西京。参知政事任中正那日在资善堂冒失为丁谓求情，也作同党处理，出知郓州。其余丁谓同党，也一并降职出京。

丁谓在府中惴惴不安，此时雷允恭伏诛，他在后宫的潜伏势力一扫而光，朝中众臣平时虽然交好，可是正值风头，谁敢为他打探消息。更何况，此事发得这样突然，只怕普通人也难打探出什么消息来。

他转了一圈，转身命道："请二郎与二娘过来。"过得片刻，丁谓次子丁珝带着妻子钱宛匆匆赶来，钱宛的眼中尚有泪痕，瞧得出必是刚刚哭过。

丁谓看着儿子儿媳，叹了一口气道："好一对佳儿佳妇，可惜偏偏叫我带累了！"

丁珝夫妻连忙跪了下来："爹，您说到哪儿去了，是孩儿让爹爹操心了。"

丁谓对二人道："起来吧！"他坐在那里，定定地看了钱宛一会儿，叹了一口气道，"珝儿，趁现在还能走，你赶紧送宛儿回娘家去吧！弄不好，明后天怕是会派人来抄家，我们是男人还不怕，就怕惊着了女眷。其他人怕是没办法了，能走得一个是一个。"

钱宛大惊，跪下泣不成声道："父亲，为什么要宛儿走，宛儿嫁进丁家就已经是丁家的人了，一家人便当祸福与共。您现在这样把我送回去，然后要我眼睁睁地看着你们遭罪，又算是什么呢？"

丁珝也吓得跪倒在地："父亲，这是为什么？父亲不是已经议罪降职了吗？难道说这样还不够吗？咱们家何至于到了这般田地？"

丁谓叹了一口气，叫丁珝："扶你媳妇起来。"这才道，"珝儿，你不知道，如今我已经失势，降为太子少保，这只是太后降罪的第一步。当日我自己也是眼看着寇相公他……他也是先罢相，罢相了还封国公，可是后来就一步步急转直下——"他停了一下，说到寇準，这是他一步步设计的手段，此时想到寇準的遭遇，却也心悸，"只是这太后心里究竟是怎么想的，要发落我到何等地步，我是心里一点底也没有。不但我没有，便是满朝文武也没几个知道的。也许……"他沉吟着看向钱宛，"如今只有你父亲知道，我将会是什么下场！"

平地里似一声炸雷，钱宛跌倒在地，蓦然间全部明白，今日丁谓特地将她找来，说这一番话语，连带要送她回娘家的这一番用意，只觉得眼前一黑，忽然间身后一人伸手扶住了她。她缓缓睁开眼睛，却见丈夫丁珝满眼的关切，忽然泪不可抑，伏在丁珝怀里痛哭失声："珝郎，珝郎——"

直到回了钱府，钱宛的眼泪仍然未能停下来。

跪在钱惟演面前，钱宛的眼睛已经哭成核桃大了："父亲，父亲，求您救救我们家吧！"

钱惟演手抚额头，叹息一声："宛儿，你的家在这里。"

钱宛愤愤地将帕子一甩："父亲，当年我不愿意嫁，你硬逼我嫁了。如今我已经是丁家的人了，你又说这里才是我的家。我算什么？我在你眼里算

什么?”她仰着头,声嘶力竭地质问着,便如一根针刺入钱惟演的心里。

钱惟演闭上眼睛,他素来对子女们说一不二,如今面对女儿的质问,竟然有些无可奈何,叹息一声,只觉得整颗心这一刻都苍老了:“好吧,我答应你。”

他缓缓站了起来:“备轿,我要入宫。”

此时,丁谓在府中徘徊,犹豫良久,才下定了决心,道:“来人,备轿!”

送钱宛去钱府的丁珝已经回来,正侍立一边,闻言道:“父亲,这个时候,您要去哪儿?”

丁谓道:“我要进宫。”

丁珝失声道:“父亲,这个时候您还能进宫吗?”

丁谓脚步一滞,缓缓道:“我自然知道,我跪宫门请罪去,总是可以的吧?!”

丁珝一惊:“父亲,您身体一向不好,怎么受得了宫门长跪,更何况今日这天气……”

丁谓抬头望天,天边乌云正袭来,他苦笑道:“正因为今天这天气,我才去!”

丁珝跪下,死死地抓住了他的衣角:“父亲,宛儿已经去求岳父了……”

丁谓冷笑,叹息:“我不敢相信他!”

门外有人叹息:“那么,你可敢相信我?”

丁谓转向门口,怔住:“妙姑?”

刘德妙今日刻意地精心打扮过了,再加上一身白纱胜雪,更衬得她飘然欲仙,似要随风飞去,但她笑容惨淡,眼中的悲哀更是掩饰不去:“我今日进宫,给太后讲经说法。”

丁谓方欲大喜,随之却立刻明白过来,脸色惨白:“不,不要去!”

刘德妙淡淡一笑:“今日除了我,还有谁能替你进宫?”

丁谓跌坐在椅子上,无力的声音自齿间吐出:“不,我不能让你冒此大险!”

刘德妙惨然一笑,他坐在那里,他叫她不要去,可是他的手却没有伸出来,他的眼神泄露了他的真实心理。

刘德妙最后再深深地看了他一眼,转身,上轿。坐在轿中,她清清楚楚地说:“进宫!”她早就知道他是什么样的人了,不是吗?可是她却控制不了自己的心。女人啊,要骗的只是自己。

崇徽殿中,江德明送上冰湃的绿豆汤,刘娥微微一笑:“赐钱枢使一碗吧。”

钱惟演微笑:“多谢太后。”并不跪拜叩谢,只欠了欠身又坐回去,眼睛却还盯着几上的棋局。

刘娥拿玉匙轻搅着绿豆汤,清脆的叩击声在室中回响:“看了那么久,看出什么来了?”

钱惟演抬起头,笑着摇了摇头:“看不出来,每次我以为我知道你会走哪一步,可是每次你都走完了,我才知道全想错了。”

刘娥笑了一笑:“瞧你说得这么玄乎,别忘了我的棋还是你教的呢!”

钱惟演微笑:“三十年前,我就说不敢再在太后面前称师了。”

刘娥笑了一笑:“你今天该不会是跑进宫来下上这么一会儿棋,然后借这个来奉承我吧?”

钱惟演也笑了:“倘若太后这般容易受奉承,哪来今日这般局面?”

刘娥连忙放下玉碗,扑哧一声笑道:“这句奉承的功力更高。”

钱惟演笑了一笑,说到正题:“王曾上书,要求皇太后遵遗制,与天子同临承明殿受朝。太后看到制书了吗?”

刘娥点了点头:“嗯,打七月起正式临朝,原来丁谓那一套,都废了。”

钱惟演缓缓地将手中的黑子填入一个空当:“王曾此番立了大功,该升他为相了吧?”

刘娥漫不经心地看着棋盘,顺手下了一枚白子:“嗯,当日王旦在时,王曾就做他的副手了,是个老手。”

钱惟演微笑着再放下一枚黑子:“也够聪明。”

刘娥手中拈着一枚白子,想了想才放下:“这个位置守住了,我就放心了。”她收手,对他微微一笑,钱惟演日前刚刚被任命为枢密使。

钱惟演轻抚着太后刚刚放下去的那枚白子,良久,竟想不起来应该走下一步棋了。

刘娥也不说话,良久,才道:“外头的事情都准备得怎么样了?”

钱惟演轻轻地收回手,并不抬头,拿着茶盏喝了一口茶,才道:“都准备得差不多了。八月里太后就正式御承明殿决事,诏告天下。”

刘娥点了点头:“明年要改年号,新的年号拟好了吗?”

钱惟演提黑子轻轻落在棋盘上:“‘天圣’二字如何?”

刘娥眉头微微一挑:“谁拟的?”

钱惟演先说了声:“众翰林。”见刘娥抬头看了他一下,忽然笑了,承认道,“是我。”

刘娥提着白子,在手中翻动:“这有什么讲究的吗?”

钱惟演也提了黑子,轻敲着棋盘:“‘天’字拆开是二人,天圣者,二人圣,乃取太后与官家二圣临朝之意。”

刘娥微微一笑:“勉强吧,你们再议议有没有更好的。”顺手放下白子,“你看丁谓如何处置?”

钱惟演一怔:“太后还没决定?”

刘娥看着棋盘,嗯了一声。

钱惟演看着手中的黑子,思索着,良久才缓缓放下一子,道:“或罢或流,本朝没有杀大臣的先例。”

刘娥不答,她手中拈着一枚白子,好半天决断不下。

钱惟演想了一想,心中已经明白:“可太后要垂帘,也得给群臣做个样子。”

刘娥微微一笑,手中的白子正要落下,忽然江德明进来轻声回道:“太后,妙姑求见!”

刘娥眉毛一扬,忽然无声无息地笑了,笑得江德明心里一阵发毛。刘娥将手中的白子扔回棋篓中,冷笑道:“好,我也正想她了,传!”

钱惟演站起来,微微一笑:“臣可要告退?”

刘娥摆了摆手:“不妨事,只一会儿工夫罢了,待会儿咱们就继续下棋。”

刘德妙冉冉地自殿外一步步走着台阶上来,一身白衣飘飘欲仙,带着修道者恰到好处的出尘微笑,走到太后面前,合十行礼:“太后今日的气色越发地好了。”

刘娥仔仔细细地看了她一番,忽然道:“拿下!”

纵然是天边响起一个炸雷,也没有此刻刘德妙听到太后轻轻的这两个字来得更为震撼。还未反应过来,便已经被两个孔武有力的内侍按住跪下,她不可置信地抬头喊道:“太后,贫道犯了什么错?”

刘娥看着她那张精心修饰过的脸,淡淡地笑了:“花容月貌,绣口锦心,难得你一个年轻女子，琴棋书画、医卜星相皆能这般地好，实在是难得，难得！可惜，可惜！”转头看着棋盘，“丁谓叫你来做什么？”

刘德妙惊骇地看着刘娥，好一会儿才颓然坐倒，道：“您是什么时候知道的？”

刘娥重新拈起一枚棋子，含笑道：“你第一天进宫的时候。”

刘德妙惊骇欲绝，第一天，第一天她就知道自己为什么而来，可笑自己居然懵懂未知，原来从第一天起，她就在看着自己演戏。刘德妙问道：“为什么？”

刘娥淡淡地放下棋子：“我总得给你们一个机会。”

一个让他们自以为可以控制她的机会，一个时机一到就足可以让他们万劫不复的把柄。刘德妙绝望地闭上眼睛，只觉得整个人似坠落无底深渊。

刘德妙被带下去，前后不过一盏茶的时间，的确只一会儿工夫，的确不妨碍他们继续下棋。甚至，这崇徽殿中平静得像是刚才刘德妙根本不曾来过。

钱惟演但见太后谈笑之间，将刘德妙拿下，他深深地注视了好一会儿，才回过神来，道：“原来太后从来就没有相信过。”

刘娥把玩着手中的棋子：“你指的是什么，刘德妙还是神仙之说？”

钱惟演垂下眼帘，不敢泄露心底的想法，道：“二者皆是吧！”

刘娥放下棋子，正色道：“你错了，我是相信的。”她的视线越过钱惟演，仿佛望向了不可知的远方，好一会儿，才幽幽地道，“先帝相信的一切，我都相信。先帝所喜的一切，亦是我所喜。只是论供奉之多、信奉之诚，谁能够比得上先帝？先帝却先我而去了……”她将视线转回来时，已经显得冷漠，“先帝活着一日，我信一日，先帝不在了，我信它有什么意思？”

钱惟演苦笑一声，道：“所以你从来没有真的相信过刘德妙。”

刘娥淡淡地一笑：“我若不是让丁谓以为他可以完全控制我，他怎么会这么竭尽全力地保我垂帘听政？”

钱惟演心头一震，片刻后才道：“丁谓还以为可以借着刘德妙控制你，谁知道他们二人一直被你玩弄于股掌之中。如今你借他之手扫尽反对垂帘的臣子，他此刻自然不仅无用，而且碍手了。此番丁谓勾结妖女迷惑后宫，却又是一重罪名。”他顿了一顿，心中暗骂丁谓自作聪明坏事，却还是问了，“太后是否已经决定如何处置丁谓？”

刘娥冷笑："我本在犹豫中，可笑却有人自作聪明。"她重重地将白子一叩，看着棋盘半晌，忽然笑了，"当日丁谓流放寇準，却将他安置在何处？"

钱惟演看着棋盘，心中已经在叹息："是为雷州司户参军。雷州在岭南最南端，已近大海了，是个半岛。"

刘娥的玉手轻轻划过棋盘，点在右下角："啊，那可是够远了，雷州之外更无州了吗？"

钱惟演怔了一下，才道："雷州之外，还有崖州。只不过，崖州已经不在大陆，而是真的在海岛之上了。"

刘娥嘴角噙着一丝冷笑："崖州之外呢？"

钱惟演心中大震："崖州已经是天之涯、海之角了，崖州之外更无州，那就真是一望无际的大海了。崖州孤悬海岛之上，虽然称州，却只是一个小土围子，尽是蛮夷之地。"

刘娥手中的棋子轻轻地落在最边角上，淡淡地道："那就让丁谓亲眼去看看吧，看一看那传说中的天涯海角！"她将手中的棋子一扔，整个人向后舒服地一仰，笑道，"不下了，今日兴尽了！"

钱惟演弯腰行礼："是，臣这就下去拟旨。"

刘娥半闭着眼睛，神情极是慵懒："跟寇準一样，也是司户参军。"她忽然一笑，"去崖州必经雷州，我倒很想知道，他跟寇準见面，会是怎样一番情景。"

钱惟演强笑道："听说寇準赴雷州上任时，丁谓曾派人逼他自尽，幸得寇準有忠心的门客护持。他二人若是相见，只怕丁谓到不了崖州了。"

刘娥懒洋洋地道："那不成，我既不杀他，丁谓必须活着到任。"

钱惟演心中一凛，忙道："是，臣明白。"

第八十九章 天圣时代

七月中旬，圣旨下，丁谓降为崖州司户参军，流放海南岛上。自唐末以后，中枢流放官员至崖州，一百多年以来唯有丁谓一人。

旨意再下，改授枢密使冯拯为山陵使，继续进行大行皇帝的陵寝修筑，按原来钦天监所定的原址重新加紧施工。

枢密副使钱惟演为枢密使，执掌军政。王曾取代丁谓为同平章事，吕夷简、鲁宗道并为参知政事。

王曾上表请太后依东汉旧例，五日一御承明殿，与皇帝一起召见百官决议政事，太后推辞一番，复由皇帝亲上奏表，乃从之。

八月初，皇帝与太后同御承明殿，太后垂帘决事。

刘娥自珠帘后，看着面前俯首的天下，微微笑了。

从真宗驾崩开始，渡过一重重艰难险阻，她终于坐上了承明殿的宝座，但听得文武百官山呼万岁，端坐宝座，俯视天下，忽然间，脑海中涌起当年随先帝北征，澶州城上，遥见辽国萧太后一袭红袍于千军万马之中的情景。那时候，觉得她是如此地遥不可及。

而如今，她也坐到了这个位置。

先利用李迪对付心怀妄念的八王赵元俨，再利用丁谓对付反对她执政的寇準、李迪，然后放任丁谓坐大，将朝中所有不稳定因素一扫而光，继而利用王曾一举解决丁谓及其党羽，正式垂帘。

深宫内院的孤儿寡母，从二月份真宗驾崩到六月份解决丁谓，从名义上拥有天下到实际握有天下，文武百官俯首听命，从此无人敢逆太后之意，仅仅用了四个月。

自此开始，天下大事决于两宫。

十里长亭送别，秋雨潇潇。

丁谓青衣小帽，神情黯然。他轻叹了一口气："我此去崖州，万里之外，不知能否生还。小儿等此次多蒙钱公垂顾，此恩此德只怕今生难报！"

钱惟演叹道："谓之你何必说这样的话？此事我没有帮得上忙，实是惭愧。珝儿是我的女婿，你就放心吧。"此番丁谓流放崖州，他的四个儿子丁珙、丁珝、丁玘、丁珷均被罢了官职，但不涉其他，这已经是钱惟演有所庇护了。

丁谓淡淡一笑："其实，不做官也好，我为功名误尽一生。官场险恶，但愿珝儿他们粗茶淡饭，平平淡淡度此生，倒是他们的福气了。"他抬眼看着钱惟演，目光怆然，"事到如今，我也无话可说，一切都是我自己罪有应得，辜负了先帝的托付，辜负了太后和官家的恩典。我原本以为，自己把事情揽下来，不叫太后、官家操半点心，便是尽了做臣子的忠心。却不知道在他人的眼中，便成了擅专的行迹，这真真是无从申辩。思来想去，都怪我做人太拙，只知道埋头做事，不懂得体察圣意，到头来弄得心力交瘁，却原来事事做错。唉，总是我自己失于检点的缘故，怨不得旁人。还是那句话，幸而生在本朝，幸而遇上宽仁的主上，我这样的罪人，太后和官家如此处置，已经算得宽大了。"说到最后，他的声音微微颤抖，忙倒了杯酒，用力地喝了下去。放下杯子，他看着前方，似有些茫然，喃喃地道，"只是有许多事放不下，天下土地的丈量还没有结束，南方几条大渠还没有完工，茶法的推广才进行了一大半……唉！"他摇了摇头，自嘲地道，"我还想这些事干什么，就算再想，也有心无力啊！"想到这里，又倒了杯酒，仰头喝下。

钱惟演看着认识了将近三十多年的丁谓，心中无声叹息。丁谓奸恶狠毒，那是未曾见过他的人或者他的政敌下的定论。若非吃过他的大苦头，一般人一望之下，俱是不会相信这样一个声名狼藉的人，竟然会是这般儒雅温和、才华横溢又略带着清高气质的书生。他看人的眼神诚挚亲切，他的言语举止感时忧世，看上去如此地淳厚温良。这样的人，把跋扈隐在骨子里，把心计藏在谦和中。他无时无刻不在演戏，演给别人看，也演给自己看，哪怕闭室独坐，他也不会失态。钱惟演看过丁谓得意时的自持，那时候他要表演给天下人看；如今他自高高的云天跌落，已经没有观众了，可是他仍在继续演戏，将这一报国无门、哀而不怨的忠臣角色，演得如此逼真。

能让真宗视为股肱之臣，能让寇凖视为密友，能让王钦若视为心腹，甚至曾经让他钱惟演视为同盟，这一份表演的本能，怕是已经渗入丁谓的血液、骨髓里了吧。

只是丁谓，你如今还有这个必要吗？

钱惟演轻叹一声，他是来送别的，在他心里，已经把这次送别视为他与丁谓人生中的最后一次见面。可是显然丁谓不是这么想的，他仍然竭尽全力，在这一次的见面中争取下一回合的延续。

钱惟演忽然只觉得一阵倦怠，丁谓啊丁谓，连最后一点香火之情，还要用来继续设套，逼着他在这上面耗神吗？他按住了丁谓倒酒的手，淡淡说了一句话："刘德妙在天牢中自尽了！"

丁谓的手猛地一颤，有一刹那的失神，他长长地呼出一口气，借这一口气镇定下来，抬起头，用最诚挚的眼神看着钱惟演："钱公，连你也信这样的事吗？我不过是看在太后宠爱于她，所以也有迎合之心，因此请了她来府中讲经说法了几回。那段时间，满京城谁不曾请过她？唉，真是人言可畏啊，如今是墙倒众人推，有我的没我的，也都只管算在我头上罢了！"

钱惟演脸上闪过一丝讥诮的笑容，补上一句："她什么都没说，什么都没认，押入天牢当晚，就自尽了。"

丁谓抬起手，又倒了一杯酒，一饮而尽，什么话也没有说。

钱惟演拍了拍他的手，道："洛阳有我的旧部，你的家人留在洛阳故居，只管放心好了。"

丁谓举杯，肃然道："多谢钱公了！"

钱惟演令家将钱讯将银子送与护送丁谓至崖州的禁军，道："丁公前去崖州，一路有劳诸位照顾了！"

此时枢密副使钱惟演已升任枢密使，军权在握，又为太后外戚，勋爵禄位已经是本朝第一。他亲自开口，那禁军头领自然是诚惶诚恐、恭恭敬敬地连声答应下来。

丁谓站起来，饮下最后一杯酒，在禁军的护送或者说是押送之下，终于离开了京城。寇凖是头也不回地走，而他，则坐在马车上，一直看着汴京的城墙渐行渐远，直至消失在天边。他保持那个转头向后注视的姿态很久很久，眼神的焦点落在茫茫的空气之中。

行行重行行，马车一直向南而行，正值盛夏季节，越往南行，天气就越热得厉害。丁谓本就瘦削,在这种炎热天气里饱经酷暑,更兼长途跋涉之苦,越发憔悴枯槁。

一路上,只见山高林深,瘴疠横行,护送的禁军也有好几个或患时疫,或被蛇虫咬伤,再看着两边越走越荒,路过村庄所见,百姓皆是断发纹身,所食之物稀奇古怪,更令得丁谓心生悲凉,只觉得茫茫天涯,无穷无尽,在这蛮荒之地,只怕难以活到翻身的机会到来之时。

也不知道走了多久,也不知道走到何地,但从夏天走到秋天,但见枝头黄叶,却仍是酷热难当。一日忽见一座城池出现在面前,禁军上前道:"丁司户,我们已经到了雷州,过了雷州就可以出海到崖州了。"

"雷州!"已经热得昏昏沉沉的丁谓听到这两个字,猛然一惊,"雷州到了吗?"当年被贬的寇凖,就在雷州啊!想到寇凖,他心中五味杂陈,一时间有些茫然。

正出神时,却见马车停了下来,听到前面有人问道:"请问官人,可是护送崖州丁司户的禁军吗?"

丁谓探出身子道:"下官丁谓,不知有何见教?"

却见禁军引着一个仆从模样的人走上来,行了一礼,道:"我家主人听说丁司户路过雷州,特令小人送上一只蒸羊,赠予丁司户。"

丁谓见这人虽然执礼合度,但脸孔却是一副冷冰冰的神情,心中一动,走下马车问道:"丁谓落魄至此,难得尊上不弃,承蒙见赠,不知你家主人是哪一位?"

那人看着丁谓的眼睛,强抑着一丝憎恨,冷冷地道:"我家主人,乃是雷州司户参军寇官人!"

"平仲?"丁谓只觉得一阵冷意袭来,脸上却换了一副又惊又喜的神情,"原来是平仲兄馈我蒸羊,实令丁谓感愧无言。"他走下马车,整了整衣服,对那仆从叹道,"丁谓路过雷州,理应前去拜见平仲兄。一来相谢他赐食之情,二来也有许多误会,当向平仲兄解释清楚,请贵管家引路可好?"

那人猝然怔住,像是看到了一件完全不能置信的事,气得直指丁谓道:"你,你竟然还敢说出这样的话来!"拂袖便走。

丁谓不动声色,叹道:"当年我与平仲兄相交莫逆,只可惜官场险恶,挑拨离间之人太多,以致世事多变。先是他误会了我,后来又是我误会了他。到头来,我们都为官场所误,同为天涯沦落人。我今赴崖州,尚不知有生之日是否能够重返。平仲兄既有赐羊之情，丁谓怎能无回拜之礼？唯望与平仲兄解释误会，一笑泯恩仇。”说完，镇定地吩咐道，“准备拜帖，崖州司户参军丁谓拜望雷州司户参军寇準官人。”

就这样，丁谓的拜帖，投进了寇準的府第。

寇準看着拜帖，心中涌上的是跟钱惟演送别丁谓时同样的感受，那是一股深深的倦意。丁谓这种执着而不肯罢休的纠缠，令人厌恶而疲倦。君子往往会因为疲倦和不忍，败于小人的低姿态和执着之下，哪怕你一开始就明白甚至厌恶。

寇準放下拜帖，深深叹息，他太了解丁谓了，这些年的贬谪生涯，足以让他回顾并明白多年来丁谓言行举止之下的真正面目。相逢一笑泯恩仇并不是丁谓的目的，借着同被贬谪而设法将自己同他拉在一起，借以翻身，才是丁谓的来意。

“寇安，”寇準道，“你把拜帖还给他，就说已经没有必要再见面了。”

寇安就是送蒸羊的人，他连忙接了拜帖，很高兴寇準不见丁谓，只是……他犹豫了一下，道：“只恐他不肯走。”

门客张任，原是寇準知天雄军时收服的盗首，寇準流放雷州时，丁谓曾数次派人欲置寇準于死地，幸得数名门客护持，才使丁谓不能得逞。此时见丁谓居然还敢厚颜前来，张任不由大怒：“相公，让俺出门杀了丁谓那贼子，给相公报此陷害之仇！”说着，拔剑转身，就要出门。

“站住！”寇準拍案，吩咐左右道，“拉住他！”

众人虽然都有张任般杀人之意，却终不敢违寇準之命，几个人上前拉住了张任，张任愤然叫道：“相公，难道就这样算了吗？”

寇準被丁谓的拜帖弄得心情不快，张任这一闹，倒叫他纾解许多，哈哈一笑道：“寇安，去告诉丁谓此刻府里头的情形。来人哪——关门，摆宴，上酒，拿骰子来，咱们开赌！”

一声令下，寇府在白昼中关起门来，寇準叫人拿了张大桌子放在进门的天井中，自己亲自坐在那里，叫人将酒窖中的酒全都拿上来，将府中的打马、长行、叶子、弹棋、摴蒱、双陆等所有赌具尽行拿出，阖府上下，不分尊卑老幼，全数聚到厅中一起饮酒赌博。众人无奈，只得依他吩咐，先还存了想偷溜出去找丁谓晦气之心，后见寇準守得甚严，只好喝酒赌博，不知不觉便有些忘形投入。

果然丁谓听了寇安之语，知道寇準门客竟要杀他出气，哪里还敢再行停留，连忙悄悄溜走，一口气离了雷州，登上海船直向崖州而去，再也不敢多生事端。

寇府这一夜喝酒赌博，自白天喝到晚上，自夜里赌到天明，估摸着丁谓已经走远了，寇準这才放了众人，自去休息。

丁谓自讨这一番没趣，这才死心。时人叹曰，当年丁谓贬寇準至雷州，自以为得意到极致，却不想过了没多久，自己要眼睁睁经过寇準的地盘，被流放到更远的崖州去。正是："若见雷州寇司户，人生何处不相逢！"

九月，大行皇帝陵园建成，两宫召文武大臣至会庆殿。

刘娥一早就起来了，侍女如芝服侍着她梳妆，穿上重重的袆衣，戴上九龙花钗冠，对镜一看，微微点头。

刘娥起身，走出寝殿，见小皇帝已经在外殿等候。小皇帝见了她出来，忙行礼道："娘娘！"

刘娥拉起了他的手，细看他的脸，却见眼底有淡淡青痕，问道："昨夜睡得不好吗？"

小皇帝有些紧张："没，没有……"

服侍小皇帝的内侍阎文应有些紧张，若是换了杨媛，此刻便会责问内侍不曾好好照顾皇帝，然后或责或罚。

但刘娥却不是这样，在她面前，小皇帝必是要自己回答的，绝不允许内侍们帮着蒙混过去。

刘娥从不在小皇帝面前责罚他人，然而在她的面前说假话却是十分的困难，她只消眼睛一扫，像阎文应等素日在杨媛面前话儿说得极溜的人，就觉得开口困难，不说真话实在难受。

小皇帝犹豫片刻，在刘娥含笑的目光下，终于勉力说道："娘娘，臣昨日练书法，写得兴致上来，所以睡得晚了。"

刘娥一怔，不由得松了一口气，原以为小皇帝贪玩，却原来如此，便点了点头道："练书法，那是好事啊！前些时候我看你的飞白书，虽然进步不大，却有一股跃跃欲试的劲儿。想是昨晚写着写着，忽然间灵智顿开，一气贯通之下写得畅快淋漓，因此便是他们劝你去休息也不愿意，直写得兴尽了才罢手，是不是？"

小皇帝大喜，这正是他昨晚的情形，只觉得说到心底去了，兴奋地道："正是，大娘娘是如何知道的？"他是刘娥的儿子，却从小由杨媛抚养，算得有两个母亲，便称刘娥为大娘娘，杨媛为小娘娘。

刘娥笑道："我也曾经历过这种时候，那还是在……"她抿了抿嘴，那年先帝还是韩王，她初入韩王府，先帝执着她的手，一笔一画地教她读书写字。她到了十五岁才开始习字，自然写得拙劣至极，连她自己都学得失了耐心，倒是先帝教她的耐心还足些。到后来有一天忽然间来了兴致，兴奋得十几天写个不停，废寝忘食。

想到这儿，笑容越发温和起来，再看看小皇帝，如今十二岁了，长得越发像先帝，心头一软，不由得将本来十分的严厉打消了七分。细想了想，缓缓地道："写字是好事，可是今日朝会，才是最要紧的事。你若是休息得不好，待会儿困倦起来打个哈欠，岂不是叫臣下们笑话？"

小皇帝一凛，站直了身板道："臣绝不敢犯困！"

刘娥也站了起来，笑道："睡不好自然犯困，你又不是铁打的，一次不犯困，保不得次次不犯困。你是官家，别人劝不住你，你得自己有分寸。都这么大了，难道还跟小时候似的要你小娘娘派人看着你睡觉吗？"

小皇帝不好意思地笑了笑，低下头去。

小皇帝从小被杨媛溺爱太过，偶有些贪玩贪吃的小儿习性，便是杨媛问起来，也只是撒个娇便蒙混过去了，只不过罚那些跟随的人罢了，于小皇帝来说不痛不痒，依旧没什么长进。到了刘娥跟前，刘娥只是含笑看着小皇帝让他自己把事情原委说出来。小皇帝虽然小，但是对错还是知道的，能在杨媛面前混赖过去便算了，当着刘娥炯炯的目光，自己要把错事说出口来，不免越说越心虚，虽然刘娥不责不骂，却比责了骂了还难当。一件事说出口之后，下次再遇上同样的事，一回想便心虚起来不敢再犯了。

刘娥看着小皇帝的神情，知道教育效果已经达到，便不再多说，拉起他的手，道："走吧，今日是大朝会，你留神多看多学，只放在心里，知道吗？"

小皇帝乖乖点了点头，随着刘娥上朝而去。

今日朝会在会庆殿，议的不是政务，而是大行皇帝安陵之事。因此坐定之后，宰相王曾便把早已备好的大行皇帝奉安之物，如珠襦、玉匣、遂、含以及大行皇帝生平服御玩好之具等流水般地呈上，供两宫亲览。

只是有一桩事为难，便是玉清昭应宫供奉着的三卷天书，以及无数祥瑞，乃大行皇帝生前最信奉最喜欢的东西，辅臣们商议不下，不知道如何处理为好，还请两宫示下。

“不知如何处理？”刘娥诧异道，“你们议了什么以至于定不下来？”

王曾看了枢密使钱惟演一眼，钱惟演上前道：“大家的意思，一动不如一静，天书供奉在玉清昭应宫都这么多年了，好端端的也不必变动。”

山陵使冯拯原为枢密使，当日丁谓任山陵使时兼着宰相，却不料刘娥任命冯拯为山陵使，把枢密使之位给了钱惟演，这是明升暗降，去了权力。且如今山陵已经完工，这山陵使一职也到了终点，尚不知道回来之后能任何职。眼见钱惟演开口，冯拯便起了针对之心，道：“这话不能这么说，大行皇帝最敬上天，天书是上天赐予大行皇帝的，依臣看，如今大行皇帝安陵，理应辟一宫殿，将天书专门珍藏，不可再示之于外。”

刘娥看了下面一眼，见众臣的神色，也知道大部分人的意见如钱惟演所说的一般，一动不如一静。天书本是大行皇帝敬奉之物，谁也不敢和这件事沾边，稍不留神，便容易被扣上一个“不敬先帝”的罪名。因此宁可增了，不敢减了。

王曾却是决意先拿天书这件事开刀，大行皇帝晚年信奉天书祥瑞，浪费帑银无数，众臣纵然都不以为然，却也是随大流的居多。天书的事一天不解决，天书之后所带来的一系列弊端便不能解决。

再说，他此番能为宰相，扳倒前宰相丁谓的手段，并不是很堂堂正正。这种手法从前也有人用过，如王钦若扳倒寇凖，丁谓扳倒王钦若时，都是用了这些手段。唯其王曾认为自己并非王钦若、丁谓一流的人，因此心里头更是耿耿于怀，非要做出一番政绩来，方能就这件事给自己心里、给素日交好的同道一个交代。

王曾上前一步道：“皇天上帝先后下降天书于先帝，而在此前后，天下又现各种祥瑞，此乃是上天对先帝独有的恩赐，也唯有先帝才能享用天书祥瑞。而今先帝已经上仙而去，臣以为，先帝平生最爱的天书、瑞物等，也应该与先帝同归皇堂奉安才是，万不可再留人间，免受亵渎。”

刘娥看了下面群臣一眼：“众卿以为如何？”

众臣沉默片刻，在场众人多多少少都曾经奉过天书，献过祥瑞，心中对天书祥瑞都有一种说不出的情结。也许一开始并不相信，但迫于形势而为，但是后来时光流逝，天书祥瑞却成了存在于官场中的一个习惯，不管什么事情，不好直接开口的，先拿天书祥瑞的话起个由头，总是好说些、好绕些。

现在王曾提出，将天书殉葬，虽然说得冠冕堂皇，但是在场诸人谁不是官场老油子，分明都听得出他的真正目的。将天书殉葬，也许就意味着天书时代一去不回了。而在场诸人，大多是天书时代提拔起来的。就算是对天书没有莫名的习惯，却也对此敏感。这是朝政即将变革的一个信号吗？变动，对于还在朝堂站立着的人来说，都是一种让人不快的预兆。

曹利用舒了口气，他在澶渊之盟中立功而升，后来王钦若弄出天书之事，贬低澶渊之盟，本为打击寇準，却也压制了曹利用。后来他也转向拥戴天书，又与丁谓结交，方能坐镇枢密院多年。此时见群臣为难，便站出一步道："臣以为，王相之言有理。先帝平生最爱天书，理应将天书殉葬。"

冯拯大惊，转头看着曹利用："曹侍中你……"

接下来，群臣便意见不一，有赞成天书殉葬的，也有反对天书殉葬的，各抒己见，各有立场，引经据典，滔滔不绝。

整个朝堂上沸沸扬扬，小皇帝听了个晕头转向，内心实在有些怯意，不由得转头看了看珠帘后面。刘娥像是看出小皇帝的怯意来，含笑点点头，低声道："官家只管听，别怕，有娘娘呢！"

刘娥端坐珠帘后面，听群臣纷争，手指轻叩着桌面。朝堂吵成一锅粥，或许会吓坏初坐宝座的人，但她却不是不知政事的前朝符太后或者小皇帝，吵和乱，她都不怕，甚至，她似乎欣赏着这一份吵和乱。

本朝历来是奉行"王与士大夫共治天下"的主张，辅臣们都是学富五车、政事娴熟，而且各有己见。

在资善堂中召对，看似方便，辅臣们表面有商有量，但恭恭敬敬的态度、滴水不漏的话语中，说不定哪句话、哪个提议下，就藏着陷阱。一个不小心应承或者拒绝不当，看笑话还是轻的，搞不好埋下个不知哪天就会发作的隐患，才是令人后怕的。

基本上许多大政事的走向，有时候在资善堂召见几个辅臣就已经定调，拿到这种大朝会上议政的时候，往往只是在诏书发出之前，让众人事先知道些内情，吹吹风而已。

但是有时候，她故意把一些政事，放到百官意见不一的大朝会上，群臣大纷争也是理政的必要手段。其实有时候只是抛出一个诱饵来，平时那些含而不露的辅臣在重大变革面前，在对手的挤兑之下，如果再藏着掖着，便是将胜利拱手让人,因此不得不争着将自己的真实意见说出来。甚至,在这种争执之下,有心人可以看出群臣之间的潜流暗涌:谁与谁是真的意见不一,谁跟谁是表面争执实则互助,谁与谁在哪些事件上争执哪些事上合作。

刘娥轻轻挪了一下身子,换一个更舒服的坐姿,微笑着看群臣的争议进行得更激烈,却有些心不在焉,神驰天外。

今天朝会上,少了那个最会吵也最会闹的张咏,若是他还在,也许就吵不起来了。张咏那个混不吝的脾气,正理歪理、文的武的都有一手,估计谁也吵他不过,更是谁也不敢跟他吵。

丁谓被贬后第三天,张咏便兴冲冲地跑进宫来,扔下官帽道:"如今没老张什么事儿了,可以将劳什子还给您了,放我自由自在了吧!"

太后微笑:"不行,朝中还需要你这样的老臣坐镇!"

张咏哇哇叫:"老臣有的是啊,不是有王曾了吗?"

太后摇头:"王曾一个哪够?"

张咏想了想:"那个——张知白如何?"

太后不动容:"不够直言。"

张咏再次努力:"鲁宗道如何?"

太后仍不松口:"直言够了,辅政不足!"

张咏抓抓头,继续找替身:"嗯——吕夷简!不行也不管了!"

太后笑了:"澡堂子里泡出来的交情?"

张咏也笑了:"您别说,天底下有一等沐猴而冠的,别看人模人样的,全身架子靠那身官袍撑着,他太了解自己是猴子变的,那身官袍是打死不敢在人前脱,更别说在市井走卒面前脱光了还能够泰然自若。像丁谓、王钦若这一等人,是绝对不敢跟老张在市井中赤膊相见的!"他歪着头想了想,"或许还有老寇,那也是个跟老张一样,敢去泡大澡堂子的!"

刘娥回想着张咏的话,心中暗暗叹息,眼见这群臣乱争,又有几个是张咏这般敢作敢为的?一边想着,一边回过神来道:"诸卿的意见都很有道理……"

听得太后开口,顿时乱纷纷的朝堂静了下来,各人忙垂首听命。

刘娥缓缓地道:"大行皇帝驾崩,权臣专政,国家多难如此。我孤儿寡母,独力难支,全赖朝中诸位齐心协力,共同辅佐……"说到这里,声转低沉,似有哽咽之声。

众臣听得太后哽咽之声,也被感染,不禁暗中反省自己方才是否争吵太过，一齐跪下道："请太后节哀！"

刘娥这才道："我恨不能随大行皇帝而去，只思量天子尚小，国事艰难，不忍弃之。大行皇帝中道弃我母子而去，已经是世间恨事，不想就连修个皇陵也颇多波折，思之宁不心痛？大行皇帝生平服御玩好之具，尚能随之而葬，天书祥瑞乃是吉物，随之殉葬必能保大行皇帝百年之后的安宁福祉，我也才能心安。"

王曾大喜，忙率众磕头道："太后圣明！"

刘娥透过帘子，看见下面群臣的表情不一，轻轻吁了口气。天书一事，本来就是先帝用来晓谕百姓大宋乃天命所归，以及用来测试群臣效忠之心的。前者的使命已经完成，后者亦已经让许多原本强项的臣子低头。到后来许多人将奉迎天书之事，列于政务之先，这已经是本末倒置，反而增了负面效应。如今她将天书殉葬，一来缓和群臣之心，二来也避免情绪积累，为先帝招谤。

刘娥又道："我知道有些人在顾虑什么，国家多难如此，要靠你们众臣辅佐。如今山陵事毕，先帝即将奉安，所有皇亲国戚也都各得推恩赏赐，唯有你们这些宰执臣僚的亲戚无有恩泽。因此——"刘娥缓缓道，"你等可将子孙及内外亲族、故旧部属姓名呈上备用，朝廷自将推恩封赏，便是此番未能全部封赏，这名单仍可留着日后择吉而赏！"

方才有所顾虑的众臣听了此言，皆是大喜，连忙一齐拜倒山呼，感恩不尽。

九月份，大行皇帝陵园建成，称为永定陵。两宫率文武群臣告谥于天地、宗庙、社稷，同时下令将天书与大行皇帝一起下葬。

十月中旬，真宗正式下葬，祔神主于太庙，庙乐为《大明之舞》。

十一月中旬，皇帝下旨，以皇太后生日为长宁节，长宁节一切事宜，等同皇帝的生日乾元节。议皇太后仪卫，等同皇帝乘舆。

同时下旨，停用乾兴年号，次年启用新帝年号，改元为天圣。

天圣者，二人为圣，乃指的是太后与皇帝二圣共掌，然，此时的皇帝，只有十三岁，尚未成年。

第九十章 太后新政

崇徽殿中，太后刘娥内宫的屏风墙壁上，密密麻麻地写满了这次交上来的朝中诸臣亲族故旧的名单。

历朝历代，朝臣们相互勾结、营私舞弊的情况从来不绝，将自己的三亲六戚塞满朝堂，不但有才之士不得晋升，且私党横行，不易安稳朝纲。这原是自五代时就遗留下来的弊端，不能掌握好这些，便难以肃清乱政，掌握动向。

太祖杯酒释兵权之时，为安抚众将，原有对诸开国大臣的亲属进行推恩封赏之举，以防他们受身边亲属蛊惑，对朝廷有不利举动。等得这批开国老臣一一谢世，此后的官员没这般开国之功，自然封赏也少。而此番诸大臣以为太后在先帝死后推恩厚赐，便纷纷将自己的亲族故旧名单呈上，还唯恐写得少了。

刘娥名单在手，挑了少数人推恩赏赐掩人耳目，从此之后，这一幅“百官亲属图”，就留在太后的内殿之中。遇上有人事升迁的奏章，她便先照着屏风上的姓名核对。若是任用亲属在其容忍的范围之内，便无事；若是做过头了，屏风上的姓名便很容易勾连成串，显现出其意图私心来。这样若有人要布网弄权，刘娥就能轻易地掌握其动向，杜绝结党营私。

从此之后，此法就成为历朝历代控制官员舞弊的必要手段了。

不久，刘娥再升张知白为枢密副使，朝中形成以王曾、吕夷简、鲁宗道、张知白这四人为首的局势。

吕夷简是故相吕蒙正的侄子，本朝以来三次入相的，只有赵普和吕蒙正。吕蒙正临死前，向真宗推荐侄子吕夷简道：“诸子无用，唯侄夷简能大用。”吕夷简知滨州时，上表求罢农具之税，朝廷颁行全国之后，天下耕农无不欢欣，实是一项德政。他出任尚书祠部员外郎时，又再度上表，为建造宫观的匠人请求暂缓其役，请求停止冬运木材而改为春天运送，以减少伤亡。真宗甚为赞许，夸他有为国爱民之心，将他的名字写在屏风之上，准备重用。

鲁宗道则以忠直而闻名，一次真宗有急事召他入宫，谁知道鲁宗道与友人到酒馆饮酒去了，使者在他家等了很久，鲁宗道才喝完酒回来。那使者也是素来敬他，因此悄悄地对他说："官人来迟，让官家等了很久，您得找个理由说明，免得官家责怪。"鲁宗道却说："我自当以实情相告。"使者大吃一惊："为臣者饮酒而让官家坐等，这种实话说出来可是要被治罪的！"鲁宗道坦然道："饮酒，人之常情；欺君，臣子之大罪也。"那使者进宫，真宗果然问他为何去了这么久，那使者便把鲁宗道的话全部禀告。真宗大笑，叫鲁宗道进来，问他何以跑到街市上饮酒而不在家里招待，鲁宗道说："来了乡亲，家中酒具不齐全，因此到酒肆里喝着还痛快些！"真宗喜他憨直，在壁上写下"鲁直"二字，以作提醒。后来对刘娥道："为君王者，不怕臣子脾气坏，就怕臣子藏奸，鲁宗道性情耿直，倒可大用。"

张知白的资历比王曾还老，历任参加政事、工部侍郎、刑部侍郎、兵部侍郎等职，熟悉六部事务，为人无私。他曾因反对王钦若而愤然辞职，丁谓后与王钦若不和，王钦若降司南京时，丁谓故意让张知白出任南京留守，位居王钦若之上，以折辱王钦若。谁知道张知白到了南京，却对王钦若并不报复，反而甚为客气，结果又得罪了丁谓而遭贬。此番刘娥流放丁谓，又重新起用了他。

这四人中，王曾身为宰相，善能在刘娥与群臣之间调和，张知白精通政务，吕夷简灵活精明，鲁宗道尽忠耿直，恰为互补，刘娥便在王曾、吕夷简、鲁宗道、张知白这四大名臣的辅佐之下，在国内颁行新政。

真宗晚年，因为崇信神仙祥瑞之术，重用王钦若、丁谓、林特、陈彭年等人。除王钦若、丁谓等已经失势外，自真宗死后，刘娥对于这种神仙之说本不甚信，如今又觉得神仙之说并不能为真宗延寿，因此在下葬真宗时，也把当日供奉的天书等祥瑞之物一起陪葬，其余几人也就此失宠，无法为祸。

四臣既立，王曾似看到了希望，于是向刘娥上了一道奏章，请求让当初被丁谓流放到雷州的寇準回京。不想奏章上到禁中，刘娥传下旨来，仅升寇準为衡州司马，并未召回。

王曾颇有些不安，原以为流放了丁谓，刘娥必会起用寇準这样的老臣来镇住朝廷，谁知道寇準虽然免罪升职，却并未被召回京城，心里着实没底。这日便在府中荷花池旁，请钱惟演来品茗赏花，实则打听虚实。

却说山陵完工之后，冯拯便升为昭文馆大学士，不过用了个虚衔让他养老罢了，枢密使仍是钱惟演。

天威难测，刘娥的心思，能知道一二的，或者只有钱惟演了。王曾本想设宴请钱惟演过来饮酒，钱惟演却让人带话给王曾："酒宴免了，知道王相这里有上好的龙凤团茶，可否请某喝得一杯。"

于是，王曾与钱惟演就在荷花池边的水榭里，品茶赏花。

茶也品了，花也赏了，诗也评了，到得最后王曾闲闲地把话题带到了这件事上："太后实行新政，朝中颇需要有威望的老臣坐镇，老夫曾上过一封奏章，请求让寇莱公回京，可是折子上去后，却不见回复。老夫想要请教钱相公，这道折子是否上错了？"

钱惟演也听得近来朝中，颇有人谈及让寇準回京之事，王曾身为百官之首，王曾安自然百官安。因此这次特地赴王曾之约，也是有意要与王曾分析局势，以绝朝中争议。钱惟演微微一笑，道："寇公为人忠直，有功于国，王相便是不说，下官也有此意。王相的心意没错，建议也没有错，只是时机错了。"

王曾轻品了一口茶，只觉得茶水隐隐有苦味，放下茶杯，不解地问道："时机错了？"

钱惟演笑道："寇公的才能、寇公的威望、寇公的为人，太后又怎么会看不到、想不到呢！治天下者，必有心怀天下的广阔胸怀，寇公当年是被周怀政、丁谓所误，太后亦不会计较旧日之事。起用寇公，亦是在太后的计划之内……"

王曾微笑道："太后乃女中豪杰，天下共仰。"

钱惟演轻啜了一小口茶，慢慢饮下，缓缓地道："只是时机未到啊！新帝即位，寡母幼子，朝局不稳，权臣欺主。太后流放丁谓，推行新政，朝局才刚刚稳定下来，容不得任何风吹草动啊！寇公的性子，你我都是知道的，当日在先帝面前，尚是不驯服的，他要回京，若再与太后有什么意见不一，对朝政说三道四，岂不叫百官心思不一，反而弄巧成拙。这样的话，他的威望越大，能力越大，危害也就越大！"

王曾忙道："寇準自雷州赴任以来，早已经静心改过，怎敢重蹈覆辙？钱相公尽可放心，向太后美言。”

钱惟演笑道：“问题是你我相信是没有用的，如今朝政刚刚稳定下来，太后的权威只是刚刚建立，众臣对太后的效忠也才刚刚开始。太后的新政如同婴儿一般脆弱，她不会为一个寇凖而冒让朝政不稳的危险，你我执掌中枢，更不可以想不到这一点。”他将身子前倾，靠近王曾，语重心长地道，“况且寇公的性情，谁敢说拿得定？想当年请寇公回京的是丁谓，以丁谓之能，自以为拿得定寇公，结果到后来流放寇公，一心要置他于死地的也是丁谓，难道这种事还得再来第二回吗？如今朝政未稳，如果寇公回京，有什么不合时宜的言语，又被奸人利用，岂不糟糕？像丁谓对太后亦曾立下大功，为了杀鸡儆猴，稳定局势，太后也得把他流放到崖州以儆效尤。寇公已经到雷州了，下次再出点什么事，崖州之外可更无州了。王相，您这样一心要寇公回京，是为着爱惜寇公呢，还是为着要往刀底下送寇公呢？”

王曾听到最后一句话时，已是汗流浃背，忽然站起来向着钱惟演行了一礼：“多谢钱相公指教，王曾真是糊涂了！”

钱惟演忙扶住了他道：“不敢当！王相，你我同殿为臣，相互提醒而已。”他扶着王曾坐下，“寇公是要召回来的，但得过几年，朝中大局已经稳定下来，到时候，再召回他，正是时机成熟。就算寇公到时候有什么不合时宜的举动，也影响不了大局啊！”

王曾闭了闭眼，忽然想起当日张咏走时，对他说的话。

当时他是想留住张咏的，面对南官们的步步紧逼，他需要像张咏那样的锋芒毕露之人为助。

张咏却道：“我是个刺儿头，只会与人作对，不会与人为善。留我，你会后悔，我们会连朋友也没得做。再说，太后将天书殉葬，以后的政治，会更清明。”

王曾听了这话，原是满心的赞同，不料张咏下一番话，却如冷水浇头。

他说：“但你不要以为，会回到当初之时，那个时代已经过去了。那时候立国未久，关洛之族有开国之功，占尽上风。蜀中江南之臣是降臣，说话不能高声。如今一代新人起来了，赋税财源，这几处占了大半。太后之朝，必然是南北共举，你不要想得太美，反而自己栽了跟头。

“别以为她是个女人就好拿捏，她不是后周符太后、太祖宋皇后，她啊，是冯太后、萧太后之流，你自己心里要有数。太后临朝这件事，就是你们自己小算盘打太多，把她给推上去的。如今人家走上朝堂了，就退不回去了。

你此后做一个恭敬的臣子吧。”

王曾看着钱惟演，再想起张咏这言，忽然间什么都明白了，丁谓可逐，天书可葬，可是太后呢，如今再无人能够撼动了。

木已成舟，而且是自己亲手所为，他长笑一声，心中却是无尽疲惫。是啊，宋真宗乾兴元年走到了尽头，新年到了，正式改元为新帝的年号——天圣。天圣者，二人为圣，标志着太后垂帘的新政正式开始。

皇太后的生辰，就在新春元月，正式定为长宁节，皇帝率群臣朝贺，天下大庆。新君初立，天南地北远邦小国纷纷前来朝贺，连辽国也首次派遣使臣前来贺皇太后长宁节。

天圣元年，自那深深的帘子后面，一道道诏令发行全国。

元月，政令的实施先从宫闱开始。当日丁谓专权，为了讨好刘娥，建议各地每月进钱以充宫廷开支，刘娥罢丁谓之后，将此项政令立刻停止。同时又命三司节制浮费，设立计置司专门节制开支。

同时，因京东、淮南水灾，遣使安抚灾区，征召灾区壮丁入伍，至京城增筑城池，既增加京城防卫，也免百姓因受灾致贫而落草为寇。

随后，将因当日信奉神仙之说而设立的一些弊政一一停止。

二月，下诏减斋醮道场的诸种繁文缛节花费。

三月，诏自今日起各种宫室营造，三司须度实核算给用。同时，令淮南十三山场实行贴射茶法。

四月，乾元节，小皇帝生辰，百官及契丹使初上寿于崇德殿。

五月，实行陕西、河北入中刍粮见钱法，并议皇太后仪卫制同乘舆。

六月，下诏罢江宁府溧水县的采丹砂之役，禁止各地毁钱铸钟。

七月，免除西南的戎州、泸州虚估税钱，并各地遇水旱荒灾均可蠲租如旧例，并蠲免天下逋负（拖欠的赋税）。

真宗后期，虽然开河通渠，奖励农桑，朝廷的收入大大增加，但是由于天书封禅、采丹献芝、营造宫观祭天等，开支庞大，最后几年的收入与支出相抵后，所剩无几。

刘娥当日看在眼中，却是不忍拂逆了真宗，又深知真宗之迷信道术，大半是为了太子尚小，国事不得托付，而企图延寿。因此直等得真宗驾崩之后，自己亲政，方才将这些统统罢免。

至天圣元年年底，又免了各地采灵芝之役。翌年，令各地交纳绸、绢等贡物的，非本地特产，一概罢免。罢天庆、天祺等节日宫观燃灯开支。

此外，大赦天下，减轻税负，平准京东西、河北、淮南等地的谷价，复开陕西永丰渠以通盐运，设益州交子务，正式将纸币交子作为官方流通货币。

一边减轻税负，一边节约开支，经营了几年，国库之中才渐渐丰盈了些。国富民安，刘娥的威望亦是日甚一日。

天圣二年春天，又是惯例的朝会，群臣进承明殿叩拜已毕，站起身来，待要回奏事情，却是一怔。

但见御座之上，珠帘依旧深垂，天子宝座上却是空无一人。

宰相王曾上前一步，待要动问，珠帘后刘娥淡淡的话语声已经先一步传下："官家前日感染风寒，昨晚用了太医的药，如今才睡得安稳，不便起身。"

王曾怔了一怔，转头迅速看了看曹利用，心中咯噔一下：平时太后单独召对辅臣议事或有之，但是百官齐聚的朝会中，太后之所以能上殿，倚的是天子年幼、辅佐理政这样的理由。若是天子有事不能上朝，则理应罢朝，太后岂能抛开天子，独自坐受百官朝拜？若是任由这样下去，岂非前朝武周故事？也不过这么一刹那的工夫，王曾脑中已经是思绪万转，想到这里，顿时出了一身冷汗，顾不得什么，便要开口道："太后，既然是官家龙体有恙，那今日——"

刘娥淡淡地打断了他的话："国事要紧，今日大家都有一堆的事情要议呢，其余的话，退朝后再单独奏对吧！"

王曾呛住了，才欲努力道："这……"却见旁边一人横穿而出，奏道："臣淮南节度使张耆有奏。"

刘娥颔首微笑："张耆何事？"

王曾怔在那里，听着张耆滔滔不绝地陈辞："臣闻近年来江浙一带有巫觋挟邪术害人，初发于江南，如今竟蔓延到两浙、荆湖、福建、广南路一带……"

王曾轻叹了声，退后一步，冷眼旁观。

不知为何，今天朝会上奏的事情极多，益州府要设立官办的交子务；甘州、兰州来贡；党项有泾原咩迷、卞杏家族纳质内附；汴口忽发水灾，须定安抚祭奠事宜；王钦若上《真宗实录》；礼部奏议今科进士取用情况……事情繁多,不一而足。

乱纷纷事情办完,已近正午了,太后退朝,百官也自是退下。

王曾率众走出朝堂,但见烈日入目,一时间有些发怔,他是宰相,本走在众人前列,但是这一迟疑间,众人也就三三五五地走散了。

王曾回过神来,看了看左边,枢密使钱惟演正与淮南节度使张耆在说话;再看看右边,侍中曹利用正和大学士冯拯一起离开;看看身后,枢密副使张知白和副相鲁宗道正看着自己。他长长地嘘了一口气,不动声色地对鲁宗道说:"今日还是去东门边你家附近那家小酒馆喝一杯如何?"

鲁宗道没好气地道:"你喝得下?"

王曾微笑:"为何喝不下?"

鲁宗道哼了一声:"好,你喝得下,我奉陪!"

一会儿人群渐散,昭文馆大学士王钦若驻足看着王曾等三人远去的背影,好一会儿,才冷冷一笑,走下丹陛。

王钦若离开后,参知政事吕夷简才走出来,走到方才王钦若站立的地方,若有所思。

两人进了酒馆之后,鲁宗道就道:"今日天子不朝,太后理应罢朝才是。天子年幼,方才请太后垂帘,辅佐朝政。如今天子已经十三岁了,太后不但毫无还政迹象,还单独受百官朝拜,如此下去,视天子为何?"

王曾摇了摇头:"这还罢了。"他左右看看,叹道,"你可知,前几日太后召我,叫我领头,重修律令。"

鲁宗道脸色一变:"这是何意?"

大宋开国之初,天下纷乱,五代十国,乱世为政,律令不一,大宋建国之后,急需一个统一的律令。太宗淳化三年,以唐《开元二十五年令》为《淳化令》,内容仍然是全盘的唐令,只是字句上略一修改,便颁行天下。此时距大宋开国已有六十余年,仍以唐令为标准,显得不合时宜。这么多年来,颁布一部适合本朝的宋代律令,已经是当务之急。

鲁宗道一听就已经明白:"这难道不应该是官家亲政以后再做吗?否则的话,这是天子律令,还是女主律令?"

两人四目对望,均有些惊骇。

王曾叹道:"但愿,但愿是我想多了……"

鲁宗道道:"不,你我身为阁臣,任何事,不怕想太多,只怕想太少。若是不能预作防备，只怕太后布好了局，我等再反对就迟了。前朝武后——”

王曾见他竟说出了不能说的事，急道：“嘘——”

鲁宗道就道：“那这律令？”

王曾摇头：“此事说来堂堂正正，何以反对？”有些事，不可说，一说即破，若是破了，那就是无可挽回的决裂。而他，不到万不得已，不能承受这种决裂。

鲁宗道气恼道：“便是你不说，我也是要说的。”

王曾苦笑一声，却是不语。他觉得自己很卑鄙，他希望能够阻止太后步步迈进的步伐，但他却不愿意自己出言。所以，他希望鲁宗道来做这个阻止者。

他对自己说，如果他也倒下了，那么这个朝堂上，就没有人能够有手段，对付太后的进击与南官的侵蚀了。他不可以倒。

刘娥要重修律令，这是她思考多年的事情，而最近的引子，在于张咏回朝。张咏虽是山东甄城人氏，却在南方各州做了十几年的地方官，通晓地方之事，是南北两方都认可与敬重的有识之士。

这次他回京之后，面见太后，说了许多地方上的事情。先帝在时，最大的心事有两桩，一是本朝如何避免重蹈五代的覆辙，二是与契丹的军事之争。先帝一生致力于完成这两桩事，而许多朝政弊端他不是看不到，而是来不及做了。

如今最大的问题，便在于唐末以来百年分裂和争战所导致的政令混乱，尤以南方为著。

北方虽历五代，但说白了，也不过就是皇帝轮流更易，而内阁班子还是那一套人马，许多人都是数朝老臣，行政布令，并不曾变。所以北方最大的问题就是战争所造成的动荡，民不得安。

而南方的问题就复杂得多，一来是各地割据，政令混乱，有些依旧沿用唐代律令，有些则不断变化，甚至朝令夕改；二来是本朝一统南方，王侯将相皆为阶下囚，重臣大将全部入汴。

留在地方上为政的官员，一是原来的南朝小臣，因着出身所限，做得再努力，功绩恐怕也不会被内阁重臣们看在眼中。他们升迁无望，索性得过且过，甚至勾结地方豪族，上下其手。二是北方派出的官员，或是不懂民情的，

被地方小吏与当地豪族联手糊弄;或是过来转一圈就图谋上京升迁的,索性沆瀣一气;或是被贬到地方的,心灰意冷,无心政事。

也不能说地方上都是这样的官员,但似张咏这种既有根基,又能勇于任事,还敢得罪人不怕报复的,确实极少。这些年来南方各处大大小小的民变,总也不断,这是大的。若论小的,百姓私下寻仇的,为了争地争水整村整寨群殴的,淫祠邪教裹挟百姓的,地方豪族私捕行人为奴的,及至溺婴的、卖女的、强掠的、开黑店的,不计其数。

张咏自己就亲身遇上几十例案子,有奴欺主的,有劫道的,有开黑店的,有小吏刁难上官的,有豪族为难官员的。就算他武艺既高,敢杀人,又有官身,也好几次险些把自己给折进去,更不用说普通百姓了。

"千头万绪,总是先从一端入手。唐末至今,已经百年,许多事情不能一成不变。且地方施政混乱,亦有律令混乱的缘故。"张咏说,"朝廷应及时制定法令,颁行天下才是。"

张咏走后,刘娥便一直在考虑这件事。张咏的话,让她想起许多过往之事。她为何成为流民?皆因地方抚政不妥。她在蜀道上见过这么多流民,人人都有一番伤心事。她见过劫掠,见过黑店,见过拐卖,见过杀人。

在桑家瓦肆时,她听过的那些离奇故事,如今细细想来,竟令人毛骨悚然。什么老夫妻一身富贵过乡野,被农人打杀,竟是妖邪;什么少女在破庙嫁与孝子,数年后忽然消失,疑是狐鬼报恩……如今想来,什么妖邪,什么狐鬼,不过是逃难的人落了单,被劫了财,谋了色,灭了口,假称妖邪狐鬼罢了。讲的人听的人,或会意一笑,或稀里糊涂,觉着不过是世间多几个冤死的人罢了。

便是汴京城,年年都有无忧洞、鬼樊楼劫掠杀人,大户人家打杀奴婢是常事,普通人家溺儿杀女亦是常事。而她,亦是险些被潘氏打死。她又想到四丫,那个她刚入汴京时遇到的女孩。这个曾让她羡慕过的女孩,就因为身为女子,她在亲生父亲的眼中也是没有价值的,她被后母所卖,才十几岁,就为人妇,为人母,最后死于难产。

她这一生见过太多太多的悲惨之事,也听过太多太多的悲惨之事,而有些事,本是不用发生的。

她想到那年,她对孙大娘说"天子都能换,王法为什么不能改"。若能为天下改一改王法,教将来那些为奴的人不让人随便打杀,教将来女儿家凭自己劳力得来的钱能够属于自己，有钱银傍身，不让人随意发落生死，也不枉在这世上走这一遭了。

刘娥提起笔，缓缓写下“为官、劫掠、良贱、生女”等词，吩咐道：“叫经筵明日起，开始讲解《唐律疏议》。”

先帝时，就令内阁学士经筵讲学，自太后摄政以后，亦设经筵，隔帘讲学。

此时，刘娥乘坐的大安辇已经到了崇徽殿，侍女如芝如今已经是司宫令，率尚宫、尚服、尚仪等为太后卸下大冠，脱下大礼服，换上常服。

如芝吩咐摆上午膳，刘娥坐了下来，问道：“官家可用过午膳了？”

若依惯常，必有延庆殿派来的内侍回答上一声：“官家今日进了一碗饭、两块糕，进得香！”

今日延庆殿却还未来人，如芝回道：“今日官家感了风寒，起得迟了，早膳也用得迟，估计这会子午膳也延后了，想是还不曾用完膳，奴婢这就派人打听去。”

刘娥摆了摆手：“不必了，咱们过去看看，若是还没有用膳，就同他一起用膳好了。”说着站了起来往外走，如芝连忙跟了过去。

崇徽殿就在延庆殿旁边，绕过一个回廊穿过一道门就到。刘娥也不带什么从人，只有如芝一人跟着，从后殿绕了过去。

而此时延庆殿前殿，四边门窗都关上了，殿内侍候的小内侍们一个也不留，全部被赶了出去，独有杨媛坐在小皇帝身边，令尚宫倩儿打开携来的食盒，将里面的菜肴一道道取出来，却都是小皇帝素日最爱的食物。

小皇帝因着这几日感染风寒，刘娥令他忌口，饮食都是极清淡的。小孩子本就嘴馋，一见倩儿端出他最喜欢的清蒸鲥鱼来，便自己握着筷子伸过去了。杨媛忙叫道：“鲥鱼多刺，祯儿小心，让小娘娘帮你夹！”

小皇帝独在杨媛面前最会撒娇，一边口中塞得满满的，一边嘟嘟囔囔地道：“祯儿都好几日不见荤腥了，每日里只吃些清粥青菜。祯儿最爱吃鱼了，尤其是小娘娘小厨房里做的这道清蒸鲥鱼，天天都想呢！”

杨媛本就极溺爱小皇帝，素日里无所不从，见他这一撒娇，心里软作一团，抱他在怀里端详抚摸，叹道：“怎么才两日不见，我儿就瘦了一圈呢，真是可怜见儿的。”

小皇帝自登基以来，刘娥对他要求严了许多，见杨媛这般，越发撒娇，嘟着嘴道："小娘娘，祯儿每日里五更便要起床读书，每日里要写满二十张纸，还要背许多文章，还要写策论，还不能玩儿，还不能吃东西……"

杨媛顿时心疼万分，脱口道："太后待我儿也太苛了！"话音未落，但见怀中小皇帝跳起来叫道："大娘娘！"

杨媛扭头一看，却见殿门不知何时已经开了，刘娥带着如芝正静静地站在门口，不由得脸色大变。

刘娥带着如芝走进来，杨媛心中不安，强笑着待要说话，刘娥不动声色地将她的手轻轻一按，杨媛便不敢言语。

刘娥坐下，淡淡地道："把午膳先撤了吧！"

内侍们鸦雀无声地进来，将午膳撤了下去，小皇帝乖乖地站在那里，低着头不敢说话。刘娥招了招手，叫他站到自己的身边，放缓了语速道："官家还记得自己今年多大了？"

小皇帝迅速抬起头来，又低下头去，低声道："十三岁。"

"哦，"刘娥不动声色地道，"是十三岁了，不是三岁啊？！"她把这个十三岁的"十"字咬得很重。

小皇帝的脸涨得通红，抬起头来，似是羞愧又似告饶地扭捏着叫道："娘娘——"

刘娥抬头，轻抚了一下小皇帝的头，叹道："官家今年十三岁了，都这般高了，站起来已经像个男子汉，你说我该当你是大人呢，还是当你是小孩？"

小皇帝的脸更红了，嗫嚅着道："娘娘，我……"

刘娥微微一笑："昨日是否还咳嗽？是否难受？"

小皇帝一怔，不知道为何话题转了，只得答道："还咳嗽着，很难受呢。"

刘娥点了点头："你可知道我为何只让你吃清粥小菜？太医说你咳嗽未愈，辛辣鱼蟹等皆为发物，若是不忌口，那药就白吃了。难道你喜欢那般咳嗽不止不成？"

小皇帝低下了头："娘娘，臣知道错了！"

刘娥拉起小皇帝的手，让他抬头看着自己，道："你已经行过冠礼，是大人了。你要知道你是当今的皇帝，身负着万民的福祉，大宋的万里江山兴衰荣辱，在你一饮一啄之间都会受到影响。前朝唐宫中有贵妃爱吃荔枝，途中运送的人马累死无数；宫中喜欢玉饰，蓝田玉山中摔死无数采玉人；宫中好珍珠，合浦深海底下多少采珠人葬身！如今病痛在你自己身上，身受咳嗽之苦，尚不能克制口腹之欲，将来若是喜欢上别的什么东西而不知克制，则累及千万里外百姓受苦受累，只怕你还毫无所知呢！”

小皇帝直听得心惊胆战，扑通跪倒哭道：“娘娘，臣知道了，臣再也不会这样不懂事了！”

刘娥抱起小皇帝，轻叹道：“祯儿，你要记得你是皇帝，你想要统御天下，就必然要先征服自己。如果连自己的欲望都不能克服，就会有人投你所好，就会被人所控制。齐桓公好吃，易牙烹子；商纣王好色，妲己入宫；隋炀帝贪玩，魂断扬州；李后主好文，江山倾覆……”她轻抚着小皇帝那幼小但此时却显得严肃的脸庞，缓缓地道，“你要时时记得，一个优秀的君王，要能控制住自己的欲望，天下才会安宁。”

小皇帝泪流满面，一脸严肃庄重地道：“臣记得，我是皇帝，身负万民的福祉，必须克制自己。”

刘娥点了点头：“嗯，这才是我的好祯儿！”

第九十一章
皇家母子

小皇帝得她安抚，顿时把方才的惶恐换成了急于将功补过，忙道："娘娘，我这就看书去，这几日都落下功课了！"

刘娥拉住了他，笑嗔道："这可是矫枉过正了，功课再要紧，也要紧不过你的身子。不注意忌口是不应当，难道病着了不休息，就是好事不成？"转头吩咐道，"小阎！"

延庆殿内侍领班阎文应连忙上前，刘娥吩咐道："好好照顾官家！"

阎文应领了小皇帝去后殿休息，刘娥这才对杨媛道："妹妹，你随我来。"

杨媛方才失口对皇帝称"我儿"，言语中对太后有埋怨之意，偏生被太后听见，却见太后只是教导小皇帝，并不对她说话，心中更是惴惴不安，随着刘娥出了延庆殿，走入崇徽殿中。这一路来，脑中转了千百个念头，心中暗悔不已，不知道方才如何鬼迷心窍，把平时私底下叫的一声"我儿"竟然在延庆殿中叫出了口，还居然让太后听到了。

刘娥是皇帝名义上的生母，名正言顺的嫡母，有名分、有地位、有权势，这一重母亲的身份天经地义，坚不可摧。而自己虽然多年来抚育皇帝，却只有代为抚育的名义，这庶母、养母的身份，却是脆弱无比。

她素来也很明白，自己能得小皇帝叫一声小娘娘，坐上仅次于皇太后的皇太妃宝座，执掌后宫生杀予夺之权远胜同侪，凭的就是刘娥与她的特殊友情和对她的信任。因此她当年奉命代为抚育小皇帝时，便深深明白，她绝对不能有负刘娥的友情和信任。多年来她一直在小皇帝面前，处处以刘娥为重，绝对不让自己和身边的人，有任何对刘娥的负面情绪和言语，教导小皇帝处处应以大娘娘为尊，对大娘娘要孝顺听话，不可违逆大娘娘的心意，不可顶撞大娘娘，不可惹大娘娘生气；鼓励他做任何一件事，也是为了讨大娘娘喜欢;刘娥对小皇帝的任何关切爱护举动,也都要提了又提,务必让小皇帝感觉到大娘娘对他的爱意……

她这么做,一方面是感激刘娥对她的怜惜、关爱、提携、友善,而另一方面,也是因为她这个养母得到的好处太多,后宫妃嫔自知不能与刘娥相争,但对于她这个位置,却不免有取而代之的企图。太多的后宫妃嫔,愿意比她更殷勤地奉承太后,愿意比她更尽心尽力地代太后抚育小皇帝,无数回明示、暗示自己可以做得比杨媛更好,更合太后的心意……

这么多年以来,她都做得很好,很让太后满意,太后更能看出她是真心疼爱小皇帝,真心敬重自己,而付与她更多的信任和友谊。可是,这一切全让她自己给毁了。

刘娥算得上宽厚仁慈,可是杨媛跟随她这么久,也知道她自有数片逆鳞不可触犯。丁谓就曾经触她一片逆鳞而被贬崖州,而她与小皇帝的母子名分,则是她另一片逆鳞。

今日自己之言行,实是犯她大忌,万一就此生下嫌隙,保不住其他觊觎的妃嫔今后大做手脚,实是大患。心中越想越不安,跟随着刘娥进了内殿,见如芝带着其余人等退了下去,知道刘娥要单独对自己说话,便先跪了下去道:"今日臣妾做错了事,请太后责罚。"

刘娥方在想如何开口,见状一怔,忙拉着杨媛道:"妹妹何必如此?你且起来吧!"

杨媛连忙告罪起身,刘娥让她坐下后,才叹了一口气,道:"妹妹,你我姐妹这么多年,我还不信任你吗?你不过是太宠着祯儿了,才会这般说错话,我哪会为这么一句话,而伤了我们姐妹之情呢?"

"只是……"刘娥的神情有一丝恍惚,似飞到了远处,也不过一瞬间,便回过神来,幽幽地道:"祯儿是我盼了二十多年才盼来的儿子,你不知道,那二十多年里,我盼他盼得有多苦。他是我的儿子,他是我和先皇的全部心血啊!"她以袖掩口,眼泪不禁落了下来。

杨媛连忙递上丝帕,不安地挪动一下身体,道:"姐姐!"

刘娥将丝帕掩面,一动不动,好一会儿才拿下丝帕,神情略为安定下来,才道:"妹妹,你只道你自己疼爱祯儿,却不知道我疼爱祯儿之心,更甚于你。倘若祯儿不是皇帝,我只会比你更宠他,哪怕宠坏了他,也有我这个做娘的替他张罗一辈子。可是……"她长长地出了一口气,看着杨媛道,"祯儿是皇

帝，祯儿的一言一行，关乎着天下福祉、大宋的万年江山。从来慈母多败儿，你这般宠着他、顺着他、纵容着他，我要不再管着他，纵容坏了祯儿，就是祸害了天下，祸害了大宋的万年帝业。到时候，你我有何面目以对天下，以对先帝呢?!"

杨媛心中大惭，忙跪下道："姐姐，是我错了，我不应该见识浅薄，只晓得宠爱孩子，却不晓得以大局为重。"

刘娥含泪笑着拉起杨媛道："妹妹，你一直都做得很好，也把祯儿教得很好。祯儿这么乖巧听话，我实在是很感激你这些年对祯儿付出的一切。"

杨媛站了起来，小心翼翼地道："姐姐，我知道错了，今后再不敢宠着祯儿了。"

刘娥拍拍杨媛的手，笑道："不，你就这样很好，还是依旧宠着他吧!"她轻叹一声，"祯儿还是个孩子啊，就算在人前要做出皇帝的样子来，我又要管着他，可总得有个地方，让他无忧无虑，让他任性撒娇，得有个人让他像个孩子似的被宠着、惯着吧！否则，孩子也过得太苦了，我也心疼啊!"

杨媛含泪带笑道："姐姐，我明白了，我知道该怎么疼祯儿了。"

刘娥点了点头，问道："方才你送菜给祯儿，你自己可用过膳了?"

杨媛不好意思地摇头道："还没呢，本准备祯儿用过膳之后再——"

刘娥道："我也尚未用膳，你就跟我一起用膳吧!"看了杨媛一眼，摇头道，"一听说祯儿上一顿没吃好，就巴巴地弄了好菜，自己也没吃先送来给他吃。你呀——"

杨媛伶俐地接口道："我呀，慈母多败儿嘛!"

两人相视哈哈一笑，一天阴霾顿作烟云散。

两人用过午膳之后，杨媛告辞而去，出了崇徽殿，又到延庆殿看了一回小皇帝，见他已经安睡，这才登上辇车回自己的保庆宫。

辇车将行，忽然杨媛身边的尚宫倩儿咦了一声，杨媛探出头来问道："倩儿，怎么了?"

倩儿神情微变，立刻恢复正常，笑道："没什么，刚才仿佛看到那边有个人，眼熟得很。"

杨媛哦了一声，问道："是谁?"

倩儿欲言又止，道："没什么，想是太后宫中的侍女，怪不得眼熟呢!"

杨媛嗯了一声，放下帘子道："回宫。"

眼见杨媛的车驾走远了，自宫巷中慢慢地走出一人，默默地看着延庆殿，看着皇帝所居之处，但是她只能看到屋顶，看到飞檐，看到宫墙，却看不到皇帝。

她这么一动不动地站着，站了许久。

也不知道站了多久，眼见日渐西斜，她这才叹了一口气，慢慢地转身欲回宫去，忽然啊的一声，怔住了。

她的身后竟不知何时已经站了一人，带着哀愁与怜惜的神情看着她。

她不禁浑身轻颤，好半天才挣扎着说出话来："戴姐姐也在这里？"

戴氏是真宗还在藩邸时纳的妃子，曾为真宗生下过三皇子，大中祥符六年被封为修仪。但见戴修仪轻叹一声："李顺容，可否请我到你宫中喝一杯茶？"

李顺容惊骇莫名，一时竟反应不过来，只怔怔地依着戴修仪之言，梦游似的随着她回到了自己所居的仪凤阁中，这才回过神来，勉强笑道："今日好巧，竟遇到姐姐。一直敬仰姐姐，难得姐姐今日有机会来我这里。"

戴修仪行了一礼，道："你位分在我之上，是我失礼了。"

戴修仪早年生子，但位分却一直停留在贵人，直至刘娥封后，升迁诸后宫，这才成为修仪。当时李氏才是崇阳县君，但她乃当今天子生母，虽然秘而不宣，当今太后却也没亏待她，这些年一路升迁，先为才人，后为婉仪，当今天子即位之后又封为顺容，便一步步越过后宫诸妃嫔。如今位分只次于杨太妃与沈德妃。杨太妃是天子养母，沈德妃当年有中宫之望，除这两人之外，便是李顺容。

只是李顺容虽然身居高位，却一直怯懦畏缩，见了比她位分低的妃嫔，也是恭敬异常。

戴修仪见她如此，轻叹一声："我站在那里，看着你好一会儿了。"

李顺容正亲自捧了茶送来，听得此言心中大惊，手一颤，茶盅掉在地下摔得粉碎，她跌坐在椅子上，吓得脸色惨白。

戴修仪亲自倒了杯茶递给李顺容，安抚道："妹妹别怕，我并无恶意，咱们只是随便说说话罢了。"

李顺容喝下了手中的茶，这才缓过气来，看着戴修仪，本能地警惕道：

"妹妹愚昧,不知道戴姐姐今日为何而来?"

戴修仪叹了一口气,道:"妹妹,我真是好生羡慕于你啊!"

李顺容啼笑皆非,她心中苦如黄连,何来被人羡慕之处?想到这里,不由得苦笑一声,神情凄然。

戴修仪察言观色,道:"妹妹以为我在跟你客套吗?其实这满宫妃嫔算起来,我们皆不如妹妹你的福气啊!"

李顺容怔住了:"我的福气?"

戴修仪长长地叹了一口气:"我们做女人的,一辈子的福气不是富贵荣宠,而是儿女双全!妹妹是何等有福之人啊,先帝子嗣单薄,唯有妹妹你能够得育皇家血脉,如今有孩儿绕于膝下,这一点上,我们皆是不如你啊!"

李顺容方才平静下来,又被她这一句说得脸色大变,惊骇地道:"戴修仪你……"

戴修仪脸色自如,微笑地道:"妹妹,我说的是小公主啊!"

李顺容这才一颗心落地,强笑道:"哦,你说的是冲儿。"慌忙左右一看,这才想起,笑道,"今日是十五,冲儿去宫观还未回来,想是过会儿就该回来了。"

戴修仪也左右一看,笑道:"妹妹,咱们老姐妹单独说说私房话可好?"

素日侍候李顺容的人不多,一个贴身侍女、两个内侍送了小公主去宫观中修道,此时也就房中一个侍女、门外两个内侍罢了。李顺容见状便令侍女退下,这才向戴修仪笑道:"冲儿今儿个又依例入道观整日诵经,直至晚膳之后才会回来。"

戴修仪也笑道:"先帝血脉,唯有如今的官家和小公主,因此先帝十分疼爱,我还记得当年是先帝亲自抱了她到玉清昭应宫祈福,寄名在玄武真君座下的呢!"她看了李顺容一眼,神情落寞,声音也低了下去,"所以说,妹妹是有福之人哪!"

李顺容不安地道:"戴修仪——"

戴修仪摆了摆手,凄然笑道:"没什么,我只是想起了我的三皇子而已。"取帕轻拭眼角,过了好一会儿才道:"那时候我真年轻,比妹妹你如今更小,可也傻……"

她抬起头,看着天边一点点地黑下去,落日余晖映着她的脸,她的眼角已遍布皱纹,头发也半白了。她的年纪虽然与杨媛差不多,可是看上去比杨媛老多了。

戴修仪坐在夕阳里，像是已经坐了很多年了，她的声音沧桑无限："这一段往事，我藏在心中很多年了，只是不敢对人说，捂在自己心口，烂了疼了，只有自己知道……

李顺容呆呆地看着她，心里冷一阵又热一阵的，却不敢动，也不敢说话，只听得戴修仪似在自言自语地说话："我本是章穆郭皇后的侍女，先帝还在王邸之时，就随侍先皇后，当时她还是襄王妃。先皇后怀上大皇子时，明德皇太后赐下如今的杨媛入侍，可是先皇后仍然留住了先帝，没让他临幸杨媛。先皇后因为没养好胎，大皇子生下来就多病，没多久就去了。后来她又怀上了二皇子，一门心思要保胎，便要找人服侍先帝。我也不知道为什么会挑上我，一起进来的四个人中，我长得不及莺儿她们三个，聪明更是及不上，先帝也从没喜欢过我……"

她的脸上忽然现出一点欢喜的微笑来："可是说到底，独有我得了先帝的恩典，我怀上了先帝的血脉。我的三皇子长得白白胖胖的，又聪明又健壮，我只要看着他就满心欢喜。什么宠爱荣耀我都不在乎，我只要抱着我的儿子就足够了。"她忽然抓住了李顺容的手，欢喜地问她，"妹妹，你说是不是？"

虽然她举止令人惊骇，李顺容却被她这一句话激起了自己心中的隐痛，忽然间心中一阵酸楚，也握住了她的手，颤声叫道："戴修仪！"

戴修仪却仍然沉浸在自己的回忆中，她侧了头笑着，似在回忆着什么："我的三皇子虽然比二皇子还小了四个月，可是到三岁时，个头比他还高，说话走路都比二皇子早。打我怀孕起，先皇后就待我极好，也视三皇子如亲生的一般。我那时候还小，又傻，只一脑门子看着自己的儿子欢喜，他有一点点好，便高兴地告诉人去。看到先帝也喜欢他，也不晓得别让他到处逞能。结果，竟害了他……"她忽然尖叫一声，痛哭失声。

李顺容吓了一跳，握着戴修仪的手连声叫道："戴修仪，戴修仪，您没事吧？"

戴修仪长吁了一口气，已经是泪流满面，她看着李顺容，凄然一笑："妹妹，你心地单纯，我看到你，就像看到从前的自己一般，只望你别做我从前做过的傻事。"她看着前方，天色已经完全黑了下来，"我的三皇子已经去世二十多年了，这二十多年来，我没有一天不想他，没有一天不在后悔。是我这个做娘的太傻，才害了他。”她轻轻地拍了拍李顺容的手，幽幽地道，“妹妹，如果老天能够再给我一次机会，只要能让我的三皇子活下来，哪怕听不到他喊我一声娘，哪怕我永远见不着他，只要让我知道他仍然是活得好好的，活得健健康康的，我也心甘情愿啊！”

李顺容紧紧地咬住了手中的丝帕，她忽然明白了戴修仪的意思，一种巨大的悲怆刹那间将她完全淹没，她跪倒在地，崩溃得自喉中迸出一声“戴姐姐——”，伏在戴修仪膝上纵声大哭。

戴修仪轻抚着李顺容的后背，柔声道：“好妹妹，别哭，别哭！”

过了半晌，李顺容才慢慢止住，站起身来，羞涩地一笑：“戴修仪——”

戴修仪和蔼地道：“你方才喊我一声姐姐，如何又生分起来，你我同病相怜，何不以姐妹相称？”

李顺容此刻满心感激：“小妹愚钝，能得姐姐指点，实是求之不得。”

戴修仪凝视着李顺容：“妹妹，你想想看，如今这满宫的后妃中，独有太后和你，是有孩子的。自然，太后是别人不能比的。自杨太妃、沈德妃以下，满宫中谁不是心中凄惶，唯独妹妹你有个小公主，比我们好上几倍了！”

李顺容嗯了一声，喃喃地道：“是啊，我有冲儿，我还有冲儿呢！”她的眼光闪动，似重新焕发出活力一般，挺直了腰，嘴角也不复苦涩而微微含笑。

天色已经全黑了下来，因没有吩咐，侍女在外也不敢进来，李顺容令人进来掌灯，并上晚膳，笑对戴修仪道：“如不嫌简慢，戴姐姐何不与我一起用晚膳？”

戴修仪笑道：“我正想叨扰妹妹一顿呢！”

不一会儿，摆好了晚膳，李顺容正要请戴修仪上座，忽然听得一声娇呼：“母亲——”一个女童跑进来，飞扑到李顺容的怀中，一边急急地说话，“母亲，母亲，今天我坐了一天，诵经太难受了！母亲，母亲，我早上出去看到宫墙外的桃花开了，可赵姑姑不折给我！母亲，母亲，我在路上看到有人放风筝了，你明天也让我放风筝可好……”一边粘在李顺容身上扭股儿糖似的撒娇。

李顺容顿时被她闹得头晕，衣服也被揉成一团，不得不呵斥道：“冲儿，不得放肆，还不快去向修仪行礼！”

小公主委屈地跳下地来，她倒是乖巧懂事，见到有外人在，立刻收了任性的样子，笑着向戴修仪行礼道：“冲儿参见修仪！”

戴修仪早不等她完全磕下头去便忙将她抱了起来，让她坐到自己膝上，但见小公主一身大红锦缎袄裙，一张小脸娇娇糯糯白里透红，一双眼睛骨碌碌地直转，更是显得活泼可爱。

小公主皱起眉头，似是不惯被人这样抱着，挣扎了一下，但她生于宫中，上下长幼尊卑自是知道，虽然不太喜欢，却还是乖乖坐着不动，脸上已没了笑容。

戴修仪见着小公主，一颗心早就温软，抱着她不住问长问短，小公主却只回应得一声半声，挣扎着要下地，道："我饿了！"

李顺容大感不安，呵斥道："冲儿不得无礼！"

戴修仪却是护着小公主道："难怪她的，小孩子最不禁饿了，来来来，冲儿要吃什么？我夹给你吃！"殷勤呵护，亲自一样样菜夹了给小公主吃。

小公主毕竟是小孩天性，一看这位老娘娘待她千依百顺，脾气比母亲更好，又不管着她，过得不久，便与戴修仪亲热起来了。

用完晚膳，侍女们捧着热水上来，先到戴修仪跟前跪下服侍她洗漱。戴修仪接过热毛巾，却先亲自给小公主洗脸。李顺容看得不安，连忙站起来道："戴姐姐，这事就让梨茵她们做吧！"

戴修仪放开小公主，眼睛却一直关注着小公主的一举一动，露出羡慕的神情，向李顺容叹道："小公主如此可爱，妹妹真是好福气。"

李顺容心中对她满怀感激，见状忙道："冲儿能得姐姐喜欢，那才是她前世修来的福气呢。姐姐若不嫌弃，就让冲儿认您为义母？"

戴修仪大喜："妹妹，你可是说真的？"她眼中欢喜无限，泪花隐隐。

见梨茵带了小公主下去，戴修仪拉住了李顺容的手，缓缓地道："妹妹，先帝已经奉灵，太后正欲挑选部分宫人前去守陵。我已经自请前去，不知你愿不愿意和老姐姐同去。"

李顺容一怔："我……"忽然明白过来，"姐姐，妹妹也愿同去！"她垂首低低地叹了一口气，"这一去，远离宫中诸般是非，也好！"

戴修仪拍了拍她的手："好，咱们三人，就此远离宫中纷争，好好过咱们的日子去。"

李顺容抬头，忧伤已去，眼中也闪着希冀的光芒："嗯，咱们带着冲儿过咱们的日子去，和任何人都无关。"

离了仪凤阁，戴修仪坐在步辇里，行在幽暗的宫巷之中，嘴角含笑，右手习惯性地抚着左腕。她的左腕上，常年戴着一只真宗当年赐下的金丝玉镯，方才已经送给了小公主。

小公主，才是她这一番举动的最大原因。

戴修仪已经在这深宫里数十年了。如今算起来，她在宫中的资历，只怕是最久的了。她跟着真宗从潜邸而至东宫，再到真宗登基为帝，见过真宗朝后宫所有的争斗，却只能默默地看着，半点也没有能力做些什么。

三皇子的死，打蒙了她，也打醒了她。她除了痛哭之外，竟对所有的事都无能为力。当命运降落在她的身上时，她还蒙昧无知，等她意识到自己的命运时，一切都已经回天无力。

她只有一次次地告诉自己，一切都是命，她一个卑若尘土的侍女，没有足够的福气拥有一个皇子。她有什么资格像皇后那样，在天下人面前，携着自己的皇子，接受万民朝贺？她不配！从皇后看似和蔼却凛然在上的神情里，从和她一起陪嫁进来的其他侍女轻蔑嫉妒的眼神里，她恨不得把自己瑟缩成极小，好不碍了别人的眼睛。

一个单纯柔弱的小女子，在悲剧降临的时候才真正看清楚自己身处的环境。而她除了认命，别无他途，她甚至连猜测都不敢，那样大逆不道的想法在她的脑海中一闪而过，也足以把她吓得大汗淋漓。

她并非生来就懦弱无能，但是多年来，她接触的永远是比她聪明、比她能干的人，她什么都比不过人家，从小到大，总是多做多错，不忍小愤的结果永远是招来更大的羞辱。吃过大亏小亏无数后，她学乖了，除了闭起自己的嘴巴，除了退让忍耐，她还能做什么？

所以她懦弱，她无能，她卑若尘土，可是她亲眼见过后宫多少佳丽，眼看着她们得宠，眼看着她们失势，眼看着她们用尽心机，眼看着她们回天无力……有多少聪明的、厉害的、能干的女人，最终无声无息地淹没在这深宫内苑之中。

而戴氏，作为曾经生过皇子的妃嫔，在郭后手中安然无恙；作为曾被郭后庇护着的人，在刘娥手中依然安稳。无他，实在是因为她太过无声无息，在后宫的百花争艳中，如同一株杂草般进不了别人的眼中，无谓让别人因她而浪费脑子。

这个曾经被叫作茜草，如今却只被人称为戴氏的女人，被人遗忘了名字，被人遗忘了她曾经生过皇子的过往，就这样在后宫无声无息地生存着，分羹吃肉，吃剩的最后一块总也轮得到她，大伙儿都提升封号，也能够捎带上她。

她活着，可在别人的眼中，没有任何存在感；她活着，可是在她自己的感觉中，活着与死了却也没有多少分别。

自从三皇子死了之后，这二十几年里，她每天睁开眼睛，天亮了，开始盼着天黑快点到来，天黑了，又睁着眼睛数星星，盼着天快点亮，日子就在毫无目的的等待中过去。

她不求这个世上有人爱她，有人为她付出；更可悲的是，就算她想付出也无人可付出，就算她想等待也无人可期待。

先帝在世时，生活于她虽然没有阳光，却总还存着一点指望，每年的大节大庆，她总还可以远远地看一看那个人。先帝去后，连这点指望也没有了。

日子于她，只有在茫然中盼望快快过去，却没有将来。白天，数着日晷一寸寸地过；夜里，听着铜壶一滴滴地过。

这种等待唯一的走向是——死亡！

直到那一天，小公主追着一只小猫，追进了她的院中。那一身火红的衣服，烧灼了她的眼睛，烧进了她的心里。原来眼前并非只是一片灰暗，还有一缕火红；原来深宫中并非死寂，还有这样一个活泼泼的小生命存在。

她痛哭失声，她看到了自己干了二十多年的眼睛有了泪水，她听到了自己的心仍然在跳，她第一次主动走出自己的宫院，生平第一次，为自己筹谋一件事情。

她知道李顺容的事，她看着那个温柔懦弱的小女子，如同看到了当年的自己。她跨出那一步，主动去招呼李顺容，一半是为了小公主，另一半，却也似乎是为了当年的自己。当年的她，若是有人肯拉她一把，肯教她几句话，也许她这一辈子会活得不同。

她在深宫数十年，已经见得太多太多，她知道只有离开深宫，才能使笼罩在李顺容母女头上的阴影散去。

走出仪凤阁的时候，她有了一个妹妹，还有了一个义女。

她求得不多，从今以后，活着有人说话，死了有人送葬，让她不至于感觉到虽然她还活着，却是活在坟墓里。

为了这一点点微小的愿望，她愿意做出平生最勇敢的事情来。

第九十二章
送子涉淇

日光斜移，映得院中的花木倒影一点点地拉长，花影随着轻风摇曳生姿。

侍中曹利用在滴水檐前徘徊，厚底官靴走动的声音，又沉又重。过了好一会儿，他抬头看着天边，夕阳西斜，似刺痛了他的眼睛。

曹利用闭了一下眼睛，转头问："夫人还没有回来吗？"

管家曹寿已经随他多年，见状忙道："老爷，可要小的派人去打听一下？"

曹利用摇头："不，不用了！"他长长地嘘了一口气，忽然觉得自己这般烦躁，实在是于事无补，便摆了摆手，"没事了，你去倒杯最酽的茶来。"

走回厅中，曹利用一口气喝下一杯浓茶。浓得发苦的茶水，似乎也浇不灭他心中的烦躁之意。"咣"的一声，茶盏跌落在地，曹利用冷汗直下。

他不甘心。

曹家世代簪缨，大将军曹彬是大宋开国第一名将，他曹利用也立下过天大的功劳，怎么能甘心就此败落。

可是他自己心中知道，他悔不当初。澶渊之盟，他立下大功，自先帝驾崩，朝中无人能与他的资历、功劳相比，刘娥除去丁谓后，唯有他在朝中威势最盛。按旧制，枢密使位次居宰相之下，可是因他兼着景灵宫使的身份，而先帝重宫观，他每次入朝都排在王曾之前。后来太后下旨，令王曾也兼了玉清昭应宫使，入朝时曹利用却仍要走在王曾之前，甚至因两人争位而令太后和皇帝两宫在空落落的朝堂等候半天不见朝臣进来。

致命处不在于他和王曾的相争，太后甚至是愿意看到这种相争的，臣子们相争，上位者才好操纵，最忌讳臣子们同心协力地把君王架空了，下面自行其是。

曹利用吃亏在太过自恃上，刘娥执政以来，压得王曾俯首帖耳，可曹利用却为了显示自己在百官中的威望，屡次驳回太后的旨意。他自以为把握住了分寸，重大事情他不驳，太后若要施恩，他必是要驳回的。但他也不敢得罪太甚，驳得几次，就会应允上一两次以卖好。所以刘娥若要下什么恩旨，反而要事先给他透个风，示好一下才能让他不在朝堂上违逆。在朝堂上，也并不称他名字，而呼他为“侍中”，曹利用因此而自矜。

谁晓得他自以为极有分寸的拿捏，积少成多，成了刘娥心中的一根刺。曹利用在宫中自有打探消息之人，前日传了个消息给他，令他大汗淋漓。

上个月太后内命将刘美女婿马季良升职一事，曹利用先是驳回去了，不想过了半月，这事又被提起，曹利用自思不好再驳，便发下了。

不想这却是一个陷阱，出自内侍罗崇勋和杨怀敏之计，这两人都曾经因为一些私事，而被曹利用驳回甚至斥责过。曹利用也实在太不了解刘娥的秉性了。刘娥是最自负的人，她要一件东西，绝对不会要两次，一击不中便会全身而退，绝不肯死缠烂打。曹利用在各种事情上为难太后，也无非为的是保持自己与太后在权力上讨价还价的余地，太后表面上不以为意，心中却早起了厌恶之意。

罗崇勋与杨怀敏既与曹利用结怨，又看出太后内心不喜曹利用，只是曹利用明面上挑不出错来。于是罗崇勋心生一计，他看出曹利用做事的规律来，知道一件事若是再提，他必然不好意思再驳，便在太后面前进谗道：“这事儿是小的做得差了，事先没有打点好。”

刘娥诧异道：“什么打点？”

罗崇勋乘机道：“朝中内外有人传言，凡是曹侍中那边的事，只要事先打点好曹府的奶娘，曹侍中那里什么都能通过！”

刘娥大惊，便令罗崇勋一试，果然罗崇勋回报说曹府奶娘已经收下礼物，这边再将内命下给曹利用，而曹利用见太后两次下诏，心想必是太后要坚持之事，不敢再拒，只得发下了。

这正中了罗崇勋之计。

曹利用回思起那日宫中内线前来暗报之时的情况，浑身冷汗湿透。那人只形容了刘娥接到回报时的神情——极度轻蔑的冷笑，刘娥道：“我只道他当真刚性，却原来只是少了打点老奶娘的那点子礼物！”便吩咐，“以后凡有恩旨，先按下来，这几个月都不必传下去。”

曹利用喃喃地道："这几个月？"这么说，太后要动他，就在这几个月了。太后的性子，他还是知道几分的，若只是性子不合，违逆于她，如张咏、鲁宗道等人，她倒还可容忍一二，就算真的触怒于她，一时贬谪之后还会召回；若是认定了对方心中藏奸，蓄意作对，则就没那么客气了，只怕这一发落，便永世无翻身可能。

事到如今，已经无路可退，只有孤注一掷，铤而走险了。

他想起了当年的那桩隐事，如果此事真的如他所想，而又能掌握证据的话，那么他曹利用不但不会失势，甚至可能进而会……

曹利用心乱如麻，走来走去，见天色渐暗，又问："夫人如何还不回来？"

忽然院外一声回报："夫人回来了！"

曹利用跳了起来，大步直向门外奔去。

二门外，曹夫人自轿中被丫鬟扶了出来，但见她脸色惨白，整个身子摇摇欲坠，一抬头见曹利用在眼前，颤声道："夫君！"险些瘫软在地。

曹利用伸手扶住了曹夫人，他本是武将，只轻轻用了一些力气便使曹夫人站稳了，若无其事地道："夫人想是晕轿了，快扶夫人进内房休息。"

曹夫人进了内房，曹利用屏退左右，又仔细地看了看，推门再看了看，才关上门急忙趋近曹夫人道："夫人，今日入宫，可打听到了消息？"

曹夫人整个人不停地发抖，双手紧紧地捧住茶碗，似要自热茶中汲取一点温度，她嘴唇发白，好半天才道："今日妾身进宫，见了咱家娘娘，她说……"

曹利用俯下身子，贴耳听着曹夫人颤抖地说出了一桩宫中秘事来……

刚过了重阳节，菊花还正茂盛，连延庆殿内外，也尽是布置得五彩缤纷。

赵祯正听完讲课，令阎文应送走太傅，自己则在宫女们的服侍下更衣。

赵祯今年已经十五岁了，这两年他长得很快，不但身材拔高了许多，原来圆圆的童子脸也拔长成了容长脸，整个人从一个微胖的儿童长成一个稍显清瘦的少年。他的声音从那种雌雄难辨的童音变得粗而低沉，嘴唇上也有了一层淡淡的绒毛状胡子。

发生在男孩子身上的变化，他自己自然是最注意的，变声刚开始时，他头一次听到自己的声音，吓了一大跳，当天在太后面前都不敢开口说话，被太后注意到了，惊喜交加地抱住他，笑说："官家这是长大了，要成大人了！"又叫了积年知事的嬷嬷去教他成人的知识。

太后自他登基以来，便一直是拿对待大人的态度对待他，唯杨太妃素来溺爱，小皇帝也在她面前诸多撒娇。从皇帝发现自己“长大了”开始，便越发地注意起来，努力装出一副大人的样子来，再不撒娇耍赖，上学功课，上朝听政，越加努力勤勉，更加像个大人的样子。

今日太后早有话在先，让皇帝课后到后苑华景亭陪她与太妃赏花，又说只是家宴，叫皇帝穿得随和些。

延庆殿的尚服若雨便带宫人们为赵祯换下冠冕，换了一顶幞头，又把朝服换成淡黄色的常服，想了想，又取了一件颜色更淡的半袖再加上，说道：“在园子里赏花不比屋里头，风大。”

赵祯乘她换衣时捏了捏若雨的手，叹道：“雨儿，你要真不放心，何不随朕一起去?”

若雨涨红了脸，嗔怪着轻拍了一下赵祯的手道：“官家，庄重些，待会儿见了太后，还这么轻佻可不成。”

若雨本姓张，出身也是官宦之家，原是石州推官张尧封之女，因父亲早亡，其母孤弱无依，只得将她送进宫来，自小在杨媛宫中。杨媛见她是官家女，另眼相看，只让她做服侍栉沐之事。赵祯从小养在杨媛宫中，因若雨温婉聪明，服侍周到，渐渐只挑她一人侍候。

赵祯即位，独居延庆殿，杨媛便将若雨赐予赵祯，以为贴身侍女。

今日后苑赏花，若雨见天色已经不早，便忙催着赵祯去了。

当下赵祯带着阎文应往后苑而去，一路行来，但见一路五颜六色，尽是各色菊花，又扮成菊门，饰上回廊，越发显得热闹。

华景亭正是在后苑假山上，赵祯拐了一个弯，转过月洞门，忽然听得前面“呀”的一声轻呼，赵祯抬头一看，便怔住了。

但见前面桂花林中，一个少女正分花拂荫过来，忽然见了皇帝，吓了一跳，怔在那里，她衣袖带过花丛，花落如雨，一股花香沁人心脾。

赵祯怔怔地看那少女，但见她身着浅绿色衣衫，头上一支绿玉簪子，一枝桂花正半挡在她的额间，越发显得眉目如画，人比花娇。

因赵祯只穿了常服，那少女向他上下打量了一下，显得有些惊疑不定，退后一步，微微转头欲向后方呼唤随从，却不防额间被那桂枝轻扫了一下，不禁轻声“啊”了一下。

赵祯一急，忙上前一步，问道：“你怎么样?”

那少女见他居然伸过手来，欲抚上自己的脸察看，吓得退后一步，转过脸去，求助似的娇呼一声："刘姐姐——"

听得桂花林后有人急道："王小娘子——"斜刺里蹿出一人来，疾步走到跟前，吃了一惊，忙伏下身道，"奴婢拜见官家。"

赵祯一看，却是太后宫中的内殿崇班杨怀敏，赵祯知他是太后心腹，素日无事却也不会轻易差遣，正疑惑间，却听得一声轻笑，一个少妇也随后自桂花林中过来。那少妇杏色衣衫，一双凤目似笑非笑地看了一眼赵祯，笑嘻嘻地来请安："见过官家。"

赵祯与她素日相熟，笑着将她扶起道："表姐也给朕装样子，免礼平身。"

那少妇正是太后的娘家侄女，刘美的女儿刘妤。刘妤见状就势起身，见那少女早已无声伏地，便顺手也拉了她起来，笑道："王家小娘子今日第一次进宫来，就叫官家给吓着了。"

赵祯凝神看着那少女，心中一动，又问了一声道："你姓王？"

那少女脸作红霞之色，神情间羞涩难言，更显动人，她抬头求助似的看了刘妤一眼，刘妤何等机警，忙笑道："官家，咱们站在这里一问一答要到何时呢？横竖待会儿上去，官家要问什么都有的是机会，太后、太妃她们可还等着呢！"

赵祯点头道："好啊，那我们便上去吧！"

刘妤忽然一笑道："还请官家留步，稍候一会儿上去可好？"

赵祯诧异道："为何？"

刘妤顽皮地眨眨眼："官家进去声势太大，众人要给官家行礼，我们岂不生受了。若是延后一些再进去，我们比官家还迟，更不成样子。好官家，帮我们一个忙，让我们先进去迎候官家吧！"

赵祯见这位素来伶俐的表姐带着一副惫懒样子，不禁笑了，便止步，开玩笑道："既然表姐有命，朕焉敢不从！"

刘妤冲着他笑了一笑，便拉着那位王家小娘子抢上前匆匆而去。

赵祯怔怔地看着两人，她们的身影消失了好一会儿，这才轻叹一声，迈步上去。

阎文应是个深懂得应该消失的时候消失，应该出来的时候出来，该无声的时候无声，该出声的时候出声的深宫高手，此时见状忙凑上去道："官家，咱们上去便能看到那位王家小娘子了，保不定，还不只是王家小娘子呢！"

赵祯脸一红，带着少年那种特有的别扭劲顿足道："你胡说八道。"说完急急地去了。

果然一进去，便听得莺莺燕燕的一迭声请安，满堂花红柳绿地炫了眼睛。赵祯虽然也见过满宫的美女，可是宫女和官眷毕竟不同，且他正是少年面嫩之时，忽然间面红耳赤，顿时知道了今日这赏菊花会的用意来。

不过他是天子，自小被教导千军万马中端坐如故，更何况只是几个女眷，脸只红了一下，便拿出天子的养气功夫，故作镇定地坐了，垂目偷看满场女眷。

说是满场，其实人不多，只不过华景亭地方小，比不得殿中，因此显得满满的。赵祯一边看，一边与方才杨太妃的介绍相印证着。

坐在太后下首的，自然是她娘家的侄女刘好，坐在刘好旁边的，却正是那位王氏，方才杨媛介绍时，也只是含糊地说了一声"通家之好"，便没有介绍其他。她坐在这个离太后这么近的敏感位置，赵祯心里也不由得多想了一下，但他没有想到，今日独她是没有介绍家世的。

另一边坐在杨媛下首的都是熟人，一个是随国大长公主的女儿李氏，名兰苑，另一个是已故中书令郭崇的孙女郭氏，名清秋。

随国大长公主是太宗最小的女儿，赵祯的姑母，李氏从小便时常随母进宫；郭氏的母亲是明德太后的姐姐，也是常进宫来的，宫中俱称郭大娘子，当年杨媛怀孕时，宫中情景险恶，幸得郭大娘子相救，因此杨媛与郭大娘子交好，对她生的女儿也是极为喜爱，视若己出。郭清秋便也曾随母入宫几次，虽然不如郴氏熟悉，但也与赵祯见过几次面。

其下依次看过来，一个是已故大将曹彬的孙女曹氏，另一个是已故左骁卫上将军张美的曾孙女张氏，还有几个，因介绍到后面，赵祯一时也记不得了。

众女本来说笑着，见是赵祯进来，顿时都显得拘束起来。

杨媛见众人拘束，便有意把气氛弄得热闹些，指了自己右手边的那盆菊花道："官家，你看这盆菊花开得好大。"

这盆菊花的位置，恰好在李氏与郭氏的中间，杨媛引得赵祯这样看去，便是引得他把目光对准了李氏和郭氏，尤其以赵祯的视角看来，郭氏的位置更接近一些。

见赵祯看过来，郭清秋忙低了头，只觉得脸庞烧红。但听得赵祯先是很肯定地说："嗯，看起来有些像金万铃……"忽然止住，有些犹豫地站起来欲走近，忽然想到了什么又坐下来，细看了一下终于可以肯定，"嗯，叶子比金万铃尖，那是龙脑了。"便向杨媛卖弄似的说，"龙脑于菊谱上是第一品，怪不得呢，臣殿里有几盆金万铃，看着相似，神韵却差多了。菊花以金色为上品，金色中又分深浅。龙脑这种花，独得深浅之中。母妃且闻闻看，是否香气芬烈，甚似龙脑。"

杨媛却不动，笑向郭氏道："清秋，你帮我闻闻看，可是香似龙脑？"

郭清秋正红着脸低着头，听了此言，待要羞涩退让，忽然心念一转，抬头闻了一下，笑道："果真有龙脑香呢！"

刘娥冷眼旁观，见郭清秋神态落落大方，心中暗暗点头，便笑着插话道："官家说这龙脑是第一品，但不知道这些一品二品的，以何定高下呢？"

赵祯见太后问，更是谨慎地先想了一想才开口："菊之分高下，先以色，然后是香，最后是态。"

刘娥扫视众女一番，嘴角微微含笑道："若以色分，当以何为先后呢？"

赵祯道："菊花又称黄花，自然以黄为先，其次为白色，菊花是秋花，应西方之气，西方属金，当为白色。紫色是白色之变，红色为紫色之变，其余颜色，又居其次。"

刘妤也要凑趣，拍手笑道："我却不明白了，照官家这般说，黄白两色最好，我素日常见，却是黄白两色最多，倒是其他颜色较少，尤其是那种非红非紫的，又有那种绿色的，都是稀罕名种，特地相问这个。"

赵祯笑道："物以稀为贵，但却不见得稀者就是上品。论品相者，除了色，还有香与态。正是因为黄白两色最多，因此这两色中的上品，便是万中选一，香气悠远，分叶流瓣，自平常中见真国色，倒比那些虽然弄了稀罕之色，却又香与态不齐全的更见底蕴。"

刘娥点头叹道："官家这话，不仅是品花，也是品人。正是所谓自平常中见真国士，比那弄奇弄险的，更见底蕴。"

赵祯听得太后教训为人处事之道，便站了起来听训。他这一站起来，众女都不敢坐着，也一并站了起来。

刘娥笑了："这一亭子的人都站着，看来我得赶官家走了，免得他在这里，大家都不自在。"

赵祯忙道："臣先告辞了。"

刘娥点了点头，叫阎文应："台阶甚滑，好生看顾着官家。"

赵祯离开后不久，人也都散尽了。太后照着各人今日的衣衫之色，各赐了一盆菊花，郭氏穿了杏黄色衫子，得了一盆黄色的都胜，曹氏得了一盆白色的玉脑，张氏得了一盆紫色的秋万铃，李氏得了一盆红色的垂丝，王氏得了一盆豆绿芙蓉，其余尚氏、杨氏等人，也各依服色得了赐花。

刘娥回到崇徽殿，独自倚着想了一想，便命人请皇帝过来。

崇徽殿紧挨着皇帝住的延庆殿，即原来的万岁殿，大中祥符七年重修之后，就改为延庆殿。先帝大行之后，刘娥就搬到延庆殿北的一座无名宫殿中，定名崇徽殿。母子二人住得近，往来也很是方便。

刘娥不说话，赵祯也不说话，刘娥回过神，微微长吁一口气，道："今日几位小娘子，官家看着如何？"

赵祯张了张口想要说话，临到嘴边却泄了气，仍规规矩矩地道："但凭大娘娘做主。"

刘娥想着官家方才的神情，除了那次说龙脑品花的时候顺带看了看郭氏，其余时间虽然目不斜视，却好几次偷偷用余光看着王氏，心中暗叹一声"可惜了"，只得自己开口道："方才那王氏，官家觉得如何？"

赵祯不想太后头一个便提起王氏来，又是紧张又是兴奋，道："大娘娘，她——"

刘娥轻笑着不甚在意地道："我原本有些担心，见了这小娘子后才放心，你舅舅眼光不错。"

赵祯只觉得心猛地一紧，抬起头来惊诧地道："大娘娘？"

刘娥看着他的神情，有些心疼，忽然后悔起今日顺带召王氏入宫来的决定了，可是事已至此，却也不得不说了："她是王蒙正的女儿，她父亲没有功名，只是个商贾。你舅舅在世的时候，把从德和她的婚事已经订下了。因在孝中，所以延了三年，拖到现在。因为婚期将近，我想看看小娘子人品如何，只是不好平白地独自召她进来，因此乘今日花会请的人多，也请她一起过来看看。"

赵祯怔怔地坐着，刘娥又说了些什么，他完全听不到了。刘娥走过来，轻轻地抱了抱他，心疼地道："我儿，世间不如意事常八九，便是做了天子，也须有些不如意之事，且想开些吧！"

赵祯强笑了一笑："大娘娘，臣没什么，只是昨晚没睡好而已，所以精神短了。”

刘娥放开手：“那个郭氏，先封为美人，我儿意下如何？”

赵祯点了点头：“全凭大娘娘做主。”他脑中一片混沌，接下来刘娥选中谁，他都不在乎了。

刘娥看了他一眼，实在有些心疼，想了一想又道：“你殿中那个若雨……”

赵祯一下子坐直了，惊诧道：“大娘娘如何知道她？”

太后含笑看着他：“此番也一起封为美人吧！”

赵祯张大了嘴，好一会儿才回过神来，忙谢恩道：“多谢大娘娘。”若雨是他“成人”后，杨太妃赐下来的，他虽然对王氏一时动心，但自知不成，便也不敢再想，他与若雨是从小到大的情分，今日得太后赐封，自然有几分欢喜。

安抚了皇帝，送他离开之后，刘娥这才松了一口气，缓缓躺了下来，吩咐道：“待会儿太妃来了唤醒我。”

躺在床上，太后却将方才的思路重新理了一回。今日诸女中，李氏太大，曹氏又太小，杨氏、尚氏门第不够且不说，举止也显得轻佻，只能放到妃嫔一路，不宜为后，因此也只剩下了郭氏与张氏，两人都是出身将相门第，倒是合适，只是究竟选哪一个呢？

只是想不到今日皇帝居然看中了王氏，王氏温婉柔媚，于普通人家自是宜家宜室，可惜这般人入宫，只宜为宠妃，不宜为皇后。张美的孙女张氏年纪家世虽然适合，但似乎性格也是这一种的，又听说皇帝素日里喜欢的一个侍女，也是这般温柔妩媚的性情，官家喜欢这样的女子，却不由叫人操心起来。

她看着皇帝那酷似先帝的容貌，不禁想到了自己当年与先帝夫妻相处时的情景，皇帝的性情与先帝差不多，本就宽厚温和。先帝那时候好歹还经历过诸王争位的磨炼，这才强势起来。皇帝自生下来就有个皇位等着他继承，人人爱着宠着，都不曾看过人间阴暗面，也不晓得拿出强硬的态度来对人。眼见着他又是个喜欢美色的，自然美色人人爱，但是他却不晓得如何去克制后宫。若是将来皇后也是个一味顺从的，将来必会后宫生乱。这时候须得皇后是个有刚性的，能做得起皇帝的主心骨，这样才能够平安无事。

她依着这样的标准，选来选去，便选中了郭清秋。一来郭氏之母就是个刚性又有主意的人，家教是极放心的；二来郭清秋家世正好，容颜也好，更难得是个心志刚强、胸有丘壑的孩子，这样的性子，是女子中最难得的。只可惜自己安排得不巧了，原只想省事的，顺便叫王氏来看一看，谁晓得竟是这样的绝色，竟然让皇帝一眼看中了她，反而让自己特意安排的郭清秋失了彩头。

正想着，就见着杨媛过来了，两人坐着商议起来。

选中郭清秋，也是两人商议后的结果，杨媛是因为与她生母交好，从小就已经暗中看好郭氏，因此更加赞同。当下就道："官家如今这样子，得挑个大方老成的，才好照顾他。李氏、曹氏年纪不合适，如何能做中宫？张氏性子太软，尚氏、杨氏只好做个妃嫔。依我看，郭氏最好。"

刘娥点头："你说得很是，祯儿的性格像先帝，极为宽厚，待身边的女子定会很好，六宫诸妃都会照顾周到。皇后若选个没主见的，只怕难以镇服六宫。郭氏端庄大方，见我时也不卑不亢，将来与官家相处，能够和谐互补。"

杨媛也高兴起来："好，那就郭氏。回头姐姐下了诏书，我立刻让宫里准备起来。"她说到这里，不禁一笑，热切地道，"姐姐，再多选几位娘子一同入宫为妃吧。过几年，多生几个孙儿，咱们老姐妹俩弄孙为乐，就挺好的。"

刘娥失笑："我尽日忙着朝政，哪有这功夫啊。"

杨媛一愣，讪讪地道："那不是过几年吗？"

刘娥收了笑容，淡淡地道："那就过几年再说吧。"说着道，"既然婚事定了，我自会让人拟诏，令郭氏入宫，先为美人，待我们细看性情定了，再立为中宫。"

杨媛知道自己说错了话，见刘娥面露倦容，有些讪讪地起身："那我就先去准备了，姐姐也累了，好生歇息，休要太过劳累。"心下却是暗叹一声，自己本拟劝太后，待皇帝大婚之后，便可还政，老姐妹也好清闲几日，但不想话头刚挨着边，她便已经不悦，只得不敢再说。

刘娥看着杨媛，也是暗暗叹气。杨媛从不理政事，也的确是太过天真。难道她真的以为，先帝驾崩，新帝继位，就天然是万姓拥戴、百官俯首？若是这样的话，哪来的太祖黄袍加身，哪来的太宗兄终弟及？

她以为皇帝大婚了，就能主政了吗？朝臣之不逊，亲王之野心，又有哪一个，是尚且年少的小皇帝能够控制得住的？

还政，还谁之政，是还权臣之政，还是还怀着太宗野心的王叔之政？

两人相对无言，恰在此时，忽然听得外头一片吵闹，刘娥问道："外头怎么这般吵闹？"

如芝进来回奏："回太后，小公子与定王郡主在玩耍时，溜到这里来，方才正要抱去给太妃，不想吵着了太后。"

刘娥抚额叹道："却又是这小猢狲，叫他进来，我好生骂他一顿！"

如芝忙叫乳母抱了两人进来，却是刘美的幼子刘从广，因刘美死的时候他尚在襁褓之中，刘娥怜他失怙，便接他入宫，视如亲生。那刘从广自幼在宫中长大，又得太后宠爱，自是淘气无比，虽然今年才五岁，但却是钻洞跳墙，爬树打鸟，没有不敢做的，四个嬷嬷加四个内侍都看不住他。却是今日定王妃带了小郡主进宫，那郡主才四岁，恰从广也在保庆宫玩，杨媛一时不慎，以为同龄儿童必能玩到一起，便叫奶妈送来与从广一起玩。

不想从广淘气，拉着小郡主偷偷地撇开乳母，带着她溜到自己素日里常来玩的崇徽殿来。也不知道这两个加起来才九岁的小儿，怎么竟在十几个服侍的人的眼皮子底下，钻假山爬狗洞地溜了这么远。

两个小孩忽然出现在崇徽殿中，又没有嬷嬷跟随，浑身泥泞，顿时将崇徽殿中人吓了一大跳，忙要抱走他们换衣服。小孩子正得意，忽然要被抱走，自然又哭又闹了。

此处离保庆宫也不远，杨媛那边正找得鸡飞狗跳，十来个嬷嬷得到消息如蒙大赦，连忙赶了过来，这才抱着两个已经换衣梳洗完毕的小祖宗进来了。

刘娥问明了经过，直摇头叹气："虽说淘气的太淘气，你们也太无用了。"却见从广笑嘻嘻地拉着小郡主，一点也不害怕，刘娥故意沉下脸道，"从广，你可知罪？"

从广扑到刘娥的怀中，假哭道："呜呜呜，从广想太后姑母了，太想太想了，从广同小郡主说，太后姑母又慈祥又温和，太后姑母最疼小孩了。"

刘娥叹了一口气，遇上这小猢狲，她除了叹气又能怎么样？她自临朝以来政务繁忙，偶尔烦躁不安时，便让乳母抱了这小家伙来吵一吵闹一闹，倒也颇可消烦解闷，一来一去可不就纵容坏了他。这小从广虽然淘气，却甚是讨人喜欢，不仅太后，连杨太妃同官家闲了也喜欢抱他过来玩一玩，宫中规矩多，气氛大多沉闷，有这个小孩来闹一闹倒也好多了。

刘娥轻叹一声，却也不禁想起了皇帝小时候，也是这般淘气可爱，只不过后来做了太子，又做了皇帝，重负接连压下来，逼得个小孩子硬生生提早做出一派大人的举止来。从广过几年也要送出宫去，就算由着他淘气，又还能有几年呢?

这样一想,却又把要责备的心息了,抬眼看着两个穿红着绿的小儿女站在眼前,忽然想到一事,不由得笑了起来,招手叫杨媛过来道:“你过来看看,这两个站在那里,可不是七月七的一对摩睺罗,只差握着莲叶莲花了。”

杨媛一看也笑了,凑趣道:“依我看,倒不是摩睺罗,倒像是观音大士跟前的一对金童玉女呢!”

刘娥心中一动,再仔细看着两个小孩,喃喃地道:“金童玉女?”

却说赵祯离了刘娥这里,有些失魂落魄。阎文应是他肚里的蛔虫,见他如此,故意叹了一口气,道:“唉!”

赵祯正没好气,瞪他一眼,道:“你叹什么气?”

阎文应故作愁眉苦脸地道:“小的是想刚才那位王家小娘子,唉!”

赵祯瞪他一眼,道:“人家好好的小娘子,轮得到你嘴里提起。”

阎文应却面现急切之色,悄悄在他耳边说:“小的做了一件错事,求官家救我!”

赵祯好奇心起,叫跟的内侍们退后些,自己拉了他问:“你又做错了什么,要我救你?”

阎文应苦着脸道:“小的以为官家还想同王家小娘子说说话,所以刚才自己一机灵,就叫送王家小娘子出宫的人,在领王家小娘子出后苑东门之前,先到太清楼坐坐。如今想来她还在那里呢……”

赵祯急了,轻踢了阎文应一脚:“你还一机灵呢,你这是犯蠢,竟还让人在那里等,你可知小娘子的名声是最要紧的。我们赶紧去。”

阎文应先轻轻自扇了一耳光,忙领着赵祯去了。

太清楼就在东门附近,王家小娘子本以为赏过花,领过太后赏赐之后便可出宫,谁晓得宫人原是引着她往出宫方向去的,不想快到东门的时候,却引她到一处楼阁里,请她坐下喝茶。

王家小娘子闺名淇,她本出身普通富户,能够攀交到太后外家,已经是侥幸之至了,哪里晓得居然还能够有机会进宫拜见太后,更没想到会撞上官家。方才吓得心里怦怦直跳,好不容易见过驾,以为可以回去,哪晓得到了门前又被引到这里,不由心中不安,心里怕得不敢问原因,却也不敢不问,嗫嚅半晌才道:“敢问姐姐,可是宫中贵人还有事?为何到这里喝茶?”

那引她到此处的宫女，也只知道是上头有人要留她，并不明原因，但她甚是机灵，随口编了个由头道："小娘子有所不知，有几个宫殿在修葺，这阵子工匠正在东门搬动东西，怕冲撞了小娘子，因此请小娘子在这里先喝杯茶，等他们人走了，再送小娘子出去。"

想来这王家小娘子这辈子也进不了几回宫，怕也找不到人与她对质去。

王淇也不敢多问，只得坐下来喝茶，不想没过多久，就见着一对主仆风风火火地跑了进来，吓得她连忙站起来，又忙着把手里的茶盏放到桌上，匆忙间还把茶盏放歪了，那茶水便斜着一滴滴流下来，先流到桌上，过得片刻又沿着桌角一滴滴落到地上。

只是此时两个当事人都没理会这个，赵祯这边听到王家小娘子在太清楼，急急赶过来。他坐着御辇，等御辇到了楼前，他又跳下御辇急急跑进来。阎文应跟着御辇一路跑过来，又跟着他跑进楼里，只累得就差伸出舌头喘气了。

赵祯跑进来的时候，就见着那浅绿衫子的少女正在喝茶，因着他跑进来，吓得站起，如一只受了惊的小兔子一般。此刻他的心里也有一只小兔子，在他的心口乱撞，只撞得他心口发疼。他张了张嘴，想说什么，却只觉得口干舌燥，竟是一个字也说不出来。

那王淇只比他惊吓更甚，哪晓得才一会儿，又遇上了官家。方才她不小心撞上皇帝，当时初见之下，只觉得心底就是一句诗"陌上谁家年少，足风流"，待得知是官家时，吓得不敢再看，可坐在那里赏花的时候，却又忍不住偷偷去看他。她只道自己坐在下首，无人注意，因此就时不时偷偷看。她一边看着，心里却是酸楚的，这里坐着的每一个小娘子都可以光明正大地看他，但唯有她是没有资格的。她这辈子见他的机缘，很可能就这一回了吧。心里越是这样想着，那看向他的每一眼，都是那样充满了渴望、无望、绝望，那每一眼，都是贪婪，都是明知道是非分之想的痛苦与矛盾。她想，她就看这一眼，就这一眼。那些小娘子，都是可以嫁给他的，不管是为妻为妾，那都是与他有着名正言顺的缘分。而她与他唯一的缘分，或许只能在她年老了以后，悄悄对着孙女说，我年轻的时候进过宫，还见过官家，官家看我的时候，比看圣人娘子都要多呢。

皇帝看她的时候，太后坐在皇帝身边，自是看到了。但她看皇帝的时候，因为坐的位置太远，太后是没有看到的。但是，皇帝虽然离她远，却是有所感应，有时候他会忽然觉得有一道炽热的目光在那样绝望和贪婪地看着他，等到他看过来的时候，甚至还能捕捉到她未曾逃走的目光。

赵祯以为那就是两心相许，但等到太后与他说明真相的时候，他又以为是自己自作多情。如今这室中，两人的距离那样近，但她却那样低着头，一言不发，他不禁又怀疑起自己的感觉来了，那一刻他恐惧得直想转身逃走。太丢脸了，他怎么可以将一个臣下之妇，以这种莫名的理由强留下与自己独处一室呢？这要让大娘娘、小娘娘知道了，她们会怎么失望呢？这要让太傅知道了，他们会怎么说他呢？这要是让若雨甚至是将来的皇后郭氏知道了，她们会怎么看他呢？更重要的是她，会将他当成什么人呢？

就在他缓缓往后退了一步的时候，就听得那少女忽然抬头，看了他一眼，就这一眼，让他的脚步再不能动弹。这少女的眼中，充满着犹豫、矛盾、无助和渴望。这世间什么都能看错，唯有相爱的两个人的眼神是不会看错的。

赵祯不由自主，一步步走向了王淇，他问："你叫什么名字？"

她说："臣女单名淇，淇水的淇。"

他说："是'瞻彼淇奥，绿竹猗猗'的那个淇吗？"

她低下了头，轻轻咬着下唇，道："不，是'送子涉淇，至于顿丘'的那个淇字。"

赵祯怔住了，忽然间心如锥刺，但见王淇眼圈微红，却是向着他行了一礼，垂首走了出去。

那茶水一滴滴地落下来，落在地面上，轻轻一声，又是一声，仿佛是谁的泪珠落下一样……

阎文应看了两人眼神，本准备悄悄地向那宫女打招呼退出去，好让两人有机会独处，哪晓得王家小娘子才答了两句话，自己就走了。

他惴惴不安地看着赵祯，却见赵祯眼圈也红了，只看着王淇走出去的背影，但自己却是一动不动。

她刚才的话，似是多此一举，淇奥的淇，就是涉淇的淇，都是指淇水。但两人引用的诗句，却出自两首完全不同的诗。

他引用的是"瞻彼淇奥，绿竹猗猗"，那首诗最后一句是"瞻彼淇奥，绿竹如箦。有匪君子，如金如锡，如圭如璧。宽兮绰兮，猗重较兮。善戏谑兮，不为虐兮。"意思是看淇水弯弯，绿竹葱盛。有才华君子，如金锡般庄重，如圭璧般无瑕。他心地宽广，倚在马车边。可以和他开玩笑，他也不会生气的。

他想说，虽然我是君王，但你在我面前，也可以放松些来说笑。

她引用的却是“送子涉淇，至于顿丘”。那首诗后面还有一句是：“桑之未落，其叶沃若。于嗟鸠兮，无食桑葚；于嗟女兮，无与士耽。士之耽兮，犹可说也；女之耽兮，不可说也。”意思是桑叶未落的时候，是丰茂华美的。感叹鸠鸟被桑树所迷，犹如女子为男子所迷一样。但是男子沉迷于情爱，犹可安然脱身。女子沉迷于情爱，那就无法解脱了。

他明白了她的意思，他站在那里，眼睁睁地看着她就这样一步步走出了他的世界。

这个秋天，他初遇了她，初遇了爱与心动。

这一天里，他见到了她三次。第一次见到她，他问了她两句话，她什么也没说。第二次见面，在众人面前，他只能偷偷看她，他觉得她也在偷偷看他，可惜两人始终未曾四目相交。第三次见面，他问了她两句话，她回了两句话。

她对他，一共说了二十四个字，就走完了他们之间一生的缘分。

这个秋天，他的爱还没开始，就已经结束了。

第九十三章 八王探陵

且不提定王妃与小郡主在宫中，而此时的定王府，却不甚平静。

定王元俨是太宗皇帝的第八子，先帝真宗的弟弟，当今官家的亲叔叔。

若论太宗诸子，已经所剩不多。长子元佐倒是福分最厚，自真宗起到当今天子，每有恩赐，总是先到元佐身上，年初又加封为天策上将军、兴元牧，特赐剑履上殿，诏书不名等；再则子嗣又足，三个儿子允升、允言、允成足生了二十多个孙子，其中两个孙子过继为其他亲王嗣孙，两个孙子为皇子伴读，元佐一门于本朝可谓荣宠之至。

次子昭成太子元僖去世得早，未留下子嗣，因此前年太后下旨，令元佐之孙宗保过继为嗣孙。

第四子元份已于景德元年去世，留下二子允宁、允让。允让当年曾入宫为嗣子，后赵祯降生，这才鼓乐轩车送他出宫。因为刘娥也亲自抚养过他数年，所以允让于王室子弟中待遇格外不同，视同皇子。

第五子元杰在咸平六年去世，因无子嗣，也是太后下旨，令元佐之孙宗望过继为嗣孙。元佐是先帝真宗的同母兄长，因此他这一系，自真宗朝起便格外赏赐丰厚。

第六子元偓已在天禧二年去世。

第七子元偁，素来体弱多病，已于大中祥符七年去世，留下一子名允则。

第八子即如今被封为定王的元俨。

赵祯继位，刘娥掌权，几番升贬大臣，重用王曾等四人，有些失志的臣子，便渐渐围在八王元俨跟前奉承，说后周就是符太后当国而亡的，依着祖制，幼主不可当国。要照昭宪太后当年的旨意，兄终弟及，王爷纵不能继位，也应该摄政，大宋朝的基业，终不能再走上后周符太后的老路。

一来二去，定王难免再次心动，心想着先帝诸兄弟之中，也只有自己与大哥尚存，大哥多年来不问世事，且太宗也有过兄终弟及的旧例，这摄政之位，除他之外，更有何人能够担当？刘娥不过是女流之辈，又怎么比得上他皇室亲王，能够压制得了众臣，更处理得了国事！

因此，今日曹利用的到来，就成了一件水到渠成的事。

定王府的菊花，虽然不及大内，但也都是名种上品，定王和曹利用坐在后轩，饮着茱萸酒，赏着满园秋芳，说说笑笑。

只是定王仍心存疑惑："曹侍中今日何以有此兴致？"

曹利用叹了一口气："八大王，朝中之事您也知道，曹利用老矣，现今有些事情，也用不着我等做了。"

定王笑着慢慢地倒了一杯酒："这话如何说的？太后正倚重侍中，谁能比得？"

曹利用笑了："我也是个三朝老臣了，权势富贵并不为重，只是如今看不惯的太多。朝中之事，像大王这样的宗亲不用，却去用那降王之后，实在令人忧心忡忡啊！"

定王知道他说的是钱惟演，笑道："你也喝多了，本朝向来仁厚，天下皆是一家，再不论过去的事。"

曹利用又笑道："大王说这样的话，可是冷了众位大臣的心。可笑李迪，当年一力排斥大王入朝，却徒自为他人作嫁衣裳，如今连自己都保不住。那丁谓一力除去李迪，却把自己送到了崖州。这其中种种可疑处，大王可曾听过一些传言吗？"

定王正慢慢地品着茱萸酒，听到这话不由得停住："什么传言？"

曹利用看了看左右，刚才定王说赏花是雅事，不欲下人扰兴，都已经屏退了，此时两人坐于水轩之中，众侍从只远远隔了水面看着，只须打个手势便来，若要说什么话，甚是方便。曹利用看了一眼定王，心想他果然早有安排，今日若不是自己有事要与定王商议，想必定王也想对自己说一些要事了。

曹利用压低了声音，低低的声音却掩不住那风雨欲来的紧迫："大王还记得大中祥符四年的那件事吗？"

定王一惊："大中祥符四年，那不是官家出生的那一年吗？"忽然镇定下来，"能出什么传言呢？"

曹利用微笑道:“大王认为会有什么样的传言呢?”

定王沉静下来,看了一眼曹利用,叹道:“其实当年大家都有疑心,只是先帝一力护着,又不知道内情如何,所以无人敢提罢了!”他看了一眼曹利用,心中一动,试探着道,“侍中既然这么说,想是有几分把握了?”

曹利用想了想道:“不敢说有把握,只是前些日子,无意中知道了一些。”

定王有些紧张,倾过身子问道:“你知道是谁?”

曹利用却不紧张了,因为有人比他更紧张,他反而收敛了些,叹道:“纵然知道又如何?此是家事,我等外臣何能干涉?”

定王想了想,向后一倚道:“也不知道是否真有其事,况这么多年无人理论,我一个闲散的亲王,纵有心也无力啊!”

曹利用摇头道:“不一样。一则当年先帝虽然庇护,但如今先帝驾崩,官家年满十五,自可亲政却不得亲政。官家因了孝心二字不得不受制于人,若是这二字不存在了,又有大王相辅,安知鹿死谁手?”

定王听得怦然心动:“曹侍中说得这般有把握,想是成竹在胸了?”

曹利用用手指蘸了点茶水,在桌子上写了一个“李”字,又迅速抹去,指了西边皇陵方向:“那个人,就在永定陵。”

永定陵。

一驾马车在永定陵停下,定王赵元俨走下马车,抬眼望向这先帝陵园。

皇陵离京城百余里,靠嵩山之北,倚伊、洛河之南,东西南北连绵均有二十余公里。

宣祖(即太祖、太宗之父赵弘殷)的永安陵、太祖的永昌陵、太宗的永熙陵三陵皆在西边,南对锦屏山、白云山、黑砚山,东有坞罗河,西有滹沱河,地形平坦广阔,四周土丘漫围,在风水堪舆上称为“老龙窝”。此三陵,由东南向西北一字排开,占尽老龙窝地气。

待先帝筑陵时,便另寻了地方,自三陵往东而行,有一处山岗之地,地势高于整个陵区,且正居于整个皇陵地势中心,东靠青龙山,正对少室主峰,于风水堪舆上称“卧龙岗”,因此于此地兴建永定陵。

永定陵寂静无声,先帝的顺容李氏,奉旨从守。

定王元俨走在长长的陵道上,走在二十四对石人石像拱立中间,一直走到最深处的宫室,那儿,就是他的目的地。

那一日曹利用告知他皇帝生母住在永定陵之后，他表面上不以为意，暗中却走了一趟洞真观。洞真观中，先帝的才人杜氏正在出家修道。大中祥符四年，当今官家刚出世不久，宫中便传出旨意，才人杜氏因犯销金令擅用金饰，自请出家入洞真观修道。当年的一名后宫才人出家修道，本不是什么大事，也很容易在时间流逝之后让人遗忘，但若是让有心人把大中祥符四年的这两件事联系在一起，便可以寻出无穷的奥妙来。

杜才人闭门清修了十五年，如果说刚开始的几年她还有过不甘和愤怒的话，这十五年的清修使她完全变成了另外一个人——一个足以让别人掏不出话来的出家人。只不过这个别人，不包括定王。

杜家是太宗皇帝生母、也是定王的祖母昭宪太后杜氏娘家，杜家的人，至今仍与定王有来往，定王撇开她曾是真宗才人的身份不提，只口口声声提着与杜家的这一层亲缘关系，就使得杜才人终于说出了他想要的答案。

定王走到了陵道的尽头，抬头望着高高的陵台和宫室，举步向上行去。

永定陵陵高七丈，周围各十七丈见方，内建有一座大殿，十余间宫室。先皇的顺容李氏，如今超然世外地居住在此。

两年前，李顺容与戴修仪带着小公主搬进永定陵，远离权力中心，避开猜忌，母女三人安然度日，倒是李顺容乐于见到的清静。

四个月前，戴修仪去世，永定陵的两年岁月，是她这几十年以来最欢乐的时光。临死前李顺容和小公主相送，她含笑而逝。

失去了戴修仪的李顺容，心中不免有些空落落的，但也很快恢复了宁静。这一日忽然宫女来报，说是定王元俨经过，前来拜访，不禁一怔，想了想还是请他进来。

定王走进来时，便见李顺容一身青衣，静静地坐在桌边，桌上放着《太上感应篇》，见定王走进来，忙站了起来。

定王拱手行礼："今日我路经永定陵，所以进来看看，如有打扰之处，李顺容勿怪！"

李顺容忙敛袖还礼道："原来如此，王爷往前面走，自有守陵的内侍。"

定王看李顺容房中此时只有一个小宫女在，忙笑道："不忙，我走得累了，可否容我讨杯水喝？"

李顺容"啊"了一声："是我失礼了，此处原没什么人来，倒是不方便招待王爷。”忙叫小宫女出去倒茶。

过了一会儿，听那小宫女已经走远，定王转过头来，走到李顺容的面前，忽然直直地跪下，竟以三跪九叩的以臣见君之大礼参拜，李顺容慌了手脚，欲受难安，欲扶失礼，忙叫道：“八大王——您，您这是做什么，您快起来！”

定王三跪九叩罢，仍是跪着，沉声道：“微臣赵元俨，拜见太后千岁！”

李顺容只觉得耳边嗡的一声，顿时脑海里一片空白，跌坐在椅子上，惊骇地瞪着元俨。

定王跪前一步，急切地道：“刘氏并非当今皇上的生母，太后蒙尘，千古奇冤哪！今日端坐在崇政殿上受百官万民朝贺的皇太后，原该是娘娘您哪！”

李顺容只觉得全身的力气都被抽走了似的，越急越说不出话来，结结巴巴地说：“你，你说什么，你说的我都不明白，你快走吧！”

定王直视着她道：“太后不必害怕，万事自有臣在，必能教你们母子团聚，让太后得回应有的一切。”

李顺容只觉得全身又冷又热的，不由掩耳道：“八大王，我什么都没听见。你快走吧，倘若叫人知道你来了这里，怕是大祸一件。”

定王镇定地道：“臣知道，宫中上下都是刘氏的耳目，娘娘不敢承认，是因为害怕。皇上是您所生，刚一出世就被刘氏抱走，冒认是自己所生，而得皇后之位。宫中上下，知道这件事的人不少，只是惧于刘氏的权势而不敢声张而已。可是娘娘，母子连心，您就真的不想和皇上相认团聚吗？您就真的不想自己的亲生儿子叫您一声娘吗？”

李顺容听着定王一句句地发问，那十余年来魂牵梦绕的心事又忽然被他翻了出来，不由自主地轻声道：“我想的，我自然是想的，我连做梦都想。可是……”她拭泪道，“我就算再想，又有什么用呢？”

定王大喜，道：“娘娘放心，臣弟自然有办法，找齐当年的知情人，然后在朝堂之上、文武百官面前宣布真相。便是僭后再厉害，到时候也必须尊娘娘为太后了。”

李顺容大惊，站了起来：“不不不，你要怎么对付太后？”

定王急道：“刘氏夺你之子，夺你之位，你还为她考虑？当年她夺你之子时，可曾为你顾念过？”他以为李顺容在害怕刘娥，忙道，“娘娘放心，有臣弟在，谅那刘氏只怕自身难保，你无须怕她！”

李顺容吓得浑身颤抖，掩袖泣道："不不不，此事万万不可，太后是我故主，我怎能害她?!"

定王见状忙改口道："娘娘不必担心，到时候臣弟自当按娘娘之意处置，这下子娘娘可以安心了?"

李顺容怔怔地坐在椅子上，看着定王："大王为何要这么做?"

定王怔了一怔，想了一想才道："臣是太宗皇帝的儿子，先帝兄弟九人，如今只剩下大哥与臣，大哥早就不问世事。臣忝为当今官家的亲叔叔，皇家发生这种淆乱血统的阴谋，臣不知道这件事倒也罢了，臣若知道了，便不能不管。臣若不出头，谁能为娘娘您申冤出头啊?!"

李顺容本已收住了泪，听得他最后一句话，一阵心酸涌上，只得拭泪泣道："多谢八大王了，我，我此时心乱如麻，我真不知道该说什么了!"

定王见她如此情况，知道一时之间，很难有什么结果。方才那小宫女出去倒茶，这时他听得远处有脚步声传来，不敢再逗留下去。只得从怀中取出一方玉佩呈上，道："这是臣的信物，只要娘娘想通了，任何时候把这方玉佩交给此处内侍领班张继能，臣自然就知道了。"见李顺容犹自未接，忙轻轻地将玉佩放在她面前的桌上，站了起来。

只听得远处脚步声近，那小宫女端着一杯茶进来，定王行了一礼，道："不敢打扰娘娘，臣告退了。"

见李顺容仍呆呆地坐在那里，可是桌上的玉佩却不见了，定王大为放心，一揖而别。

定王走了很久，李顺容仍然沉浸在震惊中尚未回过神来，那小宫女已经退了出去，房中只有她一人。十余年的平静生活忽然被打乱，她整个脑子里充满了混乱和惊恐，思想往事，却是心酸痛楚重新翻涌了上来，然而心底深处，却也不禁有着一丝丝期盼。

忽然，内室的帘子掀起，一个中年宫女走了出来，走到李顺容的面前跪下："娘娘，您千万不可错了主意啊!"

李顺容这一惊非同小可，这才回过神来："梨茵，你，你都在里面? 你听到什么了?"

梨茵点了点头："奴婢一直在里面缝衣服，什么都听见了。"

原来方才定王进来后借喝茶遣走了小宫女，却不提防内室中有人。李顺容倒是知道的，可是被定王突如其来的一段话吓得晕头转向，竟一时想不起来梨茵在内室中缝补衣服这件事了，此时见她忽然走出，颤声道：“你，你打算怎么办？”

梨茵抬头看着李顺容：“娘娘放心，奴婢与娘娘一同进宫，这十几年来娘娘待奴婢情同手足，奴婢绝不会做对娘娘不利的事，奴婢只是想问问娘娘打算怎么办。”

李顺容拭泪道：“我？你别问我，我此刻心乱如麻，什么都不知道了！”

梨茵道：“奴婢倒要请问娘娘，八大王这个人可信吗？他又为着什么要冒与太后作对的风险，来为娘娘出头？”

李顺容慌乱地摇了摇头：“我不知道，他，他总是一番好意吧！”

梨茵冷笑道：“好意？娘娘是厚道人，奴婢在里屋听着他边说边改口，一会儿说要废了太后，一会儿立马又说交娘娘处置，分明是言不由衷。”

李顺容素来懦弱，把梨茵当成主心骨，听了她这话，更觉得脑中混乱，忙道：“你先起来吧，那你说，该怎么办？”

梨茵站起身来，诚恳地道：“娘娘，这件事你得自己拿主意啊！”

李顺容慌乱地说：“可我没主意啊，那你说，八大王是什么意思？”

梨茵道：“娘娘之事，知道的人不少，当日先帝在，他不提起，却为何要到今日才提起？太后势大，八大王一旦势败，会有什么下场，可想而知。他冒这天大的风险，难道说只是为娘娘出头吗？若不是为着天大的好处，他岂会如此殷勤？”

李顺容不由得问：“什么天大的好处？”

梨茵扶着李顺容来到窗边，指着东边皇宫方向道：“您还记得咱们以前住的上阳东宫吗？就在荒废的上阳宫旁边。当年昭宪太后就住在上阳宫里面，太宗皇帝就是凭着昭宪太后‘国立长君，兄终弟及’的遗命而登基为帝的。昭宪太后虽死，可是有人心里头，还是想把这句话再翻出来呢！”

李顺容浑身一震，转头看着梨茵，惊骇地问：“你说什么？”

梨茵不答，却继续道：“昭宪太后驾崩之后，就是开宝皇后住了进来，一住终身。当年太宗皇帝驾崩，明德太后原是应该住进上阳宫的，可是明德太后却是宁可住在西宫嘉庆殿，甚至为先帝请她入住上阳宫，还大闹了一场，最后先帝另建了万安宫，这才搬了进去，娘娘可知道是为着什么？”

李顺容却不知道她忽然转了话头是什么意思，迷迷糊糊地问：“为什么?”

梨茵轻叹了一声,道:“当年太宗皇帝即位时,开宝皇后带着太祖皇帝的二位皇子向他哭求,说:‘我母子三人的性命俱求官家保全了。’可是后来,大皇子自尽,二皇子病死,开宝皇后独居上阳宫,形如厉鬼,日日哀哭两位皇子之死,恨不早死,夜夜凄厉咒骂。太宗皇帝最后去看她时,也被吓出一身冷汗来,小病了一场。开宝皇后死后,明德太后就不敢住到上阳宫去了。”

李顺容惊得颤抖了一下,道:“梨茵,我怕!”

梨茵泪流满面地说:“奴婢更怕啊,奴婢怕娘娘会成为第二个开宝皇后啊!”

李顺容这一惊非同小可,颤声问道:“梨茵,你说什么?”

梨茵颤声道:“娘娘还不明白吗,八大王,他打的就是当年太宗皇帝的主意啊! 兄终弟及……”

李顺容吓得浑身冰冷:“这,这怎么可能?”

梨茵道:“怎么不可能? 他如今已经是亲王了,他还冒如此杀身的危险,自然为的是要坐上比亲王更高的位置。如今太后厉害,护持着官家,他不得下手。若是借着娘娘之手,扳倒了太后,他要如何摆布娘娘、对付官家,还不是轻而易举吗?”

李顺容看着远处,泪已流下:“开宝皇后虽然得了太上皇后的尊位,可是护不得两位皇子的周全,她必然是生不如死啊!”

梨茵跪倒在地,握着李顺容的手嘶声道:“娘娘,咱们为什么要离开宫中? 为什么要来这里守陵? 您还记得戴修仪的话吗? 记得戴修仪的苦心吗?”

李顺容听梨茵提起戴修仪,更是心寒,抱着梨茵大哭道:“梨茵,我怕! 我懂你们的苦心,咱们不理八大王了,我就在这永定陵中安安静静地过吧!”

梨茵叹了一口气道:“只怕树欲静而风不止啊! 倘若八大王再来,可怎么办呢?”

李顺容懦弱无主地道:“我,我也不知道啊,只求他别再来了。”

梨茵看着李顺容那懦弱的样子,暗暗地叹了一口气。

两人站立了一会儿,就听得外面一阵欢快的脚步声急急地传进,李顺容的眼睛亮了起来,还未转身,就听得环佩叮咚连声,一个盛装的女童已经扑进了她的怀抱,撞得她向后仰去。

梨茵连忙及时扶住,笑嗔道:“公主,您差点把娘娘撞倒了。”

李顺容拉着女儿，却见她衣饰已换，奇道："冲儿，你从宫中回来了，怎么你的衣着都——"

小公主嘻嘻一笑，拽着裙子转了一个圈得意地道："母亲，好看吗？"

随后的小内侍忙笑嘻嘻地说："恭喜顺容贺喜顺容，太后长宁节将到，特降恩旨册封小公主为卫国长公主，一应封赐比照嫡出公主。"

李顺容忙拉着小公主问道："是真的吗？"

小公主得意扬扬地说："当然是真的了，大娘娘说，先皇就只有一子一女，我是官家唯一的妹妹，没有什么嫡庶之分。"

李顺容怔怔地道："那，我得多谢太后的恩典了。"

小公主睡着后，李顺容一夜无眠。望着女儿天真无邪的睡脸，她的心里充满了依恋。当日太后虽然抱走了孩子，可是她在生子之前，就已经知道了这是为太后怀的孩子，不属于她。这是无可奈何的命运，但是太后到底待她不薄。如果没有太后垂怜，她不可能有这个女儿。起初几年，她日日都想着那个被抱走的儿子，直到小公主出生之后，她喜极而泣，慨叹老天待她尚是不薄。从女儿出生时开始，女儿的一切事务，她都亲手照料。照料一个小小的女婴，竟会忙得一刻都没有闲暇，几年下来，那个曾经深刻心中的孩子渐渐远了、淡了，她将对两个孩子的爱，全部倾注于这个女儿的身上。

月光照在小公主的身上，李顺容不禁想起了白天定王的到来，她心惊胆战地想着，这其中要牵涉多少人啊！一旦与定王同谋，首当其冲的怕就是她至亲的这两个人。

她虽然没有同意与定王同谋，可是定王若是不肯罢休怎么办？若是定王真的发动阴谋而不成，她何以澄清自己，来保护她最亲的人呢？就算定王事成，若他真的如梨茵所说的企图兄终弟及，那自己凭什么阻止他？难道说最后真要落得像开宝皇后一样含恨死在上阳宫？

倘若她为了自己的太后名位，害了小公主，害了当今皇帝，她岂不是生不如死，她岂能为一己之私而落下终身愧恨？

她紧紧地抱住了小公主，哽咽道："冲儿，娘是苦命之人，但求你们都好好的，娘认命罢了！"

这一夜，李顺容终夜难寐。

此时宫中正在操办着一场大寿宴。刘娥的生日长宁节，恰在元月，这三

年里因太后一直念着先帝无心操办，此时奉安三年服满，赵祯早就下旨要群臣好好操办这次的长宁节，并说要亲自率百官朝拜，为刘娥上寿。

听得官家提出此议，立刻有大臣上表反对说："天子有事亲之道，无为臣之礼；有南面之位，无北面之仪。若奉亲于内，而行家人礼可也。今顾与百官同列，亏君体，损主威，不可为后世法。"

赵祯此时也不过十五岁的少年人，正满心要讨好母亲，听了此言大不入耳，这脸就沉下来了。刘娥坐在帘后，听到赵祯这一片孝心，只觉得心头暖流涌过，甚是欣慰，对江德明吩咐两句。江德明出列向赵祯道："太后说，官家的心意她领了，皇上在宫中行家礼即可，率百官朝拜，于国体不合，还是罢了。"

宰相王曾忙乘机上前道："官家以孝心奉母仪，太后以谦让全国体，常言道恭敬不如从命，官家自当以遵从母命为善。"

赵祯勉强道："好吧，退朝！"

刘娥退朝后回到宫中，正巧杨媛来请示下个月长宁节的一应事宜，刘娥笑着将今日朝堂之事告诉杨媛，谈及皇帝的孝心，甚感欣慰道："这事儿我固然是辞让了，可是他有这份心，我这心里头也如同已经成了一般高兴。"

杨媛也笑道："官家年纪虽小，可是性情纯良温厚，这样的心性真是帝王家最难得的。"

刘娥点了点头，若有所思地道："官家一天天地长大，我看着他，仿佛看到了当年的先帝一样，他的容貌性情，都像极了先帝。"她的目光望向遥远不可知的一方，仿佛时光从来不曾流逝过似的，那一个俊美的少年自土墙后走出，那一身的服饰气派，恍若神仙中人一般。她看着杨媛，侧着头微微一笑："我与先帝初见的时候，他十五岁，我十四岁。那时候先帝少年意气，眼神也是这般清澈温和的。我人生中第一个生日宴，便是那一年他在揽月阁中为我庆祝的……"

杨媛却是从未见过少年意气、眼神清澈的先帝，她初见赵恒时，他已经是一个可以独当一面的亲王，只觉得他高高在上而充满威严，却想象不出刘娥描述的这个少年先帝，是什么样子。

伤感的念头一转即逝，她与刘娥相依扶持也已近二十年了，此刻对于她来说，刘娥甚至是比先帝更重要的人。

"姐姐，"杨媛说，"长宁节的事，要怎么操办才好呢？"

刘娥略一思索，道："要办得热闹，这也不全是为我，这次契丹等国都会派使臣来上寿，要让天下人看着，我大宋君臣同心，繁荣昌盛。宁可过了长宁节后，别处再省些。"

杨媛得了她这一句话，便有了方向，想了想道："姐姐，既然要热闹，我看拜寿不如在大安殿如何？"

大安殿是正殿，素来只有极重大的庆典方开此殿。本朝以来，开大安殿的日子亦是屈指可数。刘娥临朝听政之时，便想御大安殿，却遭到宰相王曾反对，刘娥只得在真宗素日临朝的崇政殿登位受册。听了她这话，不由得心中一动，口中却道："崇政殿也算得正殿，依我看，还是在崇政殿上寿罢了。"

杨媛会意地道："是，姐姐，我明白。不过若是有臣子们上奏，姐姐也不妨受之。"

刘娥深思着："我看那几个宰相还是会反对的。"

过了几日，有人上奏，请长宁节在大安殿上寿，奏章一上，却又遭到宰相王曾反对。

杨媛忙来报与刘娥，刘娥笑道："早同你说过了，我就在崇政殿上寿吧。"

杨媛不由得有些恼火，道："都是我的不是，胡乱出主意，倒教姐姐扫兴了。我看这王曾也太不晓事，我看他的样子，倒有些像丁谓当年，挟主以自重了。"

刘娥沉思道："王曾倒不是丁谓，驾驭权力、心底藏奸，他还没这天分。"

杨媛想了一想，笑道："我说错了，他不像丁谓，却像李迪，自恃清贵大臣，讨好外头的清议甚于对君上的忠心，生怕人不知道他是个强项令似的。"

刘娥最是厌恶李迪，闻言微微不快，杨媛正要进言，却见小内侍罗崇勋满面喜色地进来，向刘娥、杨媛笑嘻嘻地请了安，道："太后，官家刚刚亲自下了一道旨意，叫我们先瞒着太后呢！"

杨媛吓了一跳，官家竟是亲自下旨，还瞒着刘娥，这也太大胆了。却见罗崇勋满脸笑意，知道必是不怎么要紧，忙问道："是什么旨意？"

罗崇勋笑道："官家听说太后又辞了大安殿上寿的主意，改在崇政殿了，觉得简薄了些，好不容易明年打算热闹着办的，所以自己拟了道旨意下去，长宁节的时候，他要亲率百官向太后上寿。皇上知道太后辞过这个，怕太后再辞，所以索性瞒住了太后，先把旨意发下了，晓谕中外。等太后知道时，旨意已经发了，想阻止也来不及了。"

听着皇帝要着小孩儿的聪明劲儿，又想着他体贴母亲的一番孝心，刘娥与杨媛不由得相视而笑，刘娥连连摇头："这孩子，这孩子……"却一下子说不出什么话来。若说他大胆胡闹，偏又叫人喜欢；若夸他聪明孝顺，却也怕他兴头上再多来上几样离谱的事儿。

杨媛扑哧一笑，道："难为官家一片孝心，这可弥补了我不会办事的错儿了。"

刘娥轻叹一声："官家是长大了！"

杨媛眼珠子一转："是啊，长大了，也快是个大人了。姐姐，有一桩事，咱们是不是也应该议了？"

刘娥疑问道："什么事？"

杨媛在刘娥耳边说了半晌，刘娥连连点头："不错，不错，也是时候了！"

第九十四章 顺容李氏

春节将至，京中各处都在做着过年前的准备。

从十月开始，朝天门外就热闹非凡，天下货物自汴河进入京城，京城百姓蜂拥而至，忙着购买各色过年用品，诸如新年历、大小门神、屠苏酒、桃符等。一进入腊月，开封府便在宣德楼下搭建鳌山，结扎彩棚，游人齐集于御街两廊之下，奇术异能，歌舞百戏，乐声嘈杂十余里。到了腊月初八，家家户户都要以胡桃、松子、柿、栗等七宝五味和糯米制成腊八粥，便是无家可归的穷汉和乞丐，也可在寺院中领一份腊八粥好过年。同时各药铺医家及惠民局都出送如虎头丹、八神、屠苏等药物，统称腊药，尽是为着过年之用。

到了腊月二十四，京中各家请了僧道看经，备下酒糟抹灶门，供上糖豆粥及饴糖等给灶神，贴灶马等，送灶神上天。酒糖等物，无非是灌醉了灶神，甜粘了灶神的嘴，以便“上天言好事，下界保平安”。此外还有猪头鱼肉等物供上，待过了子时，便将旧灶神的神像烧却，送灶神上天。

才送了灶神，正是腊月二十五日，这一日恰好天降大雪，定王赵元俨便依旧例开筵饮酒，府后头堆起雪狮子，垒起雪山，大会亲朋，低吟浅唱。

在王府后院，中间小阁连着两边长廊，摆下十几张小几，一几两椅，两人对坐而酌而饮。对面则叫了一班杂耍艺人在雪山与雪狮子之间穿梭表演，或杂着几个女伎轻吟浅唱，尽享丝竹之乐。

定王的几个儿子，陪了诸官员饮酒说笑，定王独自陪着今日官位最高的侍中曹利用，在中间小阁中对饮。外头的吟诗作乐，散在风中雪中，阁中的两人，压住了声音低低地说话。

定王倒了一杯屠苏酒，冷笑道：“侍中，听说此番长宁节要大办，不但百官拜寿，大赦天下，还要天子上寿，万国来朝，可当真尊荣至极啊！”

曹利用手执酒盏，脸色沉郁："昔年太宗皇帝册立先帝为太子，祭庙告天，晓谕中外，令后来的王继恩谋立楚王之事不遂。先帝东封西祀，大设庆典，目的也在于威慑外邦，成就大中祥符的盛况。此番长宁节如此大肆铺张，岂非是效法契丹萧太后的再生仪之法？要天子上寿，岂非是宣示天下，如今乃是女主当政？"

定王放下酒杯："这正是太后最擅长之处，我隐约听说，当年太宗皇帝册立先帝时祭庙告天之举，便是出自她的谋划。"

曹利用凝视定王，叹道："此番若在中外建立了威势，则将来其地位更难撼动了！"

定王双目炯炯："因此，咱们便要在这次长宁节之前动手。"

曹利用一喜："大王要如何动手？"

定王凝神想了一想，道："本朝自太祖开始，便以国基为本，不可动静太大。若是动静太大，便失了朝臣之意、百姓之心。不但落了下乘，且开了这个口子，将来难免他人效法，就不好收拾，未免走到唐末五代的旧路子上了。"

只这一番话，说得曹利用连连点头，这正与他这些日子所虑的一样。太祖黄袍加身，皇位传递兵不血刃，杯酒释兵权谈笑收政，若是有人动静太大，只怕当真有求荣反辱之虞："大王这般见识，当真是帝王胸怀。"

定王冷笑一声："依我之见，倒不如借长宁节这股东风，教崇徽殿那位自食其果。"

曹利用心中一动："愿闻王爷高见。"

定王笑了笑："本王想了几步棋，与侍中商榷一下如何？"挪了酒壶酒盏，细细地道，"第一步，便是在这段时间，叫几位御史上书，说官家已经年满十五，太后理应撤帘，还政官家。"

曹利用脱口道："她岂肯撤帘？"

定王笑道："第一步只是先张个声势，埋个伏笔。第二步，便是长宁节三天前，百官要进宫预祝，便等这一日，把永定陵那位接出来，当着官家和文武大臣们的面，说明真相。太后之位，本为帝母之尊。当日她以此而得皇后之位，今日她能为太后，那么李氏岂非更应该尊为太后？"

曹利用眼光一闪："大王的意思是——两后并尊？"

定王点头："正是，而且要这长宁节上，两位太后一齐受万国来朝之贺！"

曹利用拍案叫道："妙极，她这般苦心经营的长宁节，到时候岂非成为笑柄？"

定王冷笑："长宁节后，咱们便可奏请官家亲政了——"

曹利用立刻接口道："到时候，两宫太后退居后宫，颐养天年——"

定王也接口道："你我辅佐官家，同理朝政——"

曹利用道："她若不愿——"

定王立刻道："只怕到时候却由不得她了。"

曹利用笑了，方才两人说到热切处，直如短兵相接，片隙不留，说到此时，心终于定了下来，缓缓地道："不错，只要官家知道真相，必然与她反目成仇，到时候只怕连群臣都不会站在她这一边，她纵有通天之能，只怕也回天乏力。"

刘氏若是失势，眼见着官家年幼，李氏懦弱，这朝政势必要倚仗定王与曹利用这两位有功的重臣了。

曹利用的眼光从定王的身上，扫视到两边回廊中坐着的十余位官阶高低不同、来自三省六部的官员，看着周旋在诸官员中间的定王的四个儿子，心中暗忖，看来定王这些年深居简出，这势力却仍是不容小觑啊！方才那一套周密的安排，断非一个人短时间能想得出来的，必是出自这一批智囊的商议吧。

窗外雪花纷飞，飘入小阁之中，前面的雪山、雪狮子等，在阳光照耀下七彩流光。

定王停了酒杯，走到窗边，手拈起一片飘来的雪花，笑叹道："好大雪，好丽色。"

曹利用执着酒杯，也走到窗边，叹道："但不知来年春暖花开时，此景安在？"

两人相视而笑。

新年过去，太后的长宁节很快就要到了，各国派来道贺的使臣也相继来到汴京城，一切都在紧锣密鼓地进行着。

长宁节之前三天的一个清晨，一辆马车进入了永定陵。然而，永定陵中却早已没有它要接的人了，自然，这辆马车也没能离开永定陵。

此时，李顺容正一步步踏入崇徽殿的台阶。

同时，定王赵元俨奉诏入宫，进入东华门旁边的承天祥符门。此门原名承天门，大中祥符元年，就是在此处发现天书祥符，因此而改名。至此而入左掖门，内侍杨怀敏引了定王到一间偏殿休息，抱歉道：“王爷请恕罪，长宁节要办的事情实在太多，太后实在有太多事了，本来召了王爷，可是方才太后忽然另有要务，只得请王爷在此稍候片刻。”

定王心中一惊，他清晨已经派人去永定陵接李顺容，本拟要在午后的预祝时忽然出现，不想这边人才出发，那边便被太后急召入宫，心中越发地虚弱胆寒起来。他一边坐着饮茶，一边向侍立在旁的杨怀敏旁敲侧击地盘问，杨怀敏似是毫无戒心，一不小心便漏出几句话头来，这不，说着说着便漏出一段笑话来。

因为庆祝长宁节，太后不但在宫中封赐众多，而且对朝中大臣也颇有封赏，就连尚在戴罪中的四王妃李氏，念在嗣子允让与太后曾有数年母子情分上，都恢复了王妃的称号。昨日的笑话，便是发生在四王妃的身上。

太宗皇帝生了七位公主，至今只剩下两位，便是嫁给左卫将军柴宗庆的邓国大长公主和嫁给驸马都尉李遵勖的随国大长公主。昨日是宗室女眷朝见太后，先是两位大长公主进宫，太后见两位公主垂垂老矣，头上稀疏的白发越发映得人苍老起来，叹息道：“公主也老了。”便令赐一种以各色珍珠和翡翠宝石制成的头饰，戴在头上光彩夺目，颇能掩饰两位公主的白发稀疏之态。

这边两位大长公主戴了新首饰出去，那边各王府的王妃朝见，那四王妃李氏见两位大长公主头饰华美，而自己头上也是白发稀疏，也觍颜求赐，不料反被太后数落一顿，说：“两位公主是太宗皇帝之女，先帝的亲妹妹。你我不过是赵家寡妇，当存了淡泊自守的心肠，绝了脂粉首饰的念头才是。公主是皇家血脉，如何能与她们相比？”

杨怀敏连说带比，越王妃的自找没趣被他说得活灵活现。定王冷笑一声，他的这位四嫂素来不知进退，不想年纪越大，倒越发地愚蠢起来。

当年先帝在世时，因儿子早亡，便收了四王妃的赵允让为嗣子，那四王妃自以为有太后之望，对当年的刘德妃、如今的刘太后颇有不敬，结果被拿着错处贬爵幽禁了十来年。自被赦免出禁之后，便由当年的趾高气扬变为对太后的百般奉承，却每每马屁拍到马脚上，因言行拙劣而更受太后斥责。

定王闭着眼睛也能想见昨日的情景，想见几十年来养尊处优的刘娥对着四王妃斥责时那种自负骄横的模样来，不禁冷冷地抿了抿嘴，不知道将来太后退居内宫，是否还有机会这样呵斥他人？

不想今日太后不知所为何事，让定王这一等，一直等了一个多时辰，直等得心如火焚。也不知道外头的事情办得如何了，好几次欲站起来，却都被杨怀敏笑着劝住。好不容易终于见江德明来到，听到一声："太后有请！"

定王进了崇徽殿，想着方才的事情，不由得凝神看了一下太后，但见太后只插了四五支玉质簪钗，越发映得她一头青丝仍是乌黑浓密。刘娥这数十年来养尊处优，虽然已经是五十多岁的人，但是保养有术，因是喜日，着了大红绣金线的翟衣，越发显得容光靓丽，望之犹如四十未到。

定王不由得想起四王妃的模样来，四王妃年纪本比太后略大得几岁，幽禁十年后出来，整个人已是鸡皮鹤发，苍老不堪。两相对比，越发可以想象出太后斥责四王妃"我自家也从来不用这么多的珠翠饰物"时的理直气壮来。那等繁多的首饰，只怕反而遮了她一头青丝的亮丽吧。

太后神情比往日更加慈祥和蔼，见了定王行礼，忙笑道："八弟起来吧，今天是咱们自家叔嫂见面话家常，不必如此拘礼。"这边就吩咐赐坐。

定王谢恩告坐后，笑道："怪不得俗话说，人逢喜事精神爽，臣弟看太后今天的气色格外地好，像是年轻了十岁似的。"

刘娥笑了一笑道："八弟就是会哄人开心，我都是老太婆了，还能有什么好气色？刚才我正在想，先帝的兄弟中，只剩了楚王和你。楚王素来不理外务，我也不敢劳烦他。官家年幼，还得宗室扶持，你是官家的亲叔叔，少不得以后诸事，都要仰仗你八大王了！"

定王心中暗暗得意，口中却谦逊道："太后说哪里的话来，臣弟是最无用的人，也就是太后抬举，臣弟少不得尽心报效，就怕才能不够，有负太后圣望。"

刘娥笑叹道："外人说起天家富贵是何等艳羡，殊不知天家骨肉，多了君臣分际，似咱们这等闲坐聊天的亲情格外难得。你是先帝存世唯一的弟弟，我盼着你平平安安的，只要不出大错，我必也是保全了你的。"

定王想起当年因着韩氏放火烧了宫院被贬的事，不由得脸一红，低下头道："臣弟惶恐！"

刘娥笑着摇摇手道："韩氏那事儿，只是小事罢了，你也不必放在心上。对了，前儿循国公承庆进来求我恩典，我却又想起他祖父秦王来。太宗皇帝为着他交通大臣图谋不轨，一生气将他放了房州，原指望他磨磨脾气，改好了就回来的，不承想他命蹇福薄，待得太宗皇帝气头儿过了再叫他回来时，人也已经去了。先帝当年对我说起往事，说太宗皇帝后来为此，也常自郁郁。虽然是他自己不好，但是到底叫为君父者心里头难过啊！”

定王听刘娥提起秦王赵廷美往事，不由得心惊肉跳，忙站起来垂手侍立，不敢再说。

刘娥转过头去，惊讶地道：“八弟，不关你的事，你尽管坐吧！”

定王只觉得手心中捏出汗来，忙又谢罪坐下。

刘娥想了一想，却又叹道：“可见人寿无定。当年贬丁谓时，王曾上书说请寇準回来。我为着他是先帝在时贬了的罪人，先帝刚过去就召他回来，未免不便。原想缓一段时间再叫他回来，不承想他到了雷州，水土不服。长宁节前我派人去雷州召他回来，却原来他已经去了。”说着也不免有些伤感，雷州离京城甚远，音讯不通，她满心再起用寇準，寇準却已经去了，不由得有些沮丧。

定王忙道：“这是寇準无福，太后不必在意，只须多抚恤他的家人罢了！”

刘娥嗯了一声，道：“我已经下旨，着寇準官复原职。老臣们凋零，这一来我又想起丁谓，他屡屡上表谢罪，又说在崖州双脚风湿，不能走动了，只求不让他埋骨海岛，回归大陆沾上点泥土也好，听着甚是可怜。”

定王心忖丁谓曾于太后有功，难不成太后因着老臣凋零，有怜悯之意，顺口道：“既然如此，太后何不发个恩典，让丁谓回京或者让他致仕回家。”

刘娥想了一想，道：“这倒不忙，他这一过去也不过三四年，哪里到这等地步了。既然寇準去了，雷州司户参军空缺，就让他从海岛回来，登上大陆，也就罢了！”

定王暗暗心惊，不敢开口，忽然听得刘娥笑道：“我可是老了，没正经的话说了一大车子，倒把正经话给忘记了。”说着，向侍立在一边的张怀德点了点头。

张怀德走出一步，取过旁边小内侍捧在案上的圣旨来，长声道：“圣旨下，定王接旨。”

定王急忙站起来，上前一步恭恭敬敬地跪下，道：“臣赵元俨接旨。”

听得张怀德念道：“……定王元俨拜为太师、授武成节度使、行荆州牧，赐其剑履上殿，入朝不趋，赞拜不名……”

听得这一段时，定王只觉得耳中嗡的一声，狂喜、紧张、惶恐、茫然到了极点，他已经是亲王，再拜太师、封使相、授州牧，爵禄位已经到了顶点，且“剑履上殿，入朝不趋，赞拜不名”这三项已非人臣所能受的了，忙磕头道：“臣惶恐，这‘剑履上殿，入朝不趋，赞拜不名’非人臣所能受，臣实是不敢！”

刘娥和颜悦色道：“这原也不是为你开的先例，昔日先帝也曾对楚王拜太师、封使相、授州牧，也赐这‘剑履上殿，入朝不趋，赞拜不名’，我不过是援例而已，你只管领受罢了！”

但是楚王昔年曾入驻东宫为皇储，是真宗同母长兄，且真宗之所以赐其剑履上殿、不趋不名等，多半也是出于楚王避忌，早已告病在家多年，所谓的剑履上殿、不趋不名等，便也只剩下象征性的荣誉而无实际可能会出现的情况了，若是有臣子可以佩剑上殿，入朝不用急步而行，君王不能直呼其名，岂非有违君臣之道?!

定王却未想到这一层，只是暗地里想了一下，他如今是皇帝的亲叔叔，又是唯一在朝的亲王，和楚王相等的待遇，便是受之也算不得什么。虽是这样想着，表面上却惶恐谦辞了甚久，这才敢谢恩领受，接过了捧上来御赐的印信、服绶、剑履等物，再交与旁边的内侍捧着。

他跪在地上已好一会儿，此时尚未起身，却听太后笑道：“我还有一样东西赐予你，江德明，你捧过去给八大王吧！”

但见江德明捧着一个银盘过来，送到他面前道：“大王请收！”

定王抬眼看到银盘之物，脑中顿时一片空白，只觉得天旋地转，“轰”的一声，魂灵似已离了躯壳而去，但听得太后清冷冷的声音似从极远处传来：“八弟你也太不小心了，先皇御赐的东西，你怎么好随便乱丢，这要是教有心人拾去，惹出祸端来，你就难辞其咎了。”

那清冷冷的声音，一字字如同一锤锤敲打在他的心头，他只觉得灵魂慢慢地回归躯壳，挣扎着起身，颤抖着拿起银盘中的玉佩，果然是他在十余日之前，亲手交与李顺容的信物。他惊骇地看着太后，脑中急速地转着念头：她到底知道了多少？她会拿他如何治罪？到时候自己该怎么想办法拉上宗室群臣们？……

刘娥微微一笑，拖长了声音慢慢地道：“幸而李顺容拾到了交给我，这才免去你的糊涂过失，八弟，你该谢谢她才是！李顺容出来吧！”

定王凝神看着屏风后，李顺容慢慢地走了出来，低垂着头，手微微颤抖，看上去比他还紧张一些。

定王只觉得脑中一片空白，他茫然地站起来，依着太后的吩咐向李顺容行了一礼，道："多谢顺容！"

一个时辰前，李顺容怀着惶恐的心进入崇徽殿，却见珠帘垂下，刘娥在帘内道："莲蕊，不必行礼，先进来吧！"

李顺容有些摸不着头脑，但见小内侍打起帘子来，只得低头进了帘内。却见刘娥指了指下首道："你且坐下，我有个人要让你认认。"

李顺容瞠目结舌，她本来就反应不快，此时更不知道如何是好，只得一言不发，依命而行。

那一日听了梨茵的劝，她本已经打定主意，不管情况如何，她绝不会让自己变成对付太后的一支箭。又想起戴修仪的遭遇来，心中越发胆寒。宫廷纷争，远非她一个小妇人能够明白的，她只怕站了哪一边都不是，做了什么都是错。她虽生性怯懦，却有一股常人不如的倔强，索性打定主意闭口如蚌，任是谁也不理会。那日定王离开，她已打定主意，倘若再有人来逼迫，不过是一死了之，也免了他人受牵连。

她侍奉太后一场，深知太后之能，今日见太后忽然接她入宫，想是那日之事，泄露到太后耳中了。虽然见太后神情和蔼，心中却是不知所措，更是怕太后冷不丁地问个什么事情，当真是不知道如何回答了。

她心头想着事情，脸上更加木然，神情显出迟疑呆滞来，但听得刘娥道："宣进来吧！"

李顺容斜坐着，看帘子外大总管张怀德引了一个布衣男子进来，大吃一惊。她是先帝的妃嫔，何以无端让她见一个陌生男子？她不知何意，心里这般惊疑，越发地低下头来不敢再往外看。

她自是看不见那男子战战兢兢地跪地行礼、吓得直哆嗦的样子。但听得太后道："下跪何人？"

耳边听得那男子颤声道："禀太后，小民叫李用和。"

"李用和"这三字听入耳中，李顺容顿时脸色大变，直直地盯住了殿下跪着的那人。可是一别数十年，如今却又如何能从这个壮年男子的身上，找出当年那个小顽童的丝毫影子来呢！

刘娥见李顺容全身一震，整个人都变了脸色，只差一点便要站起来冲出去的样子，便向着身边侍立的江德明点了点头。

江德明向前一步，代太后问道："李用和，你原籍何处，祖上有何人，以何为业？"

李用和磕头道："小民祖居杭州，先祖延嗣公，原是吴越国时的金华县主簿，先父仁德公，随吴越王入京，官至左班殿直。先父先母逝世多年，小人一人独在京中，以代人凿纸钱谋业。"

李顺容听到这里，紧紧地咬着帕子，眼泪早已无声流下。

刘娥缓缓地道："你可还有其他亲人？"

李用和听得帘后女声传出，他知道当今太后垂帘，战战兢兢，听得这般问，颤声道："小民还有一个姐姐，幼年失散，只是如今音讯全无，不知下落。"

刘娥拍了拍李顺容的手，悄声道："下面由你来问。"

李顺容紧紧握住了帕子，颤声问："你姐姐昔年离家时的情景，你可还记得？"

李用和忽然听帘后又换了一个女声，更是晕眩，只得道："姐姐昔年离家时，小民才不过五岁，听说是送到旧日主公的府上侍奉。后来父亲去世，吴越王府赏下恩典来，小民也曾经打听过，说是姐姐入宫去了，小民家不敢再打听。父亲去世后，和吴越王府也断了往来，此后再无音讯。"

听得帘后仍是那女子声音颤抖地问道："你可还记得姐姐的模样？"

李用和摇了摇头："姐姐离家时，小民年纪太小，实是记不得了。"

帘后那女子声音道："家中还有何旧物凭信，可供相认？"

她这么一说，李用和立即道："自然是有的。"随即在怀中掏了半日，掏出一个灰色布包来，摆在地上打开，里头又是一层油纸包，再打开，里面却是一只已经褪了色的香袋。他将香袋摆在灰布与油纸之上，恭恭敬敬地磕了一个头："这是姐姐离家当日，从大相国寺求了护身符来，放在她亲手做的这个香袋里头，挂在小民的脖子上的。"

李顺容泪流满面，站起来就要一步走出帘子，刘娥拉住了她，又问："这般重要的东西，恰恰今日一问，你便拿出来了，何以如此凑巧？"

这句话很重要，李顺容本拟要冲出去，又停住了，单听那李用和如何回答。

李用和也知道今日这番朝见，最后都要着落在这一句话上，更是小心："先母故世之时，只嘱咐小人，姐姐是这世上唯一的亲人了，务必要留着这个

香袋,找到姐姐才好相认。因父母亡故后,小民做佣工,居无定所,唯有将这香袋随身收好了,从未离过身。"

刘娥松开手,李顺容听到母亲死时情景,早已经泣不成声,此时一头冲出帘子,抱住了李用和悲呼一声:"弟弟——"

姐弟二人抱头痛哭,好半日才停下来。太后欣然道:"好了,如今你们姐弟团聚,当真是喜事一桩。"

江德明凑趣道:"太后千秋,正遇上李顺容姐弟重逢,这当真是喜上加喜啊!"

李顺容拜谢太后:"太后的大恩大德,臣妾姐弟真是杀身难报。"她心中虽然感激之至,只是不善言辞,此刻越发不敢多说一个字。

刘娥含笑点了点头,忽然间心中一阵感慨:"莲蕊,你入宫这么多年,与家人断了联系,不想今日还能够再相遇,这也是极难得之事啊。若旁人皆无有你这般福分,便是倾尽心力,也再找不着一个亲人来。"说到这里,神情愀然不乐。

李顺容知道又触动了太后的心事——太后自先帝年间,就派人去蜀中原籍寻亲,却只有一堆混充的"族人",竟无法寻回一个真正的至亲来。想到这里,心中不安,叫了一声:"太后——"

刘娥却听出她的意思来,摆了摆手,强笑道:"戴修仪已经去了,我看你一个人在永定陵住着也太孤单了,仪凤阁还空着,你还是搬回来,咱们老姐妹们有个伴儿。且你们姐弟重逢,住回来也方便见面。"

李顺容满心感激的话,想说而说不出口,但见刘娥松了一口气道:"总算验证了是真的,让你们姐弟团聚,我也放下心来。这也算了结了一桩事,好了,李顺容且去休息,过会儿百官入朝预祝,自有得忙碌。江德明,你去请八大王进来吧!"

李顺容本已准备退下,忽然听得预祝、八大王等字,浑身一震,失声道:"啊!"

刘娥含笑看着李顺容:"妹妹怎么了?"

电光石火之间,李顺容脑中"嗡"的一声,跑马灯似的将八王探陵、今日入宫、姐弟重逢、太后当着她的面吩咐八王入见之事尽数串了起来,脑海中灵光一闪,忽然跪下,颤声道:"请太后屏退左右,臣妾有下情禀告。"

她已经完全明白了太后之意,天下还有何事,是太后不知道的呢?今日进宫,太后这一重重的恩典,每一步都是备着让她自己开口而已。她本已打定主意闭口如蚌,然而到了此时,却不能不推翻自己这个傻念头。从八王探陵那一日起,太后就等着她开口,她不开口,太后一次又一次地将机会递给她。如今这般情景,她再不开口,简直就是要完全拒绝太后的好意,默认将自己推到另一阵线去了。

她伸手入怀,缓缓地取出那块玉佩来,双手奉上:“臣妾请太后看一看这个玉佩……”

长宁节前三日,是预祝。既然定下皇帝率百官上寿,所有的礼仪亦得统统排练,官家何时自何处进来,何处行礼,都要与百官们一一排练。

崇政殿已经摆作寿堂,先是官家率先上寿,然后是定王率宗室上寿,再然后是宰相王曾率文武百官上寿,余下人等不一而足。

定王率宗室诸人,候在一边,见官家上寿之后,登上殿去,坐在太后身侧,然后,定王走到殿中,跪下:“臣定王元俨,率诸宗室上寿,祝太后千秋长宁!”身后诸王宗室也随他一起齐声恭祝。

刘娥含笑点头:“八大王辛苦了!”

定王带着适度的恭敬和微笑,木然地说该说的话,做该做的事,行礼如仪,退回座中。

然后,宰相王曾上寿,紧随其后的,是侍中曹利用。曹利用一直在偷偷地看着定王,企图从定王的表情中看出什么来,只可惜一点也看不出来。他只知道,今天原定的计划,就在太后和定王同时出现在殿中时,已经失败了。

可是,这期间发生了什么?怎么发生的?忽然间太后吩咐,说定王也要亲率宗室上寿,然后太后宣旨,升定王为太师、授武成节度使、行荆州牧,并赐其剑履上殿、入朝不趋、赞拜不名等殊荣。

方才太后和定王在后殿,达成了什么样的协议?而这一桩协议里,他曹利用又被设置了一个什么样的命运呢?想到这里,曹利用虽然仍是面无表情,袖中的手指却是忽然痉挛僵硬起来。

定王木然坐着,他此时根本看不到曹利用,甚至对于一切外务,都一片茫然,今日他行动说话,如梦游一般。脑海中,却唯有方才与太后的一段段对话。

太后将一份名单递给他:“八弟,昭文馆在修律法大典,需要从各部补一些人才进去,这个名单请你帮着看一下,可有意见?”

定王接过来,名单最后两排新添的名字,个个他都熟悉得很,正是腊月二十五在他的王府中赏雪饮酒的官员。官员入昭文馆修法修典,有些时候是积累人望准备重用,有些时候,就是一修到底,这一辈子只能做个校书郎了。然而此时此境,他只能木然地将名单递回:“全凭太后做主。”

太后又道:“八弟,前日定王妃带小郡主入宫,你女儿可爱得很,与吾娘家侄儿刘从广年貌相当,宛如一对金童玉女,我有意给这对小儿女定下亲事,不知道八弟意下如何?”定王之女今年才四岁,刘从广也不过只有五岁而已。但这又有什么关系呢?太后只是要群臣知道,定王与太后娘家,已经结为姻亲了。

所以定王依旧只是回答:“全凭太后做主。”

定王已经不记得太后后来又说了些什么,但他仍然还记得自己的回答,永远只有那六个字:“全凭太后做主。”

定王不知道今日的预祝朝会是几时散的,也不知道自己是如何出的宫,如何上的轿,如何回的家。

当轿子在定王府停下时,他已经力气尽失,汗湿层衣。下轿之后,他嘶哑着声音道:“闭府、谢客,替我修奏章,长宁节之后,告病辞朝!”

为人臣者,若不想当那篡位的逆臣,这“剑履上殿,入朝不趋,赞拜不名”恩典下来,那就只能是永远闭门不出,让这三项恩典只能留在纸上,而不是落在实处了。

第九十五章

长宁庆寿

三日后，到了长宁节的正日子，宫中上下更是紧张而忙乱，杨媛主持一应宫内事务，宰相王曾主持宫外事务，又兼契丹等各国使节都奉了国主之命，前来朝贺。

晨起，赵祯便换了大礼服，然后等到吉时，率百官进入崇政殿相候。

刘娥晨起后，已经在崇徽殿先受了杨媛率后宫诸妃嫔的朝贺，然后再驾临崇政殿，受了赵祯及朝臣们的朝拜礼。照同三日前预祝一样，先是官家上寿，然后是定王率宗室上寿，再是王曾率文武百官上寿。

百官上寿毕，又是鸿胪寺引各国使节上寿。此时真宗多年来以信奉天书为由，大兴庆典祀神的成果已经渐现成效。

太后长宁节万寿之期，那些天南地北远邦小国纷纷前来朝贺，除辽国从天圣元年就开始一直派使臣来贺以外，之后更有党项、大理、高丽、琉球、交趾等国，正是“万国衣冠朝娥眉”。

本年，新来自吐蕃王朝的赞普唃厮啰率宰相李立遵前来朝贺，请求归属大宋之下。

唃厮啰是吐蕃赞普之后裔，他出生后，吐蕃王室便也如同那唐代末世一般，宗室争权，部族厮杀，再加上党项等其他周边部落的侵占，早已经不复当年。唃厮啰流落民间，出家为僧，“唃厮啰”此名即为“佛子”之意。后为部落大首领温逋奇及李立遵所迎立。这位佛子赞普这些年来一手讲佛法，一手执兵戈，文武并用，将四分五裂的吐蕃各部一一收服，渐成统一之势。

只是吐蕃各部历年来四分五裂，积弱已久，旁边却是在大宋和大辽纷争之间渐渐崛起的党项部。党项西平王赵德明之子元昊，年纪虽轻，却是野心犹强爷胜祖，对吐蕃早存侵吞之心。唃厮啰为求自保，于是率众远赴大宋，自请归附。

这真是太后长宁节绝好的贺礼，党项赵德明虽然已经弃辽归宋，但是实力仍在不断壮大。吐蕃来归，正是对党项赵德明最大的牵制。

太后下旨，许吐蕃唃厮啰每岁来贡，纳入大宋保护之下。至此，西北至党项、吐蕃，北至辽国，东北至高丽等国，东南至琉球等国，西南至交趾、大理等国，均已邦交安定，岁岁朝贺。

朝贺完毕，礼乐齐奏。太后退出崇政殿，回到内宫崇徽殿。此时，邓国与随国两位大长公主率皇室诸公主、郡主、县主等，楚王妃李氏率诸府王妃，宰相王曾夫人率各命妇也依次上前朝贺。

内外朝贺完毕，太后下旨开宴。此时内宫外宫，设了上千桌酒宴，大宴群臣。此中热闹，一时也不及尽说。

时已近晚。长宁节与上元节相近，上元节又是京中最大的节日，因此早有旨意，今年原定在上元节的花灯，都改在长宁节时盛放。

华灯初上时，太后带着官家，率百官和各国使节，登上宣德门的城楼，欣赏汴京城的花灯。

各国使节一登上宣德门城楼，便觉得眼前一亮，顿时瑶台仙境出现在面前，禁不住发出此起彼伏的赞叹之声。

整个汴京城的繁华展现在眼前，流光溢彩，华光满目。在宣德门上居高临下一眼望去，可以清楚地看到搭建在宣德门外以及宽约两百步的御街两边的几十座鳌山灯楼。

御街上的灯汇成了海洋，不但鳌山灯楼上有龙凤呈祥、百鸟百兽等各色花灯，而且整个汴京城的百姓，也投入了这场繁华之中。各家各户门前楼上，手提杆撑，都是各式各样的花灯。

又有可以升空的孔明灯，又有可以变幻不已的走马灯，又有高达数丈的百层灯，又有可以整队人舞动的龙灯。尤其以鳌山灯楼上的龙凤等巨灯最引人注目，其口、眼、耳、鼻、鳞甲、羽翼之间皆嵌着大大小小的灯盏，或盘或翔，皆昂首向天，有飞升之势。又有各色组灯字灯，有成组的天下太平灯、普天同庆灯，有单独的“福”字灯、“寿”字灯、“喜”字灯、梅花灯、海棠灯，有制作繁复的孔雀灯、狮子灯，大至数丈方圆，小到可以袖藏。仿佛天上人间诸景诸象，都被复制在满城花灯中了。

此时太后和百官所站的宣德门楼，自然挂的是全城最华丽贵重的花灯，中间挂的那一对琉璃灯更是价值连城，据说是用玛瑙和紫石英捣成粉屑，煮成糊状，再加上香料，反复捏合而成，这两盏琉璃灯挂在琼楼玉宇的最高处，晶莹透明，宛如凭空升起的两轮明月。用金银珠玉串成的流苏坠穗，也挂在宣德楼的四角，微风一过，敲金振玉，仿佛从天上蕊珠宫阙飘来一阕阕仙乐。

太后等人一登上宣德门楼，赏花灯的百姓们就已望见，都一齐跪下欢呼："太后千秋，长宁万寿。"

刘娥仰首看着碧空中一轮皓月冉冉升起，再低头看着万顷华灯相互争辉，一片五彩流溢的灯光把整个汴京城变成人间仙境，看着站在自己身边的皇帝，看着下方站在两边的文武百官，再看着已经排在宣德门楼下的各国使臣，看着满城欢庆的百姓，耳中回响着欢呼声和朝贺声，忽然觉得人生至此，当可无憾了。

本朝从太祖皇帝开国至今，大宋立朝已经六十五年，经过太祖、太宗朝的开疆拓土，经过先帝真宗守成经营，经过她扶助幼主掌定江山。只有此时，大宋疆域达到最大，属国达到最多，百姓最安乐太平，岁赋国库最为丰盛。

如今这汴京城中，数十万百姓手舞花灯乐享太平；而千万里外蜀道上，再无离乱；昔年先帝北上所见的千里荒芜，也已是耕织欢笑。如今的天下，外无争战，内无患乱，盛世文兴，百姓安乐，身为太平盛世的掌国者，实在是最为心满意足了。

长宁节上接受了殊恩荣宠的定王元俨，自长宁节后开始长年告病，不再上朝。同时，素日宾客盈门的定王府，也闭门谢客，与所有朝廷大臣、宗室亲王全部断绝来往。

太后不但赐定王顶级的爵位，更是进一步亲上加亲，为自己兄长刘美的幼子刘从广与定王郡主赐婚。

紧接着，太后下旨册立美人郭氏为皇后。旨意中说："自古外戚之家，鲜能以富贵自保，故兹选于衰旧之门，庶免他日或挠圣政也。"

新皇后郭氏，出自将相之门，其祖父郭崇本为武将，历经后晋、后汉、后周至本朝，太祖时追赠为太师。其父郭守璘官至洛苑副使，其母李氏，与太宗的明德皇后李氏乃是姐妹。因此，郭夫人与杨媛关系极好，时常携女进宫。去年郭氏入宫，封为美人，太后察其性情为人，颇为欣赏，因此下旨册封为后。同时,升后父郭守璘为太尉兼宁国军节度使,后兄郭允恭为太傅兼安德军节度使。

曹利用自长宁节后,便打算告病辞官,太后道国家正需用人之际,不准。

曹利用只得干熬,每天上朝下朝,只是应卯,索性什么也不做,只是等着那一天的到来。三个月后,雷霆风雨终于下来了。

一日,赵州州民赵德崇入京告状,告的是赵州兵马监押曹汭谋逆之事。曹汭为人本就骄横,竟然在酒后身着黄袍,让人称其为万岁,内侍罗崇勋引赵德崇告发,太后遂下旨,责令罗崇勋前去赵州调查此事。

曹汭是曹利用的侄子,曹汭之官,也是由曹利用一手提拔举荐的。太后盛怒,罢曹利用枢密使之职,并将此事交与廷议。

曹利用独坐厅中,无声大笑。

刀终于落下来了,三个月,太后真是好耐心。

今日廷议,基本上在开始之前,曹利用的命运竟似已经注定了。副相张士逊不明内情,在奏对廷前时为曹利用辩护说:"曹汭虽然狂悖,与曹利用是亲戚,但是他远在赵州,此事却追究不到曹利用头上来啊!"

刘娥素知张士逊乃是曹利用推荐而得任副相,曹利用为枢密使,自恣骄矜,张士逊身为副相,向来只会与曹利用一唱一和,被人嘲笑为"和鼓"。刘娥当下冷笑一声:"我听说曹利用昔年与你有恩,你是曹利用的'和鼓',没想到今日朝会之上,你也敢拿国家法典来徇私情?"

张士逊吓得不敢再说,连忙退后噤声。

王曾欲开口,刘娥已道:"记得当年王相尝言利用骄横,今日果然应了王相之言。"

王曾倒不想一开口便被太后堵了回来,只得道:"曹利用素日恃宠生骄,所以臣向有微辞,但今日曹汭之案,或可议牵连之罪。曹利用是国家大臣,若说他也谋逆,臣实不敢附和。"

刘娥也听得出王曾意思,以国家大臣涉入谋反案,的确是朝廷颜面无光。若非如此,她何以将长宁节时的阴谋瞒下而不公之于众,还要厚待定王,又等上数月不动,只等到其他的事情引发才拿问曹利用。

太后要动曹利用,其实大家心知肚明,早已经在议程上了,只不过是以什么名义动手而已。曹利用在朝数十年,亲戚门客众多,随便哪一件事上查个由头，也能绕上他来。任何一个大臣做到这样的品级，当真要抓点事总能抓得出来，只不过是看上位者肯不肯容忍罢了。

王曾之言在刘娥看来虽然也有些为曹利用说情之意，但是能说出一番持中的道理来，不失宰相之分，不像张士逊这般一味强辩，因此刘娥也愿意接受王曾的说辞，退让一步："那你们再议个方案出来吧！"

于是廷议结果，曹利用被降为邓州通判。

曹利用尚未起身，罗崇勋从赵州调查曹汭之案回来，一切属实，于是旨意下，曹汭当场杖毙，又追及曹利用，再度降为左千牛卫将军，出知随州。

曹利用刚刚出京才两天，又一道圣旨追到，原来又追查出曹利用为景灵宫使时，私自将景灵宫之钱贷出，于是再度降为崇信军节度副使，房州安置，并命内侍杨怀敏护送。房州，也是属于历代流放的终端之地，太宗时也曾经流放秦王赵廷美至此。名为护送、实为押送的内侍杨怀敏，是受过曹利用责辱处罚的人。

曹利用看到杨怀敏时，知道自己的结果已定。一行人走到襄阳驿站时，曹利用不堪杨怀敏羞辱，自尽而亡。

曹利用一案中，他的两个儿子也同时被除去所有官职，籍没先皇所赐官宅，罢其亲属十余人等。就连张士逊也以庇护之罪，被罢去参知政事之职。

总算太后念在曹彬大将军是开国功臣，曹利用只是曹家旁支，虽然严办了曹利用、曹汭等人，但是仅仅处分了涉案之人，并未动及曹彬嫡系本支之人。

曹彬的孙女曹氏，此番本为后妃之选，也因此搁置下来，直到多年之后，这位曹家小娘子，才再度进入宫廷之中。

曹利用的死，传入京中，定王元俨的假病，立刻被吓成了真病。

消息传入大内，刘娥大为关心，立刻派了最好的太医前去看病，一日三赐食，频频表示关切。

崇徽殿中，刘娥倚着软榻，大感烦恼。

如今朝中太缺少她自己的人了，钱惟演因被人攻击说是外戚不可用，于是她罢了钱惟演的枢密使之职，改授同中书门下平章事、镇国军节度观察留后，又兼了景灵宫使。钱惟演知道以自己的外戚身份，必会受人排挤，索性放弃枢密使之职，退入幕后。

刘娥起用张耆为枢密使,兼侍中,接替了曹利用原来的位置。张耆是除了钱惟演之外刘娥最信任的人,当年刘娥被逐出襄王府,整整十年被先帝藏在张耆府中,此后刘娥辅佐先帝,一步步走过来,她对张耆的信任,仅次于钱惟演。

而朝臣们排挤钱惟演,也令刘娥寒心,她执政时起用王曾、鲁宗道、张知白、吕夷简这些北人,也是为了先帝时过于重用南人官员而进行调节。这些北人经历过天书之事,已不如当年的王旦、寇準那样不能容纳南人,但骨子里却仍是一样的,只是变得更圆滑了些,个个都不是省油的灯,位高自然也要权重,如今又渐渐地开始排挤南人。但如今又有了些手段,排挤南人是其次,主要还是以节制刘娥为主。

饶是刘娥久理政事,也差一点要被他们压住了。排挤钱惟演,就是防着刘娥权力过大,调配太过容易。张耆虽然才能、学问输钱惟演一筹,本因丁忧而告假,但此时也只得夺情起用。

就这样,前几天还有人上书,说官家已经年满十五,且又已经大婚,太后应还政撤帘。此奏章一上,正应着长宁节前定王和曹利用合谋,欲请官家亲政夺权的事情。太后大怒,立即将那叫范仲淹的小臣贬出京去。

烦,所有的事情都叫她烦心,本来以为所有的烦心事在长宁节前都已经结束了,从此之后安享太平。可是长宁节之后,她莫名地多了许多烦乱。人生的每一个关口,都有一堆烦乱的事情在等着她,解决一件,又出来十件新的。

王曾、鲁宗道等大臣们的态度,也许例来如此,可是去掉曹利用这些刺儿头之后,忽然如此桀骜不驯的态度变得叫她难以忍受,一件件从前她肯忍耐的事情,现在也变得不愿意再姑息了。

也许真是她已经忍耐得太久了,所以,她现在没耐心再退让了。

她需要广布人手,让她可以发号施令,行动自如。

刘娥想到这里,再也没有耐心继续倚着,她站了起来,走到殿外,在廊下来回走动着,盘算着。

联姻是最快捷、最有效、最可靠的办法之一。想到这里,她不由得怀念刘美,那个默默在她身后支持了四十年的兄长,却在她最需要他的时候,撒手而去了。她又有些暗暗埋怨他的过于谨慎,竟然早早将自己一儿一女的亲事都安排给平民之家,如今只剩得一个才五岁的小从广,虽然与定王郡主订下亲事,只是两个小孩子年纪都太小,这门亲事有名无实,一点牵制作用都没有。

懊恼了一会儿,尚宫令如芝捧着灵芝茶上来,道:“太后,且用杯芝茶,定定心再想吧!”顺带问上一句,“太后今日看起来好似有些烦躁?”

刘娥点了点头:“嗯,我在想,从广太小了,唉!”

如芝服侍太后也将近四十年了,从当年的紫萝小院一直追随至今,那年一起服侍的如兰早已嫁人生子,唯有她还跟着。太后也不薄待她,特地为了她前所未有地设了一个司宫令的称号,宫中原来的女官以尚宫为最高,现如今还有司宫令在尚宫之上。作为太后的心腹,如芝自然知道太后的意思,想了想笑道:“太后,广哥儿虽小,可他还有已经成人的兄、姐啊!”

刘娥没好气地说:“你这不是白说,从德和好儿早结了亲事了。”

如芝赔笑道:“同胞的兄姐固然算,可是表亲的兄姐,也是兄姐啊!”

刘娥眼睛一亮:“你是说……”转而笑道,“好,好,果然正合适。”

过了数日,太后下旨,赐婚定王第三子赵允迪娶钱惟演之女钱姗。

又过得数日,赐婚钱惟演长子钱暖娶太尉郭守璘之女,即新皇后郭氏之妹;赐婚钱惟演次子钱晦娶随国大长公主之女李氏。

办完这三桩婚事,太后派人请了皇帝过来。

“倘若官家要亲政,首先要做的事是什么?”赵祯没料到太后一开口,竟然是这句话,不禁怔住了。回过神来,吓了一大跳,连忙跪下道:“娘娘何出此言?臣万不敢当!”

刘娥叹了口气,伸手拉起皇帝,叹道:“这是怎么了?咱们自己母子说说私底下的话,也这么生分起来。”

赵祯站起来,依言坐在太后身边,心里仍有些惴惴不安,前些时候几个臣子上书要求太后还政的事,他也听说了。初听到的时候,他吓了一跳,急得差点要跑到太后面前去说明,他自己是从未想过过此。

皇帝成年就要亲政,太后始终是代掌国政,这些事他自然知道,只是在他的心中,觉得此事甚为遥远,却从来没有想到过这件事会这么早摆到自己面前。而大臣的上书、太后的盛怒,更是忽然把他推到了太后的对立面,令他与太后的母子关系生了隔阂,这并非他所愿。

“娘娘,”赵祯小心翼翼地说,“天下国政,还不能离开娘娘,臣也还掌不了政事，那些上书的事情，臣事先并不知道，还请娘娘明察。”

“我知道。”刘娥安慰地拍拍他的手，“我自己的儿子，我最了解，祯儿从小到大，就没有做过一件让我烦心的事情。”

赵祯松了口气，露出微笑：“娘娘，这件事就让它过去吧，咱们都不必再提了。”

刘娥轻轻摇了摇头：“怎么能不必再提呢？你总有一天要真正长大，娘娘也要老的。”她握住了赵祯的手，“祯儿，我知道你虽然不说，心里还是想的。”

赵祯涨红了脸，只叫了一声：“娘娘——”

刘娥抬手止住了他，含笑道：“你是我的儿子，我怎么会不知道自己儿子的心事。男孩子总想证明自己已经长大了，从此在人前有一番作为，自己能当家做主、建功立业，是与不是？”

赵祯终于抬起头来，看着太后含笑的脸，说：“是。”

“这是好事，”刘娥的声音十分沉静，窗外那一池静静开着的莲花，香气弥漫着整个水殿，酷暑之气到此也变为一片荫凉。“你有这个心，我自然要成全你。”

刘娥站了起来，慢慢地走动着，忽然道：“本朝疆域自何处起，到何处终？天下共分多少路？有多少州县？因何而得，因何而分？”

赵祯更吃惊了，好半日才道：“如今天下共分十八路，府三十，州二百五十四，监六十三，县一千、一千……”他初听之下，本以为很容易，不料报到县的数目时，忽然间有些想不起来了，不禁脸一红，“臣学业不足，惭愧万分。”

刘娥含笑摆手，继续问道：“现如今天下户数多少，税赋多少？如今案件多少，囚犯多少？米何价、布何价、茶叶何价？天下十八路分布何在，有多少州县？出产何物，出产多少？州、府、军、监诸要员能知道多少？”

赵祯更吃惊了，不知道太后为何此刻忽然考问起这些事情来，他怔了好一会儿才道：“臣，臣去问问……”

刘娥收了笑容，继续道：“这满朝的文武大臣，以何得升迁，有何长处，有何短处？若你想撤掉其中任何一人，可有何名正言顺的办法？若是要把四品以上的官员全部撤换，你能否有办法备有他人，而不影响政事？”

可怜赵祯才不过十六岁的年纪，被刘娥劈头这么几句，完全问住了。

刘娥的声音有一种奇异的冷静：“你明日可以去问，去查，去备好了答案来回我。可是，天底下没有一成不变的事物，没有一成不变的答案。”她伸手推开窗户，指着窗外那一池莲花，声音如同冰凌一样脆而冷，“就像这一池莲花，你今天数清楚开了多少朵，可是明天呢，后天呢，花开了多少朵，就跟今天不一样了。”

赵祯抬眼看去，见太后站在窗边，一阵微风吹来，吹得她的夏衣轻扬，窗边的绛绡帘轻扬，满池莲荷随风轻扬，唯有她屹立不动，任凭八方风起，仍凝重如山。

赵祯忽然有些明白了：“那，臣要怎么样才能数得清这一池莲花呢？”

刘娥微微一笑，向他招了招手，拉他同立窗边看着一池莲花，一字字告诉他：“我数得清，不但今天数得清，而且明天、后天都数得清。因为我天天就这么看着一池莲花，我熟悉每一朵花盛开和凋谢的经过。我知道哪一枝已经是盛极而衰，哪一枝会马上凋落，哪一枝已经冒出嫩芽……甚至，哪一枝还藏在水底下。”刘娥抓住了赵祯的手，她的手冰凉而有力，“可是想要掌握一切，你还得看到水底下哪里有潜流，哪里有暗礁。这一池春水，看似平静而繁花盛开，可是水底下的潜流随时会把人拖下去而灭顶，无所不在却不知道在何处的暗礁，也随时会叫人翻船。”

赵祯暗暗心惊：“潜流，暗礁？”

刘娥叹了一声：“这天下，坐之不易啊！皇位是一盆火，坐不好会烤焦了自己。唐代末年多有幼主继位，因此宦官作乱、藩镇割据、朋党相争，引得中原板荡百年。多少朝代只传得一代两代便被灭亡。本朝开国至今，太祖、太宗、先帝，无不是步步如履薄冰、如临深渊，把这大宋江山支撑到如今，终于见着了国泰民安的局面。记得当年契丹进犯，兵马到了澶州城下，当时我服侍着你爹爹，见着他书房里铺天盖地的军报，他几天几夜不吃不睡，十余天下来，头发白了一半，为的是江山在肩。他的一句话，决定着几百万人的生死存亡，关乎着天下安危、大宋万年基业、社稷安危。万一一字说错，一步走错，何以对天下、何以对祖宗、何以对后世？！”

赵祯只觉得心一阵阵地收缩，不由得抬头叫了一声：“娘娘！”

刘娥握着赵祯的手，道：“先帝大行之前，他对我说，他心疼我，因为他这一去，将来的国事就要我一肩承担了。他承担过，所以他知道其中之难。”她握着赵祯的手，走回御座坐下，道，“当初太宗皇帝有九子，对诸皇子考察了多年，变更再三，才择定了你爹爹。又看他经办京中赈灾、平蜀中李顺之乱、处理契丹事务等都办得极好，磨炼了十年后，这才将江山交到你爹爹的手中。你爹爹晚年才得了你，不曾叫你历练过，这皇位就交托到你手里了。这些年来我诸事庇护着你，你自小一帆风顺，实是未受过挫折，未经过历练。可是，官家啊，天下兴亡系于一身，权力越大，责任也越大，这其中种种压力和辛苦，非言语能表。你能明白吗？”

赵祯的声音低低的：“臣知道，潜流和暗礁……可臣现在，什么都还承担不了。”

看到赵祯脸色苍白，刘娥含笑拍了拍赵祯的手，她的声音镇定：“这没什么，这天底下的事还不都有个坎坎坷坷的，要是什么事都伸手可得，顺风顺水，倒不正常了。”

赵祯看着她镇定自若的脸，忽然心生惭愧，道：“臣如何能与娘娘相比？”方才只这么看一池莲花，他却犹如从悬崖峭壁、生死杀场走了一圈回来，然而太后的镇定和安抚，让他的心平静了下来。

不过是一会儿工夫，他的心境便完全不同，每次和太后相处，都会让他有新的认识和发现，让他惊异和赞叹。

先帝是他的父亲，他敬仰、他尊崇，可是他却崇拜母亲。从小到大，他虽然大部分时间是在杨太妃那里度过的，但是太后让他惊叹和崇拜。小时候，男孩子一肚子稀奇古怪的问题，到了太后那里就烟消云散了，她似乎什么都知道，什么事都难不倒。

先帝去世的时候，他害怕得要命，连杨太妃也害怕，只有太后，她拉着他的手，一直走上金殿，把他领上皇位，握着他的手，一步步教他怎么做皇帝。

坐在崇政殿和太后一起批阅奏章，他得花上好几天时间，才能把一个奏章的来龙去脉弄清楚，决定如何发落。坐上一整天，就觉得累不堪言。太后面前的奏章堆积如山，小事当场批下，大事或召了辅臣奏议，或到了朝会公议。一日三四个时辰下来，她举重若轻，轻松自若，丝毫不累，也丝毫不畏难。

他从来没有看见过像太后这样精力充沛的人，太后身边二十来个内侍女官辅助太后处理事务，外头翰林院诸大学士、满朝文武，竟然都跟不上她的思路和她的行动。

而她又不只是这些让他惊奇，他小时候顽皮，把所有的诗文背得混杂不堪，太后头也不抬，哪一句出自何书何页，一句句理得清清爽爽，那时候他就非常迷惑地想，怎么她什么都知道呢？

这些年她身为太后，基本上只让他看到她在处理朝政，她在执掌天下。可是偶尔飘进他耳中的一言半语，却常常让他去想象另一个太后。

那天在金明池，新进的一批才人在比试骑马射箭，他赞好，杨太妃却懒懒地说了一句："比太后当年可差远了！"他惊呆了，那个高高在上、端凝如山的人，也会骑射，也如下面的才人一般，红衣如火，抬手射鹄？

那一次大寿前几天，宫中奏乐，他看到太后倚榻卧着，听到一个音节时眉头皱了一下。他后来走出去悄悄一问，果然是在这一个音节上走了调。于是他知道了，太后很懂音乐，但是，他从来没听太后提过。

那一天看奏章，看到永安军奏报去年占城稻面积扩大，收成增加，于是顺口问了一声："这占城稻是什么时候开始种的？"然后大学士晏殊很奇怪地说，占城稻是当年太后首种成功的，天下皆沐恩德，怎么官家不知道吗？于是他又知道了一件关于太后的事。

细想这些点点滴滴，在他看得见的地方，在他看不见的地方，令他惊异莫名。有时候他觉得沮丧，他是她的儿子，为什么她深藏不露却无所不知、无所不精，而他自己却是样样稀松平常呢？

她甚至不曾为这个责怪过他，她经常赞赏他、鼓励他，可这种赞赏鼓励，是母亲宠爱儿子式的，那种"官家近日又大有长进了"的口吻，在他眼里，跟"从广昨日又长了一颗牙"式的夸奖没什么区别。

想到这里，赵祯不由得说了一句："臣怎么比得上娘娘？"

刘娥看出他的心思来，轻轻松松地说了一句："那是你年纪还小啊！"

赵祯涨红了脸："臣年纪已经不小了。"他顶了这一句，又觉得很沮丧，"可是，对朝政还是难以着手！"

刘娥哈哈一笑："这算什么？谁又是天生圣人，还不是历练出来的。"自家的儿子自家爱，赵祯虽然自我感觉沮丧，但是在她的眼中无处不好，这孩子宽厚克己，仁爱孝顺，莫说各皇族宗室无人可比，便是连带算上其他青年才俊，也都要逊上一筹。数将过来，也只不过比先帝略差这么一点点而已。

皇帝如今的年纪，也和当年她初遇先帝时差不多，只不过当年她与先帝，是逃难贫女和一朝亲王，自是仰视的眼光。如今是母亲看儿子，自是俯视的眼光。也因此当今天子在她的眼中，终究是比先帝差了一点点。

但是就算是先帝，也是三十岁上才继得皇位，而且此后也有她一直在旁边辅佐,如今官家还小,不必着急。

她看着赵祯的神情,知道他有些求好心切,凝神一想道:“去了天雄军的陈尧咨,你可知道?”

赵祯点了点头:“臣记得,是已故枢密使陈尧叟的弟弟。”忽然想起方才太后问他“满朝的文武大臣,以何得升迁,有何长处,有何短处”的话来,又忙道,“他是前朝进士,善射,是个神箭手,听说好像脾气暴躁。”

刘娥满意地点头:“不错,这就是察人,朝中文武之臣,你得把他们的好恶来历都掌握。”然后就转了话头,“陈尧咨曾经对我说起过一件趣事,如今我倒想说给你听听!”

赵祯忙洗耳恭听。

刘娥道:“陈尧咨善射,当世无双,他亦以此自矜。一日射于家圃,偏有一个卖油翁,立而睨之,见其发矢十中八九,但微颔之。尧咨不忿,就质问他:‘吾射不精乎?’那卖油翁却说:‘不过是手熟罢了。’说着便取一葫芦置于地,以钱覆其口,徐以勺酌油沥之,自钱孔入,而钱不沾油。”

赵祯道:“这一手绝技倒也难得。”

刘娥轻松道:“也不算难得,手熟而已。尧咨是个神箭手,一天不知道要练多少回射箭,积了多少年下来。那卖油翁天天卖油,这倒油的手法,只怕练得比尧咨更久更多。”她抬头含笑看着皇帝,“知道为什么跟你说这个故事吗?”

赵祯隐隐明白了一些她的心思,忽然间有些哽咽:“娘娘!”

刘娥伸手,替皇帝整了整衣领,慈爱地道:“娘娘并不比你聪明比你强,但娘娘比你多了四十年的时间,来观察掌握这一切。天底下的事,就这么简单,唯手熟尔!我的祯儿,将来一定会比娘娘做得更好!”

赵祯一阵激动,陡然间信心百倍,昂首看着太后道:“娘娘放心,臣将来一定会做得更好,一定会有手熟的时候。”然后跪下,“可是目前,臣还需要娘娘继续训政。”

刘娥拉起了皇帝:“好!”

第九十六章 晋祠风云

“……高侔紫极威神异，迥据柔灵胜势宜。矗矗端平规景叶，煌煌丰丽圣功全。承隅阳马层云隔，鸣磬花台晓色先。别笈篆缄龙印字，清坛香奏鹊炉烟。流泉灌注通河汉，列馆回环接洞天……”这是当朝副相夏竦为玉清昭应宫所写的贺诗中的几句，虽说应制诗难免乏味，但玉清昭应宫的辉煌与精致可见一斑。

玉清昭应宫始建于大中祥符二年(1009)，玉清昭应宫内除贮藏天书外，尚供奉有玉皇大帝，圣祖真武大帝，本朝太祖皇帝、太宗皇帝等的塑像神主。其东西三百一十步，南北四百三十步，总两千六百一十区，有三千六百一十间殿阁楼宇，一应宫室，皆选亳州最佳生漆；窗牖凡平之处，皆改为透空雕镂；一应匾额题字以纯金为之；廊庑、藻井、斗拱处，以金箔覆之。宫殿成时，又召全国画师，画栋雕梁，极尽精美，时人皆以为其豪华程度，甚至超过了秦代的阿房宫和汉代的建章宫。

月黯星稀，天空中黑云阵阵，时值盛夏，常有雷雨，因此汴京城中的老百姓们瞧了瞧天色，也不以为意，只将门户关紧，堵上耳朵便罢了。

不料今夜雷声大作，闪电交加，将天空映得一片雪白，转眼间，一阵急雨骤下忽收。

忽然间天边一个大的电球劈下，正劈中玉清昭应宫大殿，但听轰的一声，一个火球穿透屋顶直射入殿中，四处飞迸，刹那间烈焰飞腾，火光大作。众守宫卫士吓得叫的叫，跑的跑，担桶提水赶着扑火不止，怎奈杯水车薪，偏这一夜只刚才落了落急雨，却直是狂风劲吹。风助火势，但见大火越来越大，眼见得无法阻挡，只片刻工夫，整个玉清昭应宫全都烧了起来。

大火熊熊直烧了一夜，直烧得整个玉清昭应宫变为一堆瓦砾废墟。

消息很快地传进了宫中。

“玉清昭应宫遇雷火被焚毁?”太后的声音从帘后传出,是如此地急促而刺耳,“守宫官兵是做什么的,竟然如此负恩?”

“太后息怒,”宰相王曾的声音听起来却是稳重多了,“守宫官兵皆已拿问,只是如何处置,还请太后示下。”

“重处,自然是重处!”太后的声音有些恶狠狠了,凝住半天,忽然爆发出一声哭泣,“先帝竭尽心力方建成此宫,如今一朝焚毁,教我如何对得起先帝啊!”

“太后,”枢密使张耆出列奏道,“臣早上去看过,并非全毁,还有长生、崇寿二殿未曾焚毁,只要再召集天下民夫,重建此殿,也就不负了太后对先帝的情义!”

副相吕夷简大惊,出列奏道:“太后,此举不可! 当年为了建玉清昭应宫,耗费多少民力物力,几乎弄得国库财尽。幸得太后称制以来,罢劳役、罢宫观、罢营造、罢采丹、罢灵芝、罢毁钱造钟,减浮费、减斋醮、减道场、减各种节庆祠祀等,禁献术士道官,大赦天下,与民休息,这才天下太平,渐成盛世。如今若是再造玉清昭应宫,则又将民不聊生。更何况天圣元年,太后曾亲下诏书,说从今往后宫室营造一律减等,如今若是再造玉清昭应宫,岂非有违前诏? 请太后三思。”

吕夷简一番话说完,宰相王曾也上前一步道:“吕夷简之言有理,张耆但知佞上,实有失大臣体统。”

枢密副使范雍上前道:“当年营造玉清昭应宫,便是不该,如今一朝焚毁,想是天意,非出人事。臣以为应将剩下的长生、崇寿二殿也一齐拆毁,若是这两殿还继续留着,又要再兴大殿,则不但民力不堪承负,便是上天只怕也不允许!”

刘娥瞪着范雍,怒火已经熊熊燃烧,好生大胆的范雍,此话已经形同诅咒! 他焉能知道玉清昭应宫在先帝心目中的地位,在身为太后的她心目中的地位。当年玉清昭应宫建成,李氏就怀了孕,生下当今天子,而她也因此受封为皇后。她再不迷信祥瑞天书,可对玉清昭应宫还是有感情的。

“还有什么? 继续说。”刘娥的声音忽然变得沉静了,沉静得叫人不安,熟悉太后的人都知道,这将是暴风雨前的宁静。

司谏范讽奏道:“太后,臣以为玉清昭应宫被雷火所焚,此乃天意,玉清昭应宫的守卫官兵也是无能为力,臣请太后减守宫官兵之罪,除地罢祠,上回天变。”

刘娥眉毛一挑,慢慢地道:“说得也是!”她向来是个刚烈的脾气,年轻时有脾气便直接发出来,为此吃了不少苦头,到后来历练得多了,慢慢克制住自己的性子,怒火最盛时做的决定,她宁可压下几个时辰,等冷静下来再行思虑,而不是轻易发作。

枢密副使晏殊上前,却又火上浇油了一把:“臣以为,玉清昭应宫被焚,乃是地下有变,而应征上天,有所预兆……”

这话太耳熟了,刘娥用膝盖想想也知道他下一句会是什么话,心中暗暗叹了口气,又来了,晏殊好歹也是当今一大才子,为什么也蠢到只会背书呢?这些年来来去去,都是这种句式,连个起承转合都不肯用心。

果然听得晏殊接着就道:“官家已经成年,却还不能亲政,臣以为此乃天降雷火示警,请太后归政天子,天下安定。”

刘娥忽然笑了起来,还真是不死心啊,这几年反反复复,这是第几个人了?她端坐不动,缓缓地将在场的众臣一个个细细地扫视过来,方站起来冷笑道:“天象示警,应征治国有失,宰相调和鼎鼐,所以当好好反思反思才是。”说罢,也不理会众人,拂袖而去。

官家年纪渐大,太后还政只在迟早之数,只是这迟与早之间,谁会是这关键的使力之人?晏殊本拟借此机会,冒险一击,天象示警这个名头用起来成败皆是响亮,不料太后来了个四两拨千斤,锋芒直逼宰相王曾。治国有失,罪在宰相,王曾相位眼看就要不保,晏殊听了此言,顿时浑身寒透,呆立在那里。

刘娥拂袖而去,崇政殿上诸人也皆散去,只余晏殊与王曾二人,晏殊呆立半天,颤声向王曾道:“下官给王相招祸了。”他本是借此逼太后还政,谁晓得这灾难竟落在王曾头上。

王曾淡然一笑:“晏参政也不必自责。”他微微一叹,“向来冰冻三日,总非一日之寒啊!”他与太后之间的矛盾日积月累,最终,还是要走到这一步啊。他辞相已经是意料中的事,但他必须让下一任的宰相不是南人,更不能是女主执政的赞成者。

刘娥回到崇徽殿,犹觉得心头一股气梗住了似的,好半晌才慢慢调顺过

来，坐在那里细细地想了一会儿。重修玉清昭应宫耗费民力，便是有人提出，她也不会答应。只可恨今日她还未曾答言，却教王曾等逼住，倒成了她想大兴土木，借着名儿又生出是非来，说来说去，还不是逼着她还政，由着他们任意妄为。

“还政”这二字，近年来是太后的大忌，凡是犯者无不被下贬流放，逐出京城。若说当年她或许疑心是曹利用余党借机生事，此后诸人上书，她也明白了不过是有人浊气上涌、书生意气罢了。但是却容不得她手软，纵然上书之人没有图谋，却永远会有人借着任何机会兴风作浪，闹出无穷的事儿来。

近年来独当一面处理政事，她越发清楚地认识到，政治犹如在狂风巨浪中掌舵操舟，稍一放松，粉身碎骨的不仅是她自己，还有跟她同一条船上的所有的人。“还政”二字说来容易，但难道要她眼睁睁看着自己这些年苦心孤诣推行的国政被一一推翻，那些努力执行她命令的人一个个被问罪放逐，让她看着他们一点点剜她的心、夺她的目吗？

凭什么？

她知道这些年来，北人官员并不甘心，哪怕她已经再三让步，已经尽力转圜，可他们一方面憎恨着乱世的朝不保夕，另一方面却依旧按照当年乱世中形成的抱团排挤，自负傲慢。恰恰是这种傲慢，让他们自以为登高一呼，北地汉人必会自动来奔，而导致了雍熙之败；恰恰是这种傲慢，让银夏、党项不愿臣服；恰恰是这种傲慢，让他们轻视南人，无视他们在国计民生上的贡献；恰恰是这种傲慢，让他们不容女主，这几年宰相们用在逼她还政上的精力多于用在国政上。

可是她能退吗？她没有后退的余地了。她忽然想起一个已经遗忘了许久的人——那个叫四丫的小姑娘。当时她多羡慕四丫啊。她经历千辛万苦才到汴京，甚至有许多人死在前往汴京的路上，那时候汴京对于她们来说就是天堂，而四丫生来就在汴京城中。可是那个让她羡慕的小姑娘，没活过十五岁，就这么死了。为什么？就因为四丫是女儿身，哪怕她这么努力的挣钱，可她挣来的钱不属于她，她的身体不属于她，她被继母贩卖，她难产而亡。

而她呢，她虽然做了太后，号令天下，贬谪百官，可是在他们的眼中，她执的政不属于她，她行的令不属于她，时间到了，不管她愿不愿意，就要依着他们的意愿回到后宫之中。

她轻叹了一口气，有些怀念先帝在的时候，她还可以由着自己的性子任性一回，要进要退皆能自如，到底她身后还有一重保障，就算她松手掉下去了，还有人会把她捞上来。现在，她看着自己的手苦笑，只能是别人等着她打捞了。她能手软吗？她能放手吗？

她想起当年跟孙大娘说过的话，她说，天子都能换，王法为什么不能改呢？那时候孙大娘说她是孩子话，可是这世间所有的事情，都是曾经的孩子去改变的。从前没有垂帘的制度，如今有了。从前没有女主改过律令，可她如今也能改了。她要教奴婢也能与良人婚配，她要教女子也能有产业，也能分家产，也能够有权力独立于人世。

如今，这些修订的律令，逐渐得到推行，如四丫这样的悲剧，将会逐渐减少。而富贵人家对于奴婢，亦不能再任意打杀；女子自营的资财，也得到保护。

想到这里，刘娥长嘘了一口气，这还不够，她还有更多的事要做。她定了定神，提了一口气，吩咐江德明道："去召钱惟演进来。"

江德明却带着笑意道："太后，钱相公早在外候着了！"

刘娥叹了一口气，这个钱惟演哪，真不愧是相识了四十多年的人："宣！"

过了一会儿，钱惟演进来，刘娥埋怨他道："惟演方才为何一言不发？"

钱惟演反笑道："臣应该说什么呢？"

刘娥怔了一怔，反而笑了："随便说什么都成！"

钱惟演摇头道："太后的为人，臣还不了解吗？就算再建一个玉清昭应宫，又能如何？"他笑了，"当年先帝建玉清昭应宫，是为了求子。当年有丁谓这般人才在，日夜赶工，造了七年多，如今要重建，估计最少也得十年。且不说其中人力物力的耗费，便是建成了，太后付出这般的代价却又是为了什么？"

刘娥看了钱惟演一眼，数十年的相处，她似乎听出了弦外之音："惟演难道有更好的想法？"

钱惟演道："建什么，总得有个名目才好。臣前日看到太原府上的奏报，说晋祠为雷火所犯，请求重修，不知道太后意下如何？"

刘娥不动声色地嗯了一声："为何要修晋祠？"

钱惟演只说了一句："太后是太原人啊！"

刘娥自然知道自己是蜀人，闻言惊诧地看了钱惟演一眼，忽然醒悟，他说的是她名义上的父亲刘通，乃是太原人，以此而推，她自然也应该是太原人了。

钱惟演继续不动声色地说："晋祠供奉的是周成王的弟弟叔虞，叔虞的母亲是邑姜，《论语·泰伯》中有道：'唐、虞之际，于斯为盛。有妇人焉，九人而已。'千百世以来历朝礼制，出自周礼，周武王兴国十人，十人中唯邑姜为女子之身，圣母功高，其子成王成就周室天下，幼子叔虞又是晋水之祖。臣以为此番若能重建晋祠，增建圣母殿，以彰圣母辅政之德，岂非更有意义？"

刘娥有些明白他的意思了，笑着摇头："何必在这些事上浪费？"

钱惟演却道："太后觉得官家的性子如何？"

刘娥想到皇帝，不由得嘴角露出一丝微笑："宽厚克己，仁爱孝顺，是个好孩子。"

钱惟演只道："官家的性情是娘娘一手养出来的，娘娘是最了解他的。若长宁节时，真有人将李太妃带到官家面前，官家会如何？"

刘娥听到这一句，神色一僵，柳眉竖起。

钱惟演若是知趣，当立刻住口，可他却装作没有看到，继续道："太后掌握权柄，满朝文武就算明知李太妃入宫为太后贺寿，也无人敢在官家面前提出非议。可您一旦不再掌权，只怕就有逢迎之辈闹事了。到时候，只怕太后想退居上阳宫而不得。"

刘娥沉下脸来，警告道："够了，惟演！"

钱惟演没停下来，说得更起劲了："臣劝太后未雨绸缪，务必要以雷霆手段，定乱止争。否则，您退一步，他们就会进两步。您只有早定名分，才能断绝他们的痴心妄想。"

刘娥听到这里，顿时悚然："什么名分？惟演，你敢是疯了？"

钱惟演却缓缓长揖："太后最是博古通今，想当初那位，何曾一开始就想着走到那一步，还不是被逼的？最终唯有定了名分，才能息了那些人的心。"

刘娥只觉得有些晕眩，拂袖而起："钱相公身体不适，江德明，带他出去。"

江德明在远处听得不明白，只见太后的脸色越来越难看，最后竟硬是下令逐人。他与钱惟演交好，见状吓得不轻，忙上来扶住钱惟演，劝道："钱相公，有什么事，下回再说，下回再说。"

钱惟演也不分辩，笑着向太后行了一礼，潇洒地走出。

刘娥看着他的背影，闭了闭眼。一个个的都来逼她，丁谓逼她，王曾逼她，杨媛逼她，钱惟演也逼她。

真是一个个都不让她省心。

次日，太后草诏发下，应百官所奏，玉清昭应宫为天火所焚，不再重建，余下的长生、崇寿二殿稍事修缮，改为万寿观，守宫诸官员、卫士罪责轻判，并罢废诸宫观使。

另有旨意，天降雷火，乃宰相王曾燮理国政无方，罢去相位，出知青州。枢密副使晏殊、翰林学士宋绶，也因上书请求太后还政，被削职逐出京城。

想当初太后称制之初，丁谓专权，被流放到最边远的崖州；天圣三年，又因枢密使曹利用专横不法而将他流放，曹利用在流放途中自尽而亡，从此之后，天下再无人敢犯太后之威。

王曾扳倒了丁谓，虽得重用，但是他扳倒丁谓的手段不甚光明，开了后世大臣诬攀的先河，因此太后并不是很喜欢他。王曾虽然处事谨慎，但是数年宰相下来，违逆太后的事累积起来也有不少。像上次太后欲开大安殿庆寿，就因王曾反对而作罢，且王曾前前后后，屡有在礼制上限制太后的事，惹得太后甚是不悦。

本朝历来宰辅大臣免职外迁，多为节度使，王曾以首相罢为知州，也属少有。但太后亦是到此为止，王曾到底是有功之臣，不过是与太后意见不合，并没有擅权弄鬼的行为，因此王曾罢相后，太后也不让别人再追索其他罪名，却是没有比照对待丁谓、曹利用的待遇。

王曾罢相之后，过了数月，太后升任副相吕夷简为宰相。却又下旨，令重修晋祠。

过了数月，晋祠的重建已经完成，太后破例第一次带着官家和文武百官，浩浩荡荡地前往太原亲自祭祠。

自太原城西行数十里，便是悬瓮山，枢密使张耆打前站，早已沿山安排好一切。御辇到了山下，皇帝赵祯先下了辇车，然后候太后下辇，山道不好行辇，早准备了软轿，太后却没有乘坐。

"秋高气爽，登阶而上，是何等的爽朗。"刘娥笑着说。她今年已经过了六十大寿，但是精力还是很旺盛，外貌看上去更是比实际年龄要小上十来岁，半开玩笑地抱怨着这种多余的准备："长年在宫里，难得有机会出来走动走动，坐什么软轿，我又不是七老八十走动不得了。"

刘娥登阶而上，赵祯陪侍在左边，右边则是皇后郭清秋。刘娥见郭清秋要上前扶着自己，挥手道："你到后头去，扶着太妃，她素来不太出门，倒是这台阶要小心了。"说着自己扶了赵祯的手，极轻快地向上走去。

果然这一路来，古树参天，连山蔽日，草木繁盛，天高云淡。台阶全是新砌的，断不会有凹凸不平之处或令人滑倒之虞，刘娥拾级而上，但觉得沿途细细的草木清气，令人心旷神怡，不禁心中欣喜，越走越快。

走了小半个时辰，但见眼前一片开阔，前面一道白石门坊，后面隐隐数十间宫阙，刘娥立住身子，转头向后，却是早把杨太妃等人抛在后面，唯赵祯紧紧地跟在她的身后，文武百官跟住了一大半，倒有一小半年老体衰者也被抛在了后头。

刘娥心中得意，见赵祯额头也微见汗，笑道："官家长居宫中，却是要多多锻炼，强身健体才是。"

赵祯见太后也走得额头见汗，山上风大，若着凉了，倒是不好。知道太后此时兴致正高，必会逞强，忙道："正是，臣走得累了，不如歇息一会儿吧！"

刘娥看了官家一眼，对他的用意心知肚明，却摆手道："不忙，这里风大，吹着了反而不好，再走两步，前头已经安排下歇息的地方了。"说着也不等群臣到齐，却已经走进大门，赵祯与诸官员只得紧紧跟进。

钱惟演和张耆在前头引导，进入晋祠大门，却见一道溪水流过，有一水镜台。然后过一桥，名曰会仙桥，又走了一会儿，便见着献殿，左右各是一钟楼一鼓楼。

献殿是供奉邑姜的享殿，钱惟演引太后与官家进了献殿，杨怀敏早一日前已经到了，此时已经准备多时，忙侍候着两宫净面、更衣。又饮了茶，用了点心，歇息片刻，这才起身。

走到殿外，见文武百官均已到齐，分昭穆排好了。太后先行，杨媛与皇帝在左右随侍，过了献殿，但见前面是一方水池，那桥却呈十字形，甚是奇怪。

刘娥不禁驻足问道："这桥倒是奇怪。"

钱惟演忙禀道："此便是臣曾经奏过太后的鱼沼飞梁。"

刘娥"哦"了一声，众人也一齐看去，但见一个方形的荷花鱼沼，水中立小八角石柱三十四根，柱础为宝装莲花，石柱之上置斗拱、梁枋，衬托桥面，东西向连接圣母殿与献殿，南北两翼下斜至岸边，呈十字形，桥边的栏杆和望柱形制奇特，桥下乃是木柱，桥面却是全用的汉白玉石。这样的鱼沼飞梁，倒是各处庙宇宫观中皆无的。

过了鱼沼飞梁，见前面一座大殿，气派非凡，前临鱼沼，后拥危峰，殿右有一株古柏偃卧在石阶旁，树干劲直，树皮皴裂，顶上挑着几根青青的疏枝。钱惟演上前一步道："禀太后，此柏树据说乃是周代之柏，已逾数千年，仍然苍劲如故，实为难得，因此将圣母殿选址于此。"

刘娥"嗯"了一声，点头道："好，甚好！"说着仰首看去，但见此大殿外有一围廊，殿宽七间，深六间，极为宽敞，却无一根柱子。原来屋架全靠墙外回廊上的木柱支撑。廊柱略向内倾，四角高挑，形成飞檐。屋顶黄绿琉璃瓦相间，远看飞阁流丹，气势十分雄伟。

说话间入了殿中，太后抬头看着殿上。此殿高约六尺，殿周二十六根廊柱皆微微内倾，使四隅柱更显高大，成大弧度前檐，从而增加了大殿的稳定性和曲线美。

大殿正中，木制神龛中奉着圣母塑像，凤冠翟衣，优雅坐镇于凤头椅中。

礼乐声起，太后率太妃上香，祭奉圣母，然后退出。

接着，赵祯也率文武百官，上前行礼献祭。

礼乐已毕，方才一干大臣只顾低了头行礼，然后退出，谁也不敢抬头乱看。

礼毕，刘娥与赵祯已经走出圣母殿，却听得身后传来几声压抑不住的惊呼声，却只有半声，便强行抑了下去。刘娥抿嘴微微一笑，却不说话。

原来是杨媛和少数几个大臣，却在献祭时偷暇看了看这圣母殿的布置。

但见大殿两边是四十二个侍女塑像。她们或梳妆，或洒扫，或奏乐，或歌舞，或奉饮食，或侍起居，或捧文印翰墨等，或口有情，或目有神，或耳耸立，或脚尖踮起，形态各异，形体丰满俊俏，面貌清秀圆润，眼神生动，衣纹流畅，巧夺天工。

真正令众人惊异的是，这一座圣母殿令人好生熟悉，这虽然明明是太原城郊的晋祠，却令人熟悉到如同进了东京汴梁城大内皇宫中的崇徽殿。

虽然于香烟缭绕中难以细观圣母面容，可那凤冠翟衣，却绝对不是周代的衣饰，而更像是本朝衣冠，准确地说，是当今太后的大礼服，今年太后大寿就穿过这样的大礼服。而周围这四十二个侍女像，其中的数名侍女，就站于太后身侧服侍着。

祭完圣母殿，刘娥在晋祠周围略走了走，看了看难老泉，但见日已渐有

西斜之势，便还驾回太原行宫。

而这一夜的太原行宫，注定是不平静的。

华灯初上，宰相吕夷简和副相范雍对坐，桌上饭已冷，菜已冰，却是丝毫不动，两相皆是无心饮食，忧心忡忡。

良久，范雍才道："吕相，今日您也看到了？"

吕夷简沉重地点了点头："范公说的是今日的晋祠之事吧？"

范雍强抑着道："晋祠之中，不祭叔虞，却只有圣母大殿，如此喧宾夺主，岂非是——"

"噤声。"吕夷简急急阻止道，见范雍也警觉地收住话头，两人左右看了看，吕夷简才道，"范公，点到为止，老夫省得。"

范雍点了点头，却听吕夷简道："叔虞的祭殿，却是有的，还在原来的地方，只是今日我等献祭，走到的俱是新修的地方。这圣母大殿一修，成了主线，便把叔虞祠落在角落了。"

范雍气道："吕相真是一派云淡风轻啊，您今日也看见了，那圣母殿是圣母殿吗？那分明就是……"

吕夷简点了点头："是，整个圣母殿，便是把崇徽殿搬过来了，而且，"他压低了声音道，"除了圣母像和侍女像之外，还有几样你可曾注意到？"

范雍倒有点迷糊："注意到什么？"

吕夷简沉声道："三样东西，一是前面的鱼沼飞梁，二是殿外围廊的结构，三是殿内的盘龙大柱。"他看了看范雍，缓缓地道，"此三物皆非民间的庙宇、祠堂、宫观可用。"

范雍问道："那又如何？"

吕夷简轻叹一声："此三物唯有大内才能用得，范公，你还不明白吗？那大殿名为圣母殿，实则是为太后建的生祠啊！"

范雍张口结舌："太后……建的生祠……"忽然跳了起来，吕夷简急忙一把拉住他，"范公，少安毋躁。"

范雍瞪大了眼睛看着吕夷简："吕相，此刻您还坐得住吗？难道您还不明白这是何意？"

吕夷简松了手，一字字道："唐武则天，以自己为范本兴建卢舍那大佛，将自己化身神佛，而令天下百姓信奉如神。太后以自己为范本修圣母殿供奉邑姜,也是同理。”

范雍看着吕夷简,只说得一个“你——”字,便说不下去了,只直直地瞪着他,期望他的下一句话。

比起范雍现在的表情,吕夷简的表情简直可以说是恬淡了:“契丹萧太后行再生仪,先帝为太子时祭庙告天,即位后兴修玉清昭应宫,东封西祀,都是同理。”

范雍气得无话可说,反而坐了下来,瞪着吕夷简道:“好,吕相,照眼下看,您以为应当如何?”

吕夷简笑道:“范公眼里的太后,应当如何做才是?”

范雍理直气壮地道:“当年因官家年幼,太后暂为称制摄政,此是权宜之计。如今官家已经长大,太后当还政官家,退居宫内。”

吕夷简叹了一口气道:“那只是我等一厢情愿的想法,远的不说,就说近的,那辽主尚算英明强干,年近四十,萧太后仍不还政,直至垂危方才撒手。”他看了范雍一眼,“难道那契丹就没个能臣强吏不成?说来容易做来难啊!太后她——进得不易,退就更难了!”

范雍怔了半日,这才一跺脚道:“这次鲁参政没有来,若是他来了,必能犯颜直谏,也能阻得太后!”

“鱼头参政吗?”吕夷简嘴角浮起一个恍惚的笑意来,“所以他这次来不了啊。放心吧,以后有他进谏的时候!”他看着远方,声音也变得空洞起来,“如果我猜得不错,晋祠之祭只是一个序幕而已。一切,都才刚刚开始呢!”

而此时另一边的行宫主殿,太后、杨太妃和皇帝难得地同桌吃饭。

太妃杨媛只略动了筷子就放下了,赵祯见了忙问:“小娘娘敢是不合胃口吗?”

杨媛看了看左右,均是心腹之人侍候着,笑道:“我倒不妨,我看官家也没吃多少,倒是太后今日胃口甚好。”

刘娥却是知道,看了看桌面上的菜笑道:“我今日活动了些,开了胃口。想是今日的菜上得不好,你们倒都没吃多少。”

杨媛性子一向爽利:“圣人,我倒不是嘴馋的人,只是疑惑为何自出巡以来,每日都上的陈年菜谱?臣妾看着,也都是圣人素日不太吃的菜,臣妾想既然出巡在外,虽然做不到如宫里一般,好歹已经备菜了,这菜单上用些心思也好啊!”

刘娥看了赵祯一眼,见他斯文地笑着,向来大娘娘和小娘娘说话,他总是显得善解人意,不多话的。也好,她这一番安排,也是为着给他看个样子,因向杨媛笑道:“这菜谱是我特意叫张怀德帮着看了的,先是按着太祖、太宗巡此的一些常用菜,再将那些贵重菜去掉,然后将我们姐妹和官家素日爱吃的菜也去掉。我知道不合你们胃口,好歹将就些,过几日回了宫再说。”

杨媛嘘了口气:“怪道呢,只是臣妾倒不明白了,纵然是咱们用了驼峰、熊掌,吃上几日,也算不得什么。再者又不上我们素日爱吃的菜,却是为何?”

刘娥不答,却问赵祯道:“官家可知是为了什么?”

赵祯自方才太后看他一眼,便在想着太后的用意,再听太后说出理由来,心里便有些底了:“臣愚见,记得大娘娘当年曾说过,天子制欲,‘上有所好,下必甚焉’,因此贵重菜和所喜好的菜肴,都要撤掉。”

刘娥点了点头,道:“不错,在宫里或可随意些,到了外头,却要更加谨慎。官家说得不错,上有所好,下必甚焉。外巡一次,已经很伤地方民力财力了,妹妹单看我们几个不费什么,却不知道我们开了这个先例,下头的官员指着这个名义要东要西,那可就不计其数了。一两只驼峰、熊掌算不得什么,若是成了例,跟着风要,那得要杀多少只骆驼、熊罴?再说宫中喜好,更是禁忌,凡有所好,必有所弊。下头的官员削尖了脑袋,想要知道我们喜欢什么,不喜欢什么,都想着投我们所好,以取巧弄鬼。在宫中我们深居大内,或可禁得住,在外头若不谨慎些,却是容易成弊了。”她看着赵祯道,“身为天子,一言一行当谨慎处之,则不为臣下所乘。”

赵祯忙道:“是,臣多谢大娘娘教训。”他想了想,道,“那么日间大宴中,大娘娘每样菜都吃了一两口,却每样菜都不多吃,也是这个道理了。”

刘娥点了点头,杨媛却上了心事,看着赵祯叹道:“阿弥陀佛,爱吃的不能多吃,不爱吃的也不能不吃,原来身为一国之主,当真是辛苦得很。官家啊,你也早点懂事,多为你大娘娘分忧啊!”

刘娥看了杨媛一眼,眉梢微微一动,不动声色地笑道:“妹妹真是一会儿风一会儿雨的,一会儿还把祯儿心肝儿似的抱在怀里当小孩,一会儿又恨不得拔苗助长,风吹吹就能顶着天。”

杨媛眼神微一闪烁,笑道:“可不是,我就是这样说风就是雨的性子,权当我没说罢了。”

第九十七章 天圣之令

从太原回京之后，太后刘娥颁下了《天圣令》三十卷，至此，大宋律令初定。

本朝建国之初，在太宗年间曾经依唐律暂行过《淳化令》。当时是出于应急需要，却显得有些不合时宜。

先帝咸平年间，曾经召阁臣商议过重修律令之事。只是先是北臣占据上风，不肯让人，后来王钦若当权，先帝晚年又意志衰减，沉迷于天书之事，而南北两派的臣子又在许多律条上看法不一，争执不休，竟是一再耽搁。

直至此番新帝登基，太后执政，当年如寇準、王钦若、丁谓等互不相容的南北阁臣均不在中枢了，且开国日久，南北双方的矛盾也少了许多，又在太后兼用南北的推动下，因此从天圣元年开始，这律令的修订就进行得甚是顺利。

此次新颁的《天圣令》虽然仍以唐令为蓝本，但进行了许多修改增补。一是条文可沿用者，直接放在正文中，完全保留原文，不予改动；二是凡不用的唐令，以附录方式予以保存，以便将来立法修订时用作参考；三是对唐令原文进行修改，保留可取之处，增补本朝的新制，成为新令，修改后，删掉的文字不再保存；第四条才是最重要的，便是唐令中没有但是根据本朝实际所定的新制，宰相吕夷简等又案敕文，录制度及罪名轻简者五百余条，依令分门，定为《附令敕》，附于《天圣令》之后。

《天圣令》有许多重要的与唐令不同的律令，对田令、礼令等诸种令法都进行了改变，其中有几条的改变，则明显带有太后本人的色彩。

唐令中有一条："诸官户奴婢男女成长者，先令当司本色令相配偶。"本次被废除，则意味着唐令规定的良贱不婚，到了本朝不再存在，此后奴婢也可以与良人通婚。

另一条则是关于家产方面,女子也可自有产业,若父母亡故,未嫁女可得男丁一半的财产为嫁妆,女子虽嫁入夫家,其嫁妆仍然归于自身所有,夫亡或者夫妻休离,女子仍可拥有这份嫁妆,亦可再嫁时带走。

其余诸条,便不再论。

但是《天圣令》推出的时机,却是颇令人猜疑。律令为国家之本,太后自晋祠回来之后,就推出《天圣令》,虽然这部律令正是此时所需,内容正是适应本朝需要,但是在这个时候推出来,却是颇令一部分人心中惊疑不定。

“吕不韦把持秦国,推出《吕氏春秋》;唐太宗玄武门之变登基之后,推出《贞观令》。”参知政事鲁宗道咳嗽了几声,双目炯炯地看着宰相吕夷简道,“两桩事相隔千年,却是一个目的。太后建生祠,改律令,她想要做什么?”

吕夷简苦笑一声:“参政以为太后想做什么?”

鲁宗道大怒,扶着桌子站起来道:“吕公身为宰相,难道竟可以视而不见,听而不闻!”一甩手就要向外走,却是走了两步,一个踉跄差点摔倒,幸得旁边的随从与吕夷简及时扶住。吕夷简道:“鲁公想要做什么?”

鲁宗道气冲冲地道:“我要进宫进谏太后。”

吕夷简叹了一口气,道:“鲁公,你还有病在身,何苦如此?这次就是因为有病,太后才让你不必随驾一起去晋祠,此番你进宫又能如何?颁行律法也是正当其时,晋祠供奉的是邑姜,又不曾明说是太后建生祠,又有什么可以进谏的?”

鲁宗道只得坐下道:“那依吕相之意呢?”

吕夷简叹道:“当务之急,是鲁公养好身体,能够早日上朝理事,才能够遇事随时辅佐太后,万不可意气用事啊!”

鲁宗道点了点头,道:“我的身体也好得差不多了,过几日便销假。”

吕夷简意味深长地道:“太后虽然对鲁公一向另眼相看,可是她老人家的为人一向外柔内刚,鲁公的进谏也要得其法啊,否则的话,入得了她的耳,入不了她的心,你纵谏得了一件,也谏不得十件百件啊!”

鲁宗道“哼”了一声,道:“鲁宗道但知凭着做谏臣的本分,守的是祖宗家法,入耳也罢,入心也罢,有一件谏一件,有十件谏十件,有百件谏百件。”

吕夷简叹了一口气,这个鲁宗道,硬得叫人佩服,也硬得叫人无奈啊!

怨不得被人叫成鱼头参政,鲁字为鱼字头,鱼头者,叫人咽不下吐不出啊!

果然,吕夷简的顾虑一件件都出来了,祭晋祠和颁行《天圣令》这两件事给人传递了一种信号。隔月,便有殿中丞、知吉州方仲弓上书,请求效唐武则天之例,立刘氏祖上七庙。

此时刘通的坟墓早已经从太原重新起葬,以王之制,改葬到皇陵附近。同时追封刘通为魏王,且从刘通上溯三代皆封为太师、尚书令等官职,所有内眷亲属一应追封。

刘娥站在刘通的陵墓前,遥望着远方。长长的陵道一眼望不到边,华表、灵门、石马、石像,无言地见证着墓主的辉煌。

这里面葬着刘通夫妻及上溯三代,但是里面葬着的人,与她毫无血缘关系。

她曾经派刘美与张怀德多次去蜀中寻访,只可惜她从小跟着婆婆流离失所,早已经找不到任何的亲人了。一次次的寻访,一次次的失望,直到这种失望最后变成永远的绝望。

刘美死后,再也没有人能够替她找回亲人了。这数十年来,她在名义上,一直是墓中这个人的女儿。随着时光的流逝,她也渐渐死了这条心。

"也许,命里注定,我该是他的女儿罢了!"谁也想不到,当时真宗临时为她编的身份,竟然在冥冥中将两个完全无关的人,连在了一起,并载入史册。

方仲弓的奏章还在留中未发,又过了数日,三司使程琳向太后进献了一幅画,画的是武后临朝图。画上的武则天身着龙袍,称帝登上龙椅,俯视天下。

这幅画,已经在太后的寝宫中,整整挂了三天。

钱惟演进入宫中时,看到刘娥正在注视这幅武后临朝图。钱惟演看着这幅图,轻轻地叹了一声。

刘娥转过头来,问道:"惟演为何叹气?"

钱惟演叹息道:"遥想武后风采,今人再难得一见。纵然画师妙手天成,也不过只得皮毛,难见其神。"

刘娥淡淡地道:"今人怎会见过武后?不得其神,也是在情理之中。"

钱惟演微笑道:"若此画师见过太后,便不会画得只具其形,不见其神了。"

刘娥凝视着他，眼中寒光一闪，徐徐地道："惟演此言何意？"

钱惟演道："太后自侍奉先帝辅政至今，功绩卓著。太后募民垦田、兴修水利、亲耕御田、关怀百姓。别的不说，只与太后问政前后相比。太宗皇帝驾崩的前一年至道二年，户部统计天下百姓为三百五十七万户，而去年户部的统计是八百六十八万户；至道二年垦田数为三百十二万顷，去年为五百二十四万顷；至道末年，开采银十四万两、铜四百万斤、铁五百万斤，去年开采银二十一万两、铜五百万斤、铁七百万斤。太宗在日，北有契丹进犯，西有李继迁叛离，蜀中有王小波、李顺作乱。而今日我们与辽订下百年和议，李继迁之子李德明畏天朝之威来归，四海纤尘不起，百姓安乐。先皇在日，四凶作乱，蒙蔽圣聪，而今太后在朝，不信异端，则王钦若、丁谓之流无以用，任用吕夷简、鲁宗道、王曾等贤相，天下谁人不赞太后圣德。太后德才威望，均不下于当年的武后。女子称帝，已有前例，臣不信只有武后专美于前，而无后继之人。"此时他更无顾忌，索性将武后之名也说了出来。

刘娥心中一惊，喝道："大胆钱惟演，你竟敢口出悖乱之言，难道不知道这是死罪吗？"

钱惟演跪下，抬起头来，神情镇定如故："惟演在太后面前，从来不曾隐瞒过自己的想法。王侯将相宁有种乎？太后与龙位只差一步，何不走出这一步来？难道说您真的甘心只让武则天成为千古一帝吗？"

刘娥看着钱惟演，慢慢地、优雅地坐了下来，淡淡地道："我早该明白。方仲弓一介小臣，怎么敢大胆进献这样的奏议？程琳又怎么敢呈上这样的画图来？"

钱惟演直视着刘娥："太后以为是惟演教唆的吗？"他笑了笑道，"惟演若要教唆，也不至于这般浅显吧！"他跪前两步，双目炯炯道，"太后还不明白吗？这是百官之心啊！"

刘娥的声音中透着丝丝的寒意："百官之心？谁给你的胆子，竟敢僭用百官之心的名义来？"

钱惟演冷笑一声："百官之心，早已经不知何去何从了。当今皇上已经逾冠，范仲淹、晏殊等人数次上表请求太后归政，太后何以把他们远贬了？太后不准备归政于皇上，而皇上已经成年，日日在朝堂上做一摆设，名义上属于他的权力看似触手可及却始终不得，焉能无怨？太后，天无二日，国无二主，名不正则言不顺，言不顺则事不成。若是想让皇上成为真皇帝，太后当还政于皇上。”

“哈哈哈……”刘娥忽然大笑起来，笑了几声，一股无奈之情却涌上心头，“我现在才明白太祖皇帝当年陈桥驿上，黄袍加身时的心情。世人都说他早有预谋，只怕当时他也是……骑虎难下了！”

回想她称制以来，这多年的桩桩件件，从曹利用到王曾，不断地有臣子或明或暗地使用手段要她还政，实在是不胜其扰。对这些臣下的举动，她自然也不会毫无表示，修晋祠、颁律令等种种措施，原意是为了提高皇太后的权威和声望，打消那些还政的声音，孰料所有的事愈演愈烈，如今有人请求封七庙、献武则天图，是她误导了这些人，还是他们误会了她？

如今，她真的是势成骑虎，还是似乎有那么一点点的心动和期望在慢慢地膨胀开来呢？

刘娥眼中的寒意更甚，她转过头去，看着悬挂在壁上的武后临朝图，陷入了沉思。

钱惟演重重地磕了一个头，道：“臣请太后早做决断，以安百官之心。”

刘娥凝视着钱惟演，忽然道：“是安百官之心，还是安你钱惟演的复仇之心？”

钱惟演浑身一震，看着太后，有些不敢置信。

刘娥看着他，眼中是说不出的失望与怜惜：“纵然先皇一直视你若手足，可是，你终究忘不了吴越王的死。四十多年来，你一直对赵氏皇朝怀恨在心，一直想复仇，想颠覆赵宋江山，是不是？”

钱惟演深呼吸一口气，镇定地道：“君叫臣死，臣不得不死。臣父当日降宋，也是抱着必死的觉悟来的，我为人子，怎会去想什么复仇。四十多年过去，恨意早已经淡了。我也并没有刻骨铭心，不共戴天。太后想多了。”

刘娥反问：“是吗？那你告诉我，当年许王宠姬在西佛寺的事情是不是你的手笔？李妃的父亲李仁德是怎么死的？许王又是怎么死的？”

钱惟演不再狡辩，反而抬头与太后对视：“太后为何知道这么多？”

刘娥叹了一口气：“当年你我常常相见，我与惟玉更是朝夕相伴，许多事总有蛛丝马迹。待我执政后，去细查当年案卷，还有什么不明白的？惟演，这么多年，你是不是一直在利用我？利用我达成你复仇的野心？”她问这句话的时候，心亦是寒的。

钱惟演却道：“太后对自己未免太没信心，如果太后没有超凡资质，纵使旁人再怎么推动也走不到今天。”

刘娥长叹一声，无力地摆手：“你下去吧！”

钱惟演退了出去，可他最后所说的话，还回荡在她的耳边：“您已站在高台之上，向上一步是登天，向下一步是无底深渊，当早下决断。”

刘娥站起来，一遍遍地抚摸着画上的武后：“你当年一定也曾遇上与我一样的两难之局吧？”当年武后杀二子，夺江山，唐氏宗族被屠杀殆尽，是怎样强烈的欲望，会让人下这样的狠心手段？

而她，做得到吗？

她于皇帝之位只有一步，触手可及，千年以来难道就真的只有武则天成为千古一帝吗？

回想当年，在澶州城下看到萧太后在千军万马中的一袭红袍，是那样的遥不可及，可是到了今天，她也拥有了这样的地位。她已经是一国之主，她的制令也形同皇帝的制令。

她眼前的武则天像，渐渐地与四十多年前，在蜀中逃难时所见到的武则天庙中塑像重合在一起。

那一年，她在武则天庙，听着计词对她与李顺讲述武则天昔年的故事时，才十三岁，她怯生生地问计词：“女人也能做皇帝吗？”而今天，这一句话，她却要问自己了。

她不曾想得到萧太后的位置，而今她已经坐上这个位置。那么她和武则天呢？当年她也绝对没有想到，有朝一日，自己也有可能达到武则天所建立的功业——成为一国之君，成为一个女皇帝。

而今，成为一个女皇帝，成为一个像武则天一样的女皇帝，穿上龙袍登上龙椅，让天下人都拜倒足下，让千百年后的每一个人，听到她的故事都会双眼闪亮。这种强烈的愿望，在她的心底燃烧着，让她想要大声地呼唤出来。

数日后的朝会，恰好皇帝不在，刘娥忽然开口问道：“诸卿可知，武则天是一个怎样的人？”

满朝哗然，众人面面相觑，谁也不知道该如何应答，谁也不敢站出来应答。

隔了很久，刘娥轻轻地叹息一声：“就没有人能够回答得出来吗？”

忽然下面有人大声道：“武后是唐室的大罪人！”

刘娥万料不到有人如此大胆，仔细看去，却是参知政事鲁宗道，此人一向耿直敢谏，素不谋私，太后亦是借重他来整肃朝纲。见是他站出来，便觉得有些头疼，脸上却不表露出来，只淡淡地道："为何下此断语？"

鲁宗道大声道："武后废太子，改国号，倾覆了大唐天下，怎么不是大罪人？武后与高宗是夫妻，若无高宗便无武后，可是高宗死后，她竟不能报先帝之恩，卫夫君之子。杀二子再囚二子，人间的恩情伦常全然丧失，又怎么不是大罪人？……"他还待滔滔不绝地再说下去，刘娥气得脸色煞白，不等他说完，便拂袖退朝而去，将鲁宗道独自扔在朝堂之上。

回到寝宫，刘娥倚在床上，只觉得一股邪气梗在胸口，憋闷无比，她深深呼吸了许久，这口气还是没有顺过来。吓得身边的宫女内侍抚胸的抚胸，奉茶的奉茶，好一会儿，太后煞白的脸色才渐渐缓过来。江德明忙道："太后，要不要小的传太医来请脉？"刘娥挥了挥手："不必了，不许惊动皇上与杨媛。"江德明乖巧地道："是，小的让太医来给太后请个平安脉。"太后点了点头。

江德明吩咐下去后，见刘娥神情仍是不快，忙讨好地道："太后，有样东西，不知道太后喜不喜欢？"刘娥淡淡地问："什么东西？"江德明眼珠子转了转，退后两步让出位置来，便有两名宫女捧着用锦缎盖着的东西上来，江德明跪了下去道："小的要请太后饶了我的罪，小的才敢请太后看这里面的东西！"

刘娥好奇心起，亦知江德明这般说，必不是要紧的大罪，淡淡地道："有什么要紧的，你且起来吧！"江德明笑道："是，是！"退到宫女的身边，伸手掀起锦缎。

忽然只见一阵金光耀眼，刘娥被闪得闭了闭眼睛，这才睁眼仔细看去，一个盘子里放着皇帝大礼仪所用的仪天冠，另一个盘子里放着衮龙袍和九龙玉带。

刘娥看着这一套龙袍冕冠，不知不觉地站起来，走了过去。她轻轻抚摸着龙袍，沉默不语。

江德明察言观色，轻轻地道："要不，太后先试试合不合身，只当是试穿罢了！"见太后不语，便与两名宫女，小心翼翼地服侍着太后，取下凤冠后袍，然后，换上了冕冠龙袍。

江德明将一人高的铜镜推到太后的面前，太后看着镜中的自己，不由得惊呆了。镜中人穿着帝王的冕冠龙袍，以君临天下的睥睨之姿，俯视着众生。她是如此陌生，却又是如此地熟悉。

她坐了下来，静静地注视着镜中的自己，很久，很久。

刘娥换下冕冠，此时内侍罗崇勋进来禀道："官家在外求见，已经等了有一会儿了。"

刘娥"哦"了一声，道："何不早来禀告？"

罗崇勋忙道："小的见太后歇息了，所以不敢惊扰太后。"

刘娥"嗯"了一声，道："还不快请！"江德明忙率人先带着冕冠退出，罗崇勋引赵祯进来。

赵祯听说今日朝堂上太后大怒，心中不安，连忙过来请安。

鲁宗道得罪太后，已非此一桩事了。前几日太后将方仲弓议立刘氏七庙的奏章示于众臣，众臣皆不敢言，唯有鲁宗道越众而出说："不可。"并质问众大臣说，"若立刘氏七庙，则将嗣皇置于何地？"

去年皇帝与太后一起出幸慈孝寺，太后的大安辇在帝辇前面，又是鲁宗道说："妇人有三从：在家从父，出嫁从夫，夫殁从子。"请太后让皇帝先行。

然而太后对鲁宗道仍十分宠信，凡有谏言一般都能当即采纳，断无像今日这般情形。想起自太后执政以来，已经有枢密使曹利用、昭文相丁谓、昭文相王曾、集贤相张士逊、参知政事任中正、枢密副使晏殊这些两府重臣，都先后因忤太后旨意被罢免，今日鲁宗道公然令太后大怒，是否也会步这些宰辅大臣的后尘而被罢免呢？

赵祯心中惴惴，他自小就知道太后主见甚为坚定，素有文韬武略，曾为了自己登上大宝，花了无数心血，是以素来对她是又敬又畏，说话行事从来不敢轻易逆她心意。今日话题太过敏感，他不得不有所表示。

赵祯走进殿中，见太后气色甚好，倒不像方才听说的，说是太后今日下朝气色极差，心中略安，由衷地道："臣见大娘娘的气色还好，我就放心了。"

刘娥端详着赵祯，这不是她亲生的孩子，这孩子长得却越来越像先帝，也是一样的温柔和气，一样的待人体贴。他小时候虽然也顽皮，但从未真的惹她生气过。后来渐渐长大了，要承担国家大任，所以她对他管教甚严。他开始有些畏她，但仍然极力在她面前表现出自己最好的一面来，以求她能够看到他，表扬他。

可他还是个孩子，还不能掌控这个庞大的国家，而他却有可能会被这个庞然大物中的每一根触须所操纵，成为攻向她的刀子。

那么，她要不要干脆自己来操纵这个庞然大物？或许这样对她来说更对，也对这个孩子更好吧？他只要好好做她的孝顺儿子，而不必被迫推到她的对立面来。

她这样想着，神情渐渐缓和了下来，嘴角有了笑意："不过是一时逆了气，喝口茶就好了，难为我儿记挂着。"

赵祯虽然不能够完全察知太后的情绪，却发现她的神情缓和下来，松了一口气，忙谨慎地引入话头："今日鲁参政实不应该冲撞娘娘。"

刘娥看了他一眼："官家认为鲁宗道今日的谏言不应该吗？"

赵祯怔了一怔，他听说鲁宗道触怒太后，生怕鲁宗道受责，因此前来求情。而他也知道，今日太后问了武则天之事。太后这一反问，令他觉得此话颇难回答，他想了一想，还是道："朝议的内容，另作别论。只是不管议什么事，为人臣子者，实不应该如此无理冲撞。"

刘娥笑了，这孩子总是这般替别人着想，当儿子，这是优点，当官家，这却是最大的不足。她看得出他是想替鲁宗道求情，她本也无意处置鲁宗道。鲁宗道是谏臣，只是别人的嘴，真正在背后操纵这一切的，是一群人。

不过她并不想这样顺水推舟地答应，而是要告诉他，恕与不恕的区别是什么。

"官家啊，"刘娥叹了一口气，"人无完人，谏臣，犹如一杯苦茶，取其清凉解火，就顾不得苦口难受了。"

赵祯心中一松，脸上却不敢显露出来："大娘娘的心胸，臣不及也。"

"你是不是觉得很奇怪？"刘娥说，"我贬过王曾、张士逊、晏殊，何以独对鲁宗道一直手下留情？"

赵祯知道太后又在教他治国之道，每到这种时候他心中总是又喜欢又紧张，生恐说错一句，看到太后眼中失望的神情，哪怕只是一掠而过，也实是他最难受的时候。当下揣摩着答："大娘娘一向心胸宽广，岂无容人之量？王曾等人，都有擅权之嫌，唯鲁宗道心地无私，大娘娘纵不取其言，也取其人品宽容一二。"

刘娥点了点头："此其一也。"

赵祯知道接下来的才是重点，连忙用心倾听。

"昔者天子有争臣七人，虽无道，不失其天下。诸侯有争臣五人，虽无道，不失其国。大夫有争臣三人，虽无道，不失其家。"刘娥喝了一口茶，在古铜兽炉升起的香烟中缓缓地道来，恍如天音般一字字地传入赵祯的耳中，

“为天子者，要有自己的谏臣。唐太宗为何重魏徵？若论治国，魏徵谋略不及房玄龄，决断不及杜如晦，所能成者，能进谏也。”

刘娥站起来走了两步：“都以为自古以来，臣子做谏臣难，人人都当自己是屈大夫，怨望的诗也写了上千年，明着暗着，找个托词写什么闺怨宫怨、香草美人的……”

“噗！”赵祯听着太后的调侃，不由得笑出声来，见太后转眼看过来，连忙收了笑容坐得端端正正的。

刘娥看了赵祯一眼，笑道：“想到什么了？”

赵祯忍笑道：“臣这才明白，为什么自汉唐以来那么多治国平天下的名臣大儒，居然也会传出这么多宫怨闺怨的诗来。”

刘娥不理这孩子的打岔，继续道：“殊不知，臣子难觅好君王，而为人君者要寻一个好的谏臣，却也是极难。有些臣子，你听他们拿着大道理挟制你吧，他自己心底，却不知道想的是谋利还是擅权；也有的臣子，宽于律己，苛以求人，一叶障目，不见泰山，国计民生他只会人云亦云，你打个喷嚏他都有三天三夜的大道理等着你，以驳上位者的脸、削上位者的面子为乐事，所谓不怕犯颜只为求名者……一个好谏臣，不但要有直言敢谏的勇气，还得有刚直无私的胸怀，诚心敬上的心地，更要君臣相互明白和宽容。因此君臣遇合，也是极难，千年之下，也只有寥寥几桩佳话罢了。”她说到这里，停了一下，赵祯连忙亲手递上茶去，刘娥喝了一口，见赵祯认真地听着，才又道，“所谓君臣遇合，如唐太宗以魏徵为谏臣，可魏徵先仕李密后仕建成，却直至太宗朝才能够一抒胸臆，成了唐太宗的一面明镜。太祖皇帝以赵普为谏臣，当年赵普上表章触怒太祖，表章被撕成雪片，赵普却粘好表章，第二天再继续呈上来……”

赵祯不禁叹道：“赵普好韧性。”

“然而，赵普却也只能做太祖的谏臣。”刘娥断然道。

“为何？”赵祯问道。

“因为只有太祖爷和赵普，才能有那份信任和默契，这份信任和默契，其他人是勉强不来的。”刘娥不便细说太祖驾崩前后朝中的纷争，只得一句话点到即止，转而道，“太宗皇帝任用寇準为谏臣，当年寇準为了进谏，可以在太宗皇帝转身而去时上前硬扯住他的袖子拉回座位上来——”

赵祯“啊”了一声：“好胆色！”

“然而，”刘娥叹息道，“寇準为人过于刚强自大，他是太宗皇帝一手提拔，对太宗皇帝有敬畏之情，然到了先帝跟前，便不免有些刚愎擅权的举动。所以一朝天子用一朝谏臣，以免臣下坐大，太阿倒持。”

“所以鲁宗道就是娘娘的谏臣吧！”赵祯悟道。

“不错。”刘娥颔首，“我也需要一个自己的谏臣。祯儿，你将来也会找一个属于自己的谏臣，只要有一个真正的可以以之为镜的谏臣，便可终身信之，要让他一直留在你的身边，哪怕他会把你气到要杀了他，你也要容他忍他，要有可纳万物的帝王胸怀。”

赵祯却似乎捕捉到太后有意避过的一个话题，他低头沉思了片刻：“那么，爹爹的谏臣是谁呢？”

“你爹爹吗……”刘娥眼中有一丝的闪神儿，立刻又镇定下来，“你爹爹为人谦厚，善能纳谏，你爹爹的谏臣最多，李沆、寇準、李迪等人，都是你爹爹得用的谏臣。就连鲁宗道，也是你爹爹发现的人才，特地留给我的。”她的话沉稳有力，充满了不可置疑的尊崇之意。

然而她的心却因这一问而起了叹息之意，真宗一生，的确没有一个真正留得住的谏臣，这也的确是一件憾事，若非如此，也不会弄得后期王钦若等人擅权弄鬼。然而，真宗毕竟是她的丈夫、她的君王，莫说她不许别人对真宗的处事治国有任何非议，便是连她自己偶尔闪过一丝否定的想法，都会觉得不应该。

赵祯自然懂得她的意思，想了想，忽然笑道：“娘娘说最重要的可以终身信之的谏臣，只要有一个足矣。爹爹也肯定有一个终身信之的谏臣，只不过娘娘没说罢了……”赵祯停了一停，见刘娥疑惑地看着他，方才慢悠悠地说道，“便是娘娘！”

“噗——”刘娥等了半日，见他不说话，正端了杯茶在喝，一听这话，不由得把茶喷了一地，指着他笑道，“你你你，你这孩子好的不学，倒越发会说奉承话了。”

赵祯正色道：“娘娘日常教导臣的都是做人的大道理、治国的大策略。娘娘深通谋略、心怀天下，在爹爹身边这么多年，母后才是爹爹可终身信之的人，也是唯一能够终身进谏爹爹的人。”

刘娥收了笑容，摇了摇头：“不，我不是谏臣。”

赵祯不解地看着她：“不是？”

刘娥叹道："谏臣不仅是进谏之用，更是位列朝堂上的一个衡器，有一个刚直不阿、不畏天子的谏臣立于朝中，那些大大小小的臣子，行事也得掂量三分。像丁谓这样的前例，是万不可再发生了。谏臣不但是鉴君，更是鉴臣。人人都在这面大镜子前，收敛几分。一个心地无私、毫无情面的谏臣，用来节制臣子们的结党擅权，是最好不过了。所以，我会包容一个谏臣，也必须留着一个谏臣。但是，这并不表示，我要受臣下的言语节制；并不表示，我要容忍某些人利用谏臣左右我的意图。"刘娥的声音极为冰冷，听得赵祯的心中更是寒气直冒，"官家，这就是帝王之道、用人之术。每一个臣子的安排布置、留与弃，都如同棋子，要从全盘考虑。"

赵祯恍恍惚惚地出了崇徽殿，也不知道何时坐上了御辇，等御辇停下来的时候，已经在保庆宫了。杨媛站在宫门前，似已经等了很久，见他下辇，连忙迎上去将他带进内殿，屏退左右，这才悄悄地问："官家，事情怎么样了？"

赵祯脸色仍有些苍白，忽然笑了一笑，道："小娘娘，祯儿惭愧得紧，原以为他们在朝堂上胡说八道，大娘娘一定会生祯儿的气。"他顿了一顿，见着杨媛满脸忧色，忽然笑了。

方才他正在保庆宫内，忽然听阎文应来报说鲁宗道在朝堂上顶撞了太后，杨媛听说具体情况后，忽然脸色一变，便要他立刻去崇徽殿向太后请安，并请求治罪鲁宗道。

杨媛自他去后，便一直悬着心，此刻却见赵祯顿了一顿又继续道："鲁宗道什么也改变不了，大娘娘要做的事，谁也左右不了。"杨媛的脸立刻变得惨白，却见赵祯反而微微笑了起来："小娘娘太关切祯儿，所谓关心则乱吧！却忘记了其实大娘娘的心里，对祯儿的好，并不亚于小娘娘啊！"

"方才你们谈了些什么？"杨媛忍不住问。

"谈了……"赵祯的笑容绽开，"大娘娘教我帝王之术。"

"帝王之术啊！"杨媛松了一口气，顿时觉得心头一块大石落了地。看着赵祯坦然笑着，心中忽然酸楚了起来。

年轻真好！

什么都不知道，真好！

而赵祯看着杨太妃，心中亦是轻轻松了口气：她什么都不知道，才是最好的吧。

第九十八章 宸妃之死

天圣七年，参知政事鲁宗道去世。鲁宗道病重时，赵祯亲来问疾，又赐白金三千两。鲁宗道死后，太后亲自临奠，追赠兵部尚书，又赐谥号“肃简”，可谓生荣死哀。

鲁宗道是天圣朝有名的谏臣，他敢直言，太后又还能纳他之言。自鲁宗道去世之后，再无人能够阻止太后威势的日益扩张。朝中又兴起了“太后称帝”的风声，且愈演愈烈。那次太后虽然为鲁宗道所阻，不曾建立刘氏七庙，却下旨令天下避后父刘通之讳，同本朝太祖称帝之后，令天下避其父赵弘殷之讳一样，避讳刘通，已经视同帝王了。

此时钱惟演虽然已经被罢了枢密使，改判河南府，然而他托病久留京师，迁延不赴。

太后的母族薄弱，长兄刘美早已去世，遗下二子刘从德与刘从广。太后对这两个娘家侄子宠爱异常，视如己出。而刘美长子刘从德亦不负太后所望，十四岁便自殿直迁至供备库副使。太后临朝，逐步栽培刘从德，先是以崇仪使真拜恩州刺史，改和州，又迁蔡州团练使，出知卫州，改恩州兵马都总管，知相州，提升极快。

怎奈刘从德毕竟年轻，太后又欲真正地栽培他，不想让他成了纨绔子弟，便一直派他在地方上历练，一时之间，还不能真正掌朝理事。刘从广更小，今年才八岁，更不抵用。

因此朝堂上，太后还是更为倚重刘美的妻舅钱惟演。钱惟演诸子，也都是由太后指婚，长子钱暖娶了当今郭皇后的妹妹，次子钱晦娶的是太宗最宠爱的女儿随国大长公主之女，三子钱暄尚小，长女当年嫁丁谓之子，次女则由太后赐婚，嫁定王元俨的儿子赵允迪。

这一重重的政治联姻，如同一张细密的网，将太后与钱惟演的关系联得密不可分。此番王曾被罢免，已经有人传说继任的会是钱惟演。钱惟演亦有此意，此番更扬言："吾平生不足者，惟不得于黄纸上押字尔。"古来任命宰相，当在黄麻上书写诏书，钱惟演在人臣中爵禄位皆已经算得极高，此次更是欲占据宰相之位。

这于当今首相吕夷简来说，不得不说是一重极大的压力。

天圣九年，秋风飘摇，离太后祭晋祠以及发布《天圣令》，也已经有两年了。这两年里，世事如同轮盘缓缓转动，一件件事演变过来，已经不容朝臣们再盲目乐观下去了。

太后立刘氏祖庙，修晋祠而立偶像，推新法令，独御座而召群臣，凌驾于皇帝之上，又在寝殿中挂起武后图。这不能不让朝臣们想起吕后，想起武后来。而吕后称制的时候，不知杀了多少刘汉王孙和汉家重臣。武后称帝的时候，又不知杀了多少李唐王孙和朝堂大臣。事到如今，太后离帝位只有一步之遥，她手中的权柄握得极稳，她的心志又是极强悍坚定的。她六亲断绝、她不畏人言、她无视天象示警，而自先帝时起，那些大族重臣，就已经无法节制皇座上的人了，不管是先帝，还是当今太后。大家都是从五代时候过来不久的，便是自己没经历过，自己的父祖师长总是经历过的。若说天子翻脸无情，也是常见的。或许当年还须倚仗大族维持朝堂平衡，如今南人大量入朝，中原大族也并非不可被取代。况且，经历过五代时期，经历过太祖夺国，太宗夺位，坚持不肯屈从而敢以身家性命甚至家族前途去抗衡的，又能有几人？

这数年来，为了阻止太后的野心，群臣已经费尽心机，但顶多如鲁宗道般拿着规矩礼法来数落几句，如徐敬业这般举兵起事，如骆宾王这般檄文辱骂，那是不可能有的。但哪怕如徐敬业和骆宾王这般，也阻挡不住武后当年称帝的步履，而今就靠几名书生的谏言，又能有用吗？天圣七年王曾罢相，相位空缺了好一阵子，刘娥曾属意于钱惟演为相，但是吕夷简身为副相，多年来处理国政，实是接手王曾的最好人选。后来鲁宗道进谏，刘娥才勉强立了吕夷简为相。但吕夷简虽然升为首相，刘娥却又恩封其为昭文馆大学士，令其去监修国史，首相之位名存实亡，此时又遇钱惟演之威胁，地位实在是摇摇欲坠。为江山计，为自身计，吕夷简都想最后搏一搏。为此，他将太后于寒微之时的各种事情，都细细研究过，也对太后近年来的旨意法令，用心推敲过。最终，吕夷简手抱一卷画轴，进了崇徽殿。

刘娥笑问他："夷简带来了什么？"

吕夷简行礼道："臣为太后献上一幅唐武则天的画像。"

"哦，"刘娥微眯了眼睛看着吕夷简，"唐武则天的画像？"

刘娥在揣摩吕夷简的来意，吕夷简不像王曾，两个人都很机敏，但是机敏的方式不同。王曾有时候会屈就、会设套以掌握权势，但是得势之后宁可失势，关键的地方是寸步不让，这一点颇令刘娥恼火，终于积蓄怒气到贬他出京。王曾现在仍在想办法谋求复相，为此也做了一些让刘娥开心的事，但归根结底，他的让步是为了最终的不让步。他争取上位时费尽心机，却不会为了保位而屈志。而吕夷简则有一点深不可测，他是个四两拨千斤的高手，他对刘娥的旨意，顶多是劝，没有硬顶过，看上去有些平庸，却是做事老到、稳妥之至，让人挑不出毛病来。他不太肯出言，但若是开口，必然十拿九稳，道理充足，又不至于顶撞了太后。

刘娥看着吕夷简，很想猜测一下他的来意，就算是要讨好，前面已经有一个程琳献过了，拾人牙慧的事，不应该是一个当宰相的人做出来的。

还是——他这幅画像，有什么特别的用意？

刘娥闭了一下眼睛，发现自己居然到现在还没有猜到吕夷简的用意来，心中大为好奇，她已经很久没有这种感觉了，这些年以来基本上臣子们还没走到她面前，她就能够猜到他们想要对她说什么，有什么意图了。

这个素日不显山不露水的吕夷简，真会是一个有分量的宰相吗？刘娥睁开了眼睛，微笑着轻挥了一下手，示意把图轴打开。却见图轴缓缓展开，先是露出一个身穿黄袍的中年女子，迎风独立、神情肃杀，明显是武则天，旁边似有几句诗。不及细看，但见图轴继续往下展开，却出现一个青年男子侧身回望。

刘娥凝神望去，却见图轴已经全部展开，只见图像正中武则天立于一高台上，那高台周围遍布散乱的藤蔓，台下一个青年男子孤独背向而行，却又似有不舍，侧身回望。刘娥细看那诗句："种瓜黄台下，瓜熟子离离。一摘使瓜好，再摘令瓜稀。三摘尚自可，摘绝抱蔓归。"

"太子贤的《黄台瓜辞》？"刘娥缓缓地吐出这一句话，"吕相想暗示什么？"太后的眼光，寒如利刃，吕夷简虽然低着头，却也能够感觉到这眼光中的锋芒杀气来。

吕夷简轻叹一声跪下，只说了一个字："忍。"

"忍什么？"刘娥冷冷地问。

"忍心！"吕夷简抬起头来，道，"非一般人之功业，须有非一般人之心性，可以灭五伦绝亲情面不改色，这就是忍心。武后有四子，杀二子流一子囚一子，又有二女，杀一女杀一婿。其余孙辈，杀戮更是不在话下，至此，天下便无不可杀之人。此是第一重忍心之事。"

"灭五伦绝亲情，也只算得第一重吗？"刘娥端坐着，表情淡然，手上的长指甲，却已经深深掐入龙椅的扶手之中。

吕夷简磕了一个头，道："唐高宗时，大唐疆域万里，平高丽定西域，万邦来朝，齐拜天可汗，于当时实无一国可匹敌，无一处不归心。武后称帝，却有突厥默啜可汗入侵，扬州徐敬业起兵，内忧外患，险些影响国本。能以天下大乱为无视，此第二重忍心也；能以两国交兵而无悔，此第三重忍心也！"

过了良久，整个崇徽殿中一片寂静，静得落一片叶子下来，都会有铿然之声。

好一会儿，刘娥才淡淡地道："说完了？"

"是，臣要说的话，已经说完了。"吕夷简的声音很平稳，并没有什么激昂之声，甚至声音也不高，刚才说那一大段话，也是略显低沉的语气。

"既然说完了，江德明——"刘娥的语气之平淡，跟吕夷简不相上下，"送吕相！"

吕夷简伏地，默然行三拜九叩大礼，行礼毕，默然退出。

吕夷简的身影消失后，刘娥极其缓慢地起身，像是骤然间老了十岁似的。旁边侍立的张怀德连忙上前扶住刘娥。

刘娥缓步走到《黄台瓜图》前，缓缓地伸出手触摸着画轴，喃喃地道："忍心？三重的忍心？"忽然间，心头血气翻涌，整个人晃了几晃，有些站立不稳。江德明忙扶住了她，问道："太后，可要叫太医？"

刘娥点点头，道："不可告诉太妃、官家。"

夜深了，刘娥依然未睡，她看着墙上那两幅武则天图，心潮起伏，无法安眠。

通往帝位的路，只差一步，但这一步的难度，却不在外，而在于她的内心。

她称帝的难度，并不见得比武则天更大。如今的大宋，远比武则天时的大唐更脆弱，五代遗风仍在，朝臣们比初唐时更容易接受改朝换代。如今虽然有一些北方大族，但完全不能与初唐时的著名世家相比。

可是，她真的要迈出这一步吗？她真的愿意付出那三重忍心的代价吗？

她想起了早年，因为兵灾，因为民乱，她和婆婆被迫离开家园，走上漫漫逃亡之路。她想起蜀道之上，那天暴雨塌方，她以为她要死了。后来，她在破庙中，看着那一个个受伤的人死去，她想，她再也不要看到这么多人死了。

她想到王小波与李顺，想到他们迅速建立又迅速消亡的大蜀国。她想到从蜀道至汴京路上遇到的那些人，那些不得不逃亡，却最终没能够活着到达汴京城的人。她想到孙大娘与四丫，想到汴京桥下那些冬天冻死的人，想到先帝还是皇子时，他们曾经为救活这么多人而欢欣快乐的时光。

她也想起了先帝。自十五岁时，桑家瓦肆相识，此后四十年相伴相依，终身携手，没有他就没有今天的自己，是他把一个瓦肆里卖唱的歌女，变成今天权倾天下的皇太后。他把他的儿子、他的江山全然毫无保留地交到了她的手中。她想起他在临终前，眼中仍充满对她的信任，说："军国大事皆由皇后处分。"

她想起了祯儿，还有那首著名的《黄台瓜辞》。则天大圣皇帝有四个儿子，为着权力杀了两个儿子，仍然还有两个儿子。而她，却只有当今皇帝这一个儿子，虽然并非她亲生，但是自从他一出生以来，她就抱在手中，亲手喂养，亲自教育。他人世间第一声称呼，就是叫着她："娘——"他一直以为她是亲生母亲，是那样地信任她、崇拜她、依恋她，愿意为了她一个赞许的眼神，而努力去学习，去做好她所交代的每一件事。

她想：我真的要伤害他吗？我做了皇帝，固然是好，可是我已经六十多岁了，还能有几年可活？我若死了，皇位还不是要回到他的手中？我什么也改变不了，就为了我要披一下龙袍，我要杀多少反对的谏臣啊！

犹记得已经去世的鲁宗道的那一声大喊："武后是唐室的大罪人！"那"无高宗便无武后……竟不能报先帝之恩，卫夫君之子"，当时盛怒之下，根本不曾听进去，可是深夜回想，竟是字字惊心。

武则天当年为登龙位，将满朝文武血洗一番，这才得以改朝换代。如今又比不得唐朝时，大唐疆域万里，于当时实无一国可匹敌，无一处不归心。

而本朝开创艰难，疆域只得唐朝的一半，且北有契丹虎视眈眈，西边夏州又善于趁势作乱。若是朝中不稳，则契丹、夏州必会趁火打劫，则边境战乱又起。

若是边境动乱，则江南、蜀中等地，乱象刚刚平复，又将不稳。想幼年逃难蜀道，目睹种种惨状，又将再度发生吗？而天下征战上百年，好不容易这十几年才安定下来，难道说腥风血雨再度掀起，天下又将大乱吗？乱象一起，实不知这域中，是何人之天下了！

如今若论内外国境，实不能与武则天时相比，时局不利，妄动无益，还要断送已经取得的基业。善为政者，当审时度势，进退当在自己的控制之中。

千秋功罪，此时只悬于她的一念之间。

夜色深沉，崇徽殿内，刘娥竟一夜不寐。

次日清晨，赵祯听到消息，说是太后忽然晕眩，急忙赶了过来。他走进寝宫时，床头垂下帘子，太医正在请脉。

赵祯静候太医诊脉毕，才问："太后的脉象如何？"

太医忙施礼道："官家放心，太后脉象倒还好，只是一时气血翻涌，方才有一刻钟左右的晕眩，只要静心安神，吃一点镇静平复的药就好了。"

赵祯道："那就好，你好好为太后诊病，若是太后大安了，朕重重赏你。"

太医退下后，赵祯亲自看着火熬好了药，又亲手端上来给刘娥。刘娥轻叹一声："官家，我原没事儿，天这么热，你功课要紧，又赶过来做什么呢？"

赵祯忙道："臣一听说娘娘身子欠安，什么心思都没有了。让臣今日服侍娘娘用药，等娘娘安歇下来，臣才心安！"

刘娥凝视着他："你心中有何不安？"

赵祯道："臣是娘娘十月怀胎所生，母子连心，娘娘身子欠安，臣自然心中不安。"

刘娥凝神看着赵祯跪在床前，他看着自己的眼神中充满了孺慕之情，既有儿子对待母亲的依恋，也有对待父亲的崇拜。那少年独有的纯真与爽朗，夕阳斜照在他的身上，竟似可以透体而过。

她伸出手去，轻轻地抚着他的发边，含笑道："母子连心，嗯，我儿说得很对！"

赵祯内心却并不平静，这几年太后称帝的呼声越来越高，他也时常听太傅提起。毕竟他是皇帝,许多臣子不免把阻止太后野心的希望寄托在他的身上,而他却只是觉得惶恐。

他是赵宋天子,也是太后的儿子,君臣之道,母子孝道,搁在他身上,如此冲突,如何处置?他悄悄去秘阁看过史书,《汉书》看过,《唐书》也看过。历代称制的太后不止一个,可是又有哪个儿子反对成功了?远的如秦宣太后、汉吕后,近的如辽国的述律太后、萧太后,他做不得唐代的章怀太子,做不得辽国的人皇王,但做得了秦昭襄王,做得了辽主耶律隆绪。

他也不认为自己如今执政的能力能够强过太后了。他记得小时候周怀政谋逆,娘娘把他抱到父皇身边,一家三口握着手,听着外面的喊杀声。他也记得爹爹驾崩时,八皇叔逗留宫中不去。他知道五代时,幼主当国,太后若是无能,会是什么样的下场。

爹爹宾天,娘娘为了保全他们母子,做了这么多的事,他又怎么可以为了他人言语,为了自己的权欲而站到她的对面去?不是太后有称帝的野心,而是许多臣子看到了立下拥立之功的机会,就如同当年把黄袍披到太祖身上一样。而那些劝他的人,何尝没有野心?娘娘跟他说过,五代十国那些大将如何擅权,那些重臣如何频频迎新送旧。

他也曾私下问过太傅:“太傅以为我当如何?”

太傅沉默良久,方道:“当以恭谨养身为上,勿轻率听信人言。官家尚年轻,勿急勿躁。”

皇帝如今刚到二十岁,但太后已经六十多岁了。只要太后不急着称帝,皇帝但尽孝道,江山无忧。便是太后当真称帝,如武则天一般,那武则天晚年,依旧将江山还于儿子。他希望阻止太后称帝,可作为皇帝的老师,他更希望皇帝平安无事。他早就看出来了,皇帝性情温厚,甚至温厚到过于克制和忍让,让皇帝去对抗母亲,这是他做不到的。既然如此,还不如让他少听闲言,内外如一,让太后不生嫌隙之心,这就是对皇帝最有利的做法。

天子唯恭谨侍母,恪尽孝道就好。太傅是这么教的,而天子,亦是这么做的。

皇帝走后,刘娥去了垂拱殿,当着几名心腹臣子的面,将武后临朝图扔进火盆之中。武则天的画像,在火焰中袅袅飘动、卷曲,直至化为飞烟。

她说:“我不能有负先帝,有负大宋朝的列祖列宗,有负天下的黎民百姓。”

天圣九年年底,太后下诏,明年起改元为明道。

宰相吕夷简加封中书侍郎，并赐金帛。

吕夷简接旨谢恩后，轻抚圣旨，喃喃地念着："明道？"明道二字，虽然也有日月之道的意思，喻示着日月同辉，但终究比天圣二字的直接，更淳和一些。那么，太后真是要明大道，做慈母了吗？

吕夷简眼望长空，他的心，更疑惑了。

明道元年，仍是春寒料峭时，钱惟演走进了上阳东宫，那是真宗的顺容李氏所居的地方。李氏本从守先帝的永定陵中，自那次八王探陵的事件之后，太后下旨，让她移回宫中居住。

此时李顺容已经病得很重了，自去年秋天起，就一直缠绵病床。太后和太妃都过来探望过，御医也一直侍候着，只是她的身子，却依然渐渐枯萎了下去。经过上一个冬天，病势渐渐沉重，御医说，她已经没多久时间了。

刘娥把钱惟演请了来，她的语气中有些迷惑："惟演，李宸妃想要见你！"见钱惟演微微一怔，又加了一句道，"就是李顺容，我前日已经封她为宸妃！"

钱惟演很吃惊："我只是一个外臣而已！"

刘娥看着钱惟演："宸妃自幼在你家长大，原是钱家的旧婢，她如今想要见你，必是有些话要对你说吧！"

钱惟演沉默不语。李宸妃祖上历代皆是钱家旧部，她八岁入钱府为婢，十五岁入皇宫，二十四岁生下当今皇帝，此后自崇阳县君、才人、婉仪、顺容等一步步升上来，如今因她病重，太后怜惜，升为宸妃，更是列于诸妃之上，仅次于太后了。

刘娥对李宸妃一直怀有戒心，不仅仅因为她是赵祯的生母。当年入宫最早提起话头引起太后产生借腹生子念头的刘美夫人是钱惟演的妹妹，为太后挑选宜男宫女的张太医原是钱惟演的家医，最后怀孕生下儿子的李宸妃，却又是钱府送进宫的旧婢。这一层层瓜葛联系得太深，是钱惟演至今不得为相的原因，亦是刘娥防着李宸妃的原因。

李宸妃入宫三十年，从未与钱府有任何联系，至此垂危之际，却又提起要见故主，太后沉默片刻，还是同意了。

钱惟演走进殿中，但见李宸妃静静地躺在那儿看着他进来。

钱惟演行了一礼："钱惟演见过宸妃娘娘。"见李氏的神情有些诧异，忙道，"太后已经下旨，封娘娘为宸妃。"

李宸妃轻咳了几声，苍白如纸的脸上泛起一层病态的红晕，淡淡道："多谢太后的恩典！"

钱惟演恭谨地道："不知道宸妃娘娘召臣，有何事吩咐？"

李宸妃目不转睛地看着钱惟演，钱惟演虽然已经六十多岁了，但是文武双全，保养得宜，举止间仍依稀可见当年风貌。李宸妃静静地看着，忽然垂下泪来，哽咽着道："请钱相公坐！"

钱惟演谢过坐下，看着李宸妃忽然有些不安，勉强笑道："宸妃娘娘的气色甚好！"

李宸妃拾起枕旁的丝帕拭泪，凄然一笑道："我知道自己是不成了。我这一生——"她深吸一口气，平息一下情绪，又轻轻地道，"我这一生也就这么过了，如今快要死了，容我放肆这么一回！"她看着钱惟演，淡淡一笑，"公子，一别三十年，你怕是早就忘记我的名字了吧？！"

这一声"公子"惊得钱惟演陡然站起，看着眼前憔悴支离的女子，心中一酸，似乎这三十年的时光忽然倒转，依稀可见三十年前的梧桐树下，那个温柔似水的小丫环也是这般凝望着他，叫着他"公子——"。

钱惟演一句"你是——"到了嘴边，却始终无法将眼前人的名字叫出口来，脑子急速地运转，却始终想不起眼前人的名字来。

李宸妃轻轻一声叹息，说道："我进府的第一天，公子和小娘子正在赏花制香——！"

钱惟演"啊"了一声，一个名字脱口而出："莲蕊，你是莲蕊！"

李宸妃淡淡一笑："嗯，我叫莲蕊，她叫梨茵，我们是同一天进府的。"她看了看身边的老宫娥，那宫娥向着钱惟演微微行了一礼，轻唤："公子！"

钱惟演看着二人，心中受到了极大的震撼，他跌坐回座，竟是不能再发一言。

梨茵看了李宸妃一眼，带着侍从的两名宫女，轻轻地退下。

李宸妃轻轻地咳嗽着，钱惟演回过神来，他走到床边凝视着对方，竟是不能相信，这中间已经隔了三十年了。

李宸妃微微一笑："三十年了。公子，三十年前你不开心，三十年后你还是这样不开心吗？为什么？"

钱惟演心中一怔，却不禁茫然地轻问自己："为什么？"

李宸妃的声音低低的，却是说不出来的凄凉婉转："公子的书房里有一幅画，从来不让人看到，公子经常怔怔地看着这幅画出神，从来也看不到身边的人。我偷偷地看过这幅画，后来，我终于看到了画上的人。”

钱惟演“啊”了一声，惊骇地看着李宸妃：“你，你什么都知道了？”

李宸妃低低地“嗯”了一声，道：“你故意画得不像，衣饰都是前朝的，可是我一看到她，就什么都明白了。她像九天玄女一样美，让人只能远远地看，却不敢走近。她，她原是一个能教任何人都服气的人，见了她，我才知道什么叫死心塌地。她说出来的每一句话，都教人不敢、不忍、不愿拂了她的意……”

钱惟演怔怔地看着她：“莲蕊，这些年来你什么话都不说，你心里的苦，也从来没有人知道。是我对不住你，我若是早知道……”早知道什么？早知道莲蕊喜欢他，他会不会仍将她送进宫去？他却是说不出来了。

李宸妃凝视着他，轻轻一叹：“公子，一切都是莲蕊心甘情愿的，你不必挂在心上。”她低低地一叹，“当年，你看不到近在眼前的人，一生亦是自苦。公子，你，你倘若能够稍稍转头，看一下眼前的人，何以一生自苦呢?!”

钱惟演缓缓地道：“莲蕊，是我辜负了你！”

李宸妃摇了摇头，道：“不，我原是个随风而过的影子，望公子自此以后，能够善自珍重眼前人，不要逼仄了自己。”她低低一叹，“我原以为，我会把这番话带到地下去的，可是到底忍不住，这一生就放肆这么一回了。”她的声音低低的，“想起那一年在府中，你手把手地教我写字，我这一辈子都忘不了。莲蕊一生命苦，在吴越王府的这七年，却是我一生中最开心的日子！”

钱惟演心中震撼至极，不由得握住了李宸妃的手，她的手小小的，极瘦而冰冷。李宸妃轻轻一颤，她的眼睛似火花一般忽然亮了一亮，慢慢地平静下来，露出恬静的微笑：“公子，我这一生，无怨无悔！”

钱惟演退了出去，李宸妃不叫人放下帘子，她一动不动地看着他的背影在夕阳里慢慢地变淡、消失，忽然一口鲜血吐出，在众人的惊呼中，失去了知觉。

也不知道过了多久，李宸妃缓缓醒来，却见一室如昼，太后和杨太妃都已在她的房中，见她醒来，梨茵将她扶起靠在床上。太后向小内侍江德明吩咐一声，江德明忙出去了，刘娥走到床边坐下，道：“宸妃，我已经叫人去请皇帝过来了，你们——也该见上一面！”

李宸妃眼睛整个地亮了起来，一霎时枯黄的脸上也起了红晕，变得亮了起来，一行热泪缓缓流下，慌乱地道：“我要起来，我要梳妆，我不能就这样见，见官家——”

刘娥轻轻地按住了她，柔声道：“没关系，你就这样靠着，我叫梨茵替你梳妆。你现在这样子很好，放心吧，只管这样见皇帝就成！”

刘娥的声音里，有一种奇迹般能抚慰人心的魔力，李宸妃平静了下来，静静地由梨茵与侍女们为她梳妆，静静地倚在床上等候着赵祯的到来。

赵祯进来时，十分迷惑。天色已晚，太后与太妃不但未安歇，反连他都一起被叫入这上阳东宫来，不知道这李宸妃为何这般重要。

见他进来，刘娥拉着他的手走到床边，笑道：“祯儿，这是李宸妃，你极小的时候，她抚育过你，你好好地看一看她吧！”

赵祯微微一笑，向李宸妃点了点头，心中却是一片茫然，但见这李宸妃只是不住地哭泣，拉着自己的手一遍遍地叫着：“官家，官家——”却是一句话也说不上来，忽然间心中一阵酸楚，低下头来看着她道：“宸妃娘娘想对朕说什么？”

李宸妃待要说话，忽然一阵急急的咳嗽，待得咳嗽停下，她抬头看着赵祯，但见皇帝如此英伟不凡，如此地至尊无上，只觉得泪水又模糊了眼帘，千言万语，只化成一句话：“今日官家能够来看臣妾，臣妾，臣妾死而无憾了！”

赵祯不知所措地看着刘娥，求救地叫了一声：“娘娘——”

梨茵端上药来，刘娥接过药来递与赵祯道：“祯儿，你小时候宸妃抚育过你，你服侍她喝这一碗药，也算稍尽还报！”

赵祯莫名其妙，但他素来听从太后惯了，也就依言接过，端到李宸妃面前，李宸妃浑身一颤，慌忙向太后道：“太后，臣妾受不起，还是免了吧……”

刘娥上前一步，含笑道：“应该的，你喝了这碗药，我也心安，皇帝也心安！”

李宸妃看了一眼赵祯，眼中似又有泪要流下，终于不再拒绝，任由赵祯端着药碗，服侍着缓缓喝下。

喝完了药，赵祯放下药碗，退后一步，李宸妃知道他要走了，依依不舍地看着他，赵祯看着她微微一笑，李宸妃凝视着赵祯，心中有万千的话说不出口，过了良久，才道：“官家已经长大了，长得如此英伟不凡，那都是太后和太妃二位母亲辛勤抚育的结果，臣妾实在没有什么功劳。臣妾别无所求，唯望官家好好地孝敬二位娘娘！”

赵祯不假思索地道：“朕自然知道！”话一出口，方觉得对方说这样的话，十分古怪。他只觉得今天这个房间的气氛有着说不出的奇特，令他的心沉甸甸的，眼前的李宸妃给他一种很奇异的感觉，既熟悉又陌生。太后的神情很奇怪，太妃的神情也很奇怪，这一切令他不安，他无从去想这种不安从何而来，只得抬头向杨媛求援般地看了一眼。

杨媛会意，走上前一步，笑道："姐姐，夜已深了，还是让宸妃妹妹好好休息，有什么事，咱们明日再来看望！"

刘娥缓缓点头，又看了李宸妃一眼，李宸妃的眼睛，始终没有离开过赵祯。她轻叹一声："冲儿，你陪着你母亲！"

卫国长公主连忙上前，恭送太后、太妃、皇帝离开上阳东宫。

三日后的一个深夜，李宸妃在睡梦中悄然去世，终年四十六岁。

夜深人静，钱惟演忽然在梦中一声惊呼："莲蕊——"猛地坐起，身边睡着的钱夫人吓了一跳，连忙也坐起，点亮了蜡烛问道："老爷，你怎么了？"

烛光里，但见钱惟演的脸色阴晴不定，好一会儿才慢慢地醒悟过来，眼中光芒一闪而过，缓缓地道："我刚才做了一个梦，梦见一个故人……"他欲言又止，说不清是真是幻，刚才睡梦中，仿佛见到李宸妃走进来，含笑对他道："公子，我去了，你且自珍惜眼前人。"

钱惟演转过头去，看到妻子关切的眼神，看到她的鬓边已经有了白发，轻轻地一叹："玉笙，我没事，倒把你吵醒了！"

钱夫人松了一口气，柔声道："老爷，你没事就好，可把我吓坏了。"

钱惟演看着妻子，心中忽然一动，不知不觉，她嫁过来已经三十多年。记得当年初嫁时，爱说爱笑，后来便渐渐地沉静下来，像一池春水，平静无波。她为他生了三个儿子、两个女儿，从一心一意地等待他的回顾，到将所有的心思放到儿女的身上。只可惜，当儿女渐渐地长大，她却注定又要为着他们一次又一次地伤心。

钱惟演轻叹一声："玉笙，我把宛儿嫁到丁家去，我让孩子们都与皇族结亲，其实我知道，他们都不愿意。每一次的政治联姻，都让你伤心，你是否怪过我？"

钱夫人转过头去，悄悄拭了泪，复转头笑道："老爷，我怎么会怪你呢？老爷所做的一切，都是为了这个家，生为吴越王后裔，既享受了荣华富贵，却也要承受这无可奈何，这原是他们的命。"

钱惟演摇了摇头："不，你不必安慰我。这只是我的自私，我们原可以做一介布衣,又何必联姻皇家。只是我不甘心钱家没落,不甘心此生所学难展抱负而已。”

钱夫人轻叹一声:“你这么想,原也没错,都是为了他们以后的仕途着想!”

钱惟演长叹一声,看着黑黢黢的窗外,慢慢地道:“可是,我忽然间心灰意冷了,这世上的事,原是大梦一场。胜负成败,皆由天算!”他握紧了拳头,却不由得想起那一日,太后将《武后临朝图》扔进火中的情景来。

那个时候,他就应该死心了,他告病在家,不再上朝。一首《木兰花》词,写尽他那时的心情:“城上风光莺语乱,城下烟波春拍岸。绿杨芳草几时休,泪眼愁肠先已断。　　情怀渐变成衰晚,鸾镜朱颜惊暗换。昔年多病厌芳樽,今日芳樽惟恐浅。”

他告病,而太后亲临府第探病的时候,他问她,你已经站上了这样的高位,你知不知道,前进一步是比你后退一步简单得多的选择?

她却明明白白地告诉他,若论才能、功劳,他早可为相。只是宰相总领百官,若是让他为相,他必会利用宰相的影响力而造成上下左右劝进的风气,逼她称帝。她一日还未想做女皇帝,就不会让他为相。

她始终记得,自己当年从蜀中逃往汴京这一路上,看到的白骨和荒野。那是他这样的王族公子想象不到的凄惨,是她记了一生一世的刻骨铭心。

她说,我知道你心里有恨。她也曾经心里有恨,有那股不甘不服之气,恨上苍待她不公,不服为什么她不可以掌控命运?为什么女人不能当皇帝?看这江山,她执政这些年,是好了,还是坏了?她做得好,为什么不能由她说了算,而要不断地逼迫她还政!

但她说,她虽不甘心,可她想通了。她从辅佐先帝到垂帘听政,这些年来所付出的一切,青史为证,天下为证。只要她完全相信自己无愧于心,她就能够与这个世界曾经给予她的所有不公平的待遇和解。

她说,惟演,放过自己吧。你素来以吴越钱氏为傲,你的复仇不过是不甘心罢了。恢复钱氏荣光,并不一定要通过一时权力的争夺,若能造就千秋的功业,让钱氏令名永存,岂不是你对祖先和父辈最好的回报?

记得太后执着他的手,对他说了一句话:“惟演,你我君臣善始善终!”

他没有走,是因为他不甘心,他仍有回天之力。

他断断没有想到,三天前上阳东宫,李宸妃三十年的心曲吐露,令他陷入了茫然。他这一生,要的是什么?等的又是什么?

在这个深夜里,钱惟演听着外面轻风吹落花瓣的声音,听着草间低低的虫鸣,看着身边的妻子,只觉得这个世界上所有的一切都已经消失,只剩下他们夫妻二人。有许多事他曾经以为很重要,忽然间不再重要。

他将妻子拥入怀中,轻叹道:"玉笙,你一直喜欢牡丹花,成亲时我曾经对你说,等我俗事了结,就带你去洛阳看牡丹花。可是三十多年过去了,我对你许下的承诺,始终未能兑现。这些年我知道你一直在种牡丹花,种了满园子的牡丹花,却一直种不好。你一直在等我带你去洛阳看牡丹,是吗?"

钱夫人浅浅一笑:"其实在京城,也能够看到牡丹花。"

钱惟演看着妻子,执手许下了诺言:"我这就带你去洛阳看牡丹,我们就住在洛阳,天天种牡丹花,好不好?"

钱夫人抬起头来看着丈夫:"相公,真的吗?你怎能离得开京城呢?"

钱惟演淡淡一笑:"怎么不能?真的下了决心,这个世界上原本就没有什么事,是放不下的。"

"这不是真的!"刘娥盛怒之下,将折奏掷还钱惟演。

钱惟演缓缓弯腰,缓缓拾起,再奉上:"这是真的,臣决心已下。"

刘娥不可置信地看着他:"为什么?"

钱惟演淡淡地道:"臣答应臣妻去洛阳看牡丹,三十年了,臣却一直没有践约。如今臣已经时日无多,臣希望在有生之年,完成她的心愿。"

刘娥冷笑一声:"只是看牡丹花这么简单的理由吗?我准你一个月的假,三月洛阳春暖花开,你看完了就回来吧!"

钱惟演叹了一口气,将奏章放在御案上,看着刘娥:"臣不认为,臣还有必要回来!"

刘娥看着他:"为什么没有必要?你是我最倚重的人。"

钱惟演淡淡地道:"太后国政早定,焚图以示天下,朝野人心安定,臣不知道自己继续留下,有什么意义。"

刘娥站了起来,敏锐地想到了什么:"李宸妃对你说了什么?"

钱惟演淡淡地说:"她说什么并不重要,臣只是忽然感悟到岁月无情,一转眼五十年过去了,臣也该走了。"

刘娥怔了一怔,跌坐在御座上,似乎明白了些什么,怅然地道:"是啊,距离太平兴国八年，将近五十年了。逝者如斯，竟是如此快！”

钱惟演沉默着，逝者如斯，五十年了，竟是如此快。

刘娥沉默片刻：“惟演，你不能走。先帝离我而去，刘美也离我而去，我，我的身边只有你了！”

钱惟演温柔地看着她，五十年了，相识相知，相互扶持，也相互猜疑，谁也没有他们在一起的时间长，太长了，长到应该离开了。钱惟演无声地叹息，看着刘娥：“正因为如此，臣不能再留下来。太后羽翼已成，已经不需要臣了。”

刘娥忽然暴怒：“你不要再臣来臣去了，你我此刻不再作为君臣，难道就不能再谈了吗？”

钱惟演微微一笑：“是太后那日亲临臣的府第，对臣说，你我君臣，善始善终。君臣分际，原是早已经定下，又怎么改得了？”

刘娥按桌站起，逼视着他：“我到现在才明白，纵然先皇一直视你若手足，可是，你终究忘不了吴越王的死，四十多年来，你一直对赵氏皇朝怀恨在心。”

钱惟演心头巨震，他抬头看着刘娥，蓦然间，当年紫萝别院的往事又涌上心头。那一夜，钱惟演对少年刘娥说：“人生的际遇，实在是不可知到了极点……小娥，上天留你性命，你绝不可轻贱了它。人生永远都会有转机……等待！忍耐！而在那一天到来之前，你要保护好自己……帮助襄王，去得到能够掌握自己命运的权力。”

那一夜，刘娥站在月下，静静地对他说：“惟演，对不起，是我辜负了你！”

那一夜，正是吴越王钱俶宫中赴宴，暴病身亡的第三天。

那一夜，改变了刘娥和钱惟演的一生。

那一夜他们说的每一句话，都深深刻在彼此的心中，一生一世。

钱惟演平静地看着太后：“不错，我永远都不会忘记。可是四十多年过去，恨意早已经淡了。我也并没有刻骨铭心，不共戴天。只是，我可以忠于太后，却不能忠于赵家。太后既然决定已下，我已经没有必要再留下。”

刘娥怔怔地看着钱惟演，她曾经以为这个人，会一生一世守护着她，可是如今，连他也要离开了。从桑家瓦肆那银铃的脆声中相识，到韩王府揽月阁时的暗中回护，到黑松林中那悲悯的怀抱，到紫萝别院中月下倾尽肺腑，数十年来宫里宫外，他为她织就一张天罗地网，保护着她闯过一关又一关，直到她完全执掌了国政，依旧离不开他的辅佐和帮助。她重用他，也闲置他，她依靠他，也猜疑防范他，她明白他，也知道他明白自己。

这样的一个人，如今也要离开她了吗？

刘娥慢慢地坐回御座，忽然感觉到前所未有的空虚和寂寞，她缓缓地说："人各有志，不可相强。你既然要去洛阳，那就去吧。我封你为西京留守，你不必辞官了。什么时候想回来，也只管回来，我这里，随时为你留着位子！"

钱惟演缓缓行礼："多谢太后成全。"

刘娥坐在那里，看着钱惟演的身影渐渐远去，又站了起来，拿起钱惟演的辞官奏章，忽然一滴水珠落了下来，正滴在那个"辞"字上，洇湿了一圈。

第九十九章
帝服祭庙

明道元年二月，宸妃李氏病故。一个后宫老妃嫔的去世，本该是一件极小的事，并没有多少人知道，如同一滴水落在水面上，溅不起一点浪花来。

这一日崇政殿两宫皆在，宰相吕夷简单独入见，奏完朝事，忽然道："臣听说大内有一宫妃病故，不知太后以何礼安葬？"

刘娥脸色大变，看了一眼赵祯，立刻站了起来道："祯儿，你随我进来。"说着，拉着赵祯的手转入后堂，一直将赵祯送到保庆宫杨媛的手中，这才转回崇政殿，见吕夷简仍然拱手侍立着，她转入帘后独自坐下，这才脸带愠色道："不过是一个宫妃死了，此事自有宫规处置。宫闱之内的事，何劳相公在此饶舌？"

吕夷简进献《黄台瓜图》之后，颇得太后倚重，掌中书省以来，亦是极少违了太后之意，此时忽然发难，实令太后又惊又怒。

却见吕夷简拱手道："臣待罪宰相，事无内外，无不应当过问。"

刘娥听着这话字字锥心，不由得大怒，拍案而起，直指着他道："你——"忽然冷笑一声，声音寒冷如冰，"吕夷简，你又听说了些什么？"她顿了一顿道，"你又有何意图，莫不是想离间我们母子吗？"

刘娥素来极少动怒，吕夷简听得她的语气，微微胆寒，终究还是镇定地道："太后若不念及刘氏一门，臣不敢言。若是念及刘氏一门，臣不敢不言。"

刘娥听了这话，心中一惊，坐了下来。她看了吕夷简一眼，见他仍是站着，放缓了声音道："赐吕相公坐。"

内侍罗崇勋早就机灵地搬了一张过来，吕夷简谢过恩坐下后，才又听得太后幽幽地道："吕相，你这话是何意？"

吕夷简轻嘘了一口气，这一步总算是押对了，这才放下心来从容地道：

“臣是愚钝之人，只是有些事情，太后如今春秋正富，自然无人敢提，若是太后千秋万岁之后，那又该如何？”

刘娥立刻醒悟，轻叹一声道：“我如今才知道，谁才是真正忠心于我的人。实不相瞒，病故的宫妃，乃是李顺容，我已封她为宸妃。”

吕夷简深通典故，闻言脱口道：“宸者，帝王之所居也，古来少有用于妃嫔之号，唯有唐高宗时曾议此号加于武氏。宸妃之位，在四妃之上，仅次于皇后。太后待宸妃娘娘并不失礼，若再以厚葬，举殡于洪福院，则更为圆满了。”

刘娥微微一笑：“吕相说得甚为有理，既然如此，则此番李宸妃的殡殓之事，皆由你全权处理吧！”她看了看身边的内侍，又道：“崇勋，由你帮着吕相处置李宸妃的后事。”

罗崇勋忙跪下应了，吕夷简也忙跪下，但见太后起身，直向内宫去了，两人这才站起身来。

罗崇勋向吕夷简行礼道：“小的奉旨办差，一切均听候吕相公吩咐！”

吕夷简忙还礼道：“公公是太后心腹，下官有一句话要先说定，为防将来有变故，李宸妃不能马上下葬，当以水银保存凤体不坏，以檀木为棺，停灵于洪福院中。还有……”他沉吟了一下，罗崇勋忙道：“吕相若信得过我，有话尽量说出来好了！”

吕夷简顿了一下，才缓缓道：“夷简放肆了。我以为李宸妃大殓时，应当着皇太后的服饰，这才是最重要的。否则将来有变，莫谓夷简言之不预也！”

罗崇勋忙入内宫，将吕夷简的话禀告刘娥，刘娥听后点了点头道：“一切按吕相的建议去办。”

吕夷简奉旨，与罗崇勋在皇仪殿治丧，将李宸妃的遗体以水银保存，停灵于洪福院中。两人私下商议已定，所用到的一切物品，皆以皇太后的仪制使用。

此时辽国传来消息，辽圣宗耶律隆绪去世，其子耶律宗真继位。耶律宗真乃是宫女萧耨斤所生，被齐天皇后萧菩萨哥抱养，立为太子。齐天后为人慈善，萧耨斤却颇有心计，在耶律隆绪去世之后，擅改了遗诏，自立为皇太后，先是将齐天后囚禁流放，又恐宗真从小由齐天后抚养，母子情深，为免后患，又派人将齐天后毒杀。

刘娥看了奏报，不由得心惊，对杨媛叹道：“你瞧瞧，这就是契丹皇族里头的事情，这齐天后做了四十多年的皇后，竟然这般没算计，任人宰割？”

齐天后抱养宗真，辽圣宗去世，这些她们原先都是知道的，却不曾料到才不过短短几个月，情况竟然会急转直下，堂堂一国太后竟然被一个宫女这般轻易杀戮，实是罕见。

“这皆是因为失势的缘故啊！”刘娥轻敲着御案叹息道。

杨媛一惊，近来朝臣们又有请太后还政之议，此时已经夜深，杨媛今晚过来，一是为商议中秋节举行宴庆而来，二是想借机说一说还政之事，如今听了这话，忙将第二条压下，只说第一条。她提起今年是闰八月，有两个中秋节，应该如何举宴，确是要费神安排的。便请了太后的旨意，定下第一个中秋在蕊珠殿设宴，百官皆参与；第二个中秋在会庆殿设宴，只须请宗室即可。

两人正说着，忽然外头传来阵阵喧闹之声，远远地只听得连铜锣之声都有了。刘娥站起身来，道：“怎么回事？半夜三更的吵什么？”

却见江德明急忙跑进来跪禀道：“回太后，宫人舍那边走水了，火势还在蔓延，小的斗胆，请太后暂时移驾后苑。”

刘娥吓了一跳，几步走到窗边，推窗一看，但见远处火光冲天，映得半天火红。不及思索，立刻拉了杨媛往外走去，边走边吩咐道：“立刻随我去延庆殿，接了皇帝出来！叫人去寿成殿通知皇后以及各宫诸妃，大家都汇集到后苑观稼殿去避火。”

刘娥方出了崇政殿向南走了几步，却见前面一行匆匆过来，当先一个正是皇帝！

“是官家吗？”太后方问出口，只见赵祯快步跑过来，拉住太后道：“大娘娘，这时候了您还往哪儿去，快去后苑避火！”

杨媛在太后身后，忙笑道：“太后正想去叫官家呢，哪晓得官家和太后想到一处去了。”

母子三人避到后苑观稼殿，大火足足烧了半夜，才见火光暗了下去。

次日职司来报，此番大火，延及崇德、长春、滋福、会庆、崇徽、天和、承明、延庆八殿，殿中册符等均被烧掉，这八大殿皆是宫中的重要大殿，其中崇德殿、长春殿为素日视朝之前殿，滋福殿是仪制之殿，会庆殿是大宴之殿，承明殿是通向后苑之殿，延庆殿原名万岁殿，是皇帝日常起居之殿，崇徽殿是太后日常起居之殿，天和殿是崇徽殿的西殿。此八殿受损，实是令太后大为震惊，立刻令宰相吕夷简为修葺大内使，枢密副使杨崇勋为副手，重修大内，而两宫则暂时移至延福宫。同时下令大赦天下，诏求各方进言。

火灾后，太后下旨，严查火灾的元凶。皇城司在火灾现场发现了裁缝的熨斗，认为此乃火灾的源头，当下找到那裁缝，送至开封府治罪。时任开封知府的程琳，命人画了火灾的走势后上书太后，说后宫人口密集，居住地区狭窄，烧火的厨具、裁缝的熨斗等都靠近木质的墙板，时间长了，天干物燥，就容易发生火灾，不可怪罪于一人。

程琳本是据实上奏，不令人入冤狱，不想御史蒋堂闻风上奏，道："火灾突发，焉知非天意，陛下当借此事，修仁德以应天命，岂可归咎于宫人？"

刘娥听了这话本就恼怒，偏偏又有人多事，借题发挥，殿中丞滕宗谅、秘书丞刘越上书说："国家以火德王，火失其性，由政失其本。"又将还政之事重提。

滕宗谅字子京，与范仲淹乃是至交，两人政见相同，言行极为合拍。大名鼎鼎的岳阳楼，便以滕子京的修建、范仲淹的题记而千载为人传颂。

太后虽然纳了吕夷简之言，当众烧了《武后临朝图》，将朝野上下轰轰烈烈的各种劝进称帝的举动按了下来。可是她明面上表示不会再进一步，并不代表她实质上各种行为，不会越来越向武则天靠近。

江山在握的滋味，实在不是能够轻易放下的。而契丹齐天后之死，更是一面镜子，照出失势之人的下场。

刘娥赦了那裁缝死罪，却将蒋堂、滕宗谅等上书都压下。

此番八大殿只是受损，修复亦是极快，两个多月后，八大殿均已经修复完毕。十月，修葺大内使、宰相吕夷简以大内修复完毕，来向太后复命。

刘娥在资善堂召见了吕夷简，嘉奖了一番，又将滕宗谅与刘越的奏章给吕夷简看。自太后临朝称制以来，尤其是当今皇帝大婚之后，这一类请求太后还政的奏章，隔不久便会有人上一道，只不过从刚开始的宰相王曾、副相晏殊等辅国重臣，到如今进言的官员，官位却是越来越小了。这类的奏章吕夷简看得多了，不以为意，却见太后如此郑重地特地提出来，倒是吃了一惊，知道今天必不会轻松了。

刘娥笑道："吕相有何见解？"

吕夷简也笑道："不过是书生意气罢了，太后实不必在意。"

刘娥也笑道："宫中失火原是常事，打从太宗朝到先帝在世时，我都亲眼看过多少回了，为什么到我手里头，就都成了我的失德，天象示警了？我自问临朝以来，边境、百姓、律法、国政都不曾听到过抱怨声，难不成是对上天敬奉得不够，所以每每指着天意说事？"

吕夷简暗暗心惊，难不成太后也有意效法先帝？真宗年间大兴祥瑞之风，近年好不容易才压下来，若是为几个书生的意气用事而再兴起，岂非大大不妙?！忙道："太后理政，天下归心，国泰民安，何必计较些许不晓事的人自言自语呢？"

"虽则如此，你们明白，可天下人未必明白。"刘娥盯着吕夷简道，"此番八大殿修复完毕，须得昭告天下，禀明上天才是。"

吕夷简揣度着答道："太后的意思是——"

"祭庙告天，"刘娥站起来道，"我要天地、百姓和祖宗都知道，如今天下太平，国泰民安，八大殿已经修复完毕，更胜从前。"

吕夷简松了一口气，祭庙告天并不过分，亦是常情，也不算太靡费，太后方才拿这奏章说事，令他着实捏了把冷汗，不知道太后的用心会到哪一步，见太后这样一说，他立刻轻松地说："是，臣这就去安排。"

"慢着，"刘娥这才把手中一份草诏叫人递给他，轻描淡写地说，"这是这次祭太庙的仪制，你照此准备。"

吕夷简松了一半的心又提了起来，太后越是说得轻描淡写，他越是听出其中的不轻松来，接过草诏一看，像他这般老于城府的人，手都不禁轻轻颤抖起来，扑通一声跪倒："太，太后……"

刘娥若无其事地问："怎么了？"

吕夷简实在不能不惊，草诏上写着太后祭庙告天，要穿全套天子祭庙时的冠冕服制！他一霎时只觉得整个人都呆住了，回不出话来，半晌才道："这，只怕百官们不敢奉诏。"

刘娥显得很和气，循循善诱地道："别说得这么不着边际，百官们有哪几位不奉诏呢？吕相怎么就能代表百官，断定无一人奉诏呢？"

时近初冬，吕夷简头上的汗却在一滴滴往下滴："这……"

刘娥悠然道："你身为宰相，自然有办法说服百官，是不是？我知道吕相的口才一向很好，只看用不用心罢了！"

吕夷简知道刘娥是提及那次他献《黄台瓜图》之事，心中一冷，却仍想问一句："太后为何一定要如此呢？"

刘娥冷笑："你倒看看你手中的奏章，如今我还活着，尚有人再三生事。若不给天下一个明证，异日我若不在了，后世子孙不知道的，倒笑我无胆无才呢。"

"太后，"吕夷简大为震惊，不由得有些失态，"臣竟不知道，太后心里是这么想的。"

"下去吧！"刘娥挥了挥手，吕夷简无言退下。

太后既然决心已定，吕夷简知道不可违拗。退回去静静思索，不由得出了一身冷汗，才知道自己放心得太早了。回想太后当年谋皇后之位，也是在群臣反对之下，主动上奏表示退让，却是过得几年，所有的反对理由和反对之人都已经不构成威胁后，才水到渠成地接受四方祝福而穿上凤袍。

太后的个性，从来就不会真正地退让。

吕夷简冷静地想了想自己目前的处境，他要阻止太后走得更远，然而阻止的办法，却必须是以退为进，尽量依从太后的意思，否则的话，他将是下一个被太后换掉的人。前车之鉴已经有寇凖、王钦若、丁谓、王曾、曹利用等人了，他又何必再凑上去添数呢?!

他只有仍在相位上，才有可能保持现有状态。一幅《黄台瓜图》，保住了他的相位，也将太后称帝的最大助力钱惟演排除在朝堂之外，他已经是进了一大步。现在太后要进，他何妨有条件地作一退让呢?！只要这退让，没有退出他的底线，没有更新换代的危险，当前实在不宜触怒太后，因为以太后如今的权势，任何触怒她的人只有失败。

他心中甚至暗暗闪过一个大不敬的念头，太后毕竟年事已高，而皇帝却如旭日初升，那么只要缓和太后的心境，使太后不至于强硬地迈过那一条底线，便一切都好办。

十一月，太后诏书下，命礼官详定皇太后谒庙仪注。太后欲纯用帝者之服，参知政事晏殊以《周官》王后之服为对，被太后扔了回来。

太后与众辅臣在僵持中，参知政事薛奎等一力反对，太后却不放在眼中。经过大半个月的僵持，宰相吕夷简提出了折中的办法，太后仍以帝服祭太庙，戴仪天冠、着衮龙袍，其余绶、带、圭、佩等一应天子祭天服制俱有，只是少了宗彝、玉藻，去掉了佩剑。

等到太后终于在来回拟了几十遍的草诏上批复了“可”字，吕夷简这才长长地嘘了一口气，这半个多月来，他的头发也为此白了一半，还好这一关总算过了。

太后定下帝服祭庙告天的事后，又发布了一道诏令，因崇德、长春、滋福、会庆、崇徽、天和、承明、延庆这八大殿修复完成，以原名不祥，重新命名。

太后所居崇徽殿，更名为宝慈殿。同时，改崇德殿为紫宸殿，长春殿为垂拱殿，滋福殿为皇仪殿，会庆殿为集英殿，天和殿为观文殿，承明殿为端明殿，延庆殿为福宁殿。

除此之外，又顺势改了几个未受火灾的宫殿宫门的名字，南三门的正门原名正阳门，改名宣德门；东西两掖门原名勤政门，改名嘉福门；后苑东门原名宣和门，改名宁阳门。又有清净堂改名寿宁堂，紫云楼改名升平楼，玉华殿改名琼华殿，集圣殿改名肃仪殿，化成殿改名玉宸殿，等等。

一道旨意下来，顿时将大内宫殿的名称，改了大半。参知政事晏殊接了旨意，对着宰相轻叹一声：“不知道何时，会再下一道旨意，将三省六部也改为凤阁鸾台、春夏秋冬！”

吕夷简苦笑一声，太后的作为一直是向武则天看齐的，武则天废中宗，登基之前，便下旨将尚书省改为文昌台，左、右仆射改为文昌左、右相，门下省改称鸾台，侍中改称纳言，中书省改称凤阁，中书令改称内史，宰相称同凤阁鸾台三品；尚书六部也改了名称，吏部称天官，户部称地官，礼部称春官，兵部称夏官，刑部称秋官，工部称冬官。

太后如今，却是先从内宫的殿名着手，接下来，祭庙告天，更是一步步地接近武则天走过的路了。

如今朝中上下，文武百官无不人手一册《唐书》，暗暗研读《武则天传》，只怕连内宫的太妃、官家都人手一册，人人都在揣摩太后下一步会走向哪儿。

明道二年二月，太后正式祭庙。

祭太庙之前早一日，便由执掌祭祀的礼部尚书率铁骑将皇宫至太庙的路上全部戒严。三更时，宫门打开，仪仗依次出行。

先是有七头以锦缎装饰的大象为前导，象背上安着金色的莲花宝座，有锦衣人坐于其上驱使，然后则是无数龙凤日月旌旗一队队排列而过，再则是一排排孔雀雉鸟羽毛所制的大扇依次而过,又有无数侍卫穿着五色甲胄,执画戟、长矛、大斧、锐牌而过。仪仗之后,是各职司内侍,其后才是御驾的玉辂。太后的玉辂顶部,都以镂金大莲叶攒簇而成,四边柱子皆镂刻着玉盘花纹的龙观饰图。有朝臣两人身着朝服,执笏面向着玉辂倒退而行,玉辂后面则有四骑前后巡地。车后,才是文武百官步行相随。三衙各武将穿着紫绣战袍,跨马前导侧侍。

千乘万骑,拥着车驾出了宣德门,直至景灵宫的太庙才停下。文武百官各立其位,静候车驾。

太后的玉辂之后,才是皇太妃与皇后的乘舆,这两驾乘舆与太后的玉辂相比,少了座头黄金香木所制的驾头,亦无专门的警跸侍从。

太后刘娥身着袆衣,头戴着九龙花钗冠,自玉辂中走下,随后,是皇太妃与皇后依次而进。

进了太庙,太后先是用了一点素斋,然后休息片刻。整座太庙虽然千人万骑,却是鸦雀无声。

天色渐渐大亮,文武百官早就各司其位,静候吉时到来。

吉时将到,太后率皇太妃与皇后自内走出,太后已经是一身帝服。她换去袆衣,身穿衮龙袍,九龙花钗冠也变成了皇帝祭天时的仪天冠,前后垂着十旒珠翠,饰十章,一应服饰与身边仪卫的穿着,都如同皇帝祭天一样,独少了宗彝、玉藻,去掉了佩剑。

参知政事薛奎此时却仍上前跪倒,拦住刘娥,奏道:“太后且慢。太庙是我大宋历代列祖列宗停灵所在。太后非赵氏子孙,您以帝服入庙,却用什么拜礼?”

刘娥眼波流转,看着薛奎:“以你之意呢?”

薛奎心中惴惴,鲁宗道病亡后,朝臣中再无像鲁宗道那样说话有分量的人了。薛奎虽然也是参知政事,但是自知太后并不会将他放在眼中,只是百官瞩目之下,他不得不硬着头皮进言:“请太后以后服祭庙。”

刘娥微微一笑:“朕不能以帝服祭庙吗?”

薛奎听得太后竟已经改口自称为朕,大惊道:“是。太后以妇人之身,着帝服祭庙,实非祖制所宜。”

刘娥衣袖轻拂:“尔等只知祖制,以为女子不能以帝服祭庙,焉知千秋万代之后,子孙后世未必如尔等一样迂腐。太后称制,亦非祖制,原也是自朕手中开始。帝服祭庙，也是一样。”说罢，不理会薛奎，只管向前走去。

众臣早已经跪倒在地，口称：“太后万岁万万岁！”

杨媛跟在刘娥身边，一起进入太庙，心中却想起早起服侍刘娥更衣时，心中的惊骇之感犹在。记得当时自己问太后，为何身着帝服，太后笑道：“我纵然不肯称帝，却也要天下知道，要千秋万代知道，这帝位我非不能也，而是不取也！”

祭庙开始，鼓乐大作，一曲终，礼直官奏请登坛，前导官前面引路，大礼使引导礼仪。皇太后刘氏初献如仪，然后是皇太妃杨氏亚献，最后则由皇后郭氏终献。

从来祭庙，都是由皇帝初献、诸亲王亚献终献。后妃祭献，三祭皆由女子为主角，这却是本朝开国以来的第一次。

祭献完毕，太后更换衮冕，登上大安辇，教坊吹奏着钧乐，然后起辇回宫，鼓吹由南薰门而入宫。次日，百官换去大礼袍，以寻常官服入朝，由赵祯率领着向太后称贺，并为太后上尊号为“应天齐圣显功崇德慈仁保寿太后”。太后的尊号，如历代皇帝的尊号一样冗长，其中数词，一般也只用于皇帝尊号之上。太后赐宴，加恩百官，君臣同乐。

三日后，延续太后祭庙之仪，皇帝祀先农坛于东郊，亲耕籍田，大赦天下。太后令群臣为皇帝上尊号为“睿圣文武体天法道仁明孝德皇帝”。

太后的尊号有“慈”字，皇帝的尊号有“孝”字，正应着“母慈子孝”四字。

自从太后首次在太庙祭献时穿上了皇帝的衮冕之服，此后上朝，再不换回太后翟服，都是以龙袍冕旒而临朝，制敕诏书，都不再称“吾”而改称“予”，一时中外议论纷纷。

到三月中旬，文武百官上朝时，珠帘之后不再有人，赵祯下旨，太后身子不豫，自今日起免朝，所有奏章直送大内。

宝慈殿药香袅袅，但听得赵祯轻读奏章的声音，太后轻轻地咳嗽了两声，赵祯忙放下奏章，关切地问：“娘娘，怎么样了？”

刘娥咳了好一会儿，才道：“听说夏州赵德明快不行了，怕是将来由其子元昊继位。听说此人骄悍难制，你要小心，及早将他按下去。”

赵祯应声道：“是，臣知道了，娘娘，还要继续读下去吗？”

刘娥叹了一口气，正欲点头，忽觉精神不支，闭目向后一仰：“不必了，这些奏章我管得了一件十件,管不了百件千件,这些将来都是你自己的事了。只要掌握为君之道,这些具体之事,你自会处理。”她想了想道,“官家,你把《贞观政要》第一卷,‘为君之道’那里再背给我听听。”

“是。”赵祯低声背道,“为君之道,必须先存百姓。若损百姓以奉其身,犹割股以啖腹,腹饱而身毙。若安天下,必须先正其身,未有身正而影曲,上理而下乱者。朕每思伤其身者不在外物,皆由嗜欲以成其祸。若耽嗜滋味,玩悦声色,所欲既多,所损亦大,既妨政事,又扰生民。且复出一非理之言,万姓为之解体,怨讟既作,离叛亦兴。朕每思此,不敢纵逸……”

刘娥点了点头:“嗯,你明白为什么要把这一段放在开卷第一页吗?”

赵祯点了点头:“记得娘娘在臣年幼时便谆谆教导,为君之道,当首先懂得制欲,纵欲则扰民,扰民则乱政,乱政则天下危矣!”

刘娥睁开眼睛,点了点头,道:“你扶我到窗边坐下。”

赵祯和杨媛连忙一左一右,扶着太后到窗边榻上,刘娥斜倚着榻,令赵祯推开窗子,遥望着后苑,直至远方。良久,才长长叹了一口气:“江山如画,这山,这水,这天下,以后都要官家来承担了!”

杨媛取了一条毯子,为太后披上,以避风寒,知道此时太后与皇帝交代国事,便一言不发,退到稍后的椅子上坐着。

“官家,百姓是什么?”刘娥问道。

“百姓是国之根本。唐太宗说:百姓是水,水能载舟,也能覆舟。”这样的问题赵祯自然知道答案。

“也对,也不对。”刘娥点了点头,指着远处的山水道,“百姓是那土地,是那亘古不变的山,是那千古长流的水。百姓是国之根本,却不是朝廷的根本。”

“娘娘!”这一句“百姓不是朝廷的根本”,实是赵祯闻所未闻,不禁有些惊骇。

刘娥笑着拍了拍他的手:“我今日跟你说的话,书上不会有,师傅不会教。为帝王者,须得王霸并用,要懂得圣贤道理,也要懂得圣贤不能说、不敢说的却又实则存在的悖理。”

赵祯扶着太后回到床上,他坐在床边,听太后缓缓地说来:“山,亘古不变;水,千载长流。百姓便是这山、这水、这土地,他们属于大地,却不属于任何一个王朝。你是李家天子也罢,是赵家天子也罢,对于他们来说,并没有什么区别。他们自己会找活路,不管环境有多坏,他们都能够找得着活路,不需要别人操心。他们世世代代如同这山上的树，自己扎根，自己结果，每朝每代的朝廷，都是摘果子的人。但是只要他们自己还有一口饭吃，还能够活得下去，他们便犹如这山水大地一样亘久忍耐着。可是，若是朝廷竭泽而渔，连维生之可能都无法存在时，逼得他们再无退路时，别有用心之人只要登高一呼，便可改朝换代。可是改朝换代之后，他们依旧过活，也未必认得谁家天子。只消这家天子，能够让他们还能吃得上一口饭，他们不在意为哪家天子纳粮纳税。"刘娥伸直了腰，嘘了口气道，"只有万年不变的百姓，哪有万年不变的王朝。所以啊，不要以为谁都得为天子卖命，天子也不过是王朝的过客，王朝不过是这天下的过客罢了！"

赵祯静静地听着，心头却掀起了万丈狂浪。

"百官，才是王朝的根本。"太后眼睛微闭，开合之隙，微有寒光，"官家，百官是什么？"

赵祯迟疑地说："百官，是朝廷的柱石，支撑着朝廷稳固安然。"

"百官是柱，也是蠹。"刘娥淡淡地说出最令人惊异的话来，"文武百官，千人千面，唯有一点是相同的。为官者，都是不愿意成为普通百姓、芸芸众生之人。他们习文学武，都是为了脱离他们的出身之地，得到比普通人更多的收获，甚至掌握他人的命运走向。他们才是属于王朝的人，因为他们要从天子手中'获得'，所以他们会认清这是李家天子，还是赵家天子。官家，你认清这一点，以后就知道怎么应付百官了。"刘娥拍了拍赵祯的手，"我知道，你从不曾单独应对过群臣，大朝堂上若是独立面对了，只怕初次会有一点怯。"

赵祯点了点头，刘娥叹道："百官是王朝之根本，他们效忠王朝，或是受了圣贤书教化的，可是圣贤书虽有后天教化之功，却不能灭了先天之天性。天下熙熙，皆为利来；天下攘攘，皆为利往。朝廷靠百官统御万民，受万民衣食供养；百官靠朝廷俸禄，养家糊口，惠及家人和部属。"

"百官是柱，也是蠹。"刘娥忽然重复了一声，赵祯诧异地看着她，见她的神情变得严厉起来，不由得坐直了身子。

刘娥的声音仍然很轻，透着衰弱："为官者，效忠朝廷，为的是过比普通人更好的生活。一个人的能力超过常人，其欲望必然也超过常人，有才能而甘于清苦自守者，不是没有，而是太少了。这是常理，不必叹世无清官，清官是人造的，不是天生的。人心趋利，官家莫要以为，为臣子者就得不欺君、不欺心，可以用旨意发令，可以用道德教化。那不是骗别人，就是骗自己，骗别人尚可，千万别自己骗了自己。你还记得先帝的《劝学文》吗？"

赵祯低声道："臣记得，先帝的《劝学文》说：'富家不用买良田，书中自有千钟粟；安居不用架高楼，书中自有黄金屋；娶妻莫恨无良媒，书中自有颜如玉；出门莫恨无人随，书中车马多如簇；男儿欲遂平生志，五经勤向窗前读。'"

刘娥轻嘘了一口气道："这是先帝给读书人的承诺，也是历朝历代皇帝给读书人的承诺，给百官的承诺。学得文武艺，卖与帝王家，换得身富贵，这是人情与世故。"

赵祯应道："是，臣记下了。"

"关于吏治，"刘娥道，"我年轻的时候老是想，若是能掌国，必然除尽贪官，可是经历世事之后，方知道天底下的事，没有这么简单。有人把吏治比黄河，河清几时？官清几时？你看黄河的水何时清过，水至清则无鱼，人至察则无徒。如今才知道，和光同尘才是治国之上策。为天子者，以和为贵，不可过苛，苛求则暴，暴则百官不附。所谓垂拱而治，有时候也得睁一只眼闭一只眼，须知百官既趋利而来，有利则附，无利而逆。

"可是吏治又不能不治，百官趋利而来，若是如愿了，他们便是柱石，绕在朝廷的周围，把江山托起来。可是官员过多，或者官员过贪，超过天下百姓供奉的能力，百官就会从柱石变成蠹虫，啃咬起你的江山来。所以，封赏官吏是君王治国之道，可是隔段时间就要精兵简政，清除贪弊，这也是治国之道。"

说到这里，刘娥忽然咳嗽起来，赵祯连忙扶住太后："娘娘累了，还是多休息吧！"

刘娥叹了一口气："我老了，人老了就是啰嗦，絮絮叨叨地说了这么多，也不知道你听进去多少。"

赵祯哽咽道："娘娘字字俱是治世名言，臣一字字都刻在心上。"

刘娥的脸上露出一丝微笑来，拍了拍赵祯的手道："趁着今日精神还好，我多说几句罢了。"

赵祯却知道太后的病已入膏肓，如今只不过是回光返照而已，不忍拂了她之意，连忙点点头。

"治天下，用王霸两道。"刘娥继续道，"王道用利，霸道用刑。刑名律法，一旦制定,便不可乱。越到治世,律法则越不可轻犯。”

“是,”赵祯道,“太后天圣七年,行《天圣令》;明道元年,行《天圣编敕》,本朝律令,至此奠定。”

“嗯,”刘娥点头道,“从来没有亘古不变的江山,自然也没有亘古不变的律令。但是若要改律令,不能见事就改,而要想到律令一出,至少也得奉行五十年、百年。律令改动不可过急,过急则不达,不达而容易反复,治大国如同烹小鲜,反复过多,朝令夕改,则君王的威信就荡然无存了。”

赵祯道:“可是五十年、百年不变的律令,如何解时事变幻呢?”

“律令如火,利禄如水,火不能至者,用水来调和。君王要急用某事,用强令未必能立即达成,则可用利来调节。”刘娥眨了眨眼睛,有了些笑意,“重赏之下,必有勇夫。开宝年间太祖要北伐,以暴利为诱,天下商贾冒死送军需至前线,远胜过苛令重典之效果。丁谓、林特改茶法,则京城迅速繁华。朝廷设的暴利是一块肥肉,挂到哪里,天下就扑到哪里,君王若急用何事,迅速可成。只是成事之后,须得把这块肥肉及时取走,挂到别处去。”

赵祯前头听了大半沉重的话题,到此听得太后忽然这般一说,不禁莞尔一笑,却也不禁衷心地道:“太后世事之洞明,臣所不及也。”

忽然刘娥一阵气喘,咳嗽不止,赵祯忙劝道:“娘娘身体欠安,太医说要多休息,还是等娘娘身体好些再教臣吧。”

刘娥叹了一口气道:“我的身子我自己知道。我儿,我平时忙于朝政,一直以为自己还能多活几年,能手把手地教你。可如今来不及了,我再休息就没时间了。我只有抓紧这每时每刻,能教多少是多少。”

赵祯含泪道:“娘娘不要说这样的话,娘娘还能活上几十年呢,臣若没有娘娘,国事政事都实在不知道如何是好!”

刘娥执着赵祯的手,好半日才说出一句话来:“我实在是放心不下你。当初太宗皇帝有九子,对诸皇子们考察历练了多年,变更再三,才择定了你爹爹。这些年来我诸事庇护着你,你自小一帆风顺,实是未受过挫折,未经过历练。一遇到大事,我怕你压不住啊!”她想了想又道,“皇太妃随侍我多年,许多事虽未自己经手过,倒是看我处置过。她从小抚育你长大,将来我大去之后,你待她要像待我一般尊敬。有什么事情,记得先请教她!”

赵祯哽咽道:“臣遵旨。”

杨媛也哽咽道:“姐姐,你放心,你的病会好的。皇帝已经下旨,悉召天

下名医立刻入京，又大赦天下，祭祀上天，为姐姐祈福。姐姐的病，来日必会好的。”

刘娥摇了摇头：“傻妹妹，人寿有定，又岂是祈祷得来的？先帝最后时，我何尝不是祭祀五岳，为先帝延寿，先帝到底还是抛下我们孤儿寡母去了。自此之后，我再也不信这些。皇帝——”她看着赵祯道，“不必为我一个老太婆兴师动众、劳民伤财。若真要大赦，我代掌国事时，有些臣子犯上被贬，你都赦了他们回来吧。他们虽然做错了事，但昔年还是有过功劳的。”

赵祯应道：“是，娘娘，臣这就叫人去办，教他们领受娘娘的恩典！”

刘娥想了想，摇头道：“这倒不忙，这些人中有些还是能起用的，你待我去后，再赦了他们。我反正是要死的人，有怨恨也只归到我身上了。叫他们记你的恩，下死力替你做事，这才是最重要的。”

这一晚，刘娥又絮絮地吩咐了许多话，赵祯一一应了。

大宋赵祯明道二年（1033）三月末，大宋皇太后刘娥崩于宝慈殿。

她曾经最接近帝位，是自武则天之后唯一敢穿上龙袍的女人。此后历史上再也没有一个女人如此接近过皇帝之位，再也没有一个女人穿上过龙袍驾临天下。

第一百章 章献千古

明道二年三月，皇太后刘娥驾崩，太后遗诏："尊皇太妃为皇太后，居宫中，与皇帝同议军国事。"

赵祯依照遗命，奉杨媛为太后。杨媛因为住在保庆宫，宫中人为示区别，又称其为保庆太后。

大行皇太后驾崩次日，赵祯于皇仪殿召对群臣商议太后的后事，这是自他登基以来，第一次单独召见臣子。此时赵祯犹沉浸在悲痛之中，哽咽不已，说到太后临终之时："太后疾不能言，犹数引其衣，若有所属，何也？"

参知政事薛奎因不能阻止太后身着龙袍，每引以为恨，见状忙上前道："以臣看来，太后不欲在身上穿着衮冕之服，太后身着帝服，将来何以见先帝？"

赵祯顿时领悟到薛奎之意，点了点头，道："朕明白了，当以皇后之服，为大行皇太后成殓。"便是唐代的女皇武则天，到死时也是废去帝号，着皇后之服而死。而太后自祭太庙之后，就一直身着龙袍，至死未曾更换后服。

于是赵祯下旨，以后服为刘娥成殓，以吕夷简等五人为山陵五使，并亲自为太后服丧守灵。

赵祯母子情深，守灵哀泣数日，不能临朝，众臣深为忧心。此时因为国丧，多年来隐居不出的定王元俨也进宫侍灵，见赵祯伤心太后之死，弄得如此浩大悲伤而不理朝政，便直闯灵堂。

只因当年定王有"剑履上殿，入朝不趋，赞拜不名"的特权，因此便可直入，见赵祯神情憔悴，朗声道："太后已经驾崩，官家实在不必过于悲伤。且太后又不是官家的生母，官家已经为此废朝数日，也该结束了。"

恍若一个惊雷响过，赵祯惊疑地看着定王："八皇叔，你说什么？太后怎么可能不是朕的生母？"

定王跪下道："刘娥四十五岁上，始有官家，岂有母子岁数相差如此之大？实不相瞒，官家的生母乃是曾经从守永定陵的李宸妃。"

赵祯惊呼一声："不，这不可能！"

定王含泪道："官家，治天下莫大于孝，官家临御十余年，连自身生母尚未知晓。可怜李宸妃二十余年来被人所害，深受母子分离之痛。李宸妃于去年驾崩，死因可疑。臣听说她是遭人所害，死于非命！"

这一惊非同小可，赵祯站了起来，震怒道："八皇叔，你有何根据？"

定王抬头道："宫中内外，无人不知李宸妃乃是官家的生母，只瞒住了官家一人而已！"

赵祯颤抖着伸手指着众臣："你们……八皇叔说的是真是假？"

吕夷简见势不妙，忙上前一步，道："臣待罪宰相，今日若非八王说明，臣亦当禀告官家。官家确系李宸妃诞生，由大行皇太后与保庆太后共同抚育，视若己出，宸妃娘娘驾崩，实由正命。此中一切，官家问保庆太后，便可知晓。"

定王大声道："太后是帝母名号，刘氏为太后已是勉强，尚欲立杨氏为太后吗？夺子一事，杨氏与刘氏乃是同谋，官家以为在杨氏口中，能得到真相吗？"

吕夷简跪奏道："官家与卫国长公主乃是一母所生，三班供奉李用和，乃是宸妃娘娘的亲弟弟。官家若不便问保庆太后，那宸妃娘娘的至亲，当可同问。官家的乳母当阳郡夫人，宸妃娘娘的贴身宫女赵嬷嬷，都是当年的见证人。如今李宸妃停灵于洪福院中，是否死于非命，亦可请官家派人视察。"

赵祯惊得怔立当地，他崩溃地问着众人："你们，你们为何都瞒着朕？瞒了朕这么多年？"

定王磕头道："先帝在世时，太后已经掌握朝政，当年寇準想要以太子监国，立刻就被流放到雷州。后来官家登基，朝中又是内忧外患，太后又讳莫如深，不准宫廷泄露此事。臣早思举发此事，只恐一出口立刻招来大祸。臣死不足惜，只恐有碍官家，并累及宸妃。因此臣十年以来，闭门养病，不预朝政，正欲为今日一明此事。谅满朝大臣，亦与臣是同一想法吧！"

他这最后一句说完，众朝臣皆松了一口气，忙一齐跪下道："八王说的，正是臣等想说的话。太后专权，臣等实不敢说出真相，恐为官家及宸妃娘娘招来祸患。"

定王见自己一箭双雕，不但断绝了杨太后执政的可能，而且借此将众大臣之心拉了过来，与自己站于同一立场，索性再火上浇油一句："不想就是这样，宸妃娘娘还是难逃受害，实是令人悲愤交加。"

真正悲愤交加的是赵祯，忽然只觉得眼前天旋地转，整座皇宫都在摇晃而塌陷，眼前站着的一个个臣子都变得如此地不真实。他愤而将眼前桌上所有的供品全部扫在地上，嘶声道："你们，你们全都出去，朕要一个人好好地静一静！"

众臣退了出去，赵祯独自一人，坐在满目疮痍的地上，坐了好久。忽然，他伏在地上，发出一阵撕心裂肺的哭声。

深更半夜，三班供奉李用和、皇帝的乳母当阳郡夫人许氏、李宸妃的贴身侍女赵氏都被紧急召到了皇仪殿中。

孤灯幽暗，赵祯独坐在黑暗中，声音暗哑："你就是李用和？"

李用和正自惊疑不定，他不过是个小官，居然被半夜召入宫中，心中实在是又惊又怕，忙跪下道："是，小臣就是李用和。"

赵祯沉声道："免礼，赐坐！"

李用和吓了一跳，战战兢兢地只坐在椅子的边上，不敢真坐下来。但听得赵祯的声音又道："乳娘，朕且问你，朕的生母到底是谁？"

许氏本是宫中乳母，宫中自有旧识，此时已经得了消息，忙禀道："奴婢不敢再隐瞒，官家的生母，的确是李宸妃。当时太后还是德妃，因为先皇无子，选了四名年轻的宫女轮番入侍。当时宸妃娘娘，还是嘉庆殿的宫女，怀了官家之后，被册封为崇阳县君。"

赵祯震惊地问："这么说，爹爹知道朕的生母是宸妃？"

许氏忙应了一声："是。"赵祯又问了许多的事，但许氏毕竟只是一个乳母，许多事情未免一问三不知。

赵祯再转向赵氏，赵氏便是梨茵，她早已胸有成竹，答道："奴婢与宸妃娘娘一起进宫，直到娘娘驾崩，数十年来未曾有须臾分开，娘娘所有的一切，奴婢无不尽知。"当下，便详细说了自己二人进宫，服侍当时身为德妃的太后，先帝如何为了求子而选四名宫女入侍，宸妃怀孕时，玉钗堕地而不毁，生下赵祯，然后为刘娥所抱养。太后如何因怜惜宸妃而让真宗多临幸她，又再得卫国长公主，太后又如何下旨寻访宸妃家人。真宗死后，宸妃为避是非自请从守永定陵。当年八王如何到永定陵借宸妃对付刘娥，如何为宸妃所举发而从此闭府不出。

梨茵跪在地下，足足说了一个多时辰，再举出每个事件中的证人，如当年同被临幸的除她之外的另外两名宫女，如何奉真宗旨意代德妃生子；宸妃登临承露台时还有哪几个内侍宫女作见证；定王去永定陵找宸妃时在场的小宫女；太后借封厚定王而警告他时在场的内侍江德明，等等。

赵祯听她说完，才问道："朕的母妃，是否死于非命？"

梨茵磕头道："奴婢一直服侍娘娘，所有汤药都是奴婢经手的。娘娘病了大半年，乃是病故，绝非死于非命。"

赵祯沉默片刻，道："原来八皇叔闭门绝朝，是这个缘故。只是口说无凭……"他想了想道，"李用和！"

李用和早就听得如痴如醉，万万料想不到自己竟一朝成了皇帝的亲舅舅，听得赵祯唤他，忙一个激灵站起来道："小臣在。"

赵祯道："你明日随朕亲临洪福院。"

次日，赵祯亲临洪福院，李宸妃的棺木原来悬于井上，以井底阴寒之气，再加上棺中灌以水银，以保持尸体不坏。

棺木被缓缓打开，赵祯定睛看去，但见棺中的李宸妃头戴龙凤珠翠冠，身穿皇太后礼服，其制为深青色、五彩翟纹。领、袖、裾都是红色云龙纹样的镶缘，腰下饰深青蔽膝。另挂白玉双佩及玉绶环等饰物，下穿青袜青舄，面貌安详。

赵祯悲呼一声："母妃！"跪倒在地，大放悲声。众人见皇帝跪倒大哭，也忙一齐跪倒，洪福院内外一片哭声。

隔了好久，赵祯才又磕了一个响头，哽咽着道："为求真相，请母妃恕臣冒犯了。"这才起身，命带来的宫中执事嬷嬷去验看李宸妃的尸体。过不多时，执事嬷嬷回禀道："宸妃凤体用水银保存完好，七窍无血，以银针试，未变黑，乃是寿尽而亡，并非死于非命！请官家视察。"

赵祯走到棺木边上，看着李宸妃身上的皇太后礼服，想着这一切无可挑剔的殓葬服饰用具，却想起了刘娥，想到她布置今日这一切时的心情。刘娥让李宸妃停灵不葬，必也是想到她一手抚养长大的孩子，将来竟也会有疑她的这一天吧！

赵祯轻叹一声："朕今日才知道什么叫人言可畏，就连朕，也险些儿错怪了大娘娘。”

宰相吕夷简上前一步，道：“宸妃娘娘乃官家生母，大行皇太后赐其后服入殓，已经有所暗示。臣请追封宸妃娘娘为皇太后。”

赵祯点了点头，哽咽道：“朕的生母受苦多年，朕没能尽过一天孝心，朕实是不孝！纵是追封为皇太后，又怎能解朕之愧心于万一呢?!”

吕夷简顿了一顿，又道：“生母恩大，养母亦是恩大。大行皇太后和保庆太后对官家有养育之恩，保护之德，官家也应还报。”

赵祯听了这话，不由得怔了一怔，凝视着吕夷简好一会儿，才道：“吕相之言何意?”

吕夷简跪下道：“大行皇太后在世时，臣劝大行皇太后做慈母；如今大行皇太后宾天，臣要劝官家做孝子。”

赵祯怔了一怔，斥退吕夷简，他独坐宫内，想了很久很久。他的面前，放着李宸妃遗下的衣物，是她生了他，他却从来没尽过一天的孝道。想起这么多年来，她与亲生儿子日日相见不得相亲，这心中的苦如海深吧。想起了她临终前的那一晚，刘娥让他来到上阳东宫，亲手将药碗递给他，让他服侍生母，他忽然明白了那一晚的意义。这一碗药，让他不再遗憾终生。

“太后——”他向着窗外的天空，喃喃地道。她知道他总有一天会明白的，她让他在生母临终之前，终于能够服侍生母一回。只为这一点，他纵然再怨恨她拆散了自己母子，却也要感激她终生。

他想着李宸妃临终前凝望着他的神情，想着她对他说的最后的话：“官家已经长大了，长得如此英伟不凡，那都是太后和太妃二位母亲辛勤抚育的结果，臣妾实在没有什么功劳。臣妾别无所求，唯望官家好好地孝敬二位娘娘!”

他心中震撼，她临终前眼神是平静的，是无怨无悔的，为什么？难道这么多年来，她都无怨吗？他又想起了赵嬷嬷说的话，当年定王要拥立她为太后，她不但没有同谋，反而向刘娥举发了定王的阴谋。她所做的一切，她临终前所说的话，都是为了全心全意地保护他，而完全忘记了自己的荣辱。

想到生母为他所做的牺牲，想到她所忍让的一切，赵祯抱着李宸妃的衣服失声痛哭：“母亲——”他哭了很久很久，哭着他这十几年来所有的愧疚和痛苦。泪眼模糊中，仿佛犹见她面带微笑，对着自己说：“那都是太后和太妃二位母亲辛勤抚育的结果，你要好好孝敬二位娘娘!”

又依稀想起吕夷简那小心翼翼的提醒："生母恩大，养母亦是恩大。大行皇太后和保庆太后对官家有养育之恩，保护之德，官家也应还报。"

赵祯忽然站了起来，吩咐道："文应！"

他的贴身内侍阎文应应了一声，忙进来侍立，赵祯道："去保庆宫！"

赵祯一进保庆宫，便觉得整个宫中肃静无比，杨太后一身青衣，独坐在桌边，看着桌上大行皇太后的遗物流泪。

赵祯站在她的身后，往事一幕幕地回放。自从他有记忆开始，就是眼前的这个人最爱自己，最宠自己，甚至为了袒护、溺爱自己，与她最敬畏的刘娥顶撞。而从小到大，自己最放在心上的人，却不是她。

他从小到大，读书习字，勤学政务，把一切做到最努力，做到最好，只为着能够看到刘娥的一个笑容、一个点头，甚至只是一个赞许的眼神。他的目光，永远追随着刘娥的身影，她是那样至尊至贵，她是那样完美无缺，全天下的人，都要讨她的欢喜，他也不例外。

而杨太后，他根本不必去为她做什么，因为他知道不管自己做什么，自己是淘气还是乖巧，听话还是任性，她都会毫无原则地溺爱他、宠着他，他说什么都是对的，他做什么都是有道理的，她看着自己的眼神，是永远充满笑意的。

而此刻，她在流泪。

赵祯只觉得心中一阵刺痛，他的猜疑，竟是这样深深地伤害到了这个最爱他的母亲。

赵祯走进去，跪倒在她的脚边，抬头叫了一声："娘娘！"

杨太后怔了一怔，慢慢地，她阴郁的脸上绽开了笑容，温柔地扶起赵祯："皇帝，你弄明白了？"

赵祯点了点头道："臣明白了，臣实在是太不孝了，有负大行皇太后和小娘娘的恩情。娘娘，你昨日就应该去皇仪殿骂醒臣的。"

杨太后缓缓地说："昨日我尚处嫌疑之地，哪有我说话的地儿。好在真相总会大白，祯儿，大行皇太后对你实在有恩无过，委屈了我倒也罢了，你切不可冤了亡者。"

赵祯恭敬地道："臣明白！如果没有大行皇太后，也就没有今日的臣了！"

如果不是大行太后，李宸妃根本就不可能得近天颜，根本不可能有他；

如果不是大行太后收他为子，一个普通宫人的儿子，或许早就成为后宫的一缕亡魂；如果不是大行太后，今天坐在龙位上的，可能就是别人了。

他微微苦笑，她甚至不需要他为她去想任何可以原谅的理由，她自己在很久以前，就已经把一切身后事安排好了。

杨太后沉吟了一下，缓缓地道："祯儿，明日定王必会又提起此事，你打算如何处理？"

赵祯淡淡一笑："当年大行皇太后和朕的生母是如何处理此事的，朕也不会去改变。"他缓缓地道，"过去的事不必再提，且不论他是什么用意，定王毕竟是朕在这个世界上唯一的叔父了，朕自当永远礼敬于他。"

杨太后了然地点头，是的，礼敬，永远只是礼敬而已，这就够了。她看着赵祯，缓缓地道："大行皇太后的遗诏中，原有我同掌军国事之议。大行皇太后本是一番好意，她是不放心你。如今我看你决断此事，知道皇帝已经长大了，再不需要我摄政。明日你就诏告天下，我不称制摄政，从此以后在保庆宫中，颐养天年。"

赵祯向杨太后行下礼去："臣遵太后懿旨。"

至此，群臣议定，依大行皇太后遗诏，奉太妃杨氏为皇太后，但因皇帝已经成年，可独自执掌国事，去掉遗诏中"同议军国事"等字，诏发天下。同时，议大行皇太后谥号为庄献，追封李宸妃为皇太后，谥号庄懿。

奏章上去后，赵祯批复下来：大行皇太后有称制之仪，可比照唐则天大圣皇后之例，用四字谥号，再加明肃二字，称庄献明肃皇后，后又改为章献明肃皇后，其后皆沿用此谥。从古到今，凡是皇后谥号皆为二字，自章献明肃皇后起，称制的皇太后谥号比照唐武则天，升为四字。

大行皇太后灵驾发引之日，赵祯下旨："朕要亲行执绋，以申孝心。"他身着孝服，亲自在灵驾前引绋行哭，直出皇仪殿门，直到礼官固请而止。

十月，祔葬章献明肃皇太后刘氏、庄懿皇太后李氏于永定陵。大行皇太后病重之时，赵祯为了给她祈福，已经下令大赦天下，太后称制时被流放的官员，均得以赦免回京。

丁谓被特许在雷州司户参军任上告老还乡。此时丁谓已在崖州三年、雷州七年，总计正好十年。海边风湿甚重，丁谓自赴任以后，不问政事，专心养身之道，到底不似寇準一样埋骨边荒，而终于得以生还京城。当他回京之时，已经是风烛残年，双足风湿严重到不能行走了。

众贬官回京后被重新任用，纷纷上书，对太后称制时的朝政提出非议，一时之间朝廷上下争议颇多。秘阁校理范仲淹曾经在太后称制时上书请求太后还政而被贬，此时也已经回京任职，见此情景上书道："太后受遗先帝，保佑圣躬十余年，宜掩其小故以全大德。"

赵祯召见范仲淹，问他："朕记得，你当日是因为请太后还政，而被贬放，今日却又是为何一改前意？"

范仲淹肃然道："先帝驾崩，太后保护辅佐官家十几年，尽心尽力，行教养之责，理朝治政，使政通人和，这是大行皇太后的功德。太后晚年恋栈，迟迟不肯还政，此是太后的过失。但人孰无过？太后一生功大过小，怎可一旦人去之后，便非议到以过掩功的地步呢？"

赵祯看着范仲淹，却回想起了章献明肃太后临终前的话："我代掌国事时，有些臣子犯上被贬的……这些人中有些还是能起用的，你待我去后，再赦了他们。我反正是要死的人，有怨恨也只归到我身上了。叫他们记你的恩，下死力替你做事，这才是最重要的。"

赵祯追思前事，暗想果然一切如太后所料，她宁可自己背怨，也要替自己积恩。事到如今，他又怎么能够忘记她的一番苦心呢?!

看着范仲淹，又想到吕夷简当日说的"劝太后做慈母，劝皇帝做孝子"之言，正式下定了决心。赵祯站起身来："卿等能够如此持中而论，持心而论，果然是忠臣。"

次日，赵祯下旨，诏令中外，任何人不得非议章献明肃皇太后在位时的一切朝政。

洛阳城中的西京留守府中，一丛丛姚黄、魏紫、葛巾、玉版等名种牡丹花，争相盛开。泰宁军节度使、西京留守钱惟演，看着手中这一道诏令，淡淡地笑了。

每年的春天，都会有快马将今年最好的牡丹花，送到永定陵章献明肃皇太后的墓前。

夕阳斜照下，丛丛的牡丹花在墓前开得那样的鲜艳。

章献明肃太后死后，宋赵祯自此开始亲政，改元景祐。过得数年，又数次改元，到了庆历年间，他重用范仲淹等人，开展了被后世称为"庆历新政"的政治变革。

庆历年的某一天夜里，赵祯批完奏章，忽然觉得有些饥饿，随口吩咐了一声："端些热汤过来。"内侍忙问道："官家要喝什么热汤？"

赵祯随口道："羊肉汤。"

见那内侍忙跑了出去，他忽然想到一事，叫道："慢着，回来！"

那内侍忙跑回来，赵祯挥了挥手道："还是罢了！"

皇后正在身边，劝道："官家日夜操劳，千万要保重身体，既然想吃羊肉汤，何不吩咐御厨去做，怎能忍饥使官家龙体受亏呢？"

赵祯看着桌上的玉镇纸，轻叹一声："这个玉镇纸，是当年章献明肃皇太后赐给朕的。那一年朕患了风寒一直咳嗽，太后禁止朕吃鱼，朕偏偏又非常喜欢。保庆太后溺爱朕，就私底下带了鱼来给朕解馋。章献太后知道了，就送给朕这个玉镇纸，她说，为君者想要统御天下，就必然要先征服自己。如果连自己的欲望都不能克服，则就会有人投其所好，就会被人控制。齐桓公好吃，易牙烹子；商纣王好色，妲己入宫；隋炀帝贪玩，魂断扬州；李后主好文，江山倾覆。宫中一时随便索取，会让外面看成惯例。朕在半夜里喝碗羊肉汤，厨下以后就会夜夜宰杀，一年下来，就要宰杀数百只。若形成定例，日后宰杀之羊更不计其数。为朕一碗饮食，开此恶例，且又伤生害物，于心实在不忍。因此朕甘愿忍一时之饥。"

他看着玉镇纸，心里却想着当时章献明肃太后所说的最后几句话："一个优秀的君王，要能控制住自己的欲望，天下才会安宁。"

烛影摇曳，仿佛可于重重帷幔中见着太后那可透视一切的笑容。

后 记

自真宗章献明肃皇后刘娥首创太后垂帘之制以来，遂成宋室常法，自赵祯之后至理宗十帝，除哲宗孟皇后被废，徽宗郑皇后、钦宗朱皇后亡国被掳，孝宗皇后、光宗皇后因政变失权外，计有仁宗慈圣光献曹皇后、英宗宣仁圣烈高皇后、神宗钦圣宪肃向皇后、高宗宪圣慈烈吴皇后、宁宗恭圣仁烈杨皇后、理宗谢皇后皆照惯例临朝称制。因此宋代太后临朝称制之多，为历朝历代之首。

（全书完）

二〇〇五年二月二十日晚，一稿完

二〇〇六年九月十六日晚，二稿完

二〇二〇年十一月一日晚，三稿完

宋史·列传第一·章献明肃刘皇后

元·脱脱等

章献明肃刘皇后，其先家太原，后徙益州，为华阳人。祖延庆，在晋、汉间为右骁卫大将军；父通，虎捷都指挥使、嘉州刺史，从征太原，道卒。后，通第二女也。

初，母庞梦月入怀，已而有娠，遂生后。后在襁褓而孤，鞠于外氏。善播鼗。蜀人龚美者，以锻银为业，携之入京师。后年十五入襄邸，王乳母秦国夫人性严整，因为太宗言之，令王斥去。王不得已，置之王宫指使张耆家。太宗崩，真宗即位，入为美人。以其无宗族，乃更以美为兄弟，改姓刘。大中祥符中，为修仪，进德妃。

自章穆崩，真宗欲立为皇后，大臣多以为不可，帝卒立之。李宸妃生仁宗，后以为己子，与杨淑妃抚视甚至。后性警悟，晓书史，闻朝廷事，能记其本末。真宗退朝，阅天下封奏，多至中夜，后皆预闻。宫闱事有问，辄傅引故实以对。

天禧四年，帝久疾居宫中，事多决于后。宰相寇準密议奏请皇太子监国，以谋泄罢相，用丁谓代之。既而，入内都知周怀政谋废后杀谓，复用准以辅太子。客省使杨崇勋、内殿承制杨怀吉诣谓告，谓夜乘犊车，挟崇勋、怀吉造枢密使曹利用谋。明日，诛怀政，贬准衡州司马。于是诏皇太子开资善堂，引大臣决天下事，后裁制于内。

真宗崩，遗诏尊后为皇太后，军国重事，权取处分。谓等请太后御别殿，太后遣张景宗、雷允恭谕曰："皇帝视事，当朝夕在侧，何须别御一殿？"于是请帝与太后五日一御承明殿，帝位左，太后位右，垂帘决事。议已定，太后忽出手书，第欲禁中阅章奏，遇大事即召对辅臣。其谋出于丁谓，非太后意也。谓既贬，冯拯等三上奏，请如初议。帝亦以为言，于是始同御承明殿。百官表贺，太后哀恸。有司请制令称"吾"，以生日为长宁节，出入御大安辇，鸣鞭侍卫如乘舆。令天下避太后父讳。群臣上尊号曰应元崇德仁寿慈圣太后，御文德殿受册。

天圣五年正旦，太后御会庆殿。群臣及契丹使者班廷中，帝再拜跪上寿。是岁郊祀前，出手书谕百官，毋请加尊号。礼成，帝率百官恭谢如元日。七年冬至，天子又率百官上寿，范仲淹力言其非，不听。九月，诏长宁节百官赐衣，天下赐宴，皆如乾元节。

明道元年冬至，复御文德殿。有司陈黄麾仗，设宫架、登歌、二舞。明年，帝亲耕籍田，太后亦谒太庙，乘玉辂，服袆衣、九龙花钗冠，斋于庙。质明，服衮衣，十章，减宗彝、藻，去剑，冠仪天，前后垂珠翠十旒。荐献七室，皇太妃亚献，皇后终献。加上尊号曰应天齐圣显功崇德慈仁保寿太后。

是岁崩，年六十五。谥曰章献明肃，葬于永定陵之西北。旧制皇后皆二谥，称制，加四谥自后始。追赠三世皆至太师、尚书令、兼中书令，父封魏王。

初，仁宗即位尚少，太后称制，虽政出宫闱，而号令严明，恩威加天下。左右近习亦少所假借，宫掖间未尝妄改作。内外赐与有节，柴氏、李氏二公主入见，犹服髲鬌。太后曰："姑老矣。"命左右赐以珠玑帕首。时润王元份妇安国夫人李氏老，发且落，见太后，亦请帕首。太后曰："大长公主，太宗皇帝女，先帝诸妹也；若赵家老妇，宁可比耶？"旧赐大臣茶，有龙凤饰，太后曰："此岂人臣可得？"命有司别制入香京挺以赐之。赐族人御食，必易以釦器，曰："尚方器勿使入吾家也。"常服绝缟练裙，侍者见仁宗左右簪珥珍丽，欲效之。太后戒曰："彼皇帝嫔御饰也，汝安得学。"

先是，小臣方仲弓上书，请依武后故事，立刘氏庙，而程琳亦献《武后临朝图》，后掷其书于地曰："吾不作此负祖宗事。"有漕臣刘绰者，自京西还，言在庾有出剩粮千余斛，乞付三司。后问曰："卿识王曾、张知白、吕夷简、鲁宗道乎？此四人岂因献羡余进哉！"

后称制凡十一年，自仁宗即位，乃谕辅臣曰："皇帝听断之暇，宜诏名儒讲习经史，以辅其德。"于是设幄崇政殿之西庑，而日命近臣侍讲读。

丁谓、曹利用既以侮权贬窜，而天下惕然畏之。晚稍进外家，任内官罗崇勋、江德明等访外事，崇勋等以此势倾中外。兄子从德死，姻戚、门人、厮役拜官者数十人。御史曹修古、杨偕、郭劝、段少连论奏，太后悉逐之。

太后保护帝既尽力，而仁宗所以奉太后亦甚备。上春秋长，犹不知为宸妃所出，终太后之世无毫发间隙焉。及不豫，帝为大赦，悉召天下医者驰传诣京师。诸尝为太后谪者皆内徙，死者复其宫。其后言者多追诋太后时事，范仲淹以为言,上曰:“此朕所不忍闻也。”下诏戒中外毋辄言。

于是泰宁军节度使钱惟演请以章献、章懿与章穆并祔真宗室。诏三省与礼院议,皆以谓章穆皇后位崇中壸,已祔真宗庙室,自协一帝一后之文;章献明肃处坤元之尊,章懿感日符之贵,功德莫与为比,谓宜崇建新庙,同殿异室,岁时荐飨,一用太庙之仪,仍别立庙名,以崇世享。翰林学士冯元等请以奉慈为名,诏依。庆历五年,礼院言章献、章懿二后,请遵国朝懿德、明德、元德三后同祔太宗庙室故事,迁祔真宗庙。诏两制议,翰林学士王尧臣等议,请迁二后祔,序于章穆之次,从之。

宋史·列传第一·李宸妃

元·脱脱等

李宸妃，杭州人也。祖延嗣，仕钱氏，为金华县主簿；父仁德，终左班殿直。初入宫，为章献太后侍儿，庄重寡言，真宗以为司寝。既有娠，从帝临砌台，玉钗坠，妃恶之。帝心卜：钗完，当为男子。左右取以进，钗果不毁，帝甚喜。已而生仁宗，封崇阳县君；复生一女，不育。进才人，后为婉仪。仁宗即位，为顺容，从守永定陵。章献太后使刘美、张怀德为访其亲属，得其弟用和，补三班奉职。

初，仁宗在襁褓，章献以为己子，使杨淑妃保视之。仁宗即位，妃嘿处先朝嫔御中，未尝自异。人畏太后，亦无敢言者。终太后世，仁宗不自知为妃所出也。

明道元年，疾革，进位宸妃，薨，年四十六。

初，章献太后欲以宫人礼治丧于外，丞相吕夷简奏礼宜从厚。太后遽引帝起，有顷，独坐帘下，召夷简问曰："一宫人死，相公云云，何欤？"夷简曰："臣待罪宰相，事无内外，无不当预。"太后怒曰："相公欲离间吾母子耶！"夷简从容对曰："陛下不以刘氏为念，臣不敢言；尚念刘氏，是丧礼宜从厚。"太后悟，遽曰："宫人，李宸妃也，且奈何？"夷简乃请治用一品礼，殡洪福院。夷简又谓入内都知罗崇勋曰："宸妃当以后服殓，用水银实棺，异时勿谓夷简未尝道及。"崇勋如其言。

后章献太后崩，燕王为仁宗言："陛下乃李宸妃所生，妃死以非命。"仁宗号恸顿毁，不视朝累日，下哀痛之诏自责。尊宸妃为皇太后，谥庄懿。幸洪福院祭告，易梓宫，亲哭视之，妃玉色如生，冠服如皇太后，以水银养之，故不坏。仁宗叹曰："人言其可信哉！"遇刘氏加厚。陪葬永定陵，庙曰奉慈。又即景灵宫建神御殿，曰广孝。庆历中，改谥章懿，升祔太庙。拜用和为彰信军节度使、检校侍中，宠赉甚渥。既而追念不已，顾无以厚其家，乃以福康公主下嫁用和之子玮。